C000160828

united
p.c.

Mary Ireland

Das ist also Esoterik

(Lernen wir, mit unseren Herzen zu sehen ...)

*Ein Buch für interessierte Neueinsteiger in Sachen Esoterik
und für all jene, die hinter den Vorhang schauen wollen,
um zu entdecken, was Esoterik wirklich bedeutet bzw. für einen jeden bedeuten kann.*

Dieses Buch wurde digital nach dem
neuen „book on demand"
Verfahren gedruckt.

Gedruckt in der Europäischen Union
auf umweltfreundlichem, chlor- und
säurefrei gebleichtem Papier.

ISBN 978-3-7103-4773-3
Lektorat: Katja Wetzel
Umschlagfoto: www.pixabay.com
Umschlaggestaltung, Layout & Satz:
united p.c. Verlag

www.united-pc.eu

Inhaltsverzeichnis

Vorwort 11
Allerlei „Esoterisches" 16
Engel 17
Die Seraphim 19
Die Cherubim 19
Die Throne 19
Die Herrschaften 19
Die Mächte 20
Die Tugenden 20
Die Engelsfürsten 20
Die Erzengel 21
Die Engel/Schutzengel 21
Wie können Engel sich uns mitteilen? 26
Verstorbene 33
Geistführer 35
Die Natur 37
Naturgeister 37
„New Age" – nur neumodisches Wunschdenken? 43
Krafttiere 45
Kraftorte/-plätze 48
Die Gewinner und Verlierer in der Esoterik 49
Die „Flüsterer" und „Versteher" 50
Hexen 52
Die (plötzlich) Hellsichtigen 55
Die Dunkelwelten 57
Phänomene, ausgelöst durch Verstorbene 59
Seelen, die im Zwischenreich gefangen sind 61
Sogenannte „Fränkische Gräberfelder" 63
Foppgeister 65

Poltergeister 66

Dämonen 68

Besessenes 70

Es gibt keine bösen Häuser, nur böse Menschen 76

Achtung, die Geisterjäger kommen! 77

Wenn „Geisterjäger" im TV Unsinn erzählen 80

Wenn Geister bleiben sollen 106

Wenn Opa Johannes das noch erleben würde 107

Eigene Erfahrungen 108

Sukkubus und Inkubus 114

Warum sehen Kinder mehr ...? 114

Wenn die Fantasie mit dem
Erwachsenwerden endet 117

Spiegel – wirklich Portale in eine andere Welt? 118

Dein Heim, die Kirchen-Filiale 120

Du, der Geisterjäger 122

Flüche 124

Voodoo 129

Avalon/Camelot 130

Merlin und Morgaine 132

Atlantis/Lemurien 133

Aufgestiegene Meister 134

Täter sucht Opfer, Opfer sucht Retter 135

Das Leben nach unserem Leben 136

Karma 140

Wer spricht denn da? 142

Die Tarot- und Orakel-Deuter 144

Wahrsager 148

Astrologie 149

Mond(-süchtig) 151

Das „höhere Ich" – unser astraler Zwilling? 153

Das innere Kind 154

Von Klangschalen, Reiki, Bachblüten & Co. 155

Ayurveda 156

Lichtnahrung 157

Das dritte Auge 159

Ich kann deine Aura sehen ...! 160
Die 7 Energiepunkte unseres Körpers (= Chakren) 162
Heilströme für Tiere 164
(Neues) Körper-/Seele-Bewusstsein 164
Wir leben im Hier und Jetzt 166
Energie-Bilder 167
Feng-Shui 168
Mit Worten die Welt verändern 169
Sind wir beim „Sterben" alleine? 171
Gehen wir alle „ins Licht"? 171
Gibt es „frühere Leben" wirklich? 172
wir so etwas wie einen Lageplan
für unsere Inkarnation? 172
Ist die Geburt für den neuen Erdenbürger
wirklich eine traumatische Sache? 172
Warum müssen wir vergessen, woran wir uns s
päter wieder erinnern wollen/sollen? 173
Gibt es die Zeit wirklich nur auf der Erde? 173
Haben Tiere eine Seele? 174
Sind Tiere alleine,
wenn sie sterben/getötet werden? 176
Und wo „landen" Tiere in der geistigen Welt? 177
Das hört sich alles so fantastisch und
märchenhaft schön an, oder?
Woher will ich das denn so genau wissen? 177
Das Tier und wir – Und das soll das neue
Bewusstsein sein ...? 179
Tierisch Blödes 183
Brauchst du diesen „Kick" wirklich? 187
Tierische „Delikatessen" 188
Mensch, was willst du eigentlich?! 189
Gebete 196
Gott, warum hörst du mich nicht? 197
Gott oder Göttin – was denn jetzt? 198
Gibt es Regeln, wie wir mit Gott/Göttin
reden sollen/dürfen? 201

Die 10 Gebote 201
Wir, die Götter 204
Wie leben wir denn nun das Göttliche „richtig"? 207
Was genau ist denn nun alles göttlich? 208
Traumhaftes 209
Der Verarbeitungstraum 210
Der Wunschtraum 210
Der Hinweis-Traum 211
Der Albtraum 211
Meditation und Hypnose 214
Wie geht Meditation? 214
Geführte Meditationen 215
Kann Meditation eigentlich jeder? 215
Hypnose – wozu? 216
Ist Glücklich-Sein erlernbar? 220
Das Gesetz der Resonanz 221
Kann man denn lernen, positiv zu denken? 223
Sind also die Negativ-Denker die wahren Realisten? 224
Energie-Vampire 225
Auf der grobstofflichen Ebene 225
Wie können wir uns vor solchen
Blutsaugern schützen? 226
Was bedeutet Magie? 229
Ist Magie etwas Böses? 229
Kann Magie jeder? 229
Weshalb wird die Magie vielerorts
regelrecht verteufelt? 230
Bringen „magische" Rituale wirklich etwas? 231
Welche Arten der Magie gibt es? 232
Hellfühlen, Hellsehen, Hellhören, Hellwissen 232
Märchenhaftes 234
Die Schöne und das Biest 235
Schneeweißchen und Rosenrot 235
Schneewittchen 235
Hänsel und Gretel 236
Das tapfere Schneiderlein 236

Rumpelstilzchen 236
Rotkäppchen 237
Dornröschen 237
Froschkönig 237
Aschenputtel 238
Der Rattenfänger von Hameln 238
Der Wolf und die 7 Geißlein 238
Brüderlein und Schwesterlein 238
Die Siegfried-Sage 239
Edles mit Edelsteinen 239
Edelsteine und Tiere 242
Ist die Arbeit mit Edelsteinen gefährlich? 243
Die unendlichen Weiten des Weltalls 243
Die Energie-Heiler 244
Die „Heute-Nacht-hatte-ich-ein-Gespräch-mit-
Gott"-Propheten 245
Die Elemente-Anrufer 247
Die Du-bist-toll-was-auch-immer-du-tust-Prediger 249
Muss ein „Esoteriker" zwangsläufig
„Gläubiger" sein? 252
Kirche und Tiere 253
Von Heiligen und Selig-Gesprochenen 255
Wunder(sames) 255
Der Kirchenaustritt 258
Von Amuletten, Talismanen und Traumfängern 262
Kopf-Mensch vs. Bauch-Mensch 264
Gaia 265
Gaia und Hollywood 266
Engelchen vs. Teufelchen 267
Indigo- und Kristall-Kinder 269
Die Apokalypse-Prediger 270
Die Apokalyptischen Reiter 272
Die Wiedergeburt des sog. Antichristen 273
Die 7 Plagen 277
Rituelle Gegenstände – nötig oder
komplett überflüssig? 280

Wünschen (nicht immer) leicht gemacht 284
Nie wieder 286
Die Angst vor der Angst 287
Todesboten Tiere 289
Der Tod 290
Gesunde Ernährung vs. Zucker-Mania 295
Pharmazie vs. Naturmedizin 297
Sag' nein zur Co-Abhängigkeit 298
Zeichen 299
Schlusswort 300
Anhang 302
Neue Gebete/Rituale/Meditationen 302
Engels-Hierarchien 306
Schutzengel-(Not-)Gebet 307
Krafttiere 308
Gebet/Ritual für Verstorbene 310
Gebet/Ritual/Andacht (wenn der Hund oder ein anderes
Haustier heimgekehrt ist) 314
„Gute Reise!" (Gebet, „Give-away"-Spruch) 316
Schlaf' gut (Einschlaf-Gebet für und mit Kindern) ... 317
Weihung deines Traumfängers 318
Ich rufe das Glück herbei 320
Schamanisches Erwachen 322
Hexenkraft erwache! 325
Die Arbeit mit Edelsteinen 329
Ins-Licht-Führungs-Gebet 331
Magische Feste 335
Ruhe, Gelassenheit und (neue) Lebensfreude 346
*Eine kleine feine Farbenlehre: 353
Die Reise zu mir 354
Die Arbeit mit dem Hexenbrett (Ouija) 355
Schlusswort die Zweite 361
Danksagungen 362

Möge das erste gute Wort, das du am Morgen sprichst,
eine Brücke sein in den jungen Tag.

VORWORT

Es können wohl mit Fug und Recht nur eine überschaubare Anzahl an Branchen von sich behaupten, dauerhaft und anhaltend präsent und erfolgreich am Markt zu sein. Hierzu zählt ganz sicher der Bereich der sogenannten Esoterik in all ihren faszinierenden bunten Facetten.

Beleuchten wir dieses Wort im Sinne seiner (herkömmlichen) Bedeutung näher.

Der Begriffsursprung stammt aus dem Griechischen (esoterikós), was gleichbedeutend ist mit „innerlich". Ein Begriff für ein umfangreiches Spektrum an unterschiedlichsten Weltanschauungen, welche die spirituelle Entwicklung eines Individuums betonen. Esoterik bezieht sich außerdem auf keine bestimmte (Welt-)Religion.

Das Wort Esoterik ist eher als Synonymwort zu verstehen für die Spiritualität im Allgemeinen.

Die Esoterik steht für das sog. Neuheidentum (später mehr dazu), etablierte, organisierte und traditionelle Religion bzw. ebenso für „obskure" oder irrationale anderweitige Formen (was auch immer das bedeuten mag ...).

Wollen wir gleich hier ansetzen? Machen wir das!

Es ist ja nun nicht unbedingt eine Neuerfindung gewiefter Geschäftsleute, so ein umfangreiches und doch kaum erklär- oder gar fassbares Phänomen wie die Esoterik zu „erfinden". Das brauchten wir auch gar nicht, denn es gibt seit Urzeiten ebenso viele Glaubensrichtungen, Religionen wie es Länder gibt und deren Menschen bzw. deren Einstellungen.

Tatsächlich existieren bis in unsere Zeit hinein die vielfältigsten Auslegungen vom sogenannten Glauben und deren Ansichten darüber.

Und das macht die Esoterik, nehme ich an, so irrational und diffus für viele, die es nicht so mit dem Glauben haben und behaupten, Realisten zu sein. Sie halten die Esoterik schlicht für „spinnertes Zeug".

Heißt das also im Umkehrschluss, alle, die einer Religion angehören oder einem „alten" Glauben nachhängen, sind völlig abgedrehte und weltfremde Spinner? Nein, ich persönlich halte den wirklich gelebten Polytheismus für die einzig wahre Religion. Und das bedeutet, ALLE Formen von Glauben zu tolerieren und zu akzeptieren, egal, wie unnachvollziehbar diese für einen persönlich sind.

Kommen wir zu dem, was für viele noch viel weniger fassbar ist: Die Magie. Viel zu viele denken sofort an Dunkles, Geheimnisvolles und, ja, auch Böses, Satanisches. Was natürlich von vornherein viel zu einseitig gesehen ist. Dennoch: Es war und ist meist so, dass Menschen etwas (oder jemanden) „verteufeln", was/wen sie nicht verstehen können oder wollen und das ist – traurig, aber wahr – durchaus kein Phänomen des Mittelalters, sondern erstreckt sich durchaus ins 21. Jahrhundert.

Im Zeitalter der Inquisition war die Kirche da sehr „hilfsbereit", diesem vorgefassten Gedankengut Vorschub zu leisten.

Man schürte regelrecht die Angst vor dem, was man nicht verstand (und man hielt die Menschheit ganz bewusst naiv, denn so waren sie fügsamer und formbarer und leichter zu manipulieren bzw. zu instrumentalisieren). So entstand u. a. die Hexenverfolgung. Doch hierzu später sehr viel mehr.

Was also bedeutet Magie denn nun? Magie ist das Wirken von – was auch immer –, aus und mit der eigenen Kraft des Willens (im spirituellen Sinne). Auch diesen faszinierenden und durchaus erklärbaren Bereich betrachten wir im Hauptteil dieses Buches näher.

Ist Magie also wieder „nur" eine Glaubenssache, so nach dem Motto: Der Glaube versetzt, Berge ...? Eigentlich ja. Wie oft bewahrheitet sich etwas, was wir gar nicht wollen? Können wir tatsächlich durch unsere Gedankenkraft „magisch" wirken? Wollen wir einem bestimmten Menschen nicht über den Weg laufen, und wir denken Mantra-mäßig: „Lass' mich den/ die bloß nicht treffen ..." – um was wollen wir wetten, dass wir genau diesem Mann/dieser Frau begegnen? Dies ist nämlich der Umkehrschluss: Je mehr wir etwas NICHT haben wollen, programmieren wir uns selbst, dass wir einen Zustand des Nicht-Habens leben. Wir haben NICHT die Situation, einem ungeliebten Menschen zu begegnen. Und genau dann tun wir's, obwohl wir meinen, es doch eigentlich ganz anders gewünscht zu haben. Denken wir stattdessen „Ach, ist mir doch Wurscht, ob ich den/die treffe; ich komm' schon klar damit!", dann haben wir gedanklich losgelassen und strahlen somit Positives aus. Entweder uns bleibt dann tatsächlich eine ungewünschte Begegnung erspart, oder wir denken im Nachhinein: „War doch gar nicht so schlimm. Warum hab' ich mich nur im Vorfeld so verrückt gemacht!" Ja, die Kraft unserer Gedanken ist ein größeres Kapitel in diesem Buch wert.

In der Esoterik, um erneut darauf zurückzukommen, was ja dieses Buch beinhalten soll, ist für jeden etwas dabei, und alle Bedürfnisse werden zwischenzeitlich befriedigt.

Dir wird sicher auffallen, dass ich vieles ausgesprochen kritisch, wenn nicht gar mit einer gewissen Portion Sarkasmus beäuge, was NICHT gleichbedeutend ist mit Schlechtmachen oder unangebrachter Belustigung.

Mir ist aufgefallen, dass eine eigentlich nützliche Art der Entzauberung sogar Sinn macht. Denn nur was Mensch versteht, kann auch Verstehen hervorbringen.

Wollen wir also magisch sein auf unserem Weg der Magie. Ein jeder mag hernach seine eigenen Schlüsse ziehen und das daraus machen, was er für das Richtige hält.

Jedenfalls hoffe ich, dass es mir gelingen möge, für eine Entzauberung zu sorgen, die uns erkennen lässt, dass weder die Esoterik noch die Magie Humbug ist oder gar etwas abgrundtief Böses darstellt. Mein Ziel ist es zu erreichen, dass am Ende dieses Buches zu erkennen sein wird, dass die Esoterik mitsamt ihrem Kaleidoskop an faszinierenden Möglichkeiten alles, nur nicht Unsinn ist. Wir alle glauben an etwas, selbst wenn wir behaupten, an nichts zu glauben. Denn der Unglaube ist streng genommen auch ein Glaube, oder etwa nicht?

Hand aufs Herz: Gab oder gibt es in deinem Leben Situationen, in denen du dich gefragt hast, ob es wirklich Engel gibt? Dass da „etwas" ist, das über dich wacht und dich beschützt? Ich denke, wir alle kennen Momente, da brauchen wir einfach irgendwas, an das wir glauben und uns daran festhalten können. Aber wie könnte etwas, das wir weder sehen, riechen, hören oder anfassen können, für uns eine Hilfe sein? Gar eine Stütze?

Komplett „verstrahlt" lassen uns Menschen erscheinen, die behaupten, an Feen, Elfen und Zwerge zu glauben. Natürlich können jene „Vergeistigten" nicht die gebotene Bodenhaftung haben ... Oder?
Nein, nicht alles, was in Märchenbüchern steht, ist pure Fantasie. Manches ist – unglaublich, aber wahr – durchaus Realität.

Wie sieht es mit denen aus, die versichern, dass es in ihrem Zuhause nicht mit „rechten Dingen" zugeht? Haben sie alle zu viele Horrorfilmchen gesehen, und drehen nun durch, weil ihre Fantasie mit ihnen durchgeht? Wie ist es mit dir? Glaubst du an Geister?

Als du am Sterbebett eines lieben Menschen saßest, hast du dich vielleicht schon einmal gefragt, wohin wir gehen, wenn wir „tot" sind?

Alle diese Fragen versuche ich in diesem Buch zu beantworten. Versprochen!

Was allerdings benötigt wird, ist dein aufgeschlossener Geist. Lasse einfach mal so unvoreingenommen wie für dich möglich sacken, was du hier so alles erfährst.

Ganz sicher sind wir nicht allein. Um das anerkennen zu können, braucht es einerseits deinen Verstand/deine gesunde Bodenhaftung ebenso wie deinen Bauch/deine Intuition/deinen sog. 6. Sinn. All dies in ausgewogener Balance wird dir Möglichkeiten des Um- und Weiterdenkens aufzeigen, die es in sich haben können – wenn du es zulässt ...

Gleichfalls werde ich aufzeigen, weshalb wir alle (und alles!) wahrhaft göttlich sind und dass diese Behauptung bzw. Lebenseinstellung absolut nichts mit Gotteslästerlichkeiten zu tun hat, wie uns (leider noch immer!) von div. Kirchenobrigkeiten erklärt wird.

Dem Thema „Hexen" werde ich mich ebenfalls widmen, denn dieser (Esoterik-)Bereich ist ein so komplexer und wird durch Unkenntnis bzw. ungenaue Darstellungen selbst im 21. Jahrhundert noch belächelt bzw. dämonisiert, sodass es mir ein regelrechtes Bedürfnis ist, hier so Einiges geradezurücken.

Ja, das „neue" Zeitalter, das „New Age" ist gerade in Esoterik-Kreisen in aller Munde.

Doch was genau bedeuten eigentlich Begrifflichkeiten wie Nachhaltigkeit, Entschleunigung, Achtsamkeit und „neues" Bewusstsein? Wir werden hierzu einiges erfahren. Auch werde ich in diesem Zusammenhang einiges in Sachen Umgang mit Tieren/ Natur/Klima/Artensterben etc. ausführen. Hier halte ich mich lediglich an harte, traurige und für unsere Spezies durchaus beschämende Tatsachen, über die es endlich WIRKLICH achtsam und neu nachzudenken gilt.

Es gibt nur einen einzigen richtigen Zeitpunkt zu erwachen, und dieser Zeitpunkt ist jetzt!
(Buddha)

Viel Freude wünsche ich euch allen.

Eure M.

Sieh', das ist Lebenskunst:
vom fernen Wahn des Lebens sich befreien, fein hinzulächeln übers große Muß.
(Chr. Morgenstern)

Allerlei „Esoterisches"

Kommen wir auf die wahrlich bunte Welt der sogenannten Esoterik zu sprechen.

Das, was mich an der Esoterik hauptsächlich begeistert und immer wieder positiv abholt ist, die aufgezeigte und gelebte Art des Polytheismus, also das Leben-und-leben-lassen-Prinzip ALLER Glaubens- und Religionsrichtungen auf einer einzigen Augenhöhe.

Hierin unterscheidet sich die Esoterik (leider) erheblich gerade von den etablierten, christlich geprägten Kirchen bzw. jenen Religionen, die meinen, ihre Denk- und Glaubensweise ist die einzig richtige. Dieser monotheistische Gedanke ist einseitig und unerträglich arrogant.

Hier tickt die Esoterik komplett anders. Sie zeigt vielfältige Wege und Möglichkeiten auf, den Lebensweg ausfindig zu machen. Lasse dir bitte von niemandem erklären, welcher hiervon der richtige Weg für dich ist, denn das kann nur ein Mensch für dich entscheiden, nämlich du selbst!

Amulette, Talismane, Traumfänger, Edelsteine, Tarot, Hexenbrett, Pendel, Séancen, Klangschalen, Chakra-Energie-Arbeit … Es gibt so vieles für dich zu entdecken, und was hiervon für dich von Bedeutung ist oder vielleicht wird, kann dir unmöglich gesagt oder gar aufgezwungen werden.

Gehe deinen göttlichen Weg, und Gott/Göttin mögen dich mit ihrem Segen begleiten!

Mögest du Ruhe finden, wenn der Tag sich neigt und deine Gedanken noch einmal die Orte aufsuchen, an denen du heute Gutes erfahren hast.
(Altirischer Segenswunsch)

Engel

Hat deine Mutter, als du noch klein warst, auch allabendlich mit dir vor dem Einschlafen gebetet? Meine tat es jedenfalls. Es war ein kurzes Ritual, das sie mir zwar genau betrachtet „aufgedrückt" hatte; jedoch habe ich es eigentlich nie als lästig empfunden, ganz im Gegenteil.

Welchen Sinn oder Zweck Gebete haben, wollen wir an anderer Stelle ein klein wenig näher beleuchten.

Heute
Beten wir noch zu „Gott"? Glauben wir gar an (Schutz-)Engel, die immer hilfreich an unserer Seite stehen? Oder sollte ich besser sagen schweben – schließlich besitzen sie Flügel …

In vielen Religionen glaubt man an die Existenz von Engeln, den sog. Himmelsboten. Wir lesen von den mächtigen leuchtenden

Wesen in der Weihnachtsgeschichte, sehen niedliche pummelige „Putten" in Barock-Kirchen, doch wollen wir ernsthaft behaupten, dass immer ein schützender Engel über uns ist?

Vielleicht, vielleicht auch nicht; doch warum baumeln so viele Schutzengelchen an den Autospiegeln ...? Sind die kleinen Gesellen nur Deko, oder steckt vielleicht doch mehr dahinter?

Irgendwie will mir scheinen, dass wir an sie glauben wollen, aber dann ist es uns doch zu peinlich, das öffentlich zuzugeben. Die Hardcore-Ungläubigen fragen dann nicht selten: „Ach, du glaubst wohl auch noch an den Osterhasen, was?"

Solche Situationen habe ich auch schon erlebt. Ich antworte dann jedes Mal mit dem gleichen Spruch: „Ja, warum denn nicht? Kannst du mir den Beweis liefern, dass es ihn NICHT gibt?"

Sind Engel also nichts weiter als schmückendes Beiwerk zu Weihnachten? Saisonarbeiter sozusagen, die nur einmal im Jahr aus der Mottenkiste gekramt werden, damit unser Heim adventlich geschmückt ist?

Wären Engel mit menschlichen Emotionen behaftet, würden sie vermutlich einigermaßen traurig zustimmen. Doch sie sind eben nicht menschlich. Nicht mehr jedenfalls. Denn tatsächlich kann ein „Verstorbener" (ich nenne sie lieber Heimkehrer, denn das trifft es genauer) über dich wachen und wie ein (Schutz-) Engel für dich sein. Hierzu später mehr.

Hier ein kleiner Crashkurs in Sachen Engel-Hierarchien:

Die Seraphim

Sie stehen „Gott" am nächsten und sie manifestieren Schwingungen, um die Energie der Göttlichkeit am Laufen zu halten. Sie sind reinste Lichtwesen. Unter ihnen kann es die sog. Schutzengel geben. Steht ein solcher aus diesem „Himmels"-Bereich an deiner Seite, dann hast du möglicherweise richtig große Aufgaben in deinem Leben zu bewältigen.

Die Cherubim

Sie „hüten" das „Licht" und die Gestirne. Suchen wir Wissen und Weisheit, sind sie unsere Partner erster Wahl. Wenn wir einen ausgesprochen mächtigen Schutz benötigen (hierzu später reichlich mehr) können sie ein persönlicher Bodyguard für uns sein.

Die Throne

Diese werden den Planeten zugeordnet, weshalb sie zu den sog. planetarischen Engeln zählen. Sie leiten und erschaffen positive/gute Energien. Wir können sie mittels Gebet, Meditation bzw. Ritual anrufen, wenn wir Klarsicht brauchen in Bezug auf Planeten, Beziehungen oder generelles Arbeiten in einer Gruppe.

Die Herrschaften

Sie sind die „göttlichen" Führer (Bitte dieses Wort nicht falsch verstehen!). Sie stehen für das Gesetz von Ursachen und Wirkungen. Wenn du ein dickes gewichtiges Projekt/Anliegen vor dir hast, bei dem du mit Herzblut bei der Sache bist, kannst du dich an die Herrschaften wenden.

Die Mächte

Sie (be-)hüten die menschliche Geschichte, u. a. gehören zu ihnen jene Engel, die für Geburt und Tod „zuständig" sind. Durch Träume bzw. „spezielle" Gefühle können sie uns Botschaften senden und somit Unheil abwenden, wenn wir sie lassen. Sicher kennst du Menschen, die den sog. 6. Sinn haben. Mit jenen arbeiten die Mächte gerne Seite an Seite.

Die Tugenden

Ihre Aufgabe ist es, Gnade und Tapferkeit zu verteilen. Sie interessieren sich für Menschen, die eine lichtvolle/positive Lebens- bzw. Grundeinstellung haben. Sie versuchen, uns zu Harmonie und lichtvollem Handeln zu bewegen, wenn wir für Ihre Mitteilungen offen sind.

Die Engelsfürsten

Wir können uns an sie wenden, wenn wir etwas gegen Diskriminierungen (u. a. Rassismus, Mobbing etc.) tun wollen bzw. uns für Tiere engagieren.

Die Erzengel

Gleich nach den sogenannten Schutzengeln sind sie wohl die bekannteste Gruppe der Himmelsboten. Sie haben gerne mit uns Menschen zu tun, wenn wir sie darum bitten. Es wird in so manchem Buch anders behauptet; dies stimmt jedoch nicht; und das weiß ich aus eigener Erfahrung!

Die Engel/Schutzengel

Sie sind einem bestimmten Menschen an die Seite gestellt. U. a. gehören zu ihnen die allseits bekannten Schutzengel. Auch hier gilt: Herz und Verstand im Einklang zu halten, wenn wir sie anrufen bzw. zu ihnen beten. So wie es sinnvoll ist und in unseren Lebensplan passt (später mehr zu diesem Thema), können sie helfen, Hindernisse aus dem Weg zu räumen und Möglichkeiten für uns zu schaffen, an die wir selbst nie gedacht hätten. Glaubt mir, es ist so.

Nun sind all die aufgeführten Hierarchien nicht im wortwörtlichen Sinne (besser gesagt im menschlichen Sinne) zu sehen. Zwar gibt es, wie wir nun erfahren haben, die unterschiedlichsten Ebenen. Dies bedeutet jedoch nicht, dass einer mehr Bedeutung hat und wichtiger, wertvoller oder gar mächtiger ist als der andere. Diese „Mucki"-Spielchen gibt's nur unter uns Menschen.

Kommen wir zu einem elementaren Aspekt, der deutlich herausgestellt gehört: dem freien Willen.
Dieser ist der gesamten lichten Göttlichkeit nicht nur wichtig, er ist ihnen sogar ausgesprochen heilig! Kein Engel, selbst „Gott" nicht, kann und darf sich über unseren freien Willen hinwegsetzen und aus uns Menschen manipulierbare Marionetten machen. Diese Vorstellung gehört tatsächlich in die Sagenwelt der griechischen Gottheiten. Weshalb ich explizit die lichte Sei-

te angesprochen habe, hat den Grund, dass es natürlich auch die Gegenentsprechung, nämlich die dunkle Seite, ebenso gibt.

Jenen Wesenheiten, auf die ich an späterer Stelle ausführlich eingehen werde, liegt nicht unser Wohl am Herzen, das genaue Gegenteil ist der Fall! Sie achten nichts und niemanden und schon gar nicht unseren freien Willen.

Es gibt zahlreiche Gebete, Rituale und Meditationen, um mit den Engeln in Kontakt zu kommen. Eigentlich sind dies Hilfestellungen, die wir, streng genommen, eigentlich gar nicht benötigen würden.

Mit einem offenen Herzen und einem ebenso wachen Geist ist es jedem Menschen möglich, mit den Engeln in Kontakt zu treten, und das völlig ohne jegliches Brimborium.
Wir müssen es nur wollen wollen.

Visuell ist es natürlich möglich, dass medial aufgeschlossene Menschen sie wahrnehmen können. Doch meist sind ihre „Hinweise" ganz besonderer Art, die erkannt, angenommen und schließlich entschlüsselt werden wollen.

Hier zwei Begebenheiten, die ich selbst genau so wie hier geschildert erlebte:

Als ich 17 Jahre alt war, wollte ich in die Stadt gehen. Von meinem damaligen Elternhaus waren das ca. 10 Minuten Fußweg. Meine Mutter riet mir dringend andere Schuhe anzuziehen, da es durch überfrorene Nässe sehr rutschig war. Aber nein. Ich bestand auf meine Stiefel mit der glatten Sohle. Ich war schließlich kein Baby mehr und konnte nun wirklich auf mich aufpassen ...
Meine Mutter betete für mich, dass ich heil dorthin kommen möge, wohin ich damals wollte.
Von dem Zeitpunkt an, als ich die Haustür verließ, lief ein Mann vor mir her. Er trug einen Hut, einen braunen Mantel

und einfache Halbschuhe. Ich schätzte ihn auf ca. 50+. Egal, wie schnell, oder besser gesagt langsam ich lief, der Abstand zu ihm blieb immer gleich.

Jedes Mal, wenn ich rutschte, drehte er sich halb zu mir herum, so als wolle er sagen: „Hey, Mädchen, alles okay bei dir?"

Dann ging es weiter wie beschrieben. Ich rutschte, er reagierte. Wir sprachen kein Wort miteinander und auch sonst hatten wir keinerlei Berührungspunkte.

Als ich schließlich trotz Kälte schweißgebadet in der Stadt angekommen war, sah ich einen winzigen Augenblick auf den Boden, um erneut die Glätte auf dem Kopfsteinpflaster zu testen. Weg war er!

Natürlich ist es nicht ungewöhnlich, wenn sich Menschen (scheinbar) in Luft auflösen. Doch hier gab es gleich mehrerlei zu bedenken:

Zum einen war der Platz (dank dem fiesen Wetter) nahezu menschenleer. Irgendwo hätte ich den Mann sehen müssen. Ich drehte mich in alle „Himmels"-Richtungen. Der Mann blieb verschwunden.

Abgesehen von dieser möglichen Zufälligkeit, gaben es die Straßenverhältnisse überhaupt nicht her, dass er so flugs hätte „verschwinden" können. Ich glaube, dass ich fast 5 Minuten dastand, wie der sprichwörtlich begossene Pudel, um nach dem Mann Ausschau zu halten.

Wenigstens mit einem Lächeln hätte ich mich für seine Fürsorge und seine Hilfsbereitschaft gerne bedankt. Vergebens.

Als ich später nach Hause kam, berichtete ich meiner Mutter von diesem eigenartigen Erlebnis. Sie sagte mir, dass sie um Schutz für mich gebetet hatte ...

Ob ihr's nun glauben wollt oder nicht, aber ich bin ein recht rational denkender Mensch. So schnell klappt das bei mir nicht, dass ich gleich an Übersinnliches glaube. Will ich hier nun meinem eigenen Buch widersprechen? Nein, durchaus nicht! Es ist, wie ich weiter oben bereits erwähnte, nur wichtig und richtig, das Herz und den Verstand in Balance zu halten. Noch immer skeptisch, dass hier womöglich ein Engel im Spiel war? Dann lest mal weiter!

Mein zweites frappierendes Erlebnis hatte ich einige Monate später.

Während meiner damaligen Lehre musste ich einen Botengang mit der Bahn in eine andere Stadt zum Gericht machen. Ich schob Panik, denn weder kannte ich mich allzu sehr mit Zugverbindungen aus noch wusste ich, wo das Gericht genau zu finden war, bei dem ich wichtige Unterlagen abgeben sollte. Dazu kam noch der Zeitdruck; denn meinem damaligen Chef fiel es reichlich spät ein, dass ein Kollege genau diese Akten benötigte, die ich überreichen sollte, und der Gerichtsprozess war bereits in vollem Gange!

So stand ich relativ kopflos vor dem Kartenautomaten. Ab diesem Zeitpunkt hatte ich einen Mann an meiner Seite (nicht der Gleiche, wie oben), der mir mit allem helfen sollte, was nur ging.

Er löste für mich die Karte, begleitete mich zum richtigen Zug (er stieg selbst dazu) und lotste mich zum Gericht, wo ich noch einigermaßen termingerecht die Unterlagen abgeben konnte. Doch die Geschichte ist hier noch nicht zu Ende. Wieder begleitete er mich zum Bahnhof zurück, setzte mich in den richtigen Zug, und als ich zwei Sekunden (länger war es ganz sicher nicht) wegsah, war er verschwunden. Wie oben geschildert sah ich mich auch diesmal um und konnte meinen Helfer nirgends mehr entdecken.

Auch an diesem Ort war es zur Stunde überschaubar, fast menschenleer, denn die meisten waren bereits eingestiegen.

Auch mit diesem Mann führte ich, was wohl meiner Nervosität geschuldet war, kaum ein Gespräch. Nur sein leises, ich möchte fast sagen wissendes Lächeln ist mir bis heute im Gedächtnis geblieben.

Zufälle? Vielleicht. Doch wie wahrscheinlich sind sie? Sicher, es gibt Menschen, die so herzensgut sind, dass sie reine „Engel" für andere sind. Nur, wie erklärt sich jeweils das plötzliche Verschwinden?

Ein kleiner Einschub zu dem Wort Zufall. Menschen sprechen von Zufall, wenn sie etwas als beiläufig geschehen bezeichnen. Doch kann etwas, das uns „zufällt" nur Zufall sein?

Mein Mann und ich hatten zwischenzeitlich mehrere Male mit Schutzmaßnahmen ganz besonderer Art zu tun, wodurch wir vor größerem Ungemach bewahrt wurden. Immer baten wir um Hilfe, und sie kam.

Zugegeben, nicht immer sofort und auch nicht immer so, wie wir es uns vorstellten. War die Himmels-Telefon-Leitung besetzt und wir hingen in der Warteschleife ...?
Sicher nicht!

Nicht immer ergibt es für uns sofort einen Sinn, was Engel unter Hilfe für uns verstehen. Wie oft war ich enttäuscht, kam alles ganz anders, wie ich's gerne gehabt hätte. Doch nicht ein einziges Mal (und das stimmt wirklich) habe ich hierbei Nachteile gehabt, sondern das genaue Gegenteil. Das, was wir allgemein Fügung nennen, nämlich, dass sich alles schon irgendwie fügt, wie's sein soll, hat sich am Ende stets für die bessere Wahl herausgestellt.

Doch was ist Fügung/Schicksal und was purer Zufall? Und was bedeutet das Wort Zufall eigentlich genau? Zufall bedeutet doch eigentlich, dass uns etwas zugefallen ist, richtig? Also könnte das, was uns so zufällig zugefallen ist, doch auch Fügung, sprich Schicksal, sein. Wie gesagt, ich bin wohl der unesoterischste

Esoteriker aller Zeiten; mich hat man nicht gleich mit Übernatürlichem. Doch manches einmal genauer zu hinterfragen ist doch spannend und hat meines Erachtens nicht das Geringste mit vergeistigter Spinnerei zu tun.

Wie können Engel sich uns mitteilen?

Die Gründe, weshalb sich die himmlischen Helfer nicht einfach zeigen, sind so vielfältig wie unsere menschlichen Charaktere bzw. die damit verbundenen Lebensumstände.

Tatsächlich ist es für uns Menschen gar nicht so kompliziert, Engel-Botschaften wahrzunehmen und zu verstehen. Hier einige Beispiele:

Für Menschen, die medial veranlagt sind bzw. eine erhöhte spirituelle Aufnahmefähigkeit besitzen, ist es natürlich eine „Kleinigkeit", die Aura der Engel visuell wahrzunehmen.

Und nein, sie zeigen sich durchaus nicht immer mit gigantisch gülden leuchtenden Flügeln. Engel zeigen sich so vielfältig wie ihre Aufgaben sind, die sie für uns Menschen aufgreifen möchten, wenn wir sie lassen.

Eine weitere Möglichkeit, wie sich Engel uns mitteilen können, ist die, Menschen zu besetzen. Um eines gleich vorwegzunehmen: Dies ist nicht gleichzusetzen mit Besessenheit. Denn die geschieht ohne Rücksicht auf Verluste, wohingegen Engel nur dann durch einen Menschen sprechen und handeln, wenn dieser durch seine Seelenverbindung zu den Himmelsboten die ausdrückliche Bereitschaft hierzu erklärt.

Diese Bereitschaft ist so eine Art Nabelschnur in unsere wirkliche Heimat, die nur dann abreißt, wenn wir sie bewusst durchtrennen. Die gute Nachricht ist: Diese Verbindung kann jederzeit erneuert werden. Nichts und niemand ist für immer und ewig getrennt voneinander.

Und auch sogenannte dunkle Seelen, auf die ich noch zu sprechen komme, müssen es nicht bis in alle Ewigkeit bleiben.

Nehmen wir meine eigenen Erlebnisse. Hier, und da bin ich mir ganz sicher, haben sich zwei gute Menschen dazu bereit erklärt, für einen hilfsbedürftigen Menschen da zu sein. In dem Falle für mich.

Eine Frau saß in einem Flugzeug. Sie wurde umgesetzt aus Gründen, die sie nicht verstand, doch wer wehrt sich gegen die erste Klasse, wenn er eigentlich Holzklasse gebucht hatte ...?!
Immer wieder traf sie auf warnende Blicke einer Flugbegleiterin, so auch angeschnallt zu bleiben, obwohl nur sie die Warnung durch den Lautsprecher wahrnehmen konnte. Auch den Sitzplatz mit ihrem Nachbarn zu tauschen versagte ihr das Kopfschütteln jeder Angestellten der Fluggesellschaft. Die Frau verstand zwar überhaupt nicht, was da eigentlich vor sich ging, aber eine „innere Stimme" hieß sie, auf die Warnungen zu hören. Was der Frau das Leben rettete, denn der Flieger geriet in Turbulenzen und stürzte ab. Es gab zahlreiche Tote.
Dies trug sich im Übrigen wirklich in den USA zu und ist kein von mir erfundenes Beispiel, wie sich Engel uns mitteilen können.

Können Engel lediglich Menschen „besetzen"? Nein, Tiere sind gleichfalls Überbringer von himmlischen Botschaften. So stellte sich einmal (dies ist ebenfalls wirklich geschehen) ein Hund vor ein Schulkind, das bei Grün über die Straße gehen wollte. Egal, wie es versuchte, an dem Vierbeiner vorbeizukommen, der Hund ließ das Kind nicht über die Straße. Ein Laster raste heran; der Fahrer war übermüdet eingeschlafen und hätte ganz sicher das unbedarfte Kind überfahren.

Als alle, die Passanten wie auch das Kind, ihren Schock überwunden hatten, war der Hund spurlos verschwunden. Hier hat ein Engel in der Gestalt eines Tieres das Leben eines Schulkindes gerettet. So geschehen in den USA. Zufall? Ja, natürlich! Dem Kind ist ein himmlischer Beschützer „zugefallen", was sonst ...?!

Je aufgeschlossener unser Geist (oder auch Seele oder Unterbewusstsein genannt) ist, desto deutlicher können sich Engel durch innere Eingebungen bemerkbar machen. Wir entscheiden uns scheinbar spontan, nicht den üblichen Fußweg zur Arbeit zu nehmen.

Oder wir rufen endlich einmal wieder die liebe Tante an und erfahren, dass sie mit Grippe im Bett liegt und Hilfe gebrauchen kann. Im Supermarkt entscheiden wir uns, nicht durch die Gemüseabteilung zu laufen und bemerken „nebenbei", dass der Boden frisch gewischt und somit super glatt ist. Du hättest hinfallen können ... Im Buchladen suchst du eine bestimmte Lektüre. Als du sie endlich entdeckt hast, fällt dein Blick auf ein ganz anderes Buch, und du entscheidest dich spontan, dich für dieses zu entscheiden. Zu Hause bemerkst du, dass der Inhalt genau auf dich und dein momentanes (vielleicht gesundheitliches) Anliegen zugeschnitten und dir ausgesprochen nützlich ist.

Natürlich können sich unsere Engel-Freunde auch über Träume mitteilen und wichtige Botschaften übermitteln. Dies sind Träume, an die wir uns in allen Einzelheiten erinnern können, was bei den meisten Träumen kaum der Fall ist, weil deren Inhalt weniger von Bedeutung/Wichtigkeit ist und in die Abteilung Verarbeitungsprozess gehört.

Beispiele: Du träumst von einer unglaublich saftig grünen Wiese, und im Traum spürst du das Gras zwischen deinen Zehen. Ein Regenbogen leuchtet dir entgegen. Als du erwacht bist, weißt du: Die grüne Insel willst du im nächsten Urlaub bereisen.

Dein Hund ist eingeschläfert worden und du bist natürlich sehr, sehr traurig. Im Traum erscheint er dir. Du spielst mit ihm. Sogar seine Zunge spürst du, als er deine Hand schleckt. Doch halt, was ist das? Da steht ja ein Hund an seiner Seite, den du nicht kennst. Dein Blick kreuzt den deines Vierbeiners. Ruckartig wachst du auf und weißt: Ja, einen neuen Hund zu dir zu holen, ist die richtige Entscheidung, und dein vierbeiniger Schatz ist ganz und gar nicht eifersüchtig!

Je mehr wir unseren Sinnesorganen vertrauen und auf sie achten, desto leichter fällt es den Engeln (...) sich uns durch Geräusche, Gerüche, Gefühle, Eingebungen etc. mitzuteilen.

Beispiele:
Wir sitzen gemütlich mit unserer Katze auf dem Schoß auf der heimischen Couch und nehmen plötzlich den Geruch von Weihrauch wahr, obwohl wir gar nicht räuchern. Durch dein neu erworbenes Engel-Buch weißt du, dass der Duft mit dem Engel ... in Verbindung gebracht wird.

Oder du gehst spazieren und fühlst plötzlich ein ganz warmes Gefühl auf deinen Armen, gerade so, als wenn dich jemand zart und liebevoll umarmt. Du schließt deine Augen und weißt: Ich bin sicher und geborgen durch meinen (Schutz-)Engel.

Das sogenannte innere Hören wird meist als Einbildung oder Wunschdenken abgetan, leider nicht selten von uns selbst! Gerade so, als wenn wir Angst davor haben, an etwas so Schönes wie einen Engel-Begleiter zu glauben. Was kann denn schon passieren? Natürlich sind nicht alle Eingebungen, die wir haben, von einem Engel. Es könnte aber doch sein?! Und wie schade ist es dann, wenn wir durch unsere Egos (auch „rationales" Denken genannt) alles im Keim ersticken, was so herrlich für uns aufblühen könnte!
Engel-Botschaften sind IMMER konstruktiver und NIEMALS destruktiver Natur. Was heißt das? Erzählen uns Engel

also nur Schönes und Lichtvolles? Nein. Sie teilen uns durchaus auch Warnungen mit oder Hinweise, die uns zu etwas bewegen möchten. Doch immer ist für sie unser freie Wille heilig, und sie würden uns NIE zu etwas zwingen wollen. Und ihre Mitteilungen ziehen NIE herunter, machen ein schlechtes Gewissen oder erzeugen schmerzhafte Gefühle. Wenn dies geschieht, spricht gerade kein Engel des Lichtes!

Wie es möglich ist, sich gegen die dunkle Seite der „geistigen Welt" zu wehren, verrate ich an späterer Stelle eingehender.

Engel sind weiterhin fähig, uns in Kooperation mit Heimgekehrten Botschaften zu übermitteln. Auch hier sind die Möglichkeiten vielfältig, wie weiter oben beschrieben.

Tatsächlich sind Engel auf nur eine einzige Sache angewiesen, wenn sie sich uns mitteilen möchten: Sie benötigen unseren aufgeschlossenen und unvoreingenommenen Geist.

Wollen wir uns darauf einlassen? Einen Engel an unserer Seite zu wissen ist doch eigentlich nicht zu verachten …

Erlaube mir, ein klein wenig auszuholen.

Alles, was lebt auf „unserem" Planeten, besteht aus reiner Energie. Menschen, Tiere, Pflanzen, Steine, Minerale, Holz – eben alles.

Ebenso die Luft, die wir zum Atmen brauchen, das Wasser, das Feuer usw.

Dies ist – Halleluja! – eine wissenschaftlich bewiesene Tatsache …

Energie ist nicht zerstör-, sondern lediglich umwandelbar. Was hat das nun mit diesem Buch zu tun? Wenn wir „sterben" geht unsere Energie nicht einfach flöten auf Nimmerwiedersehen, sondern verändert sich in einen anderen Zustand hinein. Und zwar in den Zustand der Unsichtbarkeit. Oder anders ausgedrückt: In unseren eigentlichen Zustand.

Ein weiteres Phänomen – wenn du so willst – ist die allgegenwärtige Dualität. Das bedeutet, es existiert nichts ohne die Gegenentsprechung. Laut/leise, hell/dunkel, warm/kalt, sichtbar/unsichtbar, gut/böse ... Diese Gegensätze könnte man allerdings auch Abstufungen nennen. Nehmen wir die Farben Schwarz und Weiß. Erhellt sich das Schwarz immer mehr, kann es zu Weiß werden. Dies erkennen wir als Dualität. Eben, dass es schwarz und weiß gibt.

Das Dritte, was ich erwähnen möchte, ergibt sich eigentlich bereits aus dem eben Geschilderten. Wenn es „gute" Energien gibt, existieren selbstredend auch die „anderen", nämlich die nicht guten bzw. jene dunklen Energien, auf die ich später noch zu sprechen komme.

Alles, einfach alles entstammt aus einer einzigen Energie-Bündelung, die ich „die göttliche Quelle" nenne. Andere sagen „Gott" dazu oder vergeben andere Namen, je nach Glaubensrichtung und Religionszugehörigkeit.

Okay, wie passen nun alle diese Informationen zusammen, und was hat das bitte schön mit unseren Engeln zu tun?

Engel sind die „Guten" und sie sind unsichtbar (für die meisten Menschen jedenfalls). Die göttliche Quelle hat so viele Existenzen beheimatet, die wir mit unserem menschlich eingeschränkten Erinnerungsvermögen gar nicht alle erfassen können. Einige hiervon sind die Engel. Ja, auch wir kehren eines schönen Tages dorthin zurück, woher wir kamen. Auch hierzu an späterer Stelle mehr. Vorgreifen möchte ich dennoch: Es ist nur eine logische Schlussfolgerung, dass, wenn wir aus der göttlichen Quelle entstammen, ebenfalls alle göttlich sind. Ja, das meine ich völlig ernst und hat mit Blasphemie oder unangemessen überbrodelnder Arroganz nicht das Geringste zu tun.

Engel sind, und da hat die Überlieferung durchaus recht, Entsandte der göttlichen Quelle. Sie sollen/wollen uns zur Seite stehen, wenn wir ihnen dies, wie bereits erwähnt, zugestehen.

Wir haben tatsächlich weitere Möglichkeiten, Engel gewahr zu werden. Nämlich durch unsere Feinsinnigkeit, die einem jeden Menschen zu eigen ist. Natürlich – wie könnte es auch anders sein – benötigen wir hierfür wieder einmal unser aufgeschlossenes Herz ebenso wie eine gesunde Bodenhaftung, auch Verstand genannt. Den Blick gen „Himmel" und die Füße fest auf der Erde verankert sozusagen.

Es ist halt ein Menschen-Ding, dass wir uns stets damit schwertun, an etwas zu glauben, das wir nicht sehen können. Was ist mit der Luft? Sie sieht man eigentlich auch nicht, und doch wissen wir, dass es sie gibt und dass sie da ist.

Ebenso können wir auch Engel wahrnehmen.

Um eines klarzustellen: Ich möchte hier nicht missionieren oder den Leser nieder quatschen, bis er endlich „freiwillig" glaubt. Ich gehe einmal davon aus, dass du dieses Buch nicht zufällig gekauft hast. Wenn du zu den Suchenden in Sachen „Esoterik" gehörst, dann kann ich dir den Vorhang ein klein wenig lupfen. Ob du letztlich hinschauen möchtest, ist deine Entscheidung.

Wollen wir mal sehen, ob es noch mehr zu entdecken gibt ...

Sind Engel einer Religion zugehörig? Nein, sie sind neutral. Wer an sie glaubt und sie ruft, bei dem sind sie richtig. Es ist nicht unbedingt so, dass sie es erwarten, jedoch sollten wir ihnen das zollen, was wir selbst für uns reklamieren: Respekt.

Insofern ist es eigentlich müßig zu erwähnen, dass wir diesen lichten Boten achtsam, ehrlich und respektvoll begegnen. Gleich, ob wir dies aus einer Notsituation heraus tun oder uns mittels Gebet, Ritual oder Meditation Zeit für einen Kontakt nehmen.

***Nur im ruhigen Teich spiegelt sich das Licht der Sterne.
(Chin. Sprichwort)***

Was ist mit deiner Umwelt?
Glauben deine Kollegen, Freunde, Familie (...) an Engel? Falls ja, hast du natürlich die besten Vertrauten in Sachen Engel an deiner Seite. Doch was ist, wenn du auf Skeptiker stößt, die dich eher belächeln, als dir zuhören wollen? Dann ist es eben so.

Wir alle kommen mit einem Lebensplan auf diese Erde, und vielleicht hat sich jemand vorgenommen, nicht glauben zu wollen. Dann ist es nicht an uns, sie zu belehren bzw. bekehren.

Der Glaube an Engel ist etwas Tiefes, ja regelrecht Berührendes. Wenn du nicht sicher bist, wie dein Umfeld auf deine Engel-Liebe reagiert, rate ich dir vielleicht ganz beiläufig etwas zum Thema fallen zu lassen. Du merkst, wie's rüberkommt. Vielleicht findest du Gleichgesinnte, vielleicht auch nicht.

Alleine stehst du nie. Engel haben Geduld. Eine Engelsgeduld sozusagen! Und sie warten auf dich, bis du vielleicht so weit bist, dich für sie zu öffnen.

Lächle – und die Welt verändert sich.
(Buddha)

Es sind nicht nur die Engel, die uns hilfreich zur Seite stehen können. Unser aller Heimat, sprich die „göttliche Quelle", hat noch viele helfende Energien für uns parat. Natürlich gilt auch hier: Unser freier Wille ist und bleibt das oberste Gebot!

Verstorbene

Wie ich bereits ausführte, mag ich dieses Wort nicht sonderlich. Es klingt so tot, so endgültig und düster. Wie könnten uns „Tote" helfen, landeten sie im Nirwana des ewigen schwarzen Nichts?

Das sogenannte Jenseits ist gar nicht so jenseits, wie der Name uns glauben machen möchte oder wie uns die Kirche oft glauben lässt. Die Feinstofflichkeit, in die unsere Energie wechselt, wenn wir das Erdenleben beendet haben, ist unsichtbar innerhalb unserer Atmosphäre. Wir landen nicht auf irgendeinem weit entfernten Abendstern oder hoch droben über den Wolken.

Das ist natürlich für alle Skeptiker purer Schwachsinn, doch ich denke, dass kein von sich und seiner Ideologie überzeugter Atheist dieses Buch in Händen hält. Über das Thema Leben nach diesem Leben gibt es zahlreiche Bücher, weshalb ich hierzu lediglich einen Querverweis liefern möchte.

Zurück zu unseren Heimgekehrten. Wie mögen sie uns nun (noch) helfen können, wo sie ja doch „tot" sind?

Tatsächlich können uns unsere Lieben im Traum begegnen. Nein, Träume sind NICHT Schäume! Ganz im Gegenteil. Auch hier spielen unsere Feinsinnigkeit und der Glaube daran eine ausgesprochen gewichtige Rolle!

Gerade wenn wir schlafen sind wir sozusagen auf Empfang geschaltet, und unsere Heimkehrer können auf der ruhig gestellten Plattform unseres Unterbewusstseins leichter Kontakt aufnehmen. Sie können uns Hinweise, Warnungen, Grüße und noch vieles mehr überbringen. Ach ja, im Übrigen gilt dies durchaus auch für unsere heimgekehrten Tiere! Und was Letztere betrifft weiß ich persönlich, wovon ich spreche!

Jenseitige zeigen sich nicht selten als das, was wir alle vom Ursprung her auch sind, nämlich als Energie(-Kugel), auch genannt „Orb". Hier gibt uns das innere Gefühl bzw. das Aussehen des „Orb" freilich Aufschluss darüber, ob es sich um die Energie des Lichtes oder der Dunkelheit handelt. In letzterem Falle – und zu diesem Thema später mehr – geht ein dunkler „Orb" meist mit anderen unguten Phänomenen einher.

Eine weitere Möglichkeit, wie sich „Verstorbene" zeigen, ist die in Gestalt ihrer letzten Inkarnation. Dies tun sie aus zweierlei Gründen. Zum einen damit wir erkennen, mit wem wir es zu tun haben, was Unbedarfte natürlich nicht weniger erschreckt, wenn plötzlich der Geist von Opa Alfons in der Küche steht ...! Die zweite Darstellung kann weit erschreckender sein, nämlich, wenn sich ein Geist in der Gestalt zeigt, wie er zu Tode gekommen ist. Auch hierzu an späterer Stelle Eingehenderes.

Selbst als Nebel oder Schatten ist es Heimgekehrten möglich, sich bemerkbar zu machen. Wie sollte es auch anders sein, selbstverständlich gibt es hierbei ebenso die Gegenentsprechung bzw. Abstufung nämlich die Dunkelheit. Hier zeigt sich der Nebel/Schatten meist schwärzlich. Weitere Phänomene, die noch näher beleuchtet werden, treten begleitend auf.

Geistführer

Dies sind ausgesprochen hilfreiche Energien, die einst als Mensch inkarniert waren. Sie kennen sich also bestens aus, wie wir so ticken. So können sie sich natürlich hervorragend in eine Menschenseele hineinfühlen und haben für unser Menschengemüt hundertprozentiges Verständnis.

Sie stehen uns ebenso wie unsere Schutzengel jederzeit hilfreich zur Seite. Wir müssen nur offen für sie sein. Denn auch für sie gilt: Unser freier Wille ist stets zu beachten. Ihre Hilfe abzulehnen wäre meines Erachtens allerdings ein Fehler, denn die Möglichkeiten, die ein Geistführer hat, uns ein Helfer zu sein, sind immens wertvoll.

Allemal wird sich in dir und deinem Bewusstsein, sprich in deiner Lebenseinstellung, Grundlegendes verändern, was dir letztlich nur zum Besten gereicht. Wenn wir mit Engeln, Geistführern etc. sprechen, kann es sein, dass du das Gefühl hast, dass absolut gar nichts passiert. Doch glaube mir, Gespräche mit diesen wunderbaren Helfern gehen nie ins Leere und sind niemals Zeitverschwendung. Wenn du dir nicht sicher bist, dann bitte deinen Schutzengel um eine klarere Sicht auf die Dinge. Vielleicht hast du „plötzlich" eine Eingebung, oder dir begegnet an einem Tag ständig das gleiche Musikstück, das gleiche Tier, die gleiche Blume, der gleiche Duft (...), sodass du's einfach nicht mehr als „Zufall" abtun kannst.

Entweder du verstehst den Hinweis oder du kannst darum bitten, dir weitere Botschaften zukommen zu lassen. Irgendwie bekommst du Antworten. Ganz sicher!

Je mehr du mit Engeln und Co. zusammenarbeitest, desto mehr wirst du über das Leben und deine Einstellung hierzu nachdenken. Dies geschieht fast automatisch, denn deine Feinsinnigkeit schärft sich und stellt den inneren Zoom auf maximale Schärfe. Welchen Stellenwert legst du auf materiellen Reichtum? Was bedeutet für dich wahre Freundschaft? Was verstehst du unter Liebe? Was ist wirkliche Achtsamkeit bzw. „neues" Bewusstsein, und was macht das mit dir?

Vielleicht wirst du eines schönen Tages beginnen, deine Seele von Altlasten zu entrümpeln, und wenn du das möchtest, können dir Engel, Geistführer (...) dabei helfen, deine verwirrten Gedanken zu sortieren.

Das kannst du alles auch alleine? Da bin ich mir sicher! Doch warum solltest du eine solche himmlische Freundschaft ausschlagen, wenn sie dir jederzeit so selbstlos angeboten wird?

Die Natur

Sie freut sich an der Illusion. Wer diese in sich und anderen zerstört, den straft sie als der strenge Tyrann. Wer ihr zutraulich folgt, den drückt sie wie ein Kind an ihr Herz.
(Johann W. v. Goethe)

Naturgeister

Wir Menschen sind ein Teil der Natur. Wir entstammen aus ihr, haben uns aus ihr herausgebildet und gehen dereinst (irdisch gesehen) in ihr Reich zurück.

Nun melden sich die Wesen der Natur wieder deutlich wahrnehmbarer. Natürlich öffnen sie sich ganz sicher nicht jenen, die meinen, Feen, Elfen, Zwerge (...) gehören ins Märchenbuch und basta!

Doch jenen, die für diese ganz besonderen Energien aufgeschlossen sind, können sie wahre Freunde sein. So können wir uns mit ihrer Hilfe ganz neu und intensiv mit dem Bewusstsein von Mutter Natur verbinden, also unsere Erd-Verwurzelung neu entdecken und ausrichten.

Kehrten wir zurück zu jenen Wurzeln, die wir uns selbst ständig durch unseren übersteigerten Wahrnehmungs- bzw. Realitätssinn kappen, dann würden sich uns womöglich Ebenen erschließen, die nur darauf warten, wieder mit den Menschen in Kontakt zu treten. Wie wir von den Engeln geleitet werden können (wenn wir dies wünschen), erhalten Flora und Fauna ebenfalls Unterstützung beim Wachsen und Gedeihen. Dies geschieht durch Wesenheiten/Intelligenzen/Energien, die definitiv nicht ins Märchenbuch verbannt gehören!

Es wäre für alles Leben (sichtbar wie auch unsichtbar) so immens wichtig, wollten sich die Menschenherzen erneut öffnen für andere Möglichkeiten bzw. Daseinsformen. Auch hier gilt natürlich das Gleiche wie für das Zusammenwirken mit den Engeln.

Der Weg in diese realen zauberhaften Welten geht nur über ein aufgeschlossenes Herz und einen ebensolchen Verstand. Die Tore der Naturreiche stehen sperrangelweit offen. Doch wollen wir nicht glauben oder zumindest für möglich halten, dann wird es uns kaum gelingen, diesen Durchgang zu finden und hindurchzugehen.

Warum sollten wir als sog. Erwachsene uns nicht einmal ein Beispiel an den Kindern nehmen, anstatt dies ständig andersherum zu erwarten?

Ist es gar so schwierig, sich einfach nur am Anblick eines Gänseblümchens zu erfreuen? Wir walken, radeln oder joggen durch den Wald, was durchaus einen anerkennenswerten Gesundheitsaspekt enthält, keine Frage. Doch nehmen wir uns auch einmal die Zeit, den Vögeln zu lauschen? Dem Rauschen des Blattwerks in den Bäumen? Dem Gurgeln eines zarten Bachlaufs? Uns beim Anblick eines futternden Eichhörnchens zu amüsieren? Die raue Rinde eines alten verwitterten Baumes zu berühren? Warum haben manche Menschen gleich Bedenken, als vergeistigt und allzu „esoterisch" zu gelten, als wäre es ein bedenklich zu beäugender Geisteszustand, ein Freund der Natur zu sein?!

Verlieren wir tatsächlich gleich die Bodenhaftung, wenn wir wie verzaubert still dasitzen und den Glühwürmchen bei der Partnersuche Gesellschaft leisten?

Wir alle haben ein inneres Kind in unseren Herzen, das nach Aufmerksamkeit ruft. Jesus soll einmal gesagt haben, dass wir sehen und glauben sollten wie die Kinder. Was meinte er wohl damit ...? Was hindert uns daran, außer wir selbst entsagen uns diese wunderbare Zusammenarbeit mit unserer inneren und der äußeren Natur ...

Lasst uns die Erde lichtvoller machen, dies erhellt auch mich; heilende Wellen offenbaren sich. Wir wirbeln über den Regenbogen im fröhlichen Farben-Tanz, vorbei ist der Verstandes-Mummenschanz! Heute Nacht berühren mich geheimnisvolle Reiche; auf dass ich ihren reinen Herzens so gut ich kann fortan gleiche!

Wer mehr über das Wirken der Naturgeister erfahren möchte, wird garantiert fündig. Es gibt wunderbare Bücher über weltweit bekannt gewordenen Berichte über den Umgang und die Kontaktaufnahme mit Naturgeistern, Meditations-CDs u. v. m. zu diesem Thema.

Will ich also allen Ernstes behaupten, dass alle Märchen, eben auch die bekanntesten, alle wahr sind? Nun zur Beruhigung aller skeptischen Leser: Vielleicht nicht ausschließlich.

Oder kennst du einen Kater, der in Overknee-Stiefeln Schwert schwingend durch die Gegend läuft ...? Auch haben wir sicher alle noch keinen Frosch mit Krone auf dem Kopf gesehen. Und einem König Kleider aufzuschwatzen, die überhaupt nicht existieren, würde heute wohl kaum möglich sein. Vielleicht kennt ja jemand unter euch ein Lebkuchenhaus, das im tiefen Wald steht ...?

Kennt jemand unter den Lesern eine Frau mit Turm-langem Zopf? Ich jedenfalls nicht. Und sicher hat noch kein „böser" Wolf ahnungslose Mädchen in den Wald gelockt und die Oma in deren Nachthemd aufgefuttert!

Ist dir schon einmal aufgefallen, dass in den gängigen Märchen Zwerge entweder bösartige Wesen oder treudoofe Dusselchen sind? Und sie sind wahrlich weder das eine noch das andere!

Und was ist mit den Elfen und Feen? Die sind doch immer lieblich und erfüllen unsere Wünsche, oder? Wie man's nimmt ...

Tatsächlich gibt es auch im Bereich der Naturgeister das Gesetz der Dualität bzw. der Abstufung ins Lichte wie auch ins Dunkle.

Existieren also die lieblichen Wesen, gibt es gleichfalls auch die Gegenentsprechung, genannt die Dunkelelfen. Sie sind dem Menschen kaum bis gar nicht zugeneigt und können feindselige bis gefährliche Züge tragen.

Allemal sind Elfen und Feen keine Dschinns, die schwuppdiwupp aus der Flasche gerauscht kommen, um uns zu Diensten zu sein. Alle Naturgeister prüfen ganz genau, ob sie auf einen Menschen mit reinem Herzen gestoßen oder eher einem ewigen Zweifler und Skeptiker aufgesessen sind, der eigentlich gar nicht glauben möchte. Oder einem Spaßvogel, der eben mal ausprobieren möchte, ob's klappt, einen Naturgeist herbeizuzitieren in der Hoffnung, dass durch ihn verraten wird, wo der Goldtopf am Ende des Regenbogens zu finden ist.

Sicher wirst du dich längst gefragt haben, was mich so sicher macht, dass so etwas wie Naturgeister überhaupt existieren. Habe ich sie schon einmal gesehen?
Jedenfalls nicht bildlich gesehen. Zumindest bisher noch nicht ...
Warum also glaube ich an sie? Wo sind die Beweise? Also wären wir wieder einmal in unserer bekannten Glaubens-Sackgasse angelangt. Wollen wir an etwas glauben, das wir nicht sehen und riechen (...) können?

Naturgeister, wollen sie sich uns nicht wahrhaftig zeigen, haben andere Möglichkeiten, um sich uns mitzuteilen. Ähnlich wie die Engel. Und diese Hinweise, wenn du's so nennen willst, habe ich sehr wohl schon erfahren dürfen.
Zum Beispiel schwirrt plötzlich eine schillernde Libelle um dich herum, obwohl nirgends eine Wasserquelle vorhanden ist (diese Tierchen existieren überwiegend, wenn nicht gar ausschließlich an Wasserquellen wie man weiß). Sie „tanzt" um dich herum, und du bist regelrecht verzaubert bei ihrem Anblick. Schwups ist sie verschwunden. Oder eine Feder schwebt ganz langsam vor dir hernieder, obwohl weit und breit kein Baum in der Nähe ist und

sich kein noch so leises Lüftchen regt. Du gehst an einem Bach spazieren und plötzlich hüpft ein Frosch vor deine Füße. Er sieht dich an, du siehst ihn an und schon ist er wieder weg.

Auch können Naturgeister Vögel senden, um Grüße von unseren Heimgekehrten zu überbringen. Rotkehlchen sind beispielsweise solche Übermittler.

Etwas wurmt dich und du grübelst unschlüssig vor dich hin, da kommt eine Elster angeflogen und scheint dich mit schief gehaltenem Köpfchen prüfend anzuschauen.

Deine miese Laune ist wie weggeblasen und schon hast du eine Lösung für dein Problem im Kopf. Die Elster fliegt davon.

Du hast gerade deinen heiß geliebten Opa beerdigt und nun gehst du in deinem Garten traurig und ruhelos auf und ab. Da hüpft plötzlich ein Rotkehlchen vor deine Füße. Völlig ohne Scheu, einfach so. Du musst schmunzeln. Augenblicklich wird dein gerade noch schweres Herz federleicht und du meinst sogar den Tabak zu riechen, den dein Opa so sehr mochte. Deine Trauergefühle weichen allmählich. Da fliegt das Vögelchen davon. Es hat seinen Auftrag erfüllt ...

Als mein Vater heimgekehrt ist, nutzte ich die abendlichen Spaziergänge mit unseren Hunden, um meinen Tränen freien Lauf zu lassen. Ich wollte meiner Mutter in ihrer Trauer nicht noch meine eigene aufladen.

Eines späten Abends hüpfte plötzlich eine Maus vor uns, und selbst den Hunden blieb das Bellen im Halse stecken. Die Vierbeiner und ich starrten völlig perplex auf das kleine muntere Kerlchen. Noch heute kann ich kaum fassen, was dann geschah. Die Maus führte einen regelrechten Tanz vor uns auf. Sie zischte und hopste vor uns hin und her, bis ich trotz Tränen in den Augen lachen musste. Sie foppte die Hunde, nur um mit einem Salto wieder zurückzuspringen.

Da huschte sie ins nächste Gebüsch und weg war sie. Ich bin mir absolut sicher, dass eine gute Energie meinte, dass ich mal wieder lachen sollte.

Dies sind nur einige der Möglichkeiten, wie sich die Naturgeister uns mitteilen können.

Natürlich könnte man für alles eine „logische" Erklärung finden. Doch mit einer solchen Tunnelblick-Einstellung offenbaren sich sicher keine Elfen und Feen. Glauben muss man schon wollen. Willst du's?

Müssen wir unbedingt sehen, um zu glauben? Warum sollten sie sich uns denn unbedingt zeigen? Warum sollten sie? Jesus soll einmal gesagt haben: „Seelig sind die, die nicht sehen und dennoch glauben." Könnte in diesem Zusammenhang nicht treffender sein, finde ich.

Zuerst wurden Naturgeister von der Kirche des Mittelalters zu Dämonenwesen erklärt; denn wer behauptete, mit ihnen zu leben, sie zu sehen oder gar zu sprechen, war natürlich des Teufels! Und wie läuft das heute?

Hierzulande kommt wohl niemand mehr in den Folterkeller und hernach auf den Scheiterhaufen, der behauptet, an Naturgeister zu glauben. Heute wird man belächelt und lächerlich gemacht. Auch nicht gerade schön ...!

Verweile doch einmal so lange an einem Teich, bis eine Seerose vor deinen Augen aufblüht.

Wir Menschen tun scheinbar alles, um uns von der Natur abzugrenzen und uns über sie zu erheben („Macht euch die Erde untertan ..."), anstatt mit ihr Hand in Hand zu leben. Wir bedienen uns am reich gedeckten Tisch von Mutter Erde (neuerdings Gaia genannt), als ständen wir gefräßig am All-you-can-eat-Büfett. Wir roden, lassen Arten aussterben, verschmutzen die Meere, foltern die Tiere, quälen in den Schlachtbetrieben, haben für die Klimaerwärmung gesorgt (...), verpesten die Natur mit Krebs erzeugenden Giften, führen unsinnige Kriege ...

Welchen Grund sollten die Naturgeister also NICHT haben, sich vor uns Menschen zurückzuziehen?

In einem skandinavischen Land gibt es hingegen sogar Elfen-Beauftragte, und auch in vielen anderen Ländern glaubt man durchaus noch heute an die Existenz solcher Wesen. Doch wir hier in unserer selbst geschaffenen aufgeklärten rationalen Erfolgs-Welt tun uns schwer, an sie zu glauben.

Wir checken lieber den aktuellen Börsenkurs, anstatt die Vögel im Futterhäuschen auf dem Balkon zu beobachten ...

Und doch harren sie geduldig in ihrer Unsichtbarkeit aus und warten. Vielleicht warten sie genau jetzt auf dich?

„New Age" – nur neumodisches Wunschdenken?

Wir sprechen vom Zeitalter des „New Age". Auch so ein „esoterischer" Begriff denken viele zu Unrecht. Was genau bedeutet dieses Wort? Neue Zeit – kommt sie oder ist sie schon da? Und wie erkennen wir sie? Was daran ist denn eigentlich NEU?

Begriffe wie Achtsamkeit, Nachhaltigkeit, Wertigkeit etc. sind ja mittlerweile in aller Munde. Wenn man über jene Werte nicht im Fernsehen hört und sieht, dann liest man in beinahe jedem Magazin darüber. Was aber ist damit gemeint?

Sieht man unser wirtschaftliches und politisches Weltgeschehen und das, was der Mensch daraus macht (Gutes, durchaus, aber auch sehr viel Ungutes), fragt man sich unweigerlich: Das soll die neue Zeit sein? Man gewinnt leider fortwährend den Eindruck, dass wir Menschen nie wirklich etwas dazulernen. In dem Bestseller „Bibel" heißt es (angeblich): „Macht Euch die Erde untertan ...!", und weiß Gott (oder wer auch immer), das tun wir! Mit allen uns zur Verfügung stehenden Mitteln und Konsequenzen. Wir nutzen und benutzen unseren wunderbaren Planeten, wie's uns gerade beliebt – ohne Skrupel und Einsicht; darauf gepfiffen, was es am Ende Flora und Fauna und letztlich den Menschen kostet.

So könnte man aufzählen ohne Ende, wie einfallsreich unsere Spezies ist, die Erde zu schröpfen und ihr den Garaus zu machen. Und das soll „New Age" sein? Scheint nicht nur den „Gläubigen" mehr als unglaubwürdig.

Doch, meine Lieben, es IST eine neue Zeit angebrochen. Nämlich die, in der wir angefangen haben, nachzudenken. Eine Zeit, in der Menschen begriffen haben, Gegengewichte zu setzen. Was mich gleichermaßen zutiefst berührt, jedoch ebenso wütend macht, sind die Massen an Kindern, die neuerdings auf die Straße gehen, um den „Mächtigen" ins Gewissen zu reden. Schulschwänzer werden sie genannt und oftmals belächelt für ihr ach so naives Denken und Tun. Tja, man reitet das Pferd, bis es tot zusammenbricht, doch was tut's? Nehmen wir uns einfach das nächste. Doch wenn es eines Tages keines mehr gibt? Unser Planet schreit ohrenbetäubend nach Veränderung; doch die, die's nicht hören wollen, werden es wohl nie hören. Nach mir die Sintflut ...

Ich hoffe, dass die wahrlich Hörenden und Sehenden nie aufhören werden, für das Gute zu kämpfen. Zerstört der eine etwas, steht ein anderer auf, um zu retten, was zu retten ist. DAS bezeichne ich als wahrlich neu. Es ist ein neues Bewusstsein, dass etwas geschehen muss. Mit unserem Planeten und letztlich mit uns. Ist uns hierbei die Esoterik hilfreich oder gar nützlich? Wie könnten beispielsweise Räucherstäbchen etwas bewirken gegen die Regenwaldrodung?

Zugegebenermaßen das ist kaum nachvollziehbar. Und doch – warum eigentlich nicht? Wenn uns beim Ausruhen (auch Meditation oder Entschleunigung genannt) ein Räucherduft guttut und wir – schwups! – eine zündende Idee hierdurch bekommen, hat sich's doch schon gelohnt, oder? Geben wir unserer neuen Zeit ein wenig Zeit, um sich uns allen zu erklären. Es ist längst Zeit dafür!

Krafttiere

Den Schamanen war es schon immer klar: Nicht nur die Ahnen, sondern auch im Tier- und Pflanzenreich gibt es Wesenheiten, die uns dienlich sein können. Auf der sogenannten geistigen Ebene existieren die unterschiedlichsten Energien, mit deren Kräften wir uns verbinden können.

Nun müssen wir nicht unbedingt in einer Schwitzhütte sitzen und Räuchern und Trance hervorrufende Kräuter rauchen, um mit jenen Kräften aus der „Anderswelt" zu kommunizieren. Das können wir zwar tun und es würde rituell gesehen auch nicht schaden, doch was für eine Kontaktaufnahme unabdingbar ist, haben wir längst alle in uns. Nämlich einen demütigen, reinen und aufgeschlossenen Geist. Und nur wir selbst können einen solchen aus dem ewigen Dornröschenschlaf erwecken!

Was also könnte uns das Wirken mit jenen Wesen nutzen?

Wir können sie einladen, uns Botschaften zu übermitteln, Hintergründe klar erkennen zu lassen, Heilungen durchführen zu können, unsere mentalen Kräfte neu zu entdecken …

Allemal ist es Ziel hierbei, zum Wohle eines jeden Lebewesens zu agieren, alle Kreaturen (sicht- und unsichtbar) zu achten und zu ehren. So agiert der wahre Schamane.

In zahlreichen (oft vergangenen) Kulturen war man von der Existenz von Tieren als Boten der geistigen Welt überzeugt. Insbesondere in den indianischen Stammeskulturen war man überzeugt von der seelenverwandten Verbundenheit zwischen Mensch und Tier.

So studierten die Menschen die Tierwelt und entwickelten sich weiter. Sog. Clans „hüteten" eine Tier-Kraft und würdigten sie hierdurch.

Wahrlich, so unfassbar Wertvolles könnten wir Menschen heute noch nutzen, wollten wir uns erneut an Flora und Fauna anschließen!

Und was ist denn nun ein sog. Krafttier?
Ein Krafttier ist sozusagen ein Führer (Bitte wieder nicht falsch interpretieren!), dem wir auf unterschiedlichste Weisen begegnen können. So vielfältig die menschlichen Lebensaufgaben sind, so zahlreich und vielfältig können die tierischen geistigen Helfer sein, die uns Inkarnierten an die Seite gestellt werden.
In jedem Fall kann ein Krafttier eine Botschaft, eine Eigenschaft etc. innehaben, die für den jeweiligen Menschen wirken kann.

Übrigens: Eine Tierseele, die ihren Erden-Körper verlassen hat und in die „göttliche Quelle" zurückgekehrt ist, kann ebenfalls ein Krafttier für dich sein/werden.
Wenn du also eine tiefe Verbundenheit über den „Tod" hinweg zu deinem Hund Benny hast, dann kannst du ihn bitten, für dich ein Krafttier-Partner zu sein. Das Gleiche gilt selbstredend für deine Katze Peterle (...).

In Meditationen (mittels geführter CD), durch Fachbücher, aber auch in Träumen können wir erneut (!) lernen, mit unserem Krafttier in Kontakt zu treten. Selbstverständlich können aufgeschlossene Seelen auch während eines Spaziergangs Verbindung aufnehmen. Hast du womöglich eine Hellhörigkeit, kannst du vielleicht deinen heimgekehrten Hund hören, obwohl für andere nichts zu vernehmen ist ...
Oder du zählst dich zu den Hell-Fühlenden. Dann wäre es nicht ungewöhnlich eine Berührung am Bein zu spüren, genau da, wo sich deine Pelznase immer gerieben hat.
Und selbstverständlich können sich (unsere) Krafttiere auch in unseren Träumen zu Wort melden!

Durch die Zuneigung (auch Liebe genannt) zu einem Tier – sei es zu einem Haustier, das wir selbst halten oder einem ganz anderen tierischen Gesellen – können wir mit einem aufgeschlossenen Geist so manch Wunderbares erfahren!

Was kann denn so ein Krafttier alles? Es kann uns auf etwas Beachtenswertes, Wichtiges hinweisen, warnen und auch begleiten (zu den Möglichkeiten siehe oben); es kann uns Mut und innere Stärke schenken, wenn wir sie für unseren Lebensplan brauchen; es kann uns einen Hinweis geben, wie's mit unserem Energiepegel bestellt ist ...

Gar nicht übel, was so ein Freund aus der tierischen geistigen Ebene so alles kann, oder?

Die Natur ist ein ewiger Kreislauf. Jedes Lebewesen hat seine Aufgabe und seinen Nutzen, und alle dienen einander (auf die ein oder andere Weise). Zu früheren Zeiten hatten die Menschen dieses Prinzip verstanden, und sie wussten um diese edle, hohe Verantwortung und Aufgabe, die dahintersteckte.

Früher ehrte und würdigte man sowohl die Tiere in ihrer Grobstofflichkeit (also im Erden-Körper) als auch die Tiergeister (aus der geistigen Welt), und die Menschen jener Zeit brachten beiden Dimensionen Achtung und Dankbarkeit entgegen.

Dies natürlich unter dem Glaubensaspekt und dergleichen. Selbstverständlich können wir nicht ausschließlich von der „guten alten Zeit" sprechen, denn Tierquäler/-hasser gab's auch zu früheren Zeiten.

Den Stellenwert heute, den wir den Tieren „beimessen", ist, gelinde ausgedrückt, sehr, sehr ausbaufähig! Von Achtung und Dankbarkeit ist in unserer heutigen Zeit kaum die Rede. Das ist traurig und eigentlich ein menschliches Armutszeugnis, das wir uns tagtäglich selbst ausstellen.

Ehrten beispielsweise die Indianer den Geist des Büffels, den sie erlegten, um die Seele um Verständnis zu bitten, suchte man solches wohl vergeblich beim sommerlichen BBQ in der westlichen Hemisphäre ...

Nun haben wir durch vielerlei Gründe nicht immer die Gelegenheit, uns an einen Bach in einer einsamen Waldlichtung zurückzuziehen (Wozu ich in der heutigen Zeit als Frau auch nicht unbedingt raten würde; es sei denn, du hast vielleicht einen Hund dabei!), und so greifen wir zu unseren magischen Helferlein.

Wir machen es uns auf dem Sofa bequem, legen eine CD ein und räuchern „Waldesduft". Als Ersatz dient es uns durchaus.

Und doch:

Der WAHRE schamanische Weg ist ja gerade der, sich mit der Natur IN der Natur neu zu verbinden und daran und darin auszurichten. Die Empfindungen, Eindrücke und (möglicherweise) Visionen sind von unschätzbarem Wert.

Und das in vielerlei Hinsicht. Die Natur erinnert uns, woher wir kommen, und wir fühlen uns wieder „geerdet" (mit der Erde verbunden). Wir nehmen Geräusche, Gefühle und Gerüche wieder deutlicher wahr. Unser dumpfes Akzeptieren der Abgas verschmutzten Stadtluft wird uns nun klar bewusst. Und DAS ist der WAHRE schamanische Weg. Nutzen wir, was wir kaufen können, aber nur, solange wir müssen, weil's nicht anders geht. Wir stammen aus der Natur und wir sind Teil der Natur, und wenn wir das für uns wiederentdeckt haben, haben wir den schamanischen Weg beschritten. Wahrhaft magisch!

Wir belächeln oft, was wir in Filmen sehen und von „alten" Kulturen erfahren.

Vielleicht wäre es an der Zeit, aus dem sog. „New Age" wirklich eine neue Zeit zu machen ...

Kraftorte/-plätze

Einer der wohl bekanntesten Kraftorte ist wohl Stonehenge. Sogenannte Megalith-Steine, alte Gemäuer, ja sogar die sogenannten Lost Places können für uns Menschen Orte/Plätze sein, an denen wir genauer spüren, hören und entspannen können. Seien wir einmal ehrlich: Wer hat sich noch nicht gefragt, was in einem Menschen vorgeht, der auf einem Felsen sitzt und meditierend aufs Meer schaut? Oder was es bedeuten soll, einen Baum zu umarmen und zu küssen? Doch gibt es uns das Recht, darüber den Stab zu brechen und all jene als esoterisch Durchgeknallte abzustempeln? Haben wir's denn einmal ausprobiert? Natürlich könnte man von einer Art Gruppendynamik sprechen, suchen wir Stätten wie Stonehenge auf. Man „weiß" ja schließlich, dass da etwas „vor sich geht", dass man „Bestimmtes fühlen kann" etc. Der Glaube mag hier den ein oder anderen Stein versetzen ...

Kraftorte und -plätze sehe ich als ausgesprochen individuelle Stätten an. Für den einen ist es der Felsen am Meer, für den anderen die Holzbank am Grab eines Heimgekehrten. Der eine fühlt sich im Wald mit Mutter Natur verbunden, ein anderer am Strand von Hawaii. Wie man Kraftorte/-plätze empfindet, sollte meines Erachtens ein jeder für sich entdecken. Doch gibt es absolut keinen Grund, sich darüber lustig zu machen. Wie ich später noch eingehender ausführen werde, ist die Erde für sich pure Energie, wie alles und jeder. Und alles, was Energie ist, speichert wiederum Energie. Ergo geht – spirituell gesehen – nichts verloren. Und so kann Geschichtliches positiv wie auch negativ auf feinsinnige Menschen wirken. Wo es sogenannte Kraftorte/-plätze gibt, erfährt man in einschlägigen Büchern, die es absolut wert sind, gelesen zu werden.

Die Gewinner und Verlierer in der Esoterik

Wie jetzt – es gibt Verlierer in dieser Branche?

Ja, durchaus, die gibt es. Die Gewinner sind zweifelsohne die, die uns beliefern, mit allem, was unser magisches Herz begehrt. Da geht wohl jeder mit. Aber die anderen?

Das sind die, die auf moderne Weise „verfolgt" werden.

Und die Inquisition der Moderne heißt: Lächerlich und schlechtmachen um jeden Preis.

Nicht nur die Kirchen (hierzu später reichlich mehr) haben da ihren Anteil daran, nein, in den eigenen Reihen lauert gar der Feind. Kann man sich kaum vorstellen, ist aber so. Es sind die Scharlatane, die sich früher oder später als solche herausstellen.

Sie fügen der ganzen (integren) Gilde erheblichen Schaden zu, denn durch ihr geldgieriges und meist unsachgemäßes Tun geben sie die wirklich magisch-spirituell Agierenden der Lächerlichkeit preis.

Sie wollen angeblichen Geisterkontakt zum verstorbenen Kind herstellen und ziehen den verzweifelt Trauernden aufs Grausamste eiskalt das Geld aus der Tasche, bis ihre Tricks ans Licht kommen. Dann ist klar: Jeder, der behauptet, mit den (angeblich) Toten sprechen zu können, ist ein Gauner und Spinner.

Tja, vielen Dank an alle diese miesen Verbrecher, ihr habt der Esoterik und allen, die ehrenhaft helfen wollen und KÖNNEN, einen super Dienst erwiesen! Schämt euch!

Wollen wir also einmal näher einsteigen in die ganze Vielfalt der Esoteriker bzw. derer, die sich als solche bezeichnen. Wie ich schon im Vorwort schrieb, muss sich ein jeder seine eigenen Gedanken hierzu machen. Ich kann mir nur wünschen, dass sich die Unlauteren besinnen und umdenken mögen.

Und wer weiß? Findet der einstige Blender seine Moral wieder, zeigt sich möglicherweise ein Talent (oder eine Gabe), die gar nicht für möglich gehalten wurde ...

Die „Flüsterer" und „Versteher"

Unsere Katze wird (scheinbar) über Nacht aggressiv, und wir wissen nicht, warum. Bello knurrt immer in eine Zimmerecke, wo gar nichts ist. Das Pferd sträubt sich bei jeder kleinsten Berührung und hat regelrechte Panikattacken. Der allein gehaltene Wellensittich rupft sich plötzlich alle Federn aus ...

Hier haben sich die Tierkommunikatoren herausgebildet, die durchaus den ein und anderen wertvollen Dienst am Tier leisten können. Sie unterhalten sich mental (gemeint ist die beiderseitige Gedankenübertragung) mit dem Tier, das ein Problem zu haben scheint und finden brauchbare und sinnvolle Lösungen.

Gerade im Bereich der Pferde existieren die „Flüsterer", und man wundert sich, was sie tun, was andere eigentlich auch tun, es aber rein gar nichts bewirkt, wohingegen die Tierkommunikatoren eine ganz besondere Verbindung zum Tier aufbauen, die für Nicht-Flüsterer kaum nachvollziehbar ist.

Sofern dem jeweiligen Patienten nachhaltig geholfen werden kann, ist gegen dieses Tun absolut nichts einzuwenden. Ganz im Gegenteil!

Doch leider gibt es auch in diesem Bereich wieder jene, die den Ahnungs- und Ratlosen das finanzielle Fell über die Ohren ziehen, und es wird kein einziges Problem gelöst, welches ein Tier hat.

Wenn du einen solchen „Fall" erlebt hast, fragst du dich, was nun?

Dem nächsten „Flüsterer" und „Versteher" vertrauen? Noch mehr Geld riskieren? Dein Tier leidet, und du weißt nicht weiter? Dann frage ich dich: Warum hilfst du deiner Katze (Hund, Pferd ...) eigentlich nicht selbst? Es gibt zahlreiche Bücher und CDs über das Kommunizieren mit unseren tierischen Freunden, die dir helfen, an deine eigene Kraft zu glauben und sie wiederzuentdecken. Warum solltest du nicht selbst können, was du Fremden zu- und anvertraut hast? Gib' dir Zeit und studiere das Verhalten eines/deines Tieres. Wir alle sind Teil der Natur, und Tiere sind weit mehr als nur menschliches schmückendes Beiwerk. Sie sind unsere Verwandten/unsere Freunde. Also vertraue deinen Fähigkeiten und glaube daran. Wem kannst du, wem kann dein Tier besser vertrauen als dir selbst?

Und hier eigentlich der beste Tipp, der so simpel ist, dass er schon wieder schwierig umzusetzen sein könnte: Wenn du einem/deinem Tier in die Augen schaust, dann tue dies in erster Linie nicht mit den Augen, sondern mit deinem Herzen. Dann wirst du verstehen/wissen, was der tierische Freund von dir möchte und was er dir sagen will.

Natürlich will ich mir an dieser Stelle nicht selbst widersprechen; dennoch ersetzt die best-funktionierende Tierkommunikation keinen womöglich notwendigen Gang zum Tierarzt. Unsere Devise war und ist immer: Lieber einmal zu viel als einmal zu wenig. Ich bin mir aber sicher: Wer eng mit seinem Tier verbunden ist, wird wissen, wann es Zeit ist, sich ärztliche Hilfe zu suchen.

Hexen

Im Fernsehen äußerte sich vor einiger Zeit ein Medium, indem sie das Mittelalter als finsteres heidnisches Zeitalter bezeichnete. Diese Einstellung jener Epoche gegenüber sollten wir vielleicht näher beleuchten und selbst für uns die Entscheidung treffen, ob wir dann noch von finster und heidnisch sprechen wollen.

Die meisten Menschen, denen sich nicht erschließt, was Hexe überhaupt bedeutet, wenden das allseits beliebte 3-Affen-Prinzip an.

Sie wollen darüber nichts hören, denn für sie sind es entweder dämonische Märchenfiguren oder Durchgeknallte; sie wollen nicht näher hinsehen, denn was sie zu sehen bekämen, könnte ihnen ja Angst oder gar Aufklärung verschaffen, und sie wollen schon gar nicht über Hexen sprechen.

Wer über sie spricht, hat schnell die Zweifler, Skeptiker, vor allem aber die Verleumder gegen sich.

Hexe bedeutet im Sinne des Wortes allerdings weise Frau.

Im Mittelalter war sie so etwas wie eine Medizinfrau. Sie kannte sich mit Kräutern aus und deren Heilwirkung (oder anderen interessanten Wirkungen ...). Sogenannte Hexen waren Hebammen und durchaus gern gesehen, wenn Ritter nach einer Schlacht zusammengeflickt werden mussten, damit sie einsatzbereit waren fürs nächste Gemetzel.

Meist lebten sie in Hütten im Wald, was sicher die unterschiedlichsten Gründe hatte. Dann kam die Kirche. Aus war's mit dem „alten" Heiden-Glauben. Aus dem heidnischen Gott des Waldes (Cernunnos) wurde der Gehörnte, sprich Satan oder Teufel mit Hörnern, Huf-Fuß in Ziegenbock-Gestalt.

Wer ihm huldigte (durch Tanz, Feiern, Erntegaben und Gesängen) war „des Teufels"! Die Inquisition wurde erfunden (später mehr dazu).

Was zeichnet aber nun eine moderne Hexe aus? Wenn du heute jemandem erzählst, dass du eine Hexe bist und nur Kopfschütteln erntest, musst du dich nicht wundern, denn schließlich weiß ja praktisch keiner (außer man hat sich einschlägig informiert), was eine Hexe eigentlich ist und was sie so treibt oder eben gerade nicht.

Durch die Märchen wissen wir: Hexen sind abgrundtief böse, scheußlich anzusehen, mit dem Teufel im Bunde, verbreiten Unheil und machen die gruseligsten Rituale. Sie reiten bei Vollmond auf ihrem Besen und stehlen Kinder, um sie zu fressen. Habe ich irgendeinen Blödsinn vergessen? Ach ja, sie haben meist eine schwarze Katze auf ihrem Buckel und kochen Krötenschleim und Fledermausohren ... Nicht zu vergessen der Rabe, der ihr Botschaften aus der Unterwelt überbringt.

Tatsächlich gibt es sogenannte Coven, in denen sich Hexen zusammenfinden und ihrer Magie frönen, und das hat von vornherein nichts mit Satanismus zu tun (weiter hinten erfährst du mehr darüber). Wiederum andere arbeiten lieber alleine. Auch das ist selbstverständlich in Ordnung.

Nun bezeichnen sich die einen als reine weiße Hexen, und sie praktizieren tatsächlich nur, um Gutes und Reines zu tun. Andere stehen dazu, dass sie durchaus verstehen, das „Dunkle" zu wirken in all ihren Facetten und auch für sich und ihr Anliegen zu nutzen. Es handelt sich also um „schwarze" Hexen.
Meines Erachtens – und ich weiß, wovon ich spreche – gibt es kein reines Weiß oder Schwarz.

Ein Beispiel gefällig? Bitte sehr!
Du machst für jemanden einen Liebeszauber. Liebe ist doch etwas Schönes und wirklich Weißes, denkst du?

Und wenn damit in ein Schicksal eingegriffen wird? Zum Beispiel, wenn der Begehrte eigentlich eine andere liebt und sie sogar heiraten will? Niemand kann und sollte zur Liebe gezwungen werden, auch wenn sich jemand noch so sehr nach Erfüllung sehnt.

Oder du machst einen Heilzauber für deine beste Freundin, die sich eine fiese Grippe eingefangen hat. Für die Geplagte ist es ein durchaus „weißes" Wirken (wenn du so willst); allerdings aus dem Blickwinkel des Virus betreibst du dunkelsten Schadenszauber! Also alles eine Frage der Perspektive.
Wie schnell eine ach so weiße Weste ganz schnell grauschwarze Schlieren bekommen kann, kann man immer wieder entdecken.

Meine Devise ist und bleibt: Ein reines Weiß bzw. Schwarz gibt es nicht. Wenn ich höre bzw. lese, dass eine Hexe nur das eine bzw. das andere wirkt, hat sie das Prinzip der Dualität nicht verstanden. Gerade die, die lichtvoll agieren, sollten sich im „Dunkelbereich" so gut auskennen wie nur irgend möglich. Was ich hiermit meine, verstehst du an späterer Stelle sicher besser. Natürlich können wir uns die weiße Bettdecke über den Kopf ziehen und sagen: „Ich agiere nur weiß, und ich mache nur reine Lichtarbeit." Sehr edel. Glückwunsch! Doch die Gegenseite gibt es nun einmal; ob wir's wahrhaben wollen oder nicht. Und woher will ich erkennen, was mich in meiner Lichtarbeit heimsuchen kann, wenn ich mich von vornherein dagegen sperre, mich damit auseinanderzusetzen? Licht und Dunkel, Schwarz und Weiß sind nur zwei Seiten einer Medaille. Das eine braucht das andere, sonst wäre es nicht das, was es ist.

Hexen (= weise Frauen) agieren eigentlich nicht viel anders wie zu Mittelalterzeiten, außer dass sie vielleicht nicht mehr alle im Wald in einer abgelegenen Hütte leben. Sie wissen wie man Naturkosmetik und -medizin herstellt und, ja, sie räuchern, lassen Kerzen abbrennen, tanzen, singen und machen ihre Rituale. Sie legen Karten, sprechen mit Flora und Fauna und glauben an so manche (heidnische) Gottheit. Da ist absolut nichts, was nicht nachvollzogen werden kann, wenn man sich nur einmal damit befassen WOLLTE!

Die (plötzlich) Hellsichtigen

Wir alle haben schon von den Menschen gehört oder gelesen, die praktisch über Nacht Sehende wurden. Sehende im Sinne von Hellsichtigkeit.
Was bedeutet das?
Sie haben von heute auf morgen einen Draht zu den Toten, haben Visionen von Vergangenem oder Künftigem, und sie sehen sich nun in der moralischen Pflicht, Menschen zu Diensten zu sein.

Oftmals geschehen solche Phänomene (wenn man's so nennen möchte) nach einer Operation mit Komplikationen oder gar Nahtoderlebnissen (mehr dazu später). Oder sie hatten ein prägendes bzw. traumatisches Erlebnis, das ihnen neue Sichtweisen eröffnet. Ob die Hellsichtigkeit bereits latent vorhanden war und „nur" aktiviert werden musste oder eine „höhere Macht" auf den Plan trat – wer weiß?

Grundsätzlich kann und sollte man diese Menschen nicht schief angucken, weil man sie einerseits für durchgedreht und unglaubwürdig hält, und andererseits ist auch kein Grund vorhanden, den „Teufel an die Wand zu malen".

Wer (noch) keinen Kontakt zur geistigen, für uns unsichtbaren Welt hat, kann kaum nachvollziehen, was in diesen Menschen vorgeht, die von jetzt auf gleich mit „Dingen" konfrontiert sind, mit denen sie selbst erst einmal klarkommen müssen, da ihnen möglicherweise jegliche Erfahrung fehlt.

Vorsicht ist allemal geboten, wenn aus dieser Ehrenhaftigkeit eine fette Geschäftsidee wird und nicht die Hilfsbereitschaft, sondern der Verdienst hierin im Vordergrund steht.

Mit seinen „Gaben" Geld zu verdienen ist Ansichtssache. Ich will es nicht verurteilen. Persönlich wollte ich für meine Hilfe kein Geld verlangen. Hilfe in der Art, dass ich beispielsweise einer trauernden Frau Informationen über ihre verstorbene Mutter überbringe oder helfe, einen unreinen Geist zu entfernen. Aber das muss jeder selbst für sich entscheiden.

Wer mit einer solchen Gabe betraut wurde (und ich wähle dieses Wort sehr bewusst), ist in einer verantwortungsvollen und moralischen Pflicht. Darüber müssen sich „Begabte" immer im Klaren sein. Ob eine Seele bzw. deren Reifeprozess ausschlaggebend dafür war, nun „plötzlich" eine Gabe zu besitzen – wer weiß? Allemal sind wir uns wohl einig darüber, dass nichts in unser aller Leben aus „Jux und Tollerei" geschieht. Rein gar nichts.

Mehr zu diesem Thema an späterer Stelle mehr.

Der Teufel hat Angst vor fröhlichen Menschen.
(Don Bosco)

Die Dunkelwelten

In diesem Kapitel wollen wir uns nun näher beschäftigen mit den Wesenheiten, die sich vom „Licht" abgewandt bzw. noch nicht hineingefunden haben. Und das aus den denkbar unterschiedlichsten Beweggründen.

Wir werden erkennen, dass nicht alles harmlos ist, wie es sich dir präsentiert, aber auch nicht zwangsläufig dämonisiert gehört.

Fragen wir uns zunächst: Wieso geht nicht jede Seele automatisch ins Licht/Jenseits ein?

Wie ich bereits mehrfach erwähnte, haben wir einen freien Willen. Somit kann keine Seele gezwungen werden, dorthin zu gehen, wohin sie nicht möchte bzw. noch nicht möchte.

Selbstverständlich gibt es Wesenheiten, mit denen KANN und SOLLTE man nicht unter einem Dach wohnen. Sie sind vielleicht nicht zwangsläufig „böse", nur weil sie uns mit ihrer Anwesenheit den ein oder anderen Schrecken einjagen. Dennoch sind dies Seelen, die einfach nur einen liebevollen Schubs in die für sie bessere Richtung benötigen und ihnen aufgezeigt werden sollte, dass ihre Heimat nicht mehr die Grobstofflichkeit ist.

Zitat eines Mediums im TV:
„‚Harmlose' Geister sollte man einfach in Ruhe lassen und ihre Präsenz tolerieren."
Das mag ich so nicht stehen lassen. Zum einen: Wer will als Laie auf dem Gebiet der Geister zuverlässig beurteilen können, ob ein Geist harmlos ist oder anfangs nur so tut als ob? Und dann stellt sich doch die Frage, WESHALB sich ein Geist bemerkbar macht. Handelt es sich um eine Entität, die ins Reich der Schaden bringenden Dunkelwelt gehört, kann es wohl kaum ratsam sein, jene Präsenz willkommen zu heißen. Intensiviert sich die Geisterpräsenz zunehmend, bzw. erscheint der Geist in der Gestalt seines Erdentodes mag es eine gut gemeinte Warnung für

dich sein, auf etwas Bestimmtes zu achten, damit du keinen Schaden nimmst. Es kann aber auch sein, dass jene Seele Hilfe braucht, weil sie das erlösende Licht nicht erkennen kann. Allemal ist hier Handlungsbedarf angesagt. Und mal ehrlich: Wer möchte schon womöglich zeitlebens sein Zuhause mit erdgebundenen Geistern teilen? Und diejenigen, die niemals zuvor mit der Geisterwelt zu tun hatten, gar nicht wissen, mit wem/was sie zu tun haben und keinen Schimmer haben, wer ihnen helfen könnte – die sollen einfach sagen: „Okay, dann mal alle hereinspaziert; Platz ist in der kleinsten Hütte?!" Kaum vorstellbar.

Wie wir wissen, existieren die unterschiedlichsten Wesenheiten. Die „lichten" ebenso wie die „dunklen", die „harmlosen" ebenso wie die „gefährlichen/dämonischen".

Tatsächlich gibt es Heimsuchungen, die mit früheren Leben zu tun haben. Wir haben Phänomene, die mit Seelen zusammenhängen, die im sogenannten Zwischenreich festsitzen, und das aus ganz unterschiedlichen Gründen. Des Weiteren hätten wir das, was ich „fränkische Gräberfelder" nenne.

Dies bedeutet, dass an einem Ort (Ich hoffe für dich, nicht dein Wohnort!) im Untergrund sozusagen Energien gespeichert sind, die ungut abstrahlen. Die Erde, selbst eine Energie-Existenz, speichert Energien.

Eines noch vorweg, bevor wir so richtig loslegen und tiefer einsteigen in die Geisterwelt:
    Wer noch nie mit einem der folgenden Phänomene zu tun gehabt hat (was ich von Herzen für einen jeden Menschen hoffe!!!), tut sich womöglich schwer damit, an sie zu glauben. Dennoch kann ich versichern, dass ich hier keine Schauermärchen erzähle, um euch eine wohlige Gänsehaut zu bescheren. Vielleicht kennst du aber auch jemanden, der schier verzweifelt, weil er gar nicht weiß, was (möglicherweise) überhaupt los ist.

Ich bitte also darum, das Nachstehende mit der gebotenen Ernsthaftigkeit zu betrachten und keine fröhliche Horror-Show daraus zu machen bzw. Verzweifelte auch noch auf die Schippe zu nehmen. Danke!

Phänomene, ausgelöst durch Verstorbene

Sicher hast du schon von folgenden Phänomenen gehört: Bilder fallen von der Wand oder Uhren bleiben stehen, just in dem Augenblick, als ein Mensch verstorben ist, der uns auf irgendeine Art nahestand.

Dies ist keine Seltenheit und zeigt, dass wir nicht einfach weg sind und im schwarzen Nirwana verschwinden, wenn unsere Seele den Erden-Körper verlässt.

Doch warum rufen die „Toten" solche Dinge hervor? Wollen sie uns etwa Angst machen? Nein, sicher nicht. (Es sei denn natürlich, es handelt sich um „Geister", die ganz bewusst nicht ins Licht gegangen sind und sich eher von der Dunkelheit angezogen fühlen.)

Unsere Lieben aus Familie, dem Freundes- oder Bekanntenkreis etc. geht es darum, uns zu zeigen: „Schau' her, mir geht es jetzt gut, und alles ist in Ordnung. Ich bin nun ‚drüben', wo ich nicht mehr zu leiden habe, nicht mehr traurig/einsam bin (...)."
Sie wollen uns mit ihren Möglichkeiten mitteilen, dass der Erden-„Tod" nur ein Übergang ist und wir in eine andere Ebene der Bewusstseinsform übergehen. Einige wiederum möchten sich einfach nur (vorerst) verabschieden.

Fragt mich jemand: Was soll ich davon halten? Spukt es bei mir? Will mir ein böser Geist ans Leder? Oder war das meine liebe herzensgute Oma Edda? Dann frage ich stets: Wie hast du dich gefühlt?

Das hört sich lapidar an. Wie soll man sich schon fühlen, wenn vor einem eine Vase auf den Boden knallt, und das ohne ersichtliche logische Ursache? Dennoch: Alle unsere Gaben und Talente (eben gerade auch die sog. instinktiven) sind in uns allen und können jederzeit abgerufen werden. Wieder einmal: Wir müssen von unserem Glauben daran überzeugt sein.

Hattest du also ein Gefühl des Beobachtet-Werdens und fühltest dich irgendwie unangenehm dabei? So, als würde jemand Unsichtbares uns bedrängen oder gar berühren? War dir plötzlich eiskalt; womöglich so sehr, dass dein Atem zu sehen war? Gingen andere Phänomene wie Türenschlagen oder dergleichen damit einher?

Oder hattest du ein ganz warmes, zärtliches Gefühl im Herzen? Vielleicht ein wenig wehmütig, aber dennoch positiv? Dachtest du gerade „zufällig" an Oma Edda? Hast du ihr Parfum, das sie so mochte, in der Nase? Hast du beim Betrachten ihres Bildes das Gefühl, dass sie dich fröhlich anlächelt?

Allemal schadet es auf gar keinen Fall, Schutzengel und Schutzgeister anzurufen und sie um ihren Schutz zu bitten.

Auch kannst du Weih- oder Salzwasser in alle Zimmerecken verspritzen. Oder du verräucherst Weihrauch bzw. weißen Salbei (Achtung Rauchmelder!).

Die unguten Geister drängst du (zunächst jedenfalls) in ihre Dunkelheit zurück, und die liebe Oma Edda stört sich ganz sicher nicht daran!

Zu deiner Beruhigung: Werden durch einen Parapsychologen oder ein Medium sog. elektromagnetische Felder festgestellt, heißt das noch lange nicht, dass es tatsächlich bei dir spukt. Werden beispielsweise sog. Cold Spots ermittelt, kann das auf ein persönlich empfundenes Kälteempfinden hindeuten, was mit erhöhter Adrenalinausschüttung zu tun hat, die der Anspannung bzw. Nervosität geschuldet ist. Die Aufgabe eines Geister-Verständigen besteht jedenfalls in erster Linie darin, zu untersuchen, ob überhaupt ein paranormales Phänomen vorliegt. Vorsichtig wäre ich auch, wenn nach einer energetischen Reinigung oder weitere Vertreibungs-/Bannungs-Rituale bzw. -Gebete behauptet wird, dass du nun für immer und ewig Ruhe vor den Plagegeistern hast. Oft brauchen nach einer solchen Prozedur die unguten Entitäten lediglich eine Verschnaufpause, um aufs Neue zu starten. Nützen dann eigentlich „Geisterjäger", Parapsychologen und Medien überhaupt irgendetwas?

Gehen sie verantwortungsvoll zu Werke, lautet die Antwort selbstverständlich ja. Der Laie ist meist schlicht und einfach mit der Situation überfordert, und hier kann ein Außenstehender wesentlich pragmatischer handeln, da er emotional nicht mit im Boot sitzt und somit eine abgeklärtere Sicht hat, was nicht heißt, dass ein Parapsychologe auf jegliche Empathie verzichten sollte. Menschen, die plötzlich mit Spuk zu tun haben, können immer eine gehörige Portion Mitgefühl vertragen!

Seelen, die im Zwischenreich gefangen sind

Wie wir wissen, verschwindet unsere Energie nicht einfach, wenn wir unser Leben beendet haben, sie geht lediglich in einen anderen feinstofflichen Zustand über. Wie dieser Übergang aussieht, ist individuell verschieden und kann hier unmöglich in allen Facetten aufgezeigt werden.

Die Seele, die bei dir (möglicherweise) herumspukt, ist nicht ins Licht gegangen, so viel steht schon einmal fest. Sie hat beschlossen, bis auf Weiteres an die Erde gebunden zu verweilen.

Dies hat mehrere Gründe. Es handelt sich vielleicht um einen Angehörigen, Bekannten, Freund (...) von dir, der noch etwas zu klären hat. Dies kann etwas Banales sein, wie zum Beispiel, dass er/sie nicht mehr dazu kam, dir zu sagen, wo etwas für den „Geist" Wichtiges/Bedeutendes zu finden ist.

Oder der Heimgekehrte fühlt sich nach wie vor für dich verantwortlich (eine liebe Mutter z. B.).

Es kann aber auch eine Seele sein, die bereits Zeit ihres Erdenlebens Ungutes verbreitet hat.

Oder du bist in eine Wohnung/Haus gezogen, in der noch immer der Geist des ehemaligen Mieters/Besitzers „wohnt" und dich als Eindringling empfindet.

Allemal ist es so, dass ein solcher Geist die Charaktereigenschaften des Erdenlebens mit rüber genommen hat und diese noch immer „auslebt".

Anderen Geistern ist aber oftmals gar nicht klar, dass sie gestorben sind, und so irren sie orientierungslos umher und suchen direkt oder auch indirekt um Hilfe, damit sie erfahren, was mit ihnen passiert ist und was nun mit ihnen geschehen kann/sollte. Zeigen sich Phänomene, die solche verirrten Geister zu verantworten haben, dann erschrecken sie dich natürlich!

Dennoch: Keine Panik! Hier solltest du dir fachmännische Hilfe nach Hause holen und die Karten auf den Tisch legen. Vielleicht hast du im Vorfeld schon ein wenig über Vormieter/Vorbesitzer herausgefunden, was nützliche Hintergrundinformationen sein können.

Je nach Charakter und Entwicklungsstand sind die Möglichkeiten, dich heimzusuchen, vielfältig, und tatsächlich können sie zumindest ansatzweise mit Poltergeist-Aktivitäten verwechselt werden, was die gute Nachricht ist.

Allerdings: Es muss gehandelt werden. Und zwar angemessen und sachkundig.

Unsere Haustiere (vorzugsweise Hunde und Katzen) können aufzeigen, dass womöglich in deinem Heim etwas Paranormales vor sich geht.

Zum Beispiel, wenn der Hund immer die gleiche Zimmerecke anbellt oder die Katze faucht und buckelt, obwohl (scheinbar) nichts zu sehen ist.

Des Weiteren können sich Gegenstände selbstständig machen bzw. zerstört werden oder sie verschwinden und tauchen irgendwann wieder auf, aber an Orten, die völlig unsinnig sind. Ein Kugelschreiber im Kühlschrank, ein Schraubenzieher im Bett oder ein Sofakissen im Abfalleimer.

Warnung:
Mache bitte NIEMALS den Fehler und benutze zur Klärung ein sogenanntes Hexenbrett!

Hole dir lieber sachkundige Hilfe.

Glaube es ruhig: Mit einem solchen Brett muss man sich auskennen, und es ist keine gute Idee, das Tor für dunkle Energien noch weiter zu öffnen, wenn du schutzlos eben mal so checken willst, wer dein unsichtbarer Mitbewohner ist!

Es behauptete zwar einmal ein Medium, dass Hexenbretter grundsätzlich immer ungute Energien einladen, was ich nicht bestätigen kann. Jedoch öffnet man ein Portal in die Geisterwelt und hier solltest du dir über die Konsequenzen deines Tuns im Klaren sein. Hierzu Näheres weiter unten.

Sogenannte „Fränkische Gräberfelder"

Ich erkläre gleich näher, was damit gemeint sein soll. Ein Bekannter von meinem Partner und mir, ein Landvermesser, sollte dienstlich ein Stück Land aufzeichnen. Es handelte sich um ein sehr großes Anbaufeld an einem Weinberghang gelegen.

Von Anfang an hatte er eine unerklärliche Gänsehaut und fühlte sich unbehaglich. Dennoch machte er seine Arbeit, konnte aber den Feierabend kaum erwarten. Aber das merkwürdige Gefühl, das er bei der Vermessung hatte, ließ ihm keine Ruhe, und so forschte er am nächsten Tag näher nach. Tatsächlich befand sich vor einigen hundert Jahren auf dem heutigen Weinanbaugebiet ein Hinrichtungsplatz mit angrenzendem Friedhof.

Nun sollte ich noch dazusagen, dass jener Bekannte einerseits dem Spirituellen zwar aufgeschlossen gegenüber war, andererseits mit beiden Beinen felsenfest auf der Erde stand.

Ich dachte damals mit einigem Schaudern: Wenn schon ER solche Gefühle hatte, was müssen erst feinfühlige, medial veranlagte Menschen empfinden ...

Tatsächlich sollte es noch ein wenig dauern, bis ich erfahren durfte, was es heißt, mit der Schattenseite der Geisterwelt in Berührung zu kommen.

Solche heimgesuchten Orte können unter deinem Haus/deiner Wohnung sein und ungut abstrahlen.

Je nachdem, wie gut du mit einem Geistlichen/Priester kannst, könntest du ihn bitten, dein Zuhause zu segnen und somit energetisch zu reinigen. Möglicherweise fühlen sich Restenergien/erdgebundene Seelen angesprochen und finden durch diese Maßnahme ins Licht. Wohnst du allerdings mit weiteren Menschen unter einem Dach, kann das bedeuten, dass sich unerlöste Energien/Seelen dermaßen verankert haben, dass sie gar nicht daran denken, ins Licht zu gehen, sprich erlöst zu werden. Denn viele Menschen bedeutet viel Energie. Und je unreiner die Geisterwelt abstrahlt, desto schwieriger dürfte es sein, diese loszuwerden. Es kann sogar sein, dass sich diese Entitäten nie vertreiben lassen.

Ich maße mir jedenfalls kein Urteil über Menschen an, die bei einer Wohnungs-/Hausbesichtigung nicht auf ihr flaues, ungutes Bauchgefühl hören und dennoch einziehen.

Ich beging den gleichen Fehler und habe es wahrlich bereuen dürfen! Heute denke ich zwar, dass diese Erfahrungen möglicherweise sein mussten, damit ich heute das weitergeben kann, was ich weiß. Doch zur damaligen Zeit hat's mich so kalt erwischt, wie ich es nie für möglich gehalten hätte.

Ich kann dir nur raten, auf dein Gefühl zu hören, wenn du bei einer Besichtigung bist. Hast du eine unerklärliche Gänsehaut, kaum dass du das Objekt betreten hast? Fühlst du dich schwach, plötzlich unerklärlich traurig? Hast du Hemmungen, ein Zimmer zu betreten oder (noch) vorhandenes Mobiliar zu berühren? Wie verhält sich dein Hund, den du mitgenommen hast? Kommt es dir so vor, als ob dir jemand ganz dicht aufrückt und über deine Schulter schaut, obwohl niemand zu sehen ist? Dann suche bitte weiter nach einem anderen Zuhause!

Und lasse dir von NIEMANDEM (!) einreden, dass du spinnst. Denn das tust du ganz sicher nicht. Ob es nun deine eigene Intuition ist, die dich warnt, oder vielleicht dein Schutzengel, ist völlig gleichgültig. Wichtig ist: Höre darauf!

Foppgeister

Ich denke jeder kennt den Ausdruck, jemanden foppen, was gleichbedeutend ist mit jemanden ärgern oder necken.

Bei Foppgeistern handelt es sich um Energien, die es sich zur Aufgabe gemacht haben, dort zu verbleiben, wo sie sind und so weit als irgend möglich Schaden anzurichten.

Es sind zwar keine Poltergeister – zu diesen Herrschaften komme ich noch – dennoch sind die Auswirkungen eines Foppgeistes auch nicht ohne! Leider werden diese Entitäten oftmals auf den Plan gerufen durch unbedarftes spirituelles Herumexperimentieren mit allerlei Medien, wie z. B. dem Hexenbrett, Tarot, Pendel, Gläserrücken, Séancen … Fatalste Auswirkungen können daraus erwachsen, wenn eine nicht ernst genommene Grusel-Show daraus gemacht wird.

Foppgeister fühlen sich durch solcherlei Heldentaten geradezu aufgefordert, ja eingeladen, in Erscheinung zu treten.

Natürlich fühlen sie sich gleichfalls von Menschen angezogen, die grundsätzlich spiritistisch arbeiten, ohne dass dabei Unsinn praktiziert wurde. Jedenfalls kann ich nur eindringlichst davor warnen, an einem Event teilzunehmen, bei dem es lediglich darum geht, die eigene gruselige Horror-Show zu veranstalten.

Zurück zum Thema: Foppgeister suchen sich ihre Opfer nicht nur im Kreise der Spiritisten. Oftmals werden Menschen heimgesucht, die mit dem Paranormalen so gar nichts am Hut haben, was sie erst recht interessant macht. Was eine Erklärung für unlogische Vorkommnisse erst recht erschwert, da diese Menschen weder wissen, was überhaupt los sein könnte bzw. gar nicht daran glauben würden, erführen sie es.

Foppgeister wollen Entertainment. Sie waren oft „Lebende", die sich im sogenannten Jenseits nicht wirklich eingefunden haben.

Die gute Nachricht: Physische Gewalteinwirkungen auf uns Menschen sind nicht Sache eines Foppgeistes. Poltergeister bzw. dämonische Wesenheiten sind eine gänzlich andere Sache. Dazu gleich mehr.

Was sie allerdings draufhaben, und das verdammt gut, ist: Sie greifen uns auf der Seelenebene an. Wobei es wohl einen Unterschied in der Intensität macht, je stärker oder eben schwächer bzw. seelisch instabiler ein Mensch gestrickt ist.

Hier muss auf jeden Fall gehandelt werden. Eine gründliche und eingehende Untersuchung eines zuverlässigen Parapsychologen ist unerlässlich. Wenn du Glück hast, ergibt sich, dass es gar keine Foppgeist-Aktivität gibt.

Poltergeister

Sie wollen Schaden anrichten. Den größtmöglichen. Dieser Schaden zeigt sich in den unterschiedlichsten Facetten: Sie zerstören Gegenstände (große, kleine, leichte, schwere, kostbare ...) oder sie suchen heim durch Psychoterror.

Auch hier KANN der Auslöser die Teilnahme an einer Séance sein. Man hört plötzlich polternde Schritte, die immer näher kommen, und das „gerne", wenn der Heimgesuchte gerade alleine zu Hause ist. Gegenstände fallen herunter oder bewegen sich vor unseren Augen auf nicht nachvollziehbare Weise, Schrank- und Wohnungstüren gehen auf und zu, bevor sie mit einem Schlag zuknallen. Kreuze, die an der Wand hängen, drehen sich auf den Kopf, Spiegel zerbersten, unerträgliche Gerüche quälen immer wieder, Vorhänge bewegen sich im Wind, obwohl alle Fenster geschlossen sind.

Das Perfide daran ist, dass solcherlei Geschehen tagelang oder sogar wochenlang aussetzen können, und du schon an Zufälle glaubst oder eine allzu übersteigerte Fantasie.

Und dann geht es eines „schönen" Tages wieder los, und du hattest es fast vergessen …

Du warst nicht zu Hause, und als du deine Wohnung/Haus betrittst, „empfängt" dich gleich zur Begrüßung ein flaues Gefühl, dass etwas nicht stimmt, so, als wenn jemand auf dich wartet, von dem du nicht empfangen werden willst. Eine so schwere Atmosphäre, dass sie dich kaum atmen lässt.

Der Fernsehsessel liegt auf dem Rücken, das Radio läuft dröhnend, die Kühltruhe steht weit offen und der Abtau-Prozess hat für einen See in der Küche gesorgt, deine ordentlich zusammengelegte Wäsche liegt verstreut auf deinem Schlafzimmerboden …

Weiter können uns Poltergeister auch körperlich belästigen/schaden. An den Haaren zupfen/zerren ist bei diesen Entitäten keine Seltenheit. Ich kenne einen Fall, da setzte es fast jede Nacht schallende Ohrfeigen … Auch ist mir ein Fall bekannt, da wurde die bemitleidenswerte Frau immer wieder von unsichtbaren Energien vergewaltigt.

Gerne ziehen sie ihre Show ab, wenn sie dich alleine haben. Denn möglicherweise glaubt dir deine Familie nicht, wenn du ihnen später von deinen Erlebnissen erzählst. Du bist natürlich wütend oder deprimiert, weil du alleine dastehst und niemand dich verstehen kann oder will. Wieder bauen sich hier Energien auf, die Poltergeister für sich nutzen. Abgesehen davon kann man dich so herrlich quälen, wenn du isoliert bist und keine Ahnung hast, wer dir noch glauben soll oder dir helfen könnte.

Eine weitere Möglichkeit, sich einen Poltergeist einzufangen, ist das Besuchen von Schlössern, Burgen, Herrenhäusern bzw. sog. „Lost Places".

Was diese Entitäten ebenfalls hervorragend können, ist das Nachahmen von Stimmen. Zum Beispiel ruft dich deine Mutter aus einem anderen Zimmer, du läufst hin, und da kommt sie gerade erst zur Haustür herein ...

Oder du hörst, wie dein Schatz nach Hause kommt. Ganz deutlich vernimmst du den Schlüssel, der in die Glasschüssel gelegt wird, die auf der Kommode steht. Du eilst deinem Schatz entgegen und bemerkst, dass er gar nicht da und die Haustür nach wie vor fest verschlossen ist.

Weit erschreckender sind die Möglichkeiten, Personen zu doubeln. So sitzt du vielleicht auf deinem Bett und siehst von dort aus, deine Mutter den Flur entlanggehen. Du stehst auf und siehst aus dem Fenster. Da steigt deine Mutter gerade erst vom Einkauf aus ihrem Auto aus.

Dämonen

Falls du nun befürchtest, ebenso oft mit Dämonen zu tun zu haben wie die bekannten chaotisch-liebenswürdigen drei Hexen aus Kalifornien, kann ich dich beruhigen.

Dennoch trifft es leider nicht zu, dass – wie in einem Buch ausgeführt – dämonische Heimsuchungen kaum vorkommen, da Dämonen auf einer Ebene existieren, die uns Menschen so weit entfernt ist, dass wir es gar nicht wert sind, durch sie belästigt zu werden. Gleichfalls wie Poltergeister können dämonische Kräfte angezogen/aktiviert werden. Dies kann durch einen geschichtlichen Hintergrund geschehen, durch besetzte Häuser bzw. Gegenstände und, und, und.

Und wie sollte es auch anders sein: Das Hexenbrett wird leider allzu oft als Toröffner genutzt.

Experimental-Dämonologen gehen beispielsweise hohe Risiken ein und haben hernach nicht selten mit Wesenheiten zu tun, die sie nicht loslassen wollen. Leider gibt es zu diesem Themenbereich Bücher. Leider, weil sicher kaum auf die Warnungen gehört wird. Die Faszination Geisterwelt ist einfach zu verlockend, und man will ausprobieren und entdecken. Dennoch: Wenn du zu jenen gehörst, die zwar neugierig sind, dennoch aber verantwortungsvoll und umsichtig den Weg der Geister beschreiten willst, kaufe dir ein solches Buch.

Ich selbst habe mich über derlei Möglichkeiten der Magie informiert, denn ich bin immer der Meinung: Gefahr erkannt, Gefahr (hoffentlich) gebannt. Wenn ich mich stets hinter dem Vorhang der ach so weißen Magie verstecke, muss ich mich nicht wundern, wenn ich mit Entitäten zu tun bekomme, von deren Existenz ich noch nicht einmal weiß, dass es sie überhaupt gibt, geschweige denn wie ich ihnen begegnen könnte. Also informieren ist sicher der bessere Weg.

ABER: Ich kann nur ausdrücklich davor warnen, dämonisch orientierte „Experimente" vorzunehmen!!! Niemand kann so einfältig sein und glauben, dass sich dämonische Wesen zeigen und dann einfach schwups wieder verschwinden, wenn sie schon einmal auf den Plan gerufen wurden, so nach dem Motto: „Ach, cool! Hat ja geklappt; kannst wieder verschwinden!"

Besessenes

Gibt es tatsächlich Gegenstände (Puppen, Gemälde, Antiquitäten …), die besetzt sein können von unreinen Energien? Oh ja, durchaus! Wenn du nun meinst, ich hätte mir zu viele Horrorstreifen angesehen, muss ich dich enttäuschen. Die Gegenstände für sich sind es nicht, die ein Eigenleben innehaben. Dies gehört wirklich in die Filmstudios und hat nichts mit der Realität zu tun. Allerdings können z. B. Puppen Energien anhaften haben, die unreiner Natur sind.

Und natürlich (Ursache und Wirkung) strahlen jene Wellen ab. Je boshafter und grober eine solche Energie-Anhaftung ist, desto unangenehmer können die Abstrahlungen auf dich quasi zurückwirken.

Und, ja, es ist nicht selten, dass sich Energien (sowohl von Verstorbenen als auch dämonische) als „Aufenthaltsort" eine Puppe bzw. ein anderes Spielzeug aussuchen. Hier entstehen meist Poltergeist-ähnliche Aktivitäten (Poltern, Schritte, Türen-Schlagen, Flüstern – das volle Poltergeist-Programm eben).

Als wäre das noch nicht spuky genug, gibt es reichlich Berichte über Puppen, die ein Eigenleben zu führen scheinen. Setzt man sie beispielsweise abends mit überschlagenen Beinen auf das Sofa, liegen sie am nächsten Morgen lang ausgestreckt in der Küche. Medial veranlagte Menschen, die mentalen Kontakt zu der Energie aufgenommen haben, die die Puppen besetzt hielten, vernahmen plötzlich übelste Beleidigungen bis hin zu hasserfüllten Morddrohungen.

Die bekanntesten dämonischen Puppen, über die es zahlreiche Berichte gibt (siehe hierzu Buchmaterial bzw. Internetforen), scheinen mittlerweile sicher unter Verschluss zu sein. Doch selbst in ihrem Vitrinen-„Verlies" geben sie keine Ruhe, und noch heute wissen zutiefst geschockte Menschen zu versichern, dass andere Positionen eingenommen werden und – befindet man sich im gleichen Raum – reichlich Poltergeist-Aktivitäten geschehen. Die meisten Menschen fühlen sich in der Nähe der besetzten Puppen krank, traurig, depressiv usw. Verlassen sie das Zimmer, geht es ihnen augenblicklich wieder gut. Alles Lug und Trug? Oder schlichtweg reine Einbildung von Menschen, die zwar munter auszogen, das Fürchten zu lernen, nun aber damit nicht klarkommen?

Tatsächlich scheinen es oftmals gerade die unscheinbaren Allerwelts-Puppen zu sein, die besetzt werden. Um uns in die Dämonen-Falle zu locken. Vielleicht. Wer weiß das schon so genau? Nicht nur Puppen, auch Teddybären und anderes Spielzeug kann dämonisch benutzt/besetzt sein. Und hier betrifft es nicht zwangsläufig nur Antiquitäten, sondern durchaus auch „modernes" Spielzeug.

Spieluhren, die eigentlich kaputt sind, spielen immer wieder (vorzugsweise zur Bettgehzeit), Eisenbahnen düsen durchs Kinderzimmer, während Julius gerade nicht im Zimmer ist. Gegenstände fallen von selbst vom Wandregal ...

Müssen wir also befürchten, dass unsere gerade erworbene Antikpuppe automatisch besetzt ist, nur weil sie alt ist? Oder ein Dachboden- bzw. Kellerfund vielleicht aber auch aus einem Nachlass stammend war? Nein, natürlich nicht! Und ich glaube auch nicht, dass wir Angst davor haben müssen, dass unsere Püppi nachts mit einem Küchenmesser in der Hand an unserem Bett steht. Soweit die „gute" Nachricht.

Die schlechte allerdings: Dämonisch besetzte Puppen (...) können uns übelste Visionen schicken, während deren Erleben wir nicht auseinanderhalten können, ob wir wach sind oder träumen. Spätestens wenn wir unerklärliche blaue Flecken oder Kratzer auf unserem Körper vorfinden, wissen wir's ...

Leider trifft es auch nicht zu, dass besetzte Gegenstände ihre Geister- Anhaftung verlieren, wenn sie nur weitergegeben bzw. anderweitig entsorgt werden. Es kann natürlich sein, dass ein Geist einsieht, dass sein astrales Hemd keine Taschen mehr besitzt, und er lässt von seinem irdischen Besitz ab. Doch grundsätzlich sollte man nicht darauf hoffen, wendet man das Sankt-

Florian-Prinzip an („Hl. St. Florian, verschone mein Heim, zünde andere an ...“). Und wenn es sich um dämonische Besetzungen handelt, ist sowieso kaum bis nie damit zu rechnen, dass man seinen Dreizack schnappt und eben mal husch, husch in die Hölle zurückreist.

Mir wurde einmal geraten, ein antikes Bild zu vernichten, da es keine gute Schwingung verbreitete. Tatsächlich war es mir damals (noch recht unwissender Weise) gelungen, meine mediale Antenne zu unterdrücken, sonst hätte ich den Kauf vermutlich von vornherein sein lassen.

Meiner Mutter war das Bild nie geheuer gewesen, und sie beäugte das zugegeben leicht bockig dreinschauende Kind stets mit einiger Abneigung.

Nach und nach konnte ich tatsächlich spüren, dass gerade die Zimmerecke eine „kühlere“ Atmosphäre ausstrahlte, in der das Bild hing.

Schließlich meinte die geistige Welt wohl, dass man mir meine Naivität deutlicher vor Augen führen sollte und ich „träumte“, was „man“ mir riet: Nicht verkaufen sollte ich das Porträt und auch nicht einfach so in die Mülltonne geben. Es sollte NIE jemand anderes bei sich zu Hause aufhängen können. Ich kam der astralen Empfehlung nach.

Irgendwie wundert es mich mittlerweile nicht mehr, warum ich eine so gut erhaltene Antiquität zu einem solch niederen Preis erstehen konnte ...

Nun will ich ganz gewiss niemandem unterstellen, Ungläubigen einen „unguten“ Gegenstand weiterzureichen, damit in der heimischen Bude wieder Ruhe einkehrt. Doch leider gibt's das nicht selten.

Es kann dir nur nützlich sein, deine Intuition/dein Bauchgefühl zu schulen. Betrittst du beispielsweise einen Antiquitätenladen und hast ein „merkwürdiges“ Gefühl, sobald du einen bestimmten Gegenstand in die Hand nimmst, solltest du ihn nicht mit nach Hause nehmen, und wenn er dir noch so gut gefällt.

Meine Familie, mich eingeschlossen, hat die Sammelpassion Puppen, Zinn und generell Antiquarisches. So brachte mir meine Mutter einmal eine Puppe mit, die man getrost als Allerwelts-Puppe bezeichnet hätte. Sie war schmutzig, ihr Haar verfilzt, die Kleidung stellenweise gerissen. Doch für ein paar Euro wollte sie mitgenommen werden.

So richtete ich sie mit einiger Mühe her, und sie sah wirklich recht dekorativ aus. Das Einzige, was ich nicht nachvollziehen konnte, war ein süßlicher Geruch, der ihr anhaften blieb, obwohl ich sie gründlichst gereinigt hatte. Nach und nach fühlte ich mich in unserer Wohnung nicht mehr so wohl wie vorher. Nachts, blickte ich vom Bett aus in die Diele, blinkte immer wieder eine Lampe an, die einen Bewegungsmechanismus hatte und gar nicht angehen konnte. Kam ich ins Wohnzimmer hatte ich das fast schon schizophrene Gefühl, als würden mich sämtliche Puppen grinsend anglotzen. Kurz: Mir war so was von gruselig zumute!

Dazu möchte ich noch sagen: Ein Hexenbrett gab es ebenfalls. Es war dunkel abgedeckt, und der Anzeiger lag separat.

Obwohl ich es ja durch meine Erlebnisse, die noch geschildert werden, wirklich besser hätte wissen dürfen, dauerte es eine ganze Weile, bis mein Blick schließlich immer wieder an der Flohmarkt-Puppe hängen blieb. Irgendwann gingen bei mir die inneren Lämpchen an und ich schaffte Fakten. Die Puppe, der Bewegungsmelder sowie das Hexenbrett flogen (zerstört) in den Müll. So, das war geschafft! Doch sollte sich wieder das alte gemütliche Gefühl einstellen, das ich immer in unserer Wohnung hatte? Oh ja! Heute ist wieder alles beim Alten. An was hatte also alles gelegen? War's pure Einbildung meinerseits gewesen? Ganz sicher nicht. Wer mich kennt, der weiß, dass ich heute (!) kein Hasenfuß mehr bin, der so schnell zu erschüttern ist. Frappierend ist allemal, dass nach Entfernen der genannten Gegenstände alles wieder in Ordnung war und ist.

Eine ganz andere Kiste ist es, wenn Menschen ganz bewusst und ganz und gar nicht geheimniskrämerisch ihre „Haunted

Dolls" im Internet zum Kauf anbieten. Ob das nur auf der schaurig-schönen Grusel-Welle geschwommen ist und rein gar nichts Dämonisches das hübsche Püppchen heimgesucht hat – wollen wir das wirklich herausfinden? Sind wir wirklich so neugierig, oder sollte ich besser sagen naiv?

Welches sind also die Möglichkeiten, dass eine Puppe (...) besetzt sein kann? Hier einige Möglichkeiten:

Eine Puppe wurde einem Mädchen geschenkt, und es verblieb bei diesem Menschen, bis der Erdentod sie trennte. Nun gibt es zwei Varianten: Entweder die Verstorbene mag nicht von „ihrer" Puppe lassen und gönnt sie keinem anderen, oder die Puppe mag niemand anderem gehören. Aber wie sollte Porzellan, Celluloid, Vinyl, Plastik oder Stoff ein solch egozentrisches Empfinden haben? Auch hier gibt es wieder zwei Möglichkeiten: Entweder handelt es sich um starke Restenergien der verstorbenen Seele, die an der Puppe anhaften, oder jemand hat dafür gesorgt, dass das Spielzeug zum Dämonen-Heim wurde.

Ratet mal, mit was ich nun wieder einmal um die Ecke komme ... Richtig, das Hexenbrett!

„Spielt" man unwissend oder gar vorsätzlich mit dem Brett, und befindet sich eine Puppe (...) im gleichen Raum, kann es vorkommen, dass durch das geöffnete und beinahe nie wieder geschlossene Geister-Portal etwas Ungutes entwischt und meint: „Ach, da schnappe ich mir doch mal die hübsche Porzellan-Püppi auf dem Sofa!" Und voilà – schon haben wir den Salat!

Wenn ich eine Puppe in einem Verkaufsportal angeboten bekomme und lese: Keller-/Dachbodenfund oder aus einem Nachlass, dann frage ich mich inzwischen: Wieso wurde sie in den Keller etc. verbannt? Okay, selbst wenn wir nicht mehr mit Puppen spielen, „behandelt" ein verantwortungsvoller Sammler ein solches Stück so lieblos? Nach dem, was ich inzwischen weiß, lässt mich ein solches Angebot hellhörig werden.

Und welche Warnsignale gibt es noch, die uns eventuell nachdenklich machen sollten? Wie wir wissen, sehen und fühlen Kinder weit mehr, als die meisten Erwachsenen es mit den Jahren ab-erzogen bekommen. Sitzt nun die neu erworbene Puppe im Kinderzimmer und das Kind hat plötzlich nur noch Albträume, oder der Schaukelstuhl, auf dem die Puppe sitzt, bewegt sich quietschend von alleine, oder die Puppe sitzt auf einmal nicht mehr auf dem Wandregal, sondern mitten auf dem Kinderbett – sollte gründlich überlegt werden, was vor sich geht. Spielen die Kleinen mit der Puppe ist das natürlich zunächst vollkommen harmlos. Verändert sich jedoch das Verhalten des Kindes drastisch (es versteckt sich oft unter dem Bett oder im Wandschrank oder verändert sich deutlich das Wesen der Tochter/des Sohnes), muss sofort (!) entsprechend gehandelt werden.

Ein weiterer Indikator für die Anwesenheit unguter Energien ist das Verhaltensmuster von Hunden und Katzen. Hat eine Puppe (...) Einzug in euer Heim gefunden, beobachtet, wie sich euer Hund verhält. Knurrt er oder fletscht angst-aggressiv die Zähne und bellt wie wahnsinnig in Richtung Puppe?

Buckelt und faucht die Katze oder verlässt gar fluchtartig den Raum, sowie sie der Puppe gewahr wird?

So, jetzt an alle, die sich nun ernsthaft überlegen, das Puppen-Sammeln ein für alle Mal sein zu lassen: Wenn ihr eine Puppe erstehen wollt, dann überlegt dreimal, was ihr empfindet, wenn ihr sie seht oder gar anfasst. Woher stammt sie? Sind euch die Umstände, wie und warum die Puppe veräußert werden soll, geheuer oder eher nicht? Und bitte kauft keine „Haunted Doll"!

Kauft euch lieber einen guten Horror-Streifen zu diesem Thema (beruhend auf Tatsachen im Übrigen!), anstatt euch hinterher zu fragen, was euch nur geritten hat, diese Teufels-Püppi mit nach Hause zu nehmen!

Auf alle Fälle kann ich nur dringendst davor warnen, mit der Puppe zu sprechen, wenn schon der Poltergeist bei euch umgeht!

Und klärt um Himmels willen NIE etwas mit dem Hexenbrett. Handelt es sich um eine dämonische Besetzung, sollten Fachleute an eurer Seite sein.

Noch ein Rat an alle, die selbst Puppen, Teddys etc. herstellen: Habt so weit als möglich nur liebevolle Gedanken und Gefühle in euren Händen und Herzen, damit nur Gutes und Lichtvolles an den fertigen Kreationen „anhaftet". Seid nicht wütend auf jemanden und benutzt die Nähnadel in dunkle Gedanken versunken zornig wie eine Voodoo-Nadel. Es mag banal, vielleicht sogar ein wenig lächerlich auf den ein oder anderen Leser wirken. Doch eine recht bekannte Hexe behauptet, dass jeder benutzte und verarbeitete Faden einen magischen Akt darstellt. Wenn wir uns den Typus des Voodoo einmal näher ansehen, müssen wir wohl oder übel 100%ig zustimmen.

Es gibt keine bösen Häuser, nur böse Menschen …

Siehst du das genauso, wie der Mann, der dies äußerte? Ich kann hier nur bedingt zustimmen.

Natürlich ist es richtig, dass Häuser für sich nicht böse sind. Jedoch können die unterschiedlichsten „dunklen" „unreinen" Energien auf die Mauern abstrahlen, dass Häuser durchaus berechtigt als „besetzt" gelten. Tatsächlich kommt es jedoch nicht selten vor, dass ein paranormales Phänomen rein gar nichts mit einem Haus, sondern vielmehr mit einem Menschen zu tun hat. Hier sprechen wir von Anhaftungen, die vielfältigster Natur sein können. Versterben Menschen, die Zeit ihres Erdendaseins ungut wirkten, können jene ebenfalls unguten Restenergien „wirken" bzw. diese Seele bewohnt und besitzt SEIN Haus noch immer. Wir sehen, es gibt zahlreiche Umstände, um hier nur ein paar wenige zu nennen, die dafür sorgen können, dass wir von bösen Häusern sprechen.

Achtung, die Geisterjäger kommen!

Nein, nicht die liebenswert gutmütig-trotteligen aus Hollywood, sondern die (hoffentlich) echten meine ich. Du glaubst, das sind alles Spinner, die zu viele Horrorfilme gesehen haben? Du meinst, dass das fette Absahnen von Geld Gutgläubiger nur dahintersteckt, wenn sie ihren Hokuspokus abziehen? Weit gefehlt!

Allerdings muss ich leider (wieder einmal) hervorheben, wie viele Scharlatane, gerade auf diesem Gebiet, unterwegs sind.

Es geht bei dir also nicht mit rechten Dingen zu, wie man so sagt? Wie kommst du darauf? Hast du alle Eventualitäten von „natürlichen" Ursachen ausschließen können?

Ein echter Geisterjäger ist immer bemüht, ein „übersinnliches" Phänomen auszuschließen, anstatt gleich seine Messgeräte zu zücken. Hast du hinterfragt, ob eventuell übermäßig viel Stress in letzter Zeit dazu führen konnte, dass du nervöser, überspannter und ängstlicher geworden bist? Hast du einen Trauerfall zu verarbeiten? Wirst du an deinem Arbeitsplatz gemobbt? Stalkt dich dein Ex, und du fühlst dich aufgrund dessen in deinen eigenen vier Wänden nicht mehr sicher?

So gesehen können angebliche Phänomene durchaus mit Überbelastung zu tun haben und somit eine ganz einfach erklärbare Ursache haben.

Ein verantwortungsvoller Parapsychologe stellt viele Fragen. Er will dich kennenlernen, will/muss deinen persönlichen, beruflichen oder sonstigen Bereich deines Lebens durchleuchten.

Es werden Fragen gestellt zu dir, deinem Partner, Kinder, Beruf, das Haus/die Wohnung, ob du einen Verlust erlitten hast, wie dein Verhältnis zu dem (angeblichen) Geist ist/war, ob du etwas über die Vormieter/Vorbesitzer weißt …

All das sind keine überflüssigen Aufdringlichkeiten von allzu neugierigen Menschen. Wie gesagt, ein wirklicher Fachmann will zunächst ausschließen, dass ein Spuk oder was auch immer vorliegt. Ich kann verstehen, wenn du jetzt denkst, warum soll ich mir einen Kundigen ins Haus holen, der mir von vornherein doch sowieso gar nicht glauben will?

Die Ursachen für deine „gruseligen" Erlebnisse, ob du's glaubst oder nicht, liegen mitunter so nah unter unserer Nase, dass wir sie einfach nicht erkennen. Dann werden aus einem Poltergeist ganz schnell wieder die gurgelnden Heizungsrohre.

Wenn allerdings wirklich festgestellt wird, dass bei dir eine Heimsuchung vorliegt, dann ist das Wirken ALLER Beteiligten gefragt. Mehr dazu in einem anderen Kapitel.

Hier soll vorerst lediglich verdeutlicht werden, wie du die echten von den falschen Geisterjägern unterscheiden kannst. Wenn sich ein Geisterjäger schon so nennt, wäre ich vorsichtig. Es hört sich wirklich nach Film und Kino an. Geister wollen/sollen nicht ge- oder verjagt werden.

Wie gesagt, später mehr dazu. Hilfe im Internet zu suchen in Betroffenen-Foren ist auch so eine Sache.

Tatsächlich würde ich Hilfe gerade bei denen suchen, die am zurückhaltendsten und nüchternsten daherkommen. Es sind meist die Seriösen. Und du willst doch nicht zu deinem Geist auch noch einen Haufen Geld verpulvern für nichts und wieder nichts, oder?

Tatsächlich fallen mir gerade zu diesem Themenbereich so einige „Geisterjäger" ein, die mit ihren Fällen im Fernsehen zu sehen sind. Natürlich steht es mir absolut nicht zu, ein Urteil über diese Menschen zu fällen, die ich weder persönlich kenne noch die vorgestellten (besetzten/heimgesuchten) Örtlichkeiten selbst aufgesucht habe.

Dennoch ist mir das ein oder andere aufgefallen, über das ich hier sprechen möchte.

Zum einen wird immer wieder gezeigt, wie unwissende Menschen auf das Zeichen des Pentagramms reagieren. Das lasse ich einmal dahingestellt, denn man muss jenen nicht aufgeklärten zugutehalten, dass sie es eben (bisher) nicht besser wissen.

Wenn ich aber von sogenannten Medien bzw. „Geisterjägern" höre, dass Pentagramme das Zeichen des Teufels/des Bösen sind, dann kann ich wirklich nur den Kopf schütteln.
Müssten gerade diese Menschen es nicht wirklich besser wissen?
Hier also zur Aufklärung:
Das Pentagramm wird in zwei möglichen „Stellungen" abgebildet, nämlich mit einer Spitze nach oben oder mit zweien. Weder die eine noch die andere Abbildung hat automatisch etwas mit dem „Bösen" zu tun.

Tatsache ist: Eine Spitze nach oben ist gleichbedeutend mit dem sogenannten Schutz-Pentagramm. Ja, auch wenn das ausgesprochen gewöhnungsbedürftig auf die ein oder anderen Glaubensanhänger wirken mag: Jenes Schutz-Symbol ist sogar mit dem magischen Wirken mit Engeln „kombinierbar".
Zwei Spitzen des Pentagramms, die nach oben deuten, sind ebenfalls kein Zeichen des Satans, auch wenn das in „weißen" wie auch „schwarzen" Szenen behauptet wird. Sorry, aber so leicht ist es eben nicht.
Zwei Spitzen nach oben bedeuten, dass es sich um ein „anrufendes" Symbol handelt. Soweit nicht mehr und nicht weniger. WEN man allerdings damit anruft, gibt letztlich den Ausschlag, ob es sich um das „Dunkle" bzw. das „Lichte" handelt.

Magie ist und bleibt grundsätzlich von ihrer Grundwirkung her gesehen neutral. Eben weder so oder so. Tut mir sehr leid, wenn ich nun dem ein oder anderen Engelchen oder Teufelchen der magisch Agierenden auf ihre Flügel/Hufen trete …

Wir Menschen sind es, die es in der Hand haben, wie ein Pentagramm gebraucht wird und wozu. Insofern sollte sich das ein oder andere Medium, das sich im Fernsehen als Aufklärer präsentiert, vorher ein wenig gründlicher informieren, bevor solch ein Stuss verbreitet wird.

Wenn „Geisterjäger" im TV Unsinn erzählen

Wie soll der Betroffene wissen, ob der/die geneigte Fachmann/-frau recht hat oder nicht?

In einem TV-Sender, den ich hier verständlicherweise nicht nennen kann, wurde beispielsweise vor Kurzem von einem Medium erklärt, dass Totenköpfe als Deko oder Wohneinrichtung automatisch dunkle, ja sogar dämonische Kräfte regelrecht anlocken und immer schlechte Energien wecken. Wow! Wenn das so wäre, würde es in meinem Heim aber ordentlich rundgehen!

Hat also jeder Gothic-Freund automatisch mit dämonischen Heimsuchungen zu tun? Gottlob sicher nicht! Also, liebe Anhänger der schaurig-schönen Grufti-Welt: Nur was wir in etwas hineininterpretieren, zieht das ein oder andere MÖGLICHERWEISE an.

Die Ausnahme:
Wenn allerdings ein Haus/eine Wohnung bereits besetzt ist bzw. ein Bewohner eine entsprechend dunkle Anhaftung hat, dann mag es sein, dass sich Schaden bringende Energien angezogen fühlen mögen. Aber ganz sicher nicht grundsätzlich! Also lasst ruhig eure Totenköpfe im Regal stehen!

Ein weiteres Beispiel, bei dem ich mir vor der Flimmerkiste die Haare raufte:

Es wurde von einem Parapsychologen erklärt, dass sich unruhige/erdgebundene Geister stets (!) schrecklich zeigen, weil sie Schreckliches und Böses wirken wollen. Das kann ich zwar nicht ausschließen, jedoch ist es beileibe nicht immer so! Warum zeigen sich Geister oft gefährlich/böse, und sind sie deshalb wirklich alle böse oder gar dämonisch? Aber nein!

Wie ich bereits darlegte, kommt es auf die unterschiedlichsten Hintergründe an, wie ein Geist „gestrickt" ist, und welche Motivationen hinter seinem Auftauchen stecken.

Womöglich ist eine Entität viel zu lange in seinem Trauma-Zwischenreich gefangen und ist dabei irre geworden. Ja, das gibt es! Diese Geister können tendenziell gefährliche Züge aufweisen.

Doch hat sich gezeigt, dass man diesen Seelen durchaus ins Licht verhelfen kann, zeigt man ihnen einen Ausweg aus ihrem eigenen Albtraum, der sie nicht loslässt. Oder ein Geist zeigt sich schreiend und verbrennend am ganzen Leib. Wer hätte da keine Angst, wenn ein solches Exemplar vor einem auftaucht?! Dennoch, will er uns (nur) erschrecken oder gar vertreiben? Es könnte ebenso gut sein, dass er aufzeigen will, wie er zu Tode gekommen ist. Auch hier kann fachmännisch versucht werden, jenen Geist ins Licht zu geleiten.

Ist jener Geist allerdings zu Lebzeiten ein gewalttätiger Mensch gewesen bzw. hatte er einen boshaften Charakter, dann ist es höchst wahrscheinlich, dass er jene Eigenschaften „mit rüber" ins Schattenreich genommen hat und sich uns zeigt, wie er als Mensch war und noch immer ist.

Selten wird es gelingen, diesen Seelen das erlösende Licht zu zeigen, weil sie es aus ihren höchst eigenen persönlichen Gründen gar nicht sehen wollen. Dennoch sollte man fachmännisch den Versuch starten, denn auch solche Seelen können erkennen, wohin sie nun gehören.

Auch hier muss man alles differenziert sehen und kann als Fach-Mensch nicht einfach behaupten, dass alle (angeblichen) Schreckens-Geister Schreckliches vorhaben!

Wiederum ein anderer „Geisterjäger" behauptete, dass alle Schattenreiche Albtraumreiche sind, vor denen es sich zu hüten gilt! Auch hier muss ich das Gleiche sagen, wie gerade zuvor. Ja, es ist möglich (!), aber es ist nicht ausnahmslos der Fall. Das sog. Schattenreich zeigt sich eben in vielen Facetten.

Auch hier bestimmen die Umstände, die örtlichen Gegebenheiten (...), weshalb sich die Feinstofflichkeit uns als womöglich düsteres Schattenreich offenbart.

Will sich dir also ein Geist auf ausgesprochen drastische Weise mitteilen (Rauschgeruch beispielsweise, um dir zu zeigen: „Schau', ich bin hier einmal durch Feuer zu Tode gekommen."), dann ist es völliger Unsinn, gleich von Dämonen oder dämonischen Kräften zu sprechen.

Vielleicht stimmt aber auch etwas mit der Elektrik in deinem Heim nicht, und der Geist will dich vor einem möglichen Kabelbrand warnen.

Je länger eine Seele im Zwischenreich festsitzt, desto unberechenbarer kann sie werden, weil sie weiß, dass sie weder hierhin noch dorthin gehört. Dämonisch sind sie deshalb noch lange nicht!

Ergo ist es geboten, erst einmal herauszufinden, um wen und was es sich handelt, bevor man gleich zum Rituale Romanum greift!

Mir jedenfalls gefällt DAS Paradebeispiel des Exorzismus nicht wirklich.

Im Wortlaut ist es für meinen Geschmack zu brachial und in alle Richtungen respektlos. Es zeichnet sich aus durch verbal herbeigerufene Gewaltmaßnahmen. Und die soll bitte schön auch noch ein Erzengel vornehmen. Also ein Wesen der „lichten" Seite. Klar, Michael muss Luzifer in seinen Teufelshintern treten. Und auch noch die Gottesmutter Maria soll dergleichen vollziehen. Für mich ist es Dunkelheit mit Dunkelheit bekämpft, was nie und nimmer nachhaltig funktionieren kann.

Wenn ich in einen dunklen Raum gehe, in dem nur eine einzige Kerze brennt, dann mache ich die doch nicht auch noch aus und beschwere mich anschließend über die Dunkelheit! Ich kann nur die Vorhänge aufziehen und das Licht in die dunkle Muffelbude lassen!

So bin ich dazu übergegangen, das R.R. Situations-angepasst immer wieder neu zu verfassen, was bisher die besten und nachhaltigsten Ergebnisse hervorgebracht hat.

Völlig anders verhält es sich freilich, wenn ein erdgebundener Geist auf die Dämonenseite wechselt. Dieser Seele ihren Frieden bringen zu wollen ist zwar edel, jedoch selten von Erfolg gekrönt. Tatsache ist: Keine „dunkle" Seele muss zwangsläufig bis in alle Ewigkeit „dunkel" bleiben.

Ja, und wie sollte man diesen Seelen denn nun begegnen?

Auch hier müssen Umstände etc. genau beleuchtet werden, um erst einmal herauszufinden, um wen/was es sich handelt. Mit Kanonen auf Spatzen zu schießen war jedoch noch nie erste Wahl!

Natürlich ist es dein gutes Recht, selbst Nachforschungen über Vormierter/-besitzer anzustellen und dergleichen. Auch wenn ich dir allmählich auf die Nerven gehe: Bitte ziehe bei all deinem Eifer NIEMALS das Hexenbrett zurate!!!

Ich spreche aus eigener (leidvoller) Erfahrung, dass das Unwissen meinerseits und das Unvermögen zu helfen andererseits mich einiges gelehrt hat, was ich hier weitergeben möchte, damit andere Menschen aus meinen anfänglichen Fehlern ihren Nutzen ziehen.

Gleichfalls sind Panik, Hysterie, Angst, Überheblichkeit, Provokation, Unwissen und Respektlosigkeit die schlechtesten Partner, die man zur Abklärung nur haben kann.

Ich rate dazu, nichts Rituelles auf eigene Faust zu unternehmen. Weder Brachial-Exorzismus noch blauäugige Lichtarbeit machen Sinn. Ausnahmen stellen hierbei das Verspritzen von Salzwasser, das Räuchern mit weißem Salbei und/oder Weihrauch und gängige Gebete dar wie das „Vater unser". Dennoch: NIEMALS in Kombination mit derben Vertreibungs-Sprüchen.

Gerade bei laienhaften Ad-hoc-„Exorzismen", die nicht fachgerecht und zielorientiert durchgeführt werden, kann der Schuss aber so was von hinten losgehen! Wenn sich dein Geist auf seine höchst eigene Weise bei dir „bedankt", dass du ihn ins Licht verbannen willst ...

Oft werden in genannten Fernseh-Beiträgen Medien gezeigt, die Feder wedelnd das Räucherwerk in Haus/Wohnung verbreiten. Es wird gerufen: „Du hast hier nichts zu suchen und du musst verschwinden. Jetzt! Geh weg, du böser Geist, denn hier kannst du nicht bleiben!" Glaubt wirklich jemand, dass sich ein zutiefst dem Bösen verschriebener Geist etwas aus diesem Gequatsche macht?

Wenn ich die verschreckten Hausbewohner sehe, die schlotternd hinter dem nicht weniger zittrigen Medium Schutz suchen und alle (Medium einschließlich) die Hosen voll haben – wie soll da eine Reinigung wirken? Tatsächlich wurde in einer dieser Spuk-Sendungen von einer Frau berichtet, die bis heute heimgesucht wird. Ein Medium kam einmal vorbei, riet der Frau, schnellstens aus dem Haus zu verschwinden, während sie selbst mit heißen Sohlen davonrannte. Das war ihre „Hilfe".

Zurück blieb die verzweifelte Heimgesuchte, die sich einen Umzug gar nicht leisten konnte und kann.

Ich will nicht neunmalklug daherkommen, denn wir alle – Heimgesuchte, wie auch Medien – sind „nur" Menschen. Es kommt jedoch nicht von ungefähr, dass ich eine energetische Reinigung/Vertreibung/exorzistische Maßnahmen Fachleuten überlassen würde, denn sie wissen (in der Regel) nicht nur, was sie tun, warum sie es tun und haben hierbei die gebotene Nervenstärke mit an Bord.

Eigenartig finde ich allerdings, dass sich die gezeigten Medien niemals vor einer energetischen Reinigung schützen.
Dies kann durch Anrufungen von Engeln geschehen etc. Tatsache ist, dass die Heimgesuchten an einem (Glaubens-)Strang ziehen sollten wie das Medium.

Es nützt eine rituelle Maßnahme nichts, wenn der/die Helfende betend und räuchernd durch dein Zuhause läuft und du dir im Geiste an den Kopf greifst und denkst: Was ein Schwachsinn!

Irgendeinen Glauben sollte man schon haben oder zumindest offen dafür sein, holt man sich geistige Hilfe ins Heim.

Wie ich bereits erwähnte, gibt es Häuser/Wohnungen/Gegenden, die besetzt sind und es bleiben. Hier haben sich die erdgebundenen bzw. dämonischen Energien dermaßen festgefressen, dass nichts zu machen ist. Was also tun? Den Horror akzeptieren? Nein, das ist keine gute Entscheidung. Denn früher oder später bezahlt man physisch und psychisch und geht dabei in jeder denkbaren Hinsicht vor die Hunde.

Ist es sicher, dass dein „Spuk"/Heimsuchung ortsgebunden und NICHT personengebunden ist, rate ich zum Umzug. Denn falls sich etwas an dich angeheftet hat, dann kannst du umziehen, sooft es deine Finanzen zulassen. Deinen Geist hast du im Umzugskarton mit dabei.

Umzüge sind teuer, und oft zieht man mit riesigem finanziellen Verlust in ein anderes Heim, und glaube mir, auch hier weiß ich, wovon ich spreche. Doch mal ehrlich: Wenn ich die Wahl habe zwischen dauerhafter Heimsuchung und Ruhe und Frieden für mich und meine Familie – dann kenne ich meine Wahl!

Hier noch eine kleine persönliche Anmerkung: Wenn ein Makler um Geister(-Geschichten) oder tragische Todes-/Mordfälle weiß oder ihm bekannt ist, dass immer wieder Menschen scheinbar grundlos fluchtartig ausziehen, ist es absolut verwerflich, wenn geneigten Interessenten jene Informationen vorenthalten werden! Wer meint, dass er nicht an Geister glauben will und den Makler eher als überspannt ansehen mag – bitte.

Doch arglose Menschen, nur damit die Kasse stimmt, ins Spuk-Messer laufen zu lassen ist absolut inakzeptabel und unentschuldbar!

Nicht selten sieht man in nachgestellten Szenen wie Geisterjäger Geister anzulocken versuchen, indem sie provozieren oder sich mittels energetisch aufgeladener Gegenstände selbst als Kanal anbieten. Einer dieser „Helden" rief beispielsweise: „Na los, greif' mich an! Komm' schon, ich warte!"

Ich bin immer wieder sprachlos, wenn ich eine solche Anhäufung an Blödheit sehe!

In einem ähnlichen Fall wurde dem Verlangen nachgegeben, nur dass hernach das Medium besessen war und die Kollegen angriff. Diese wiederum reagierten hysterisch und kopflos. Bis einer auf die grandiose Idee kam: „He, wir könnten jetzt wirklich mal beten!"

Was sich hier vielleicht ganz lustig lesen mag, ist so dämlich wie verantwortungslos. Denn allzu Neugierige, die die Geisterwelt erforschen wollen, nehmen sich an diesen „Fachleuten" ein fatales Beispiel mit oftmals ebenso fatalen Folgen!

Ein anderes Medium bittet (!) einen Dämon, das Tor zur dunklen Geisterwelt zu schließen. Als wenn ein Dämon einer solchen BITTE nachkommen würde! Doch des fantastischen Irrsinns noch nicht genug, bediente jenes Medium zuvor (natürlich ungeschützt!) das Hexenbrett zur Kontaktaufnahme.

Einerseits muss ich jenen Sendungen danken, denn sie haben mich dazu gebracht, hier meine Erfahrungen weiterzugeben. Andererseits möchte ich nicht wissen, wie viele Verzweifelte jenen „Fachleuten" nacheifern und hernach so richtig im Morast sitzen!

Schließlich wurde in einer nachgespielten Szene gezeigt, wie sich Geisterjäger einen Spaß aus einer „Untersuchung" machen. Wie überrascht waren sie, als die Geister so gar nicht mitlachen wollten ...! Jeder Entität sollte mit Respekt begegnet werden. Wie hernach verfahren werden muss, ist individuell zu entscheiden. Doch NIEMALS sollte man ein Geistwesen der Lächerlichkeit preisgeben! Das ist im höchsten Maße respektlos und unverantwortlicher Leichtsinn!

Wieder ein anderes Medium behauptete: Geisterhände auf Menschenschultern sind als Kompliment anzusehen. Mir ist absolut schleierhaft, was eine solche Berührung mit einem Kompliment zu tun haben soll. Tatsache ist: Berührt uns ein Geist, dann deshalb, weil er etwas will. Was das ist, muss herausgefunden werden.

Bekommen wir nachts die Bettdecke heruntergezogen bedanken wir uns ja auch nicht beim Geist für seine Fürsorge, so nach dem Motto: „Danke, du hast sicher gemeint, dass mir zu warm ist!"

Weiter wurde in einer Sendung gesagt, dass Geister, die Häuser/Wohnungen/Gegenden besetzen, uns Menschen immer als Eindringlinge einstufen nach dem Motto: „Verschwinde, ich bin schon hier!"

Natürlich wäre es dumm von mir, zu leugnen, dass es Geister gibt, die durchaus so „ticken". Dennoch ist es (wieder einmal) Quatsch zu behaupten, dass JEDER Geist diese Einstellung vertritt. Nur weil wir Angst haben, heißt das noch lange nicht, dass eine erdgebundene Entität automatisch vertreiben will. Es kann ebenso gut Neugierde sein, wer die „Neuen" sind, die da mit dazu gezogen sind.

Es kann selbst einem Laien auffallen, dass eine friedfertige Geister-Omi, die hin und wieder Wache am Kinderbett hält, nicht gleichzusetzen ist mit dem menschenfeindlichen Einzelgänger, der sein Haus mit niemandem zu teilen gedenkt, und schon gar nicht mit dir/deiner Familie. Also wieder einmal eine Pauschalaussage, eines (angeblichen) Fachmannes, die nicht ungenauer sein könnte.

Total ausgeflippt bin ich, als eine Sendung lief, in der die „Geisterjäger" (bescheuertes Wort und eine bescheuerte Aussage dahinter!) die Gejagten waren.

Es suchten drei Menschen dieser Gilde ein abgelegenes Waldstück auf. Von Anfang an wollte eine Person nicht mitziehen. Hätte man mal auf das eigene Bauchgefühl gehört! Eigentlich für einen Parapsychologen eine Selbstverständlichkeit und unabdingbarer Begleiter! Nun gut!

Als alle drei so richtig panisch und kreischend auf der Flucht waren, da konnte ich nicht mehr! Wie kann ein „Geisterjäger" dermaßen die Hosen voll haben? Wieso kam nicht einer dieser Helden auf die grandiose Idee, sich vor Betreten der bereits als heimgesucht bekannten Waldgegend zu schützen (s. o.)? Wie hohl kann man sein, etwas als längst bekannt nochmals erforschen zu wollen, wobei bekannt war, dass es bisher jeder neugierige Besucher bereute?! Wozu braucht ein „Geisterjäger" einen solchen „Kick" frage ich mich?!

Wenn ich selbst Heimgesuchte bin und mir solche „Geisterjäger" ins Haus hole, die beim kleinsten „Buh!" einen hysterischen Anfall kriegen und davonlaufen – hallo??? Sorry, Leute, aber so muss sich wirklich keiner noch wundern, weshalb die Geisterforscher (wie ich sie treffender nenne!) allseits belächelt werden bzw. so viele Unwissende ebensolche „Kicks" suchen, weil sie Spuk, Geister und dergleichen sowieso nicht ernst nehmen! Einerseits suchen jene Menschen ihren Spaß und ihren wohligen Grusel, andererseits glauben sie gar nicht daran, dass Derartiges überhaupt existiert. Merkwürdig! Was denn nun?

Weiter erwähnte ein Medium (na ja), dass man immer Deals mit der dunklen Seite eingeht, wenn man ein Hexenbrett benutzt.

Natürlich ist es zwingend notwendig all jenes zu beachten, was ich weiter oben bereits mehrfach ausführte. Aufs Geratewohl ein Hexenbrett zu benutzen und alles sein zu lassen, was unabdingbar notwendig ist, kann natürlich fatalste Folgen haben! Ganz klar. Aber automatisch einen Pakt mit der Dunkelheit gehe ich dabei nicht ein! Wie die wachgeküsste Entität das sieht, ist freilich eine andere Sache. Dennoch: Hier wurde dem sowieso schon gebeutelt Heimgesuchten auch noch die Schuld für den ganzen Schlamassel in die Schuhe geschoben! Als wenn's helfen würde, einem Verzweifelten noch Vorwürfe zu machen. Ich stelle mich doch auch nicht vor einen Ertrinkenden und rufe ihm zu: „Bist selbst schuld! Hättest ja schwimmen lernen können!"

Die Ausnahme stellt wieder einmal der „Held" dar, der allzu forsch auf Dämonensuche geht, fündig wird, das Blaue vom ... versprochen bekommt, darauf hereinfällt und schließlich willig eine sehr einseitige Partnerschaft eingeht.

Was sich ein Mensch hiervon verspricht, mag ich mir gar nicht alles ausmalen. Ich muss es an dieser Stelle so hart und unmissverständlich ausdrücken: Die Dummen sterben eben nie aus!

Eine solche Anhaftung/Besetzung in heutiger Zeit loszuwerden, in der sogar die, die eigentlich wissen müssten, dass es nicht nur Gott, sondern auch die Gegenexistenz gibt, an „Teuflischem" und „Dämonischem" zweifelt, ist ausgesprochen schwierig. Ich weiß, dass ich nicht alle davon abhalten kann, „Dummheiten" zu machen. Doch ich hoffe, dass dieses Buch erheblich dazu beiträgt, dass so manches Leid bereits im Vorfeld ausgeschlossen werden kann.

Und hier ein weiterer Irrglaube, der in einer dieser Sendungen verbreitet wurde:

Geister, die sich an einen Menschen festsetzen, haben nie Gutes im Sinn – ganz im Gegenteil ...

Hier zur Aufklärung: Natürlich gibt es böse Geister, die durchaus Böses im Sinn haben – keine Frage! Und besetzen solche Energien einen Menschen (s. o.), kann's nicht gut aussehen für den Heimgesuchten.

Aber: Nicht alle Geister, die sich einen „Wirt" suchen, tun dies aus niederen Beweggründen. Oft treibt sie die pure Verzweiflung zu dieser Tat. Ja, auch das gibt es! Oder sie sprechen durch einen medial begabten Menschen.

Nur wie hält man „gute" und „ungute" Geister auseinander? Sie tragen schließlich kein Schild um den Hals („Hallo, ich bin die traurige Geister-Omi."/„Hallo, ich bin der ewig zornige Vormieter.").

Für einen Laien ist es (wieder einmal) schwierig, mit einer solchen Besetzung überhaupt klarzukommen. Schließlich sollte in einem Körper nur eine Seele das Sagen haben! Hier muss genauestens recherchiert werden, WIE es möglicherweise zu dieser Besetzung überhaupt kommen KONNTE. Und dann muss fachmännisch gehandelt werden.

Erdgebundene Kinderseelen beispielsweise fühlen sich oft zu „Gleichgesinnten" (= Kindern) hingezogen, weil sie sich in ihrer Gegenwart sicher fühlen. Sie sind oft verwirrt und wissen oftmals gar nicht, dass sie nicht mehr zu den „Lebenden" zählen, sprich gestorben sind. Sie können nicht nachvollziehen, was mit ihnen geschehen ist. Weshalb sie alle sehen können, selbst aber nicht wahrgenommen werden.

Warum sie rufen, schreien und Gegenstände manipulieren, um auf sich aufmerksam zu machen, nur dass niemand etwas registriert oder nur mit Panik reagiert (oft werden letztgenannte Phänomene fälschlicherweise für Poltergeist-Aktivitäten gehalten). Ich meine, man sollte auf jeden Fall versuchen, diesen Seelen ins Licht zu verhelfen.

Und bevor die Frage kommt, gleich noch hinterher: Ja, auch Kinderseelen können böse Seelen sein bzw. böse Geister stellen sich als harmlos dar, indem sie die Gestalt eines Kindes annehmen, um den Eindruck der Harmlosigkeit zu vermitteln.
Und treiben sie ihr Unwesen, muss kompromisslos gehandelt werden.

Nun zu einem Thema, das sogar in „Geisterjäger"-Kreisen recht kontrovers diskutiert wird:
Sind Selbstmörder automatisch verdammt? Landen sie ohne Umwege im Fegefeuer/in der Hölle?
Wird ihnen, da sie sich (angeblich) schwer versündigt haben, von Gott selbst das erlösende Licht vorenthalten?

Seelen von Menschen, die Suizid begangen haben, „landen" tatsächlich oftmals in der sogenannten Grauzone oder auch Graubereich.

Dies ist ein trister, einsamer und liebloser Ort (wenn man sich dieses Wortes in diesem Zusammenhang bedienen möchte). Hier finden sie keine Fürsprache, kein Verständnis. Nur trübe Kälte und Tristesse umgibt sie. Sie sind quasi Gefangene in ihrem eigenen Gefängnis.

Doch wer hat sie in diese trostlose Sphäre bugsiert? Gott vielleicht? Oder Satan, der sich ja bekanntlich von morgens bis abends alle Hufen nach neuen verzweifelten Seelen leckt? Weder noch. Der eine würde es nicht tun und der andere kann's nicht tun, weil's ihn gar nicht gibt, wie die Kirche ihn uns beschreibt.

Tatsache ist: Beendet eine Menschenseele ihre Inkarnation vor ihrer Zeit, versagt sie sich möglicherweise selbst gesteckte Lebensziele und damit verbundene Lernerfahrungen. So weit, so schlecht für diese Seelen. Und dennoch differenziere ich, WESHALB ein Mensch Selbstmord begangen hat. Denn hat sich eine Menschenseele vorgenommen zu erleben, was die Krankheit Depression ist (nur mal ein Beispiel herausgegriffen), dann kann man wohl kaum von Sünde sprechen, wenn dieser dunkle Seelenzustand zum Selbstmord geführt hat. Hat eine Seele aus Eifersucht erst seine Frau, dann seine Kinder und schließlich sich selbst getötet, mag es wahrscheinlich sein, dass die Grauzone wartet und man von einer Tat sprechen kann, die jene Seele sich selbst nicht so ohne Weiteres verzeihen mag. Und gleich noch ein Beispiel: Wollen wir wirklich einen schwer kranken Menschen Sünder schimpfen, der sein nicht mehr erträgliches Leiden beenden möchte? Wie könnten wir uns anmaßen, diese Seele zu verurteilen? Wir stecken schließlich nicht in dessen Haut!

Meine Meinung ist, dass wir alle selbst für unseren Himmel/ das Paradies und für unsere „Hölle"/Fegefeuer sorgen.

Wir stehen nicht vor einem Rachegott, wenn wir gestorben sind, der gnaden- und schonungslos über uns und unsere Taten Gericht hält. Das hätte die Kirche vielleicht ganz gerne, denn so wären wir wie in Mittelalterzeiten leichter zu lenken. Wenn wir uns vor einer Inkarnation selbst unsere Lebensziele und Lernerfahrungen aussuchen, dann ist es doch wesentlich wahrscheinlicher, dass wir selbst es sind, die unsere Taten werten und bewerten.

„Graue" Seelen zeigen sich uns oftmals als graue Erscheinungen, wenn sie unsere Hilfe brauchen, uns warnen oder uns erschrecken/vertreiben wollen. Je nachdem, mit welchem Charakter wir es zu tun haben. Wie diese Hilfe für diese Geister aussieht, hängt davon ab, was über ihn und sein Dahinscheiden herausgefunden werden kann. Selbstmörder also von vornherein als Sünder abzuurteilen, halte ich für mehr als fragwürdig und, ja, unangebracht.

Weiter äußerte ein Medium: Zeigen sich Geister in Tiergestalt, wollen sie erschrecken und schaden. Und das aus dem Munde eines (eigentlich) Wissenden! Ich frage mich ernsthaft, ob diese Menschen überhaupt erahnen, was sie mit der Verbreitung eines solchen Unsinns heraufbeschwören können. Denn wer es nicht besser weiß, glaubt das natürlich erst einmal. Leider.

Tatsächlich ist es so, dass sich dämonische Energien „gerne" der Form großer schwarzer Hunde mit rot glühenden Augen bedienen.

Dass es sich hierbei nicht um die Seele des treuen Hundefreundes Benno handelt, ist klar. Lassen wir uns näher auf dieses Thema ein.

Sind Tierseelen nicht von vornherein reine Seelen?

Uns an die Seite gestellt, um zu unterstützen und viele andere wertvolle Dienste für uns zu übernehmen?

Weshalb sollten Tierseelen nicht ins Licht gehen, wenn sie gestorben sind? Wer ein heiß geliebtes (Haus-)Tier „verloren" hat, weiß, wie groß der Schmerz über den Verlust ist. Keine Frage! Obwohl ich weiß, dass wir uns eines Tages alle einmal wiedersehen werden, war es für mich, meinen Mann und die gesamte Familie jedes Mal schrecklich, wenn ein Haustier erlöst werden musste und erst einmal von uns ging. Beruhigt sind wir, wenn wir „wissen", dass unser Liebling nun glücklich und gesund ist. Doch weshalb gibt es dann die erdgebundenen Tierseelen? Weshalb sind sie nicht ins Licht gegangen? Was oder wer hat sie davon abgehalten, Seelenerlösung zu finden?

So hart es klingt: Meist sind wir es, die es unseren Samtpfoten und Fellnasen versagen, ins Licht zu gehen. Nämlich, wenn wir so eingewickelt sind von unserer Trauer, dass wir nicht loslassen können/wollen.

Diese Verbindung zu lösen ist kein Adieu für immer. Mir/uns hat es immer geholfen, kümmerten wir uns um einen neuen pelzigen Freund.

Nein, es ist KEIN Verrat am verstorbenen Tier, und kein Hund und keine Katze empfindet es als solchen.

Und Erinnerungen sind und bleiben in unseren Herzen fest verankert. Lockern wir also unsere „Liebes-Nabelschnur", dann nur auf Zeit. Eines Tages werdet ihr wissen, dass ich recht hatte, versprochen!

Außerdem: Ich habe die Erfahrung gemacht, dass aus der Trauer plötzlich eine ganz neue Liebe entstehen kann. Meist dann, wenn wir es am wenigsten erwarten …

Tatsächlich kann es sich aber auch die Tierseele selbst versagen, ins Licht zu gehen. Weshalb aber sollte sie das tun? Dann beispielsweise, wenn Frauchen/Herrchen psychisch und physisch krank oder gar zu verzagt zurückbleibt und sich das Tier noch immer für den Zweibeiner verantwortlich fühlt.

Oder sie wissen, dass ihr Menschenfreund bald sterben wird, und sie wollen in diesem Augenblick bei ihm/ihr sein. Wie oft haben Menschen auf dem Sterbebett plötzlich „ihren" Hund bzw. „ihre" Katze „gesehen"?

Keiner stirbt alleine. Ob wir nun vom Haustier, einem lieben Menschen oder von Engeln „hinüber" begleitet werden, hängt letztlich von uns und unserem Glauben/Nicht-Glauben ab.

Woran wir nicht glauben wollen/können, das wird sich uns auch nicht zeigen, weil wir nicht auf „Aufnahmefrequenz" geschaltet sind für die geistigen Möglichkeiten. Doch sagen wir: „He, was soll's? Es kann doch nicht schaden, wirklich daran zu glauben, dass mich jemand in Empfang nimmt.", dann sind wunderbare Begegnungen möglich.

Zurück zu den Tieren. Tatsächlich wollen uns verstorbene Tiere oft auch warnen. Vor drohenden Unglücken beispielsweise, oder dass bald unsere Zeit gekommen ist.

Manche Tierseelen möchten einfach nur noch etwas länger in der Nähe ihres liebevollen Halters bleiben (vielleicht, bis ein neuer tierischer Freund Einzug hält). \

Doch macht es dir Angst, wenn du einen Hund (beispielsweise) in deinem Haus siehst, der gar nicht da sein dürfte, dann handelt es sich ganz sicher nicht um ein lichtvolles Seelchen, sondern um das genaue Gegenteil (siehe oben). Auch hier muss genau herausgefunden werden, was die Ursache sein könnte, weshalb man plötzlich von bedrohlich knurrenden Schattenhunden etc. heimgesucht wird.

Also, liebe Freunde des Paranormalen: Nicht gleich panisch werden, sondern erst einmal tief durchatmen und schauen, um wen/was es sich handeln könnte. Aber bitte nicht mit dem Hexenbrett und auf eigene Faust und dann womöglich auch noch ohne jeglichen Schutz! Baue lieber auf die Erfahrung eines medialen Helfers.

Das automatische Schreiben könnte eine Art Kontaktaufnahme darstellen. Auch hier hörte ich mit einigem Kopfschütteln, wie ein Medium davor warnte, solches zu tun, denn es weckt angeblich nur die bösen Geister. Tatsache ist, wenn wir eine so intensive Verbindung zu einem Geist aufnehmen, dass er durch uns zu Papier bringt, um wen es sich handelt und was „er" will, dann ist einiges an Erfahrung/Wissen und Schutzmaßnahmen unumgänglich. Auf keinen Fall (!!!) eben mal zum Kugelschreiber gegriffen und spontan mit dem Geist gequatscht – meist geht eine solche Gedankenlosigkeit übelst nach hinten los! Insofern gebe ich dem von mir zitierten Medium recht.

Nur kategorisch zu behaupten, dass Tarot, Pendel, Hexenbrett und Co. „schlecht" sind und nur „Böses" anlocken ist bei allem Respekt haltloser Unsinn. Wie bereits erwähnt, habe ich in der Hinsicht so mein Lehrgeld bezahlt und weiß, wovon ich spreche.

Können negative Anhaftungen von den „Toten" auf die „Lebenden" übergehen? Ja, durchaus.

Wie sollte das denn gehen? Ich will versuchen, es zu erklären. Wir alle sind angetreten, um Erfahrungen in unserem Leben zu machen. Gute, nicht so gute, lustige, traurige usw. Natürlich betrifft dies auch Begegnungen von Tier und Mensch.

Wer es geschafft hat, dunklen Seelen oder Energieräubern über den Weg zu laufen, weiß, dass die Begegnung mit solchen Energien Narben auf unserem Seelenkleid hinterlässt. Je weniger wir diese Erlebnisse aufarbeiten, desto klarer ist, dass sich diese Narben in Schatten verwandeln. Keine Panik, wenn du nun deinen eigenen Schatten an der Wand siehst – DEN meine ich nicht! Ich spreche von Schatten/Schemen der Vergangenheit. Und, ja, diese Schatten können so einiges bewirken, was uns durchaus besetzen/heimsuchen kann. Hier sprechen wir zwar nicht von Besessenheit, doch Ähnlichkeiten hierzu gibt es durchaus.

Hast du zum Beispiel das Zusammenleben eines herrschsüchtigen und vielleicht gewalttätigen Großvaters nicht aufgearbeitet und „verfolgt" dich dieses Kindheitstrauma bis in deine Erwachsenenzeit hinein, dann nehmen deine Schatten der Vergangenheit deine negative Energie auf. Die Katze, die sich in den Schwanz beißt, wenn du so willst ...

Du hast Schlechtes erfahren, du denkst (verständlicherweise) schlecht über diese Zeit und diese Schlechtigkeit (= deine Schatten/Schemen) suchen dich erneut heim. Und das nur, weil DU selbst sie mit deiner Negativität gefüttert hast, bis sie nun dick und fett geworden sind. Hässliche Vorstellung, ich weiß, aber es ist so.

Ganz fies kann's für dich werden, wenn o. g. Großvater eine dunkle Seele war/ist und dich aus seinem Schattenreich zusätzlich heimsucht. Durch den von dir gut beackerten Boden geht für die Seele deines Großvaters nun schön die Schaden bringende Saat auf.

Hier gibt es nur eine Lösung: Schleunigst und mit allen Hässlichkeiten, an die du dich erinnern magst, muss die Verbindung zu der dunklen Seele deines Großvaters gekappt werden.

Das bedeutet, du musst deine vernarbten Schatten/Schemen loswerden, indem du sie durch Aufarbeiten auflöst.

Dies kann geschehen durch eine fachkundige energetische Reinigung, einen guten Therapeuten, eines (vielleicht geschulten) guten Freundes oder eines Mediums.

Keinesfalls solltest du in einer Ad-hoc-Handlung beschließen, eben mal „klar Schiff" zu machen! Wenn du deine Schatten bearbeitet und letztlich dem erlösenden Licht übergeben hast, sollte das einiges an Nährboden für deinen herrischen Großvater entziehen. Lässt dich der Geist dennoch nicht in Ruhe, muss eingehender gehandelt werden. Aber deine Seele hat schon einmal einen riesigen Schritt zur Erleichterung getan.

Glaube mir, ich weiß, wovon ich spreche; in der eigenen Familie gab es eine solche Situation, die sich zwischenzeitlich bereinigt hat.

Kommen wir in diesem Zusammenhang noch einmal auf das „böse" Hexenbrett zu sprechen:
Wer sich nicht auskennt, die Arbeit mit diesem Kontaktmedium nicht ernst nimmt, tabletten- bzw. drogenabhängig ist, emotional eher instabil ist oder gar wütend und provozierend zu Werke geht, kann natürlich Energien aus dem Dornröschenschlaf erwecken, die wir ganz sicher nicht haben wollen!

Und hat der Unbedarfte dann noch unaufgearbeitete Schatten/Schemen, die er mit sich herumschleppt, tja, dann ist richtig Arbeit angesagt.
Gibt es so etwas wie Besessenheit eigentlich überhaupt?

Bei allem gebotenen Respekt muss ich mich doch immer wieder wundern, weshalb sich Kirche heutzutage so schwertut, an derlei zu glauben. Selbst den Nicht-Esoterikern (hier spreche ich von der Kirchenobrigkeit) muss doch aufgefallen sein, dass es nichts gibt ohne die Gegenentsprechung. Eben nicht nur das „Gute, Lichte", sondern auch das „Böse, Dunkle". Und zu Letzterem zählt auch das Thema Besessenheit.

Tat man zu früheren Zeiten wahrlich zu viel des „Guten", um Satan auszutreiben, findet der Exorzismus (wenn überhaupt) nur noch ganz selten und im „stillen Kämmerlein" statt, ohne dass darüber groß herumposaunt wird.

Natürlich spreche auch ich nicht gleich von Besessenheit, wenn mir ein Choleriker mit Schaum vor dem Mund begegnet. Und auch der Sohnemann, der an Stimmungsschwankungen leidet, muss nicht gleich vom Teufel besessen sein. Natürlich gilt es auch hier genauestens zu differenzieren und zu schauen, was überhaupt los ist (oder nicht).

Tragischerweise erfährt man immer wieder von Kindern, die zu den ADHS-„Gestörten" gepackt werden, um sie mittels Pillen (Die im Übrigen nicht unerhebliche Nebenwirkungen haben!) ruhigzustellen. Die Engstirnigkeit existiert nicht nur im Kreise der Kirchenobrigkeit, sondern gleichfalls unter den Schulmedizinern. Es behauptete einmal ein Priester, dass es in Heil-/Irrenanstalten weniger des Arztes, als vielmehr eines Exorzisten bedürfe. Nun, darüber kann man natürlich trefflich streiten. Schließlich zeigt sich – nur um eine Geisteskrankheit herauszugreifen – die Schizophrenie in oftmals wahrlich erschreckenden Symptomen. Zartbesaitete sind dann schnell dabei von teuflischer Besessenheit zu sprechen. In fernen Ländern werde (natürlich Frauen ausschließlich!) öffentlich ausgepeitscht und aufs Grausamste gefoltert, um angeblich böse Geister auszutreiben. Sie werden Hexen genannt und überleben jene Torturen – wenn überhaupt – traumatisiert und schwerst verletzt. Doch auch in westlichen Ländern haben Exorzismen nicht zur Geisterbefreiung, sondern zum Tode des/der Gequälten geführt.

Ist Besessenheit also Hollywood-Trash oder tatsächlich möglich? Hier meine Antwort: beides.

Wie ich mehrfach ausführte, gibt es viele Möglichkeiten, sich ein dunkles Wesen auf den eigenen Buckel zu setzen.

Wollen wir einmal hoffen, dass wenigstens der ein oder andere meine Warnungen ernst nimmt …

Ich habe tatsächlich (Gott/Göttin sei Dank!) noch keine „Regan" getroffen, die auf dem fliegenden Bett grüne Soße gespuckt und den Kopf um 180 ° gedreht hätte. Doch gibt mir dies das Recht, Besessenheit kategorisch als Unfug abzutun?

Wenn ein Teenager beispielsweise mit mehreren Stimmen gleichzeitig spricht(!) oder in einer Sprache, die das Kind nie erlernt oder irgendwo aufgeschnappt hat, kann man da von Geisteskrankheit sprechen? Wenn Sohnemann nach den Eltern schreit, weil sich sein Bett 1 Meter vom Boden abgehoben hat – liegt da tatsächlich ein epileptischer Anfall vor? Ich weiß es nicht. Tatsache ist jedenfalls: Immer wieder tauchen Filme auf, die auf wahren Begebenheiten beruhen sollen, und wenn dem so ist, dann sollte das schon nachdenklich machen, oder was meint ihr?

Wir können jedenfalls eine ganze Menge im Vorfeld tun (bzw. lassen!), um besetzt zu werden.

Hierzu habe ich weiter oben bereits einiges zum Besten gegeben.

Zweifelsohne ist das Paranormale ein absolut faszinierendes Themengebiet. Und natürlich macht es neugierig, mehr noch zu erfahren und zu entdecken, was sich da alles hinter dem Vorhang verbergen mag.

Und selbstverständlich steht es mir absolut nicht zu, irgendjemandem etwas versagen zu wollen. Dennoch würde ich fahrlässig und unverantwortlich handeln, behielte ich meine eigenen Erfahrungen und das Wissen, das ich mir über die Jahre angeeignet habe, für mich.

Dennoch bitte ich erneut zu bedenken: Die Geister, die ich rief ...

Letztlich noch zu einer Aussage eines Parapsychologen, der behauptete, dass hin und wieder ein Ortswechsel (Aus-/Umzug) das letzte Mittel der Wahl ist, will man vor etwaigen Vorkommnissen ein für alle Mal Ruhe haben. Wer hätte es gedacht, auch hier kann ich nur bedingt zustimmen.

Wie ich weiter oben bereits darlegte, zogen mein Mann und ich seinerzeit aus einer besetzten Wohnung aus, was Sinn machte, denn die Heimsuchung war gottlob orts- und nicht personengebunden. So weit, so gut.

Es muss also genau untersucht und geprüft werden, was überhaupt los ist. Und mit wem oder was ein Spuk zu tun haben könnte. Und es ist dämlich zu sagen: „Geht dir der Spuk auf die Nerven? Dann zieh' um, und gut ist!" Ist die Heimsuchung nämlich nicht orts- sondern personengebunden, kannst du umziehen, bis du pleite bist; im Umzugskarton sitzt dein Quälgeist und zieht mit um.

Ein „Geisterjäger" äußerte im Fernsehen Folgendes:
Wird ein alter Grabstein freigelegt (beispielsweise auf einem von dir bewohnten Gelände), ruft das immer die Geister aus den Gräbern auf den Plan. Auch hier kann ich sagen: Was für ein Unsinn!

Ja, es KANN passieren, dass Geister damit „aktiviert" werden, aber nur, wenn sie ohnehin noch nicht ins Licht gegangen, sprich nicht erdgebunden, sind. Im Grab liegt kein Zombie, der sich bei seinem Nickerchen gestört fühlt und nun gierig auf Rache sinnt.

Mich haben Friedhöfe schon immer gegruselt. Nun, heute weiß ich, weshalb ... Dennoch: In keinem Grab liegt ein Rachegeist, sondern „nur" menschliche Reste. So hart, aber so wahr. WENN ein Geist deines Angehörigen am Grab aktiv ist, dann entweder, um in deiner Nähe zu sein, weil du gar so sehr trauerst, oder es ist eine Seele, die – aus welchen Gründen auch immer – nicht ins Licht gegangen ist. Es mag nun für einige respektlos oder verstörend klingen, aber ich sage hier dennoch nur, wie es ist:

Wenn du für einen Angehörigen/Freund etc. eine individuell auf ihn abgestimmte Feier/Party ausrichtest, wenn du so willst eine Andachtsfeier, dann hast du dieser Seele allemal mehr Dienst erwiesen, als wenn am Grab eine leere Hülle betrauert wird. Natürlich habe ich Verständnis für all jene, denen es guttut, wenn sie eine Grabstelle hegen und pflegen, sich auf eine Bank setzen und mit (...) „sprechen".

Probiert vielleicht beides aus und entscheidet dann, was euch und eurem Lieben das Wertvollere ist und womit ihr euch besser fühlt.

Doch eines sollte beachtet werden: Auf Friedhöfen sind (traurig, aber wahr) sehr viele unruhige Energien unterwegs, und denen willst du so mir nichts dir nichts sicher nicht deine Energie schenken, oder?

Allemal rate ich, und das ist kein Witz, dazu, sich vor dem Betreten eines Friedhofes so gut als möglich zu schützen. Schaden kann's ganz sicher nicht, einen „himmlischen" Beschützer an unserer Seite zu wissen! Und dies gilt für jegliches Gebäude, das du nicht kennst und zum ersten Mal betrittst. Wie und womit ist dir überlassen. Nur identifizieren musst du dich mit deinem Schutz, sonst kannst du ihn gleich lassen. Wenn du dir beispielsweise Omas Kreuz-Kette umhängst, aber in Wahrheit, keinen Glauben daran hast, bringt's nicht viel. Wenn du – auf welche Art und Weise auch immer – der Geister-/Dämonen-Welt gegenübertrittst, solltest du schon irgendeinen Glauben haben. Und hier noch eine eindringliche Warnung: Bitte nehmt nichts nach Hause, was auf dem Grab lag. Anhaftungen kannst du dir auf die Art immer mit nach Hause holen.

Negative Energien/Geister (...) sagen nur Schlechtes; „gute" hingegen nur Nettes und Freundliches. Dies äußerte ein Medium. Grundsätzlich kann ich hier zustimmen. Dennoch sollte etwas ganz Wesentliches bedacht werden: Negative Energien – hier besonders dämonische – wiegen nicht selten in Sicherheit und vermitteln ein scheinbar entspanntes Gefühl, indem sie uns glauben machen wollen, dass sie hilfsbedürftige Geister-Kinder sind oder traumatisierte Geister-Mütter, die auf der Suche nach ihrem Kind sind usw.

Sie wollen uns schlichtweg ködern. Haben sie uns erst einmal am Haken, wird's gar nicht mehr so freundlich. Ganz im Gegenteil. Und wenn es uns dann spätestens jetzt dämmert, dass wir einem durchaus so gar nicht wohlgesonnenen Geist aufgesessen sind, drehen sie die Daumenschrauben fester und fester.

Und (wirklich!) wohlgesonnene Geister erzählen uns durchaus nicht nur Schönes. Nämlich dann nicht, wenn sie uns vehement vor etwas warnen oder einen ausgesprochen wichtigen Hinweis überbringen wollen. Wenn sie uns aus dem Schlaf reißen und erschrecken, sodass an Schlaf nicht mehr zu denken ist. Schließlich riechen wir Rauch, und da wir – wach wie wir nun sind – auf die Ursachensuche gehen, können wir einen Brand im Haus verhindern. Oder sie erscheinen uns im Traum und zeigen uns eine fiese Krankheit, die uns noch im Wachzustand heimsucht. Dies kann ein liebevoller Rat sein: „Geh' zu einem Arzt! Nimm' deine Schmerzen nicht auf die leichte Schulter ..."

Natürlich muss ich zugeben, dass negative (dämonische, aggressive ...) Energien ihrem dunklen Ansinnen gemäß auftreten. Insofern hat die Dame, die oben Genanntes äußerte, nicht unrecht. Doch wie sollen wir zuverlässig auseinanderhalten, wer es nun gut mit uns meint und wer nicht?

Hier meine Ratschläge:

Negative Energien, die uns Schaden wollen, ziehen uns mit ihren Attacken herunter und hinterlassen Angst, Trostlosigkeit,

Kummer, Einsamkeitsgefühle (...). Wir finden keinerlei Hinweise, wie wir eine Message für uns nutzbringend angehen könnten. Geister, die uns schockende, jedoch für uns nützliche Hinweise liefern, lassen uns die Möglichkeit, zu handeln, um etwas für uns Wichtiges oder gar Lebenserhaltendes tun zu können.

Weiter ist es höchst selten, dass negative Energien ohne ihre „Show" auskommen. Der da wären: plötzliche Eiseskälte (dein Atem ist zu sehen), fieseste Gerüche (ohne tatsächliche Ursache), körperliche Berührungen (Anfassen, Haare ziehen, Kratzer ...), Poltern, schwere stampfende Schritte usw.

Mit Geistern, die es (wirklich!) gut mit uns meinen, gehen solche Aktionen meiner Erfahrung nach nicht einher.

In einem weiteren Fall wurde eine ausgesprochen verstörte und traumatisierte heimgesuchte Frau als Medium ge-/benutzt. Während die Geisterjäger im Erdgeschoss entspannt ihre Videoüberwachungen beobachteten, saß die bemitleidenswert schlotternde Frau in ihrem Schlafzimmer auf dem Bett und sollte den Poltergeist rufen, ja sogar herausfordern! Kurz vor einem nachvollziehbaren Zusammenbruch, erlösten die „Fachleute" die Arme.

Als sich der Geist noch immer nicht äußern wollte, provozierte man, was das Zeug hielt. Als die gewünschten Reaktionen erfolgten, hatten es die „Investigators" plötzlich ganz eilig. Während sie fluchtartig das Haus verließen, rieten sie der Frau beim Hinauslaufen aufzugeben und auszuziehen, man könne ihr nicht helfen. Ein Priester könnte eventuell etwas bewirken, was aber höchst unwahrscheinlich wäre ...

Ohne Worte.

Weiter wurde behauptet, dass Geister-Anwesenheiten Einfluss nehmen können auf das physische Befinden eines Menschen. Hurra! Wer hätte es gedacht, aber hier kann ich zu 100 % zustimmen. Ja, ihr habt richtig gehört ...!

Nur, wie geht das eigentlich? Und wie merken wir, wenn uns ein Geist „angezapft" hat? Tatsächlich ist es so, dass wir alle (als Geist und als Erdenmensch) aus Energie bestehen. So, das ist einmal Fakt.

Hast du nun einen Geist an der Backe, der von Menschen-Energie nicht genug bekommen kann und du bist ungeschützt in eine Geisterfalle getappt, dann wirst du recht schnell merken, wenn dir die Energie fehlt, die du eben noch hattest.

Natürlich ist nicht immer ein böser Geist Schuld daran, wenn du dich abgeschlagen, müde, trost- und lustlos fühlst. Selbstverständlich kann ein Besuch beim Hausarzt auch nicht schaden (vielleicht fehlt dir ein wichtiges Vitamin o. Ä.).

Dennoch macht es uns ein Geist in der Hinsicht einfach, denn selten beschränken sich Schaden bringende Geisterphänomene „nur" auf Energieraub. Zu all den möglichen Szenarien erfährst du noch Näheres.

Erdgebundene Geister sind tatsächlich oft Wächter ihrer Gräber und sehen uns Menschen als Eindringlinge an. Stimmt. Gerade auf sehr alten „verlassenen" Friedhöfen sind diese Phänomene nicht eben selten. Dennoch heißt es nicht automatisch, dass es sich immer um böse oder gar dämonische Geister handeln muss. Allemal kann es tatsächlich einen solchen Wächter-Geist wütend machen, je respektloser und unangebrachter ein Friedhofsbesucher auftritt. Egal, wie du nun zu Friedhöfen stehst, es ist niemals angeraten, sich an diesem Ort wie ein Flegel zu verhalten.

Es versteht sich von selbst, dass sich der Nachtschwärmer, der auf einem alten Grab seinen erotischen Neigungen nachgeht oder eine kleine feine schwarze Messe zelebriert, nicht wundern muss, wenn ihm plötzlich ein Rache-Geist im Nacken sitzt und ihn nicht mehr loslässt. Und ja, die Anhaftung kann dich auf Schritt und Tritt verfolgen, über das Friedhofsgelände hinaus.

Nicht selten hat man auf die Art selbst für seinen polternden „Mitbewohner" gesorgt ...

Weiterhin wird immer wieder behauptet, dass dreimalige Phänomene (Klopfen an der Haustür, an den Wänden, unterm Bett etc.) die Verhöhnung der Dreifaltigkeit darstellt. Zugegeben, hier bin ich mir unsicher, ob diese Aussage zutrifft. Natürlich kann das der Fall sein, je boshafter/dämonischer eine Entität auftritt. Doch müssen alle Vorkommnisse in deinem Heim nicht zwangsläufig aus der dunklen und Schaden bringenden Ecke kommen, wie wir nun wissen.

Wenn sich ein Geist durch mehrmaliges Klopfen bemerkbar macht, kann das durchaus auch bedeuten, dass er auf seine Art dringend deine Aufmerksamkeit haben möchte und somit eine gewisse Vehemenz an den Tag legt.

Wie gesagt, ich habe da so meine Probleme damit, Geister immer gleich zu dämonisieren, nur weil manches so gut ins Dämonen-Schema passt.

Hier habe ich also so einiges herausgefischt, was mir auf der Seele lag, geradezurücken. Nicht, um andere Medien oder Parapsychologen schlechtzumachen, um als die einzig wahre Geister-Kennerin dazustehen.

Wir haben (leider) so viel Negativität auf unserer wunderbaren Erde, dass es sträflich wäre, wenn sich die Lichtarbeiter auch noch gegenseitig die Augen aushacken würden ...

Ich denke nur an die Zeit zurück, in der ich noch lange nicht wusste, was ich heute weiß. Und wenn es jemand anderem ebenso geht, dann glaubt er doch, was er im Internet oder im Fernsehen so hört. Ob's nun stimmt oder nicht, kann der Laie ja nicht beurteilen, weil er's ja nicht besser weiß.

Nun, ich sehe mich nicht in der Verantwortung für das geradezustehen, was allzu Neugierige selbst verursachen, die meine

Ausführungen vielleicht spannend fanden jedoch ihre eigenen Erfahrungen machen wollen. Ich habe meinen Job getan und habe das weitergegeben, was ich weiß und vertreten kann.

Wenn Geister bleiben sollen

Ja, ihr Lieben, ihr habt richtig gelesen. Auch das gibt es. Da werden Medien konsultiert, die nach sorgsamer Recherche nach Hause geschickt werden, ohne dass einem Geist auch nur versucht wurde, ins Licht zu verhelfen. Ich will mir selbst natürlich nicht widersprechen. Sicher kann und soll ein Geist erdgebunden bleiben, wenn er es möchte. Doch zumindest sollte VERSUCHT werden, ihm eine wahrlich lichtvolle Alternative aufzuzeigen. Keine Seele bleibt erdgebunden, weil es ihr eben mal danach ist.

Irgendetwas hält sie fest und hindert sie am Weitergehen. Und hier sollte zumindest Hilfe angeboten werden. Gerade auch wenn es um Kinderseelen geht oder Mütter, die ruhelos ihr Kind suchen und es natürlich in unserer Grobstofflichkeit niemals finden werden, kann man doch nicht einfach sich selbst überlassen und eine Geist-Mensch-WG gründen!

Wenn Menschen darauf bestehen, dass „ihr" Geist bleiben soll (egal, ob es sich um eine Menschen- oder Tierseele handelt), ist das purer Egoismus, und sonst gar nichts. Welche unangebrachten Motive auch immer dahinterstecken, die ich mir hier nicht ausmalen möchte, es ist und bleibt unsere Verantwortung, einer ruhelosen Seele zumindest eine Weiterreise anzubieten. Ob sie sie annimmt, ist selbstverständlich ihr überlassen.

Und dann gibt es noch die völlig Geschmacklosen, die diese ruhelosen Seelen zur gewinnbringenden Freak-Show heranziehen. Was kommt besser, als wenn es auf einer Burg spukt – ist doch DER Touristenmagnet! Solch alte Mauern beherbergen meist

Restenergien bzw. „Geister", bedenkt man jahrhundertealte Geschichten, Kriege und Tragödien. Anstatt zu versuchen, jenen Seelen ins Licht zu verhelfen, macht man noch Kasse mit ihnen! Sorry, aber das ist abgrundtief respekt- und gewissenlos.

Abgesehen vom Egoismus sollten jene Menschen gleichfalls bedenken, dass ruhelose Seelen Energie benötigen. Und dreimal darf geraten werden, wo die wohl herkommen mag ... Richtig, von uns Menschen nämlich. Wollen wir also unserer eigenen Energie immer weiter verlustig werden, nur weil es so hübsch bei uns gruselt? Also bitte!

Wenn Opa Johannes das noch erleben würde ...

Wie oft hören wir Sätze wie: „Gut, dass (...) das nicht mehr erleben muss!" oder „Wenn meine Mutter DAS wüsste ...". Nun, sie WISSEN es. Nur weil sie (hoffentlich) ins Licht gegangen sind, heißt das nicht, dass sie für alle Zeiten weg sind und sie nichts mehr von uns wissen wollen. Ganz im Gegenteil! Sofern wir hier auf Erden keine Brücken abgebrochen haben und weiterhin eine innige Verbindung zu unseren „Toten" aufrechterhalten, bekommen sie durchaus mit, was hier bei uns so los ist.

Keine Panik, das heißt natürlich nicht, dass wir live und in Farbe mitmachen beim Geister-Watching. Sind unsere Lieben ins Licht gegangen, haben sie ihren eigenen Frieden gemacht und haben mit uns keine Rechnung offen. Dennoch ist es eine Tatsache, dass die Geisterwelt (= Feinstofflichkeit) unsichtbar innerhalb unserer Hemisphäre zu finden ist. Ergo ist es nur logisch, dass Opa Johannes durchaus mitbekommt, wenn sich seine Enkel ums Erbe die Köpfe einschlagen ...

Schlimmer noch ist es, hadern wir mit unserem Gewissen. „Hätte ich Tante Margot nur nicht allein gelassen, als sie starb" und solche düsteren Gedanken. Oder: „Hätte ich meinem Schatz nur öfter gezeigt, wie lieb ich ihn/sie habe ..." bzw. „Ach könnte ich Hasso/Miezi nur noch einmal sagen, wie sehr ich sie geliebt habe ...".

Wer sagt denn, dass wir das nach ihrem irdischen Dahinscheiden nicht noch können? Es gilt das Gleiche, wie weiter oben dargelegt. Besteht weiterhin eine emotionale liebevolle Verbindung, reißt diese durch den Erdentod nicht ab. Das ist kein Märchen, das kann ich absolut versichern! Und das ist doch ein tröstlicher Gedanke, oder?

Eigene Erfahrungen

Vor vielen Jahren zogen mein Mann und ich in eine Altbau-Mietwohnung in einen Vorort unserer Stadt.

Gleich bei der Besichtigung fühlte ich mich unwohl. Es gab überhaupt keinen Grund. Die Wohnung war hübsch geschnitten, passte ins damalige Budget, und auch sonst gab es absolut nichts zu beanstanden. Auch unsere zwei Katzen, die wir damals hatten, stellten für die Vermieterin kein Problem dar. Alles super. Doch warum fühlte ich mich so unwohl?

Ich ignorierte dieses unangenehme Gefühl, nicht willkommen zu sein, was ein Fehler war, wie sich herausstellen sollte ... Seither achte ich auf meine Bauchgefühle!

Nach dem Einzug meldeten sich meine Mutter und meine Großmutter, die damals noch unter den Erdlingen weilten, zum Kaffee an. Ich machte flott „klar Schiff" und räumte u. a. Kleidung weg, die über einem Stuhl hing. Danach ging ich ins Wohnzimmer.

Da blieb ich plötzlich stehen. Irgendetwas stimmte nicht, doch was? Ich lief zurück in die Diele, und da hing über jener leer geräumten Stuhllehne ein Shirt meines Mannes. Aber, ich hatte es doch gerade in die Wäsche getan … Und ganz sicher habe ich nichts vergessen!

Ich bekam Gänsehaut. Gut, dass es dann auch bald an der Wohnungstür klingelte und mein Besuch kam …

Tatsächlich „verschwanden" immer wieder Gegenstände. Mal für immer, oft tauchten sie aber wieder auf. Meist an Stellen, die überhaupt keinen Sinn ergaben.

Tage vergingen, und ich hakte den Vorfall ab. Ich konnte mir zwar keinen Reim auf die „Sache" machen, aber ich dachte auch nicht weiter darüber nach.

Als ich einige Tage später abends im Schlafzimmer die Betten aufdeckte, hörte ich meinen Mann reden.

Erst dachte ich, dass er mit den Katzen sprach. Dann sah ich: Nein, die waren beide bei mir im Zimmer. Merkwürdig. Telefonierte er?

Ich ging nachsehen, da sagte er plötzlich: „Hast du nicht gehört, was ich dich gefragt habe?"

Ich antwortete: „Wie sollte ich? Ich war schließlich im Schlafzimmer und konnte deine Worte wohl kaum verstehen!"

Er sah mich an, als wäre ich gerade vom Mond gefallen. „Ja, aber, ich habe mich doch die ganze Zeit mit dir unterhalten, und du hast mit mir gesprochen. Du warst hier im Zimmer, bis du keine Antwort mehr gegeben hast."

Ich betonte, dass ich keine Sekunde im Wohnzimmer gewesen war.

Nun hatten wir beide Gänsehaut!

Es vergingen nun einige Wochen, und auch hier gelang es uns (dank Verdrängungsmechanismus wahrscheinlich), dieses Erlebnis zu „vergessen".

Bis man mich eines Nachts wieder daran erinnerte: „Ihr seid hier nicht allein und schon gar nicht willkommen!"

Ein infernalischer Krach weckte mich, gerade so, als ob man Presslufthammer-mäßig einen Wasserkasten auf harten Steinboden fallen lässt. Mein Herz setzte aus und ich dachte, jetzt geht's los!

Ich versuchte meinen Mann zu wecken – nichts zu machen. Das gab es doch nicht! Wie konnte er wie besinnungslos schlafen bei diesem Lärm? Plötzlich endete der Lärm. Wieder rüttelte ich und rief: „Mensch, hast du das nicht gehört?" Er war sofort wach! Nichts hatte er gehört. Gar nichts! Aber ich hatte das doch nicht geträumt, denn ich war ja wach geworden DURCH diesen Krach! An Schlaf war nun nicht mehr zu denken. Mein Herz raste immer noch wie wahnsinnig.

Ich weiß nicht, ob jemand von euch weiß, was es heißt, an seinem Verstand zu zweifeln. Jedenfalls weiß ich seither, was es bedeutet, wenn jemand davon spricht, dass das Blut in den Adern gefriert.

Ich zog die Bettdecke gerade zu mir hoch, als das Scheppern von vorne losging!

Wieder war meine Hand sofort an der Schulter meines Mannes. Diesmal erwachte er schneller, und er hörte gerade noch einen kleinen Rest. Wo waren eigentlich unsere Katzen? Sie waren nirgends zu sehen ... Als ich mich einige Zeit später aus dem Bett traute, fand ich sie; beide hatten sich total verschreckt unter unserem Sofa verkrochen.

Ein weiteres Erlebnis war so prägnant, dass ich heute noch mit einigem Schaudern daran zurückdenke.

Es war ein Samstagmorgen als ich am Schlafzimmerschrank stand und überlegte, was ich herausholen sollte. Unser Kater sah mir vom „Dach" des Schrankes gespannt zu, was ich da so trieb.

Plötzlich ging neben mir die Schlafzimmertür auf.

Langsam, gleichmäßig und kontinuierlich, bis sie ruckartig stehen blieb.

Unser Katerchen riss augenblicklich seine Augen auf, sein Schwanz schwoll dick an, und dann schlich er mit gesträubtem

Fell, sein starrer Blick auf die Tür gerichtet, im Rückwärtsgang in den hintersten Winkel auf dem Schrank. Mein Mann hatte noch mit geschlossenen Augen im Bett gelegen. So gesehen war ich wieder einmal allein gewesen …

Ein anderes Mal ruckelte es nachts an unserem Bett. Keiner von uns Menschen und Katzen hatte sich bewegt gehabt. Selbst als ich hellwach war, ruckte es weiter.

Einige Zeit verging, da wachte ich durch ein Geräusch auf. Wieder schlief mein Mann tief und fest. Als ich richtig wach war, klärte sich das Geräusch und ich hörte, wie im Zimmer eine Frau weinte. Es war allerdings niemand zu sehen. Und nein, es waren keine Nachbarschaftsgeräusche. Sicher kann einem die Akustik schon einmal Streiche spielen.

Dennoch kannten wir aufgrund des regen „Liebeslebens" unserer Nachbarin den Unterschied zwischen „gedämpften" Stimmen und „räumlichen".

Oft wurde nachts an der Bettdecke gezupft, und wenn ich nachsah, schlief mein Mann tief und fest ebenso wie unsere damaligen Katzen.

Kaum war ich wieder eingeschlafen, zupfte es erneut.

Schatten menschlicher Umrisse zeigten sich an der Wand, die keine logische Ursache hatten. Egal, was wir ausprobierten, diese Schatten konnten von uns nicht in der Form erzeugt werden.

War mein Mann oder ich allein zu Hause, hatten wir ständig das fast körperliche Gefühl, von hinten bedrängt zu werden. Meist gingen diese Empfindungen mit nicht nachvollziehbaren Luftzügen einher.

Ich suchte Hilfe bei einem (damals) befreundeten Kaplan. Er wusste nicht, was er sagen sollte.

Niemals zuvor, meinte er, hätte er von derlei Erlebnissen gehört. Aber er wolle für uns beten. Na super! Das war's also? „Tja, danke für nichts!", dachte ich damals wahnsinnig enttäuscht.

Und in unserer damaligen Unkenntnis versuchte ich das, wovor ich heute so dringlich warne: Ich versuchte Informationen aus der Geisterwelt mittels Gläser-Rücken zu erhalten. Es gelang nicht, und das war mein/unser großes Glück.

Da weder mein Mann noch ich irgendein physisches oder gar psychisches Problem hatten/haben, dämmerte es uns schließlich, dass es in dieser Wohnung spukt.

Selbst am Tage unseres Auszugs blies es mir in den Nacken, und meine Haare flogen leicht hoch. Ein Luftzug durch offene Fenster und Türen? Leider nein. Ein Gefühl der Bedrängnis überkam mich, gerade so, als wenn jemand ganz dicht hinter mir stehen würde. Zum Glück kam just in diesem Augenblick mein Mann mit einem Karton zur Tür herein.

Als meine Eltern ihrerseits einen Umzug ins Auge fassten, besichtigten wir ein Haus. Es gehörte einem alleinstehenden Jäger. Ich kann gar nicht sagen, wie unheimlich mir dieses Gebäude war! Zugegebenermaßen stehe ich der (Sport-)Jagd ausgesprochen ablehnend gegenüber, und so macht es mich schauern, sehe ich tierische präparierte Leichenteile an den Wänden hängen. Doch das war es nicht, was mir die Atmosphäre so spuky machte.

Später fragte mich meine Mutter: „Und, was meint ihr?"
Ich erzählte von meinen unguten Empfindungen, und so kam heraus, dass sie und mein Mann gleichfalls die gleichen Gefühle hatten. Es hätte uns nicht gewundert, wäre uns der verstorbene Vorbesitzer im Haus wütend entgegengelaufen. Natürlich zogen meine Eltern dort nicht ein!
Tatsächlich hörte und blickte ich noch zahlreich in so mache Geisterwelt hinein, die mich zur damaligen Zeit höllisch erschreckte.

Meine Erinnerung an das, was wir eigentlich alle wissen, jedoch vorübergehend vergessen haben, blieb verschlossen. Vielleicht sollte ich erleben, was es heißt, Angst zu haben, und dennoch mutig dem Schattenreich entgegenzutreten. Ich weiß also, wovon ich in diesem Buch spreche!

Die Bettdecke über den Kopf zu ziehen, und Tatsachen einfach auszublenden, als wären sie nur blanke Fantasie, ist jedenfalls keine Lösung – wenn überhaupt – habe ich DAS mit Sicherheit gelernt und auf die harte Tour gelehrt bekommen! Allemal gibt es zahlreiche Möglichkeiten und Helfer (je nach Glaubensrichtung), die wir nutzen können und sollten; grob- und feinstofflicher Natur!

Und was ist mit dem guten alten Internet? Wie wäre es, mit Gleichgesinnten zu chatten? Vielleicht brauchbare Ratschläge zu erhalten? Ich will und kann nicht ausschließen, dass eine solche Hilfesuche durchaus hilfreich sein kann. Dennoch gilt es einiges hierbei zu bedenken. Tut sich nur jemand wichtig und macht sich einen Spaß, (wirklich) Heimgesuchten Pseudo-Ratschläge zu geben? Hat jemand psychische Probleme, und er behauptet steif und fest, dass es zu Hause spukt? Hat jemand eine Anhaftung, oder handelt es sich um einen ortsgebundenen Spuk?

Wie gesagt, gegenseitig seine Probleme und Ängste zu teilen, kann erst einmal beruhigen. Nämlich dergestalt, dass wir merken: „He, ich bin ja gar nicht allein mit ‚so etwas‘!" Doch die Umstände können so unterschiedlich sein, wie die Entität, die möglicherweise herumgeistert. Was dem einen Heimgesuchten geholfen haben soll, kann für einen anderen gerade der falscheste Weg sein, den er nur gehen kann.

Sukkubus und Inkubus

Ein Sukkubus ist ein weiblicher Dämon, ein Inkubus ein männlicher. Beide düsteren Entitäten suchen uns vorwiegend in erotischen Albträumen heim. Sie ernähren sich durch unsere lähmende Angst, die wir im Traum empfinden. Dämonen spielen generell auf Zeit. Ihr Ziel ist es, unsere Energie immer und immer wieder anzuzapfen; schlicht: uns fertigzumachen. Zum Thema Träume an späterer Stelle mehr. Wie kann es aber passieren, dass wir von solchen Dämonen heimgesucht werden? Auch hier gilt das Gleiche, wie weiter oben bereits dargelegt. Dämonen können sich an uns heften durch unsachgemäßes Herumwerkeln mit Hexenbrett und Co., durch das Aufsuchen besetzter Stätten, aber auch durch Portale wie beispielsweise Spiegel. Natürlich, auch dazu später mehr, ist nicht jeder Spiegel automatisch ein Portal, durch das ungute Energien schlüpfen können, die uns dann quälen und unsere Energie rauben. Es sollte dringend zielgerichtet dagegen gearbeitet werden, wenn praktisch jede Nacht der gleiche Albtraum – hier durch Sukkubus bzw. Inkubus – uns in lähmende Angst und Schrecken versetzt.

Warum sehen Kinder mehr ...?

Hattest du als Kind auch einen unsichtbaren Freund, der nur für dich zu sehen war? Mit dem du dich unterhalten und Tee aus Puppengeschirr trinken konntest?

Ich muss gestehen, ich hatte einen solchen Freund nicht. Wohl ahnte ich schon als Kind, dass da mehr ist, als nur das, was wir fühlen, riechen oder sehen können, doch mit der geistigen Welt bekam ich erst später näheren Kontakt.

Haben Kinder Geister-Kontakt, sind sie ihren Eltern dann oft unheimlich. Wohl deshalb, weil die nicht mitreden können, sie sind ausgeschlossen aus einem Erlebnis, das für sie weder nachvollziehbar noch begreifbar ist.

Ist ihr Sprössling noch sehr, sehr klein, finden es die Erwachsenen unter Umständen noch ganz niedlich, doch je älter die Kleinen werden, desto unbegreiflicher wird's für die Erwachsenenwelt.

Völlig von der Rolle sind sie, wenn Filius plötzlich Dinge erfährt, die mit der Zukunft zu tun haben. Mit Ereignissen, die sich dann tatsächlich bewahrheiten. Spätestens dann ist für die Eltern Schluss mit lustig.

Den Kindern wird der Umgang mit dem unsichtbaren Freund untersagt. Schließlich sind sie doch schon zu alt für einen solchen Unsinn!

Wie oft geschieht es, dass Sohn/Tochter vor dem elterlichen Bett steht und darum bettelt, bei ihnen schlafen zu dürfen, weil in ihrem Zimmer „etwas oder jemand ist". Wie oft werden die Kleinen dann mit dem Hinweis „Du hast nur schlecht geträumt" wieder zurückgeschickt in ihr einsames gruseliges Zimmer, allein gelassen mit ihrer Angst?

Sind das alles nur Spinnereien der Kleinen? Wer will das mit Bestimmtheit sagen können? Nur weil die Erwachsenen nichts sehen, fühlen, riechen oder schmecken können, heißt es dann automatisch, dass da auch wirklich nichts ist?

Kinderpsychologen sagen dazu, dass es bis zu einem bestimmten Alter als normal gilt, wenn es unsichtbare Freunde gibt. Vorausgeahnte Ereignisse werden als Zufälligkeiten abgetan. Aber sind sie das wirklich?

Und dann gibt es noch ganz feinsinnige Kinder, die sich sogar mit den Toten unterhalten.

Natürlich hat die Schulmedizin auch hierfür eine Erklärung (wofür nicht …): Es läuft der Verarbeitungsprozess, wenn die liebe Oma oder der gutmütige Opa gestorben ist. Da suchen die Kleinen eben einen Kanal, um damit fertigzuwerden. So einfach ist das …

Ist doch praktisch, wenn man für alles, aber auch alles eine Erklärung parat hat und nur im schlauen Psychologie-Buch nachzuschlagen braucht, nicht wahr?

Doch sind das wirklich alles nur Fantasien oder Verarbeitungs-Prozesse?

Einige Jahre später, ich ging bereits auf die Berufsschule, konnte ich in die Sphäre hören. Ich erzählte es meinen Eltern, die mir glaubten. Okay, für meinen Vater war es gewöhnungsbedürftig gewesen. Für meine Mutter, die ihre eigenen paranormalen Erlebnisse hatte/hat, eher nicht.

Natürlich ist es vollkommen in Ordnung, wenn versucht wird, „logische" Erklärungen für (angebliche) Phänomene zu finden. So agiert auch ein verantwortungsbewusster Parapsychologe/ Medium. Dennoch: Findet sich einfach keine „irdische" Erklärung, ist es meines Erachtens unsinnig, den kategorischen Verdrängungsmechanismus in Gang zu setzen, so nach dem Motto: „Es gibt zwar keine Erklärung, aber sicher gibt es eine …"

Warum tun sich Erwachsene bloß so schwer, Kindern zu glauben? Ich will nicht behaupten, dass alles, was Kinder beteuern, nicht doch eher dem Märchenbuch, als dem „echten" Spirituellen entspringt.

Doch alles von vornherein abzulehnen, halte ich für ein unkalkulierbares Risiko.

Zumindest sollten sich Eltern darum bemühen, mitspielen zu dürfen. Das meine ich im doppelten Wortsinn. Einmal, um dabei zu sein, um eine fragwürdige Situation etwas genauer unter die Lupe nehmen zu können. Zum anderen, um wieder dabei zu sein.

Spielt das Kind mit einem „Freund", der von den Eltern nichts wissen will, schlecht über sie „spricht" oder Filius zu wahrlich bösen Streichen aufhetzt, spätestens dann sollte man (endlich) hellhörig werden! Zieht sich das Kind immer mehr zurück, macht es abrupte Wesensveränderungen durch, sucht es „Freunde", die dafür sorgen, dass sich Sohn oder Tochter immer mehr von den Eltern abspalten, und unterhält es sich (hoffentlich nicht mittels Hexenbrett!) mit dem unsichtbaren Freund, kann man sich auch oder gerade als Erwachsener nicht mehr die Bettdecke über den Kopf ziehen!

Mediale Hilfe ins Haus zu holen kann hier helfen, für Aufklärung zu sorgen. Jedoch nicht, wenn die Erwachsenen auf ihrer Das-gibt-es-doch-nicht-Einstellung beharren.

Natürlich will ich nicht ausschließen, dass einem Kind, das durch ganz logisch nachvollziehbare Umstände belastet oder traumatisiert ist, ein Kinderpsychologe helfen könnte. Findet jener allerdings keine Ursache, stößt schließlich an seine Grenze und kommt letztendlich mit Psychopharmaka um die Ecke, wäre für mich Schluss. Hier muss Hilfe ganz anderer Art her.

Wenn die Fantasie mit dem Erwachsenwerden endet

Irgendwann – Gottlob! – verschwinden die unsichtbaren „Freunde" meist mit dem Älterwerden des Kindes. Meistens jedenfalls. Also doch alles nur reine Fantasie?

Was ist, wenn der „Freund" sich zurückmeldet, wenn aus dem Kleinkind ein pubertierender Teenager geworden ist?

Natürlich ist der Gang zum Psychologen erste Wahl. Wer denkt schon ernsthaft über eine Besetzung durch niedere Energien nach?! Wir sind doch bitte schön alle erwachsen und leben nicht im Märchenland! Oder sollte ich besser sagen, im Horrorfilm?

Meist denken wir als Erwachsene aber nicht mehr über unsere kindlichen Spiele nach. Wer weiß, wofür das vielleicht gut ist, zumindest für den ein oder anderen ...

Möglicherweise wäre es aber hilfreich, sich die ein oder andere „Sache" aus der Kindheit ins Gedächtnis zurückzuholen.

Spätestens dann, wenn wir's mit oben geschilderten Vertretern der dunklen Front zu tun bekommen. Leider waren es meinem Mann und mir nicht vergönnt, Kinder zu haben (oder wir suchten uns die Kinderlosigkeit für unsere gemeinsame Inkarnation aus). Doch eines weiß ich: Stände UNSER Kind nachts vor unserem Bett – nicht eine Millisekunde würden wir darüber nachdenken, es unbeachtet zurückzuschicken!!

Spiegel – wirklich Portale in eine andere Welt?

Wer glaubt, dass Spiegel lediglich eine chemisch-physikalische Zusammensetzung von Materie sind und entsprechend nachweisbar „wirken", irrt. Tatsächlich können Spiegel Portale darstellen in das, was wir Feinstofflichkeit nennen.

Diese Portale können in die lichte wie auch in die dunkle Sphäre blicken lassen, jedoch wiederum in unsere grobstoffliche Existenz abstrahlen.

Gut, rein wissenschaftlich betrachtet ist dies wohl erneuter Unfug. Ein Spiegel ist ein Spiegel und gut ist.

Nun, so einfach wollen wir es uns hier nicht machen, denn tatsächlich gibt es über das Thema Spiegel weit mehr zu berichten, wie die ewigen Skeptiker und Zweifler permanent meinen zu wissen.

Kommen wir erneut auf das Thema Energie zu sprechen. Spiegel sind Speicher von menschlicher Energie von außen und Portale in unsere Hemisphäre hinein von innen. Auch zum Themenbereich Spiegel(-Magie) gibt es fundierte Fachliteratur.

Absolut ungünstig ist es, Spiegel im Schlafzimmer zu haben. Denn wenn wir schlafen befinden wir uns auf einer Ebene, die ich Aufnahmefrequenz nenne und durchaus verletzbar machen kann.

Will ich nun behaupten, dass es in jedem Spiegel „spukt", so nach „Bloody Mary"-Manier? Nein, da kann ich euch beruhigen! Dennoch, es hilft, den Spiegel regelmäßig energetisch zu reinigen, um etwaige dunkle Wesen/Seelen dort zu bannen, wo sie gefälligst zu bleiben haben. Dies kann durch das Abreiben mit Zitronen- bzw. Salzwasser geschehen und auch Weihwasser kann hier gute Dienste tun. An den Spiegel einen Rosenkranz zu hängen ist weiterhin eine sinnvolle Schutzmaßnahme. Sprich dabei (Schutz-)Gebete, die du kennst, oder du betest aus dem Bauch heraus. Bitte mit Stärke und maximal gebotener Vehemenz, jedoch ohne Angst, Zorn, Provokation oder Respektlosigkeit.

Vermeide:
„Ich banne alle bösen Geister und will **keine** nächtlichen Störungen haben!"

Wähle besser:
„Ich banne alle bösen Geister und **habe** eine erholsame ruhige Nacht; frei von allem, was mir schaden will!"

Du erkennst den Unterschied. Das „Vater unser" und das „Gegrüßet seist du, Maria" wirkt absolut machtvoll, macht ausgesprochen allerdings nur Sinn, wenn du dich völlig mit dem Wortlaut identifizieren kannst.

Denn wenn du etwas „betest", was dir kaum bzw. gar nichts bedeutet, kannst du's gleich sein lassen.

Wenn also Spiegel Energie-Speicher sein können, rate mal, wie intensiv gerade antike Spiegel abstrahlen können! Kaufe dir Antiquitäten, aber überlege dir dreimal, ob's unbedingt ein Spiegel sein muss. Und wenn dein Herz gar so sehr an einem solchen hängt, dann platziere ihn nicht im Schlafbereich und reinige ihn so gut als möglich wie oben beschrieben.

Tatsächlich gibt es jede Menge unsichtbare Portale. Diese können innerhalb eines Gebäudes oder auch in der Natur zu finden sein. Und gerade WEIL wir sie selten sehen/wahrnehmen, ist es von größter Wichtigkeit, dass wir uns unseres Handelns tausendprozentig bewusst sind. Die Geister, die ich rief ...

Dein Heim, die Kirchen-Filiale

Viel hilft viel, denken viele, die die ein oder andere Heimsuchung erleben müssen, und so stehen überall Marien- und Jesus-Figuren, hängen in jedem Raum Rosenkränze, und es wird bei jeder Gelegenheit gebetet, was das Zeug hält. Wenn Musik läuft, dann natürlich Engelmelodien bzw. Kirchenchoräle. Jeden Sonntag nimmst du am Gottesdienst teil, und Weihwasser verspritzt du mehrmals täglich in alle Himmelsrichtungen.

Und dein Spuk? Er nimmt zu, anstatt ab! Was also könntest du tun? Noch mehr Figuren hinstellen? Noch mehr beten? Was machst du falsch? Tatsache ist, dass sich dunkle Wesenheiten geradezu provoziert und herausgefordert fühlen, je mehr du aus deinem Heim eine Kirchen-Filiale machst. So nach dem Motto:

„Was, du willst dich mit mir messen? Na dann schau mal, was ich so draufhabe!"

Hast du das immense Pech und hast es gar mit einer dämonischen Heimsuchung zu tun, können die Auswirkungen deiner Maßnahmen tausendfach nach hinten losgehen. Was also tun? Kapitulieren?

Nein. Denn in einem solchen hier geschilderten Fall muss gehandelt werden!

Doch warum helfen oftmals gerade die oben aufgeführten Maßnahmen nicht? Ganz einfach: Sie sind meist mit deiner ohnmächtigen Angst und deiner Unsicherheit behaftet. Du musst daran GLAUBEN, dass deine Aktionen nutzen.
Voller Vertrauen in die himmlischen Kräfte und voller Vertrauen in dich selbst!
Sich die Wohnung mit allerlei Heiligenfiguren vollzustopfen nutzt hier rein gar nichts.

Die erste wirklich wichtige Aktion ist das Schützen deiner eigenen Person und derer, mit denen du zusammenlebst (Mensch und Tier!), und dies kann folgendermaßen geschehen:

Sprich (am besten mit allen Beteiligen/Heimgesuchten zusammen) voller Konzentration und vollkommen überzeugt und angstfrei:

„Erzengelfürst Michael über mir
Erzengelfürst Michael unter mir
Erzengelfürst Michael rechts von mir
Erzengelfürst Michael links von mir
Erzengelfürst Michael vor mir
Erzengelfürst Michael hinter mir
Erzengelfürst Michael, wo immer ich gehe und stehe, dein mächtiger Schutz umgibt Mensch und Tier jetzt und für alle Zeit! Amen in Liebe! So sei es. So sei es. So sei es."

Sieh' idealerweise zu, dass deine Haustiere im gleichen Raum sind, wenn dieser Schutzspruch gesprochen wird, denn auch sie werden von Michael beschützt! Falls dein Hund/deine Katze allerdings zu ängstlich ist, zwinge sie zu nichts. Du solltest ohnehin jeden Raum wie beschrieben energetisch reinigen und von Negativem befreien. Die weiteren Maßnahmen wie energetische Reinigungen etc. habe ich bereits erläutert. Hört die Heimsuchung dennoch nicht auf, muss möglicherweise fachmännisch agiert werden, wie weiter oben geschildert.

Du, der Geisterjäger

So, du denkst: „Warum soll ich mir fremde Hilfe ins Haus holen? Soll ich mich dem Spott im Internet preisgeben? Wo soll ich denn einen Geisterjäger finden? Stehen sie etwa im Branchenbuch???"

Ich habe mich genügend eingelesen, habe entsprechende Sendungen im Fernsehen gesehen und bei einer anderen Frau, mit der ich gechattet habe, hat's ja auch was genutzt, was sie getan hat. Also kann ich das auch!

Zunächst einmal Glückwunsch zu deinem Entschluss, dich der Dunkelheit angstfrei und entschlossen entgegenzustellen. Natürlich, warum solltest du es nicht selbst hinbekommen, das auszutreiben, was dich heimsucht?

Wer weiß, womöglich steckt in dir ein Medium, das nur erweckt werden möchte ...?

Ich gebe lediglich zu bedenken:
Hast du dich wirklich genügend eingelesen?
Hast du alle Eventualitäten bedacht?
Weißt du hundertprozentig, mit wem/was du es zu tun hast?
Weißt du, ob der Spuk haus- oder personengebunden ist?

Bist du völlig von deinen Maßnahmen überzeugt, oder hegst du insgeheim Zweifel?

Was ist mit deinen Familienangehörigen, die zweifeln, dass es überhaupt spukt? Sind sie dennoch mit dabei? Wenn nicht, wie reagierst du dann?

Hast du andere Helfer an deiner Seite? Wenn ja, welche?

Hast du einen felsenfesten unverbrüchlichen Glauben, wenn du betest?

Hast du dich und alle Beteiligten genügend geschützt, bevor du anfängst zu bannen bzw. zu vertreiben?

Hast du kürzlich einen Verlust erlitten, der dich noch sehr trauern lässt?

Bist du leicht genervt, ungeduldig oder gar gestresst?

Weißt du, wie man das göttliche Licht ruft bzw. entstehen lässt?

Kannst du genau unterscheiden, mit wem du es zu tun hast?

Bist du nüchtern?

Hast du Tabletten/Drogen/Alkohol zu dir genommen?

Bist du nervenstark genug, um dich mit der Dunkelheit anzulegen?

Was tust du, wenn sich die „böse" Energie rächt?

(...)

Bevor jetzt der Eindruck entsteht, dass ich jedem Laien abspreche zu wissen, was er/sie tut, dem ist keineswegs so! Und natürlich ist es durchaus möglich, dass ein Nicht-Parapsychologe gute und nachhaltige Arbeit leisten kann, wie ich oben bereits betonte!

Parapsychologen sind keine Über-Menschen, die in jeder spirituellen Hinsicht über dem Rest der Menschheit stehen!

Dennoch: Überlege dir genau, ob du nicht vielleicht doch Hilfe von außen an deine Seite rufst. Wer nicht direkt involviert ist, kann oftmals abgeklärter und weniger emotionsgeladen agieren.

Flüche

Wir alle kennen Situationen in unserem Leben, die es uns nur allzu leicht machen, dass wir austicken und so richtig sauer werden! Wie schnell greifen wir dann in den großen Pott der verbalen Entgleisungen?

Doch was ist der Unterschied zwischen „Du blöder Depp!" und „Ich verfluche dich, weil …"?
Flüche sind keine esoterische Erfindung, und sie sind so ziemlich das Gemeinste, was sich Menschen untereinander antun können. Und nein, Flüche sind nicht einfach nur Worte. So gut wie immer sind sie mit allerlei Emotionen aufgeladen, die den ausgesprochenen Fluch weit, weit übers vermeintliche Ziel hinausschießen lassen. Und jene Worte, hasserfüllt, zornig und selten gerechtfertigt in Härte und Wortwahl, hinterlassen Spuren. Jene Spuren nämlich, die sich als Schemen, Schatten bzw. sog. Elementale bilden.

Man könnte sogar sagen, dass sich jene dunklen Energien zu „Tulpas" auswachsen können, die eine ausgesprochen ungute Eigendynamik entwickeln.

Nun komme ich zu dem, was ich (gerechte) Strafe nennen möchte. Jene Fluch beladenen Energien sind unsichtbare Wellen, die in die Feinstofflichkeit ebenso abstrahlen wie sie in die Grobstofflichkeit wirken sollen. Man spricht allgemein hin vom Universum, das sich nun der „Sache" annimmt. Wie kommen jetzt die „Tulpas" ins Spiel?

Mit einem Fluch betreibt man (bewussten oder auch unbewussten) Schadenszauber. Ob in einem bösen Brief, mittels eines Voodoo- Rituals oder auch von Person zu Person. Die nun gebildeten „Tulpa"-Energien suchen ihr Ziel. Und werden sie nicht fündig, weil der Verfluchte gar nicht verdient hat, was ihm angetan wurde, suchen die Fluch-Wellen weiter und weiter.

Jetzt kommt das Universum ins Spiel: Manche nennen es auch die Wesen/Engel der Gerechtigkeit. Ab hier wird der ausgesandte Fluch zum Bumerang.

Darum bedenke: Ein Fluch ist schnell ausgesprochen. Doch was du aussendest, gut wie auch ungut, kommt mindestens dreifach zu dir zurück. Das ist immer so. Früher oder später. Ist es eine Sache oder eine Person wirklich wert, zu riskieren, selbst zur Zielscheibe zu werden?

Und was kannst du nun tun, wenn du verflucht worden bist?

Hat dich eine Person verflucht, indem sie dir hässliche Worte entgegenschleuderte? Hierbei spielt es keine Rolle, ob's am Telefon war oder dir gegenüberstehend.

Erste Maßnahme: Wende dich wortlos ab, bzw. unterbrich das Telefonat. Rufe den Schutz von Erzengelfürst Michael auf, wie weiter oben beschrieben. Gönne dir etwas Gutes, das deiner Seele guttut. Und jetzt kommt das Schwierigste: Wende dich auch innerlich ab.

Denke nicht weiter über die Person nach, die dich verflucht hat oder weshalb sie es tat. Auch wenn du vielleicht das Gefühl hast, dass der Fluch zumindest ein kleines bisschen seine Berechtigung hatte, dann arbeite an der Verbesserung der etwaigen Situation, aber schließe mit der Person und ihrem Fluch innerlich und äußerlich konsequent ab. Wenn dir das nicht so recht gelingen mag, übergib in einem positiv (!) geprägten Ritual/Gebet die Angelegenheit dem Engel der Gerechtigkeit, auf dass er den Fluch in Licht wandeln möge. Lasse dich NICHT dazu hinreißen, den Spieß herumzudrehen. Das übernimmt der Fluch ganz allein …

Hat dich jemand mittels eines Briefes verflucht (wie kürzlich aus unserer angeheirateten Verwandtschaft meiner Familie und mir geschehen), dann verfährst du am besten ähnlich wie beschrieben. Schütze dich so gut es geht.

Reinige deine Wohnung/dein Haus/dich selbst energetisch wie bereits erläutert und dann verbrenne die hässlichen Zeilen und übergib sie dem Engel der Gerechtigkeit, auf dass er den Fluch von dir abwenden und ihn in Licht verwandeln möge.

„Ich rufe den Engel der Gerechtigkeit! Bitte wandle jene Fluch beladenen Zeilen in Licht und hilf mir, mit der Situation/der Person abzuschließen. Danke in Liebe. So sei es. So sei es. So sei es."

Dann übergib die Asche dem Wind (dem Element Luft). Wenn du magst kannst du die Hüter des Elementes Luft um das Gleiche bitten, wie den Engel der Gerechtigkeit.
    Bitte ohne eigene Racheaktionen, so nach dem Motto: „So, nun gebe ich dir mal dein eigenes Gift zu essen!"

Auch hier solltest du innerlich und äußerlich einen Schlussstrich unter die Angelegenheit und die verfluchende Person ziehen. Endgültig!

Die Dunkelheit mit Dunklem zu bekämpfen, wäre ein Rad, das sich endlos dreht und letztlich zu keinem positiven Ergebnis führt – für keine Seite.
    Flüche und sog. böse Blicke sind keine neumodische Erfindung und ausschließlich den Voodoo-Anhängern vorbehalten. Sie sind daher absolut ernst zu nehmen. Ich wünsche dir, dass jeder Fluch durch die allgegenwärtige göttliche Liebe an dir abprallen möge!

Kommen wir zum Thema „schwarze" Magie. Selbstverständlich ist es Menschen möglich, mittels magischem Wirken andere zu verfluchen. Auch wenn ich hier Gefahr laufe, den ein oder anderen Leser auf Ideen zu bringen, möchte ich dennoch nicht hinter dem Berg halten, was da so auf uns zukommen kann.

Über schwarze Magie, schwarze Messen und allem, was damit zusammenhängt, brauche ich hier keine Worte verlieren, denn hierzu gibt es reichlich Buchmaterial (leider).

Wird jemand also durch ein Ritual verflucht, wird meist eine dunkle Wesenheit/Gottheit heraufbeschworen. Hier äußerte einmal ein Medium im Fernsehen Folgendes: „Wer sich diversen Göttern öffnet, öffnet sich automatisch gleichfalls den Dämonen." Nun, kategorisch gesehen muss ich das verneinen. Dennoch: Bevor man eine Wesenheit/Gottheit anruft, ist es absolut unabdingbar, sich über alle Risiken und Nebenwirkungen im Vorfeld hinreichend zu informieren. Im harmlosesten Fall ist dein Ritual vollkommen wirkungslos, da du eben mal eine dir völlig unbekannte Gottheit ausprobieren wolltest. Du hast keine 100%ige Verbindung mit diesem Wesen. Im schlechtesten Falle (Und zwar für dich, nicht den, den du verfluchen willst!) geht der Schuss gehörig nach hinten los. Keine Wesenheit, und schon gar nicht die dunklen, kommen eben mal vorbei, um dir zur Seite zu stehen und zischen hernach einfach wieder in die Hölle zurück. Das anzunehmen wäre ein törichter Irrglaube!

Natürlich kannst du es gleich vergessen, eine „lichte" Wesenheit für deine Racheaktion anzurufen. Kein Erzengel (z. B.) wird dir helfen, jemanden zu verfluchen, und wenn du noch so sehr meinst, dass es der-/diejenige „verdient" hat. Also suchst du nach Wesen der „dunklen" Seite. Es ist IMMER gefährlich, mit jenen Energien zu wirken.

Doch kennst du dich nicht genügend in jenen Kreisen aus und versuchst dich vielleicht auch noch an „Crossover"-Ritualen, kann es dir blühen, dass du hernach dämonische Energien an der Backe hast, die du so schnell nicht wieder loswerden wirst. Viel hilft nicht automatisch viel. Zu viele Wesenheiten können dir zu viel Ärger bringen, wenn du nicht weißt, wie du mit ihnen umzugehen hast.

Und hier gleich noch etwas zur Aufklärung: Es wird immer wieder von dunklen Engeln berichtet. DIESE GIBT ES NICHT! Das Wort Engel an sich bezeichnet das Lichte, das Reine, das Gute. Dunkle Engel sind so real wie gottgefällige Dämonen. Entweder wir sprechen von Engeln; dann sind die „Guten" gemeint, oder wir meinen Dämonen. Es gibt zwar Engel, die allgemeinhin Krieger- oder Wächter-Engel genannt werden.

Doch deren Aufgaben haben, so archaisch ihre Bezeichnung auch vermuten lässt, nichts mit dämonischen Kräften zu tun. Jene Engel-Freunde können uns beistehen im Kampf GEGEN Dämonen bzw. anderweitige unreine Geister. Auch sie werden dir nicht helfen, Flüche auszusenden.

Welche Phänomene können also auftreten, wenn jemand mittels schwarzer Magie verflucht wurde?

Antwort: So ziemlich alle, die es gibt. Poltergeist-ähnliche Aktivitäten, Spuk-Erscheinungen, Krankheiten (physisch/psychisch) usw. All dies kann hervorgerufen werden, wenn ein Fluch mittels Ritual ausgesendet wird. Ich kann gar nicht eindringlich genug davor warnen, diesen Weg zu beschreiten.

Und wenn es dich getroffen hat, was dann?
Grundsätzlich gilt: Ruhe bewahren! Im Grunde ist ebenso zu handeln, wie bereits aufgeführt, wenn ein Medium/ein Geister-Forscher dir beisteht. Erst wenn unumstößlich feststeht, dass tatsächlich ein durch einen Fluch hervorgerufenes Phänomen vorherrscht, sollte punktgenau gehandelt werden.

Und gleich noch einen Nachschlag an Warnung: Wenn du also meinst, dass dich ein Fluch getroffen hat, und du willst mittels eines Gebetes dunkle Energien bannen, vergesse NIE, dich vorher von allen Seiten (das meine ich wortwörtlich) zu schützen (Erzengelfürst Michael links von mir, rechts von mir, hinter mir, vor mir, über mir, unter mir). Sogenannte Ad-hoc-Gebete können auf dunkle Energien wie ein Startsignal wirken.

Und falls du dich fragst, ob deine Haustiere durch dunkle Energien Schaden nehmen können, die Antwort ist leider ja.
Und das sowohl physisch (bis zum Tod) als auch psychisch (auffällige Wesensveränderungen, die vom Tierarzt nicht nachvollzogen werden können).

Und wie können wir unseren tierischen Freunden helfen? Zunächst muss festgestellt werden, ob bzw. was dich heimsucht. Denn hat sich etwas an dich geheftet, verfolgt es dich auf Schritt und Tritt und damit gleichfalls deinen tierischen Begleiter. Wird dir geholfen, das Dunkle loszuwerden, dann wird deiner Katze/deinem Hund meist gleichfalls geholfen. Doch es gilt das Gleiche für unsere Haustiere, wie ich dir bereits riet: Erst alle logisch nachvollziehbaren Eventualitäten abklopfen (Arztbesuch inklusive).

Voodoo

Wer kennt sie nicht: Die düsteren Magier in ihren bodenlangen Kutten, wie sie Tote wieder zum Leben erwecken und zu willfährigen Zombies machen, die dann des Nachts nach Opfern gieren? Doch was steckt dahinter, und ist Voodoo wirklich immer Schaden bringend?

Voodoo kennt tatsächlich nicht nur die dunkle Seite, sondern ebenso die heilbringende. Mittels eines Voodoo-Rituals kann tatsächlich versucht werden, eine Gesundung herbeizuführen.

Die (Partner-)Gottheiten, die hierzu angerufen werden, waren nicht die, mit denen ich zusammenarbeiten wollte, deshalb legte ich für lange Zeit mein Voodoo-Buch zur Seite.

Eines Tages kam mir aus einem traurigen gegebenen Anlass die Idee: Warum nicht Voodoo mit einem Engel-Ritual kombinieren? Nun ich gebe zu, hierzu benötigt es zunächst einiges an Fantasie, um diese beiden so unterschiedlichen Seiten zusammenzubringen.

Dennoch gelang es mir. So versah ich (mit Genehmigung des Betroffenen) ein persönliches Voodoo-Püppchen nicht mit dunklen Absichten, sondern mit lichten und Heil bringenden. Hierzu rief ich die „passenden" Engel an meine Seite. Ob dieses „Crossover"-Ritual gewirkt hatte? Ja, für eine gewisse Zeit, doch dann war die Zeit für meinen Vater dennoch gekommen und er kehrte heim. Hier konnte kein noch so lichtes Ritual greifen, denn der göttliche Plan wollte erfüllt werden.

Wie ich bereits mehrfach riet, sollte man vielleicht nicht gleich alles Unbekannte kategorisch von sich weisen. Es können selbst im Ungewöhnlichen noch brauchbare Dinge auf uns warten.

Und wenn wir die Entscheidung getroffen haben, NICHT nach einer gewissen Ritual-Struktur zu arbeiten, dann hat das Studium entsprechender Lektüre zumindest zur Informationsförderung verholfen, was sowieso niemals schadet.

Avalon/Camelot

Es streiten sich hier wieder einmal die Gläubigen (Wissenden?) mit den Geschichtsschreibern, ob Avalon bzw. Camelot tatsächlich existiert. Eine der vielen Legenden besagt, dass durch die aufsteigenden Nebel von Avalon diese ganz besondere Insel mehr und mehr in der Feinstofflichkeit verschwand. Jedoch nicht für alle Zeiten, sondern wartend darauf, erneut gerufen zu werden. Der Zauber, oder besser gesagt die Sehnsucht nach jenen Zeiten lässt Avalon niemals so ganz aus unserem Bewusstsein und gläubigen Herzen verschwinden.

Tatsächlich habe ich zahlreiche Bücher und Orakel studiert, um mich über jene mysteriöse Insel zu informieren. Was für mich dabei herauskommen sollte, hat selbst mich nachhaltig zutiefst berührt.

Wir leben in einer Zeit des vielfältigen Wandels. Politisch sowieso, aber auch in spiritueller Hinsicht. Ich möchte an dieser Stelle niemanden bekehren, an Avalon, die Apfelinsel, zu glauben. Diese Entscheidung ist von einem jeden einzelnen Leser selbst zu treffen.

Und nein, nicht nur Mittelalter-Fans fühlen sich von diesem Teil der ganz besonderen Geschichte angezogen. Von den Engeln, Priestern/Priesterinnen, Göttern und Göttinnen, von Artus, seinen getreuen Rittern mitsamt der Tafelrunde, von Morgaine, Merlin, Uther Pendragon und Igraine und so vielen mehr geht – wenn wir es zulassen – eine gewaltige lichte Kraft aus, die uns tief in unseren Herzen berühren kann.

Wollen wir es wagen, uns auf eine ganz besondere innere Reise zu begeben? Wir können uns mit dem Licht von Avalon/Camelot verbinden.
    Ob du nun zu den (angeblichen?) mythischen Orten reist oder die Verbindung zu Avalon/Camelot innerlich mit deinem Herzen antrittst, ist eigentlich einerlei.

Sicher, es gibt Anhänger des Artus-Glaubens, die MÜSSEN quasi vor Ort gewesen sein, MÜSSEN die Steinkreise von Stonehenge oder Avebury berührt haben, um die Wirkung jener Kraftplätze zu erspüren.
    Nun, dies ist meines Erachtens nicht zwingend notwendig. Mittels entsprechender Meditation etc. ist eine Reise in diese lichte feinstoffliche Welt ebenso gut möglich und gleich wirksam.

Die Tragweite der keltischen Kultur und deren geschichtlicher Hintergrund sind es allemal wert, sich näher damit zu befassen.
    Welches Resümee daraus gezogen wird, muss jeder für sich selbst entdecken.

Wir verlieren nicht unseren Verstand und brauchen keine Angst davor zu haben, in Reiche vorzudringen, die uns derart „benebeln", dass wir nicht mehr wissen, ob wir hier oder dort sind. Avalon und Camelot sind heilige Orte.

Informiert euch – es lohnt sich für jeden, der ein aufgeschlossenes Herz hat und auf einer Suche ist, deren Ziel sich möglicherweise dann vor uns offenbart wie eine aufblühende Rose im Sonnenschein. Dann werden wir WISSEN, was richtig und was falsch für uns ist.

Merlin und Morgaine

Auch bei diesen beiden hochinteressanten Persönlichkeiten ist die Palette der Persönlichkeitsabbildungen riesengroß. Während es Stimmen gibt, die den Zauberer Merlin als alten liebenswerten, väterlichen Freund vom König von Camelot ansehen, stellen andere Merlin als kriegerischen Magier dar, der es durchaus verstand nicht nur den Zauberstab, sondern auch das Schwert zu schwingen. Wiederum andere sehen ihn eng mit der magischen Apfelinsel Avalon verbunden, da er einer der führenden Druiden war, die mit der (weiblichen) Priesterschaft zusammenwirkte. Hier ergibt sich beinahe automatisch die absolut nicht feindselige, sondern recht freundschaftliche Verbindung zu Morgaine.

Zu Morgaine: Einerseits wird sie abgebildet als DIE Erzfeindin von Merlin, andererseits sieht man sie eher noch als eine der mächtigen Priesterinnen von Avalon, die engsten Kontakt hielt zu Camelot, den Rittern und eben auch zu Merlin.

Ihr seht, es ranken sich so allerlei unterschiedlichste Mythen und Legenden um diese beiden Persönlichkeiten. Ebenso ist höchst umstritten, ob es Merlin und Morgaine überhaupt gab.

Mir liegen Bücher vor, die meines Erachtens einwandfrei belegen, dass es diese „Figuren" tatsächlich gab; lediglich weit komplexer, als bisher bekannt bzw. filmisch aufgearbeitet.

Ich könnte noch so einiges über Morgaine sagen (damit verbunden natürlich ebenso zu Merlin), doch zu entscheiden, woran zu glauben ist oder auch nicht, möchte ich lieber euch, liebe Leserinnen und Lesern, überlassen. Eines nur in aller Deutlichkeit: Vieles, was wissenschaftlich (sprich grobstofflich) nicht nachweisbar, weil nicht sichtbar, bestätigt ist, hat dennoch den Anspruch auf Existenzberechtigung. Wenn die Wissenschaft von vornherein nicht an so etwas wie Fein- und Grobstofflichkeit glaubt und hiermit verbunden der Sicht- und Unsichtbarkeit, der kann gar nicht glauben, dass sich viele sog. mythische Persönlichkeiten längst in die uns verborgenen unsichtbaren Reiche zurückgezogen haben, was nicht bedeutet, dass sie erst gar nicht existieren. Und wer es auch nur zulässt, sich eingehender mit Merlin und Morgaine zu beschäftigen, kann wahrlich Faszinierendes für sich entdecken. Wer weiß? Vielleicht kennen wir uns aus Avalon?

Atlantis/Lemurien

Nicht weniger ranken sich die Mythen um Atlantis bzw. Lemurien.
Bereits in der Antike wurde über die mögliche Existenz beider Inselreiche gestritten.

Im lateinisch geprägten Mittelalter geriet dieser Mythos freilich in Vergessenheit.
Doch heute (dank der Esoterik?) ist Atlantis & Co. wiederaufgetaucht.

Es gibt nicht wenige Menschen, die behaupten, dass jene Inseln ebenso wie Avalon und Camelot in die Feinstofflichkeit übergegangen sind, stets aber präsent waren und nach wie vor sind.
Mit den Engeln von Atlantis und Lemurien ist es möglich, Einblicke zu gewinnen, die uns Interessantes offenbaren können.

Ob ich an all diese Orte glaube? Ja, das tue ich. Warum? Weil es die Esoterik so vorgibt? Ganz sicher nicht. So leicht lasse ich mich nicht beeinflussen oder gar bekehren.

Ich habe für mich die Entscheidung getroffen, mit einem aufgeschlossenen neugierigen Herzen jene Reisen anzutreten. Dies geschah mittels Meditationen und Ritualen, und auch heute noch verbinde ich mich gerne und regelmäßig mit jenen Verbündeten der ehrenvollen „Sache", und ja, ich sehe sie durchaus berechtigt als Freunde an.

Niemand ist ein „schlechterer" Esoteriker, wenn er diese Reisen nicht antreten möchte. Vielleicht ist deine Zeit einfach noch nicht reif dafür? Es mag aber auch sein, dass sich andere Wesen der lichten göttlichen Heimat mit dir verbinden möchten? Man muss nicht alles ausprobiert haben, was die Esoterik bietet, um mitreden zu können.

Aufgestiegene Meister

Und was sind das nun wieder für Wesen?

Sogenannte aufgestiegene Meister sind Heiler und Lehrer, die einst als Menschen auf der Erde lebten.

Ein jeder dieser Meister/Innen hat besondere Aufgaben, um uns beim spirituellen Wachsen zu unterstützen bzw. uns hilfreich zur Seite zu stehen, wenn es um ganz „irdische" Angelegenheiten geht. Obwohl sie den unterschiedlichsten Glaubens-/ Religions- und Kultur-Richtungen entstammen bzw. mit ihnen in Verbindung gebracht werden, sind sie aus ihrer lichten Feinstofflichkeit heraus Konfessions-ungebunden.

Es brauchte wohl wieder einmal die Esoterik, damit wir uns an jene großen lichten Helfer erinnern. Wir benötigen keinerlei besondere Erfahrung, um uns mit ihnen in Verbindung zu setzen.

Bücher und Orakel-Karten geben nähere Auskünfte.

Wir sehen, niemals sind wir wirklich alleine. Wenn wir es nur zulassen wollen, haben wir unzählige Helfer an unserer Seite.

Täter sucht Opfer, Opfer sucht Retter

Hiervon las ich unlängst und sperrte mich zunächst dagegen. Dass ein Täter ein Opfer braucht ist wohl klar, denn er wäre kein Täter, wenn er kein Opfer fände. Doch wie passt es zusammen, dass hiernach das Opfer den Retter braucht?

Wollen wir hier noch einmal das Thema Tierversuche herausgreifen.

Wir haben also den Wissenschaftler, der Tierversuche durchführt (der Täter). Wer das Opfer hierbei darstellt, ist wohl klar. Und jenes Opfer benötigt den, der sich dagegen auflehnt, dass Tiere selbst im 21. Jahrhundert noch derart drastisch gequält werden. Also dich!

Sind das womöglich alles Rollen, die alle Seiten bedienen? Der eine spielt den Bösen, der andere bietet den Grund dafür, dass wiederum ein anderer den Retter darstellt? Wenn das so wäre, wozu? Was soll dieses geschmacklose Possentheater überhaupt?

Wie ich bereits ausführte, kommen wir alle mit einem bestimmten Lern- und Erfahrungsziel auf diese Erde. Könnte es also sein, dass jemand, der Tiere misshandelt, diese Erfahrung machen möchte? Zugegeben, was bitte schön, möchte eine Seele wohl hierbei erfahren? Etwa wie es ist, wehrlosen Geschöpfen wehzutun? Vielleicht. Wir wissen es jedenfalls nicht besser, richtig?

Spinnen wir den Faden weiter. Die zweite Seele (der Retter) will womöglich lernen, was es heißt, sich für jemanden oder etwas einzusetzen. So weit, so gut.

Und welche Rolle soll das geschundene Tier hierbei spielen? Sind manche Tiere als Opferseelen inkarniert, um uns bei unserem Lernziel zu unterstützen, damit wir aus unseren (Misse-)Taten lernen?

Ist es also ein unsinniges Einmischen, wollen wir jenen Tieren helfen?

Puh! Harter Tobak, oder? Das müssen wir erst einmal sacken lassen. So ging es mir jedenfalls.

Tatsache ist, dass alle Rädchen des allgemeinen Erdenlebens – ob für uns nachvollziehbar oder nicht – auf irgendeine Weise ineinandergreifen.

Selbst wenn wir ein festgelegtes Lern- und Erfahrungsziel haben, heißt das noch lange nicht, dass wir in dieser Rolle feststecken müssen, d. h., wir können Rollen durchaus verändern. Und somit natürlich auch die Erfahrungen hieraus.

Ja, haben wir dann nicht unser Ziel verfehlt, weshalb wir letztlich angetreten sind? Nein. Denn: Eine jede Seele, und sei sie noch so dunkel beseelt, kann sich weiterentwickeln und aus ihren Schatten herauswachsen, um die eigene Dunkelheit zu besiegen.

Damit also – um bei unserem Beispiel Tierversuche zu bleiben – sich etwas zum Guten/Besseren verändern kann, braucht es einen Täter. Und ein Opfer, und ja, auch den Retter. Also dich! Wer weiß; womöglich ist die Seele eines Täters sogar dankbar, wenn sie aus ihrem „dunklen" Tun herausgeholt wird.

Das Leben nach unserem Leben

Für die Wissenschaft ist das immer wieder ein recht sperriges Themengebiet. Einerseits muss sie eingestehen, dass, wie schon mehrfach erwähnt, Energie nicht einfach weg sein kann. Und auch, dass wir Menschen, Tiere etc. aus Energie bestehen, kann nicht geleugnet werden.

Andererseits werden sogenannte Nahtod- und Jenseits-Erlebnisse, die immer wieder geschildert werden, nur allzu oft in den Topf „Hirnwellen-Fantasien" und dergleichen geworfen.

Es sind (angeblich) nur Resterinnerungen, die das Hirn gespeichert hat und was auch immer, uns gar nicht wirklich existente liebe Menschen und Tiere sehen lässt, die uns vorausgegangen sind. Was man nicht beweisen kann, existiert für die Wissenschaft nicht.

Nun, so einfach wollen wir es uns nicht machen.

Es mag mir nicht einleuchten, dass Alter, Nationalität, Herkunft (...) überhaupt keine Rolle spielen soll, und alle Gehirne dieser Welt gleich „funktionieren". Andererseits ist dieses Organ so komplex und teilweise noch immer nicht restlich erforscht, dass es sich doch widerspricht, will uns die Wissenschaft glauben machen, dass jeder (Nahtod-)Mensch den gleichen Fantasievorstellungen aufsitzt.

Sterbeforscher, ich nenne hier keine Namen, weil ich keine Genehmigung dafür habe, sie zu verwenden (s. Internet bei näherem Interesse) sehen die „Sache" natürlich völlig anders.

Sie haben aufgeschrieben, was Sterbende „sehen" und „erleben". Bei den klinisch Toten (und die, die „zurückgekommen" sind) passiert erwähnenswert Interessantes:

Sie konnten beispielsweise genau schildern, welche Brille der Arzt bei der Wiederbelebung trug, was die Schwestern sagten und was mit ihnen gemacht wurde, um sie vor dem Tod zu bewahren. Alles Einbildung unseres Hirns? So viel dazu, dass immer spöttisch behauptet wird: Es ist ja noch niemand zurückgekommen ...

Nun, ich kann und will hier keinen bekehren. Doch ich setze einmal voraus, dass du, lieber Leser/liebe Leserin, dieses Buch nicht einfach so gekauft hast und du vieles Sicht- und Unsichtbare spannend und durchaus für erforschenswert hältst.

Und was sagt die Kirche dazu?

Ich nahm vor vielen, vielen Jahren an einer Messe teil, in der der Pfarrer in seiner Predigt behauptete, frühere Leben gäbe es nicht, nur dieses eine Leben wäre das, worum es geht und alle anderen Vorstellungen seien sektenähnlicher Unsinn. Ich bin nur meinen Eltern zuliebe sitzen geblieben, denn am liebsten hätte ich fluchtartig den Saal verlassen. Warum?

Einen Tag zuvor hatte ich eine Rückführung in eines meiner früheren Leben! Weder hatte/habe ich einen Knall noch gehöre ich einer Sekte an! Nun, zwischenzeitlich weiß er wohl, dass er auf dem Holzweg war, denn er weilt nicht mehr auf Erden.

Tatsächlich gehen wir durch einen Prozess des Vergessens (die einen mehr, die anderen weniger), wenn wir in ein neues Leben inkarnieren.

Nur wenn uns „Altlasten" aus früheren Leben in dieses begleiten und wir unbewusst oder ganz real daran zu knabbern haben, waren und sind Rückführungen in Hypnose ausgesprochen hilfreich, und man versteht auf einmal, warum man vor … Angst hat oder gewisse Örtlichkeiten meidet, weil … oder manche Menschen uns über die Maßen faszinieren, eben weil … oder man immer wieder träumt von … und, und, und.

Über das Leben nach diesem Leben gibt es zahlreiche Bücher, und es wäre Zeitverschwendung hier zu schildern, was andere Autoren längst so wunderbar umfangreich verfasst haben.

Tatsache ist:
Meine liebe Freundin und ein sehr guter Freund schilderten mir ausgesprochen detailreich, dass absolut nichts halluziniert wird, wenn wir sterben. Und, ja, wenn wir in unserem Leben sehr verbunden waren mit unserer Oma Sofie und dem Kater Fritz, dann werden wir sie wiedersehen.

Und das hat mit Resterinnerungen aus unserem Oberstübchen rein gar nichts zu tun.

Auch ich werde mit allen zusammentreffen, die mir vorausgegangen sind.

Woher ich das wissen will? Habe ich erwähnt, dass beide, meine Freundin und mein Freund, aus dem Jenseits mit mir sprachen und sprechen? Und alles andere, weiß ich so gut wie du – wir haben es nur vorübergehend vergessen. Die gute Nachricht ist: Wir können, wenn wir es wollen und es zu unserem gesteckten Lebensplan passt, jederzeit unsere Erinnerungen zurückholen.

Kommen wir zu einem Thema, das so gar nicht in das friedliche göttliche Licht-Bild passen mag. Wenn Menschen eine ausgesprochen erschreckende Nahtoderfahrung machen. Wenn sie keine lieben Angehörigen, Tiere oder Engel sehen? Wenn kein wunderbares Licht sie empfängt?

Wenn jene Menschen stattdessen die Dunkelheit sehen, erschreckende Gestalten sie umringen oder sie gar noch Ärgeres erleben. Wie kommt es, dass so Schockendes ebenfalls passieren kann, wenn wir eine Nahtoderfahrung machen?

Bevor wir nun alle Angst bekommen und rufen: „Hoffentlich habe ich NIE ein solches Nahtoderlebnis!", hier ein paar Erklärungen:

Durch den Nahtod werfen wir einen Blick in das, was man Zwischenwelt nennen kann. Und je nach menschlichem Charakter, Glauben bzw. Unglauben, etwaigen Anhaftungen/Schatten, die uns nicht loslassen wollen etc. kann es geschehen, dass wir in das Dunkle schauen, anstatt vom Licht angezogen zu werden. Ich will natürlich nicht ausschließen, dass psychische Ursachen ebenfalls eine Rolle spielen; nehmen wir beispielsweise Drogen, Tabletten, Alkohol.

All das kann unseren Geist vernebeln und zu Bewusstseinsveränderungen führen, die wir mitnehmen, wenn wir einen Kurztrip in die Geisterwelt unternehmen. Soweit ich informiert bin, sind dunkle Erlebnisse im Vergleich zu den „lichten" eher die Ausnahme.

Etwas anderes, was an und für sich weit erschreckender ist, kann ebenfalls aus einer Nahtoderfahrung resultieren, nämlich, wenn Menschen plötzlich mediale Begabungen haben oder gar unreine Anhaftungen mit ins Diesseits holen. Oftmals verstehen die Betroffenen, wie ich sie einfach mal nennen möchte, überhaupt nicht, was überhaupt mit ihnen los ist.

Ich will niemandem absprechen, ärztliche (psychologische) Hilfe in Anspruch zu nehmen. Diese Entscheidung muss ein jeder für sich treffen. Dennoch: Meine Entscheidung seinerzeit, als sich gewisse „Gaben" aufzeigten, war mein Griff nicht in die Schublade der Psychopharmaka, sondern ich erforschte mich quasi selbst. Nun hat vielleicht nicht jeder Mensch die mediale Rückenstärkung aus der Familie hinter sich, wie ich sie habe. Wer so gar nicht mit seinen neuen „Talenten" zurechtkommt, sollte ein erfahrenes Medium aufsuchen. Womöglich kann (!) auch eine Rückführung durch einen gut geschulten Menschen helfen. Wenn ein Mensch „zurückkommt" und merkt, dass er sich wie ein Alien auf dem Wochenmarkt fühlt, dann sollte fachmännische Hilfe bereitstehen.

Karma

Es ist in einschlägigen Esoterik-Büchern immer wieder von Karma zu lesen. Von karmischen Anhaftungen/Besetzungen bzw. von ungelösten karmischen Umständen aus früheren Leben usw.

Gehörst du zu jenen, die nicht daran glauben?

Wie meist, sehe ich auch hier die „Sache" kontrovers bzw. von zwei Seiten.

Nehmen wir wieder unsere gesteckten Lernerfahrungen/Lebensziele. Gehen wir weiter davon aus, dass es uns in unserer Inkarnation nicht gelungen ist, sagen wir mal, eine Anhaftung loszuwerden. Was dann?

Dann kann es tatsächlich geschehen, dass uns dieses nicht gelöste karmische „Problem" in die nächste Inkarnation folgt, bis es unserer Seele im irdischen Tempel (= Körper) gelungen ist, uns von der Dunkelheit freizumachen.

Oder wir fallen immer wieder auf die gleichen Loser herein, als hätte es nicht gereicht, eine hässliche Scheidung erlebt zu haben. Warum also treffen manche Frauen immer wieder auf den gleichen Typus Mann, der ihnen das Leben schwermacht?

Ein anderes Beispiel: Wir trinken/rauchen zu viel oder sind gar anderweitig suchtgefährdet. Dieses Problem, das nicht gelöst wurde, kann uns tatsächlich aus einem früheren Leben in diese Inkarnation gefolgt sein.

Ist das damit gemeint, wenn manche Menschen vom „bösen Karma" sprechen? Vielleicht. „Böse" mutet uns selbstverständlich an, wenn wir immer wieder die gleichen Erfahrungen machen (und täglich grüßt das Murmeltier ...).

Zunächst einmal: Karma ist keine von Gott auferlegte Strafe, so nach dem Motto: „Sitzen geblieben, du wiederholst jetzt die Klasse!"

Unsere Seele möchte Erfahrungen machen, um zu lernen und letztlich daran zu wachsen, was einer jeden Seele Ziel ist. Doch das ist nicht der alleinige Grund, um inkarniert zu sein. Ungelöstes kann nur auf der menschlichen Ebene gelöst/geklärt werden.

Warum können wir in unser aller Heimat nichts Karmisches lösen? Unter anderem deshalb, weil sich lichte und dunkle Energien auf völlig unterschiedlichen Ebenen aufhalten. Ein anderer Grund ist der des gegenseitigen Lern- und Erfahrungsziels. Die Seele der karmischen Anhaftung will lernen, sich von der Dunkelheit (wie sie persönlich auch immer aussehen mag) zu lösen, wohingegen die dunkle Energie daran wachsen möchte, eine noch stärkere Anhaftung zu sein. Oder sie beschließt, die eigene Finsternis hinter sich zu lassen und wartet nur darauf, erlöst zu werden.

Karma ist jedenfalls kein persönlicher Makel und ein Zeichen unseres Versagens.

Holt uns immer wieder die gleiche Situation ein, oder treffen wir stets auf die gleichen unguten Charaktere etc., dann ist es vielleicht eine Überlegung wert, sich näher mit dem Thema Karma auseinanderzusetzen.

Wer spricht denn da?

Leider kann es passieren, dass du – wie und wodurch auch immer – meinst, Kontakt zu einem lieben Freund, Verwandten etc. zu haben, was ganz und gar nicht der Fall ist.

Denn, wie wir wissen, es gibt nichts ohne das Gegenteil. Also existieren nicht nur „lichte" Seelen und Wesen, sondern auch die dunkle „Fraktion".

Und die mischen sich schon mal ein, wenn du dich mit deinen Lieben unterhalten willst und geben sich für sie aus.

Sie können sich sogar für Erzengel Michael ausgeben, ja für Gott höchstselbst.

Wie können wir erkennen, dass wir an der Nase herumgeführt werden?

Nehmen wir an, du hast alle Schutzmaßnahmen (wie weiter oben beschrieben) vorgenommen und arbeitest mit dem Hexenbrett. Eine ganze Weile „sprichst" du nun schon mit deinem Onkel Johann. So weit, so gut. Mit der Zeit merkst du, dass die Antworten zögerlicher kommen und/oder ungenau werden. Speziell dann, wenn du eingehendere Fragen stellst.

Das Gespräch kommt ins Stocken. Die Blanchette hat zwischenzeitlich ein ruckartiges unruhiges Eigenleben entwickelt.

Fragen werden nun nicht oder barsch und unfreundlich beantwortet. Bis dich dein (angeblicher) Onkel Johann plötzlich „dumme Schlampe" nennt. Es dämmert dir: Das ist NICHT dein Onkel, mit dem du die ganze Zeit gequatscht hast! Aber wer ist es dann?

Einen solchen Fall habe ich weiter oben beschrieben und dir geraten, was zu tun ist.

Und so erkennen und entlarven wir unerwünschte Störquellen: Antworten aus dem Lichtreich sind IMMER er- und niemals entmutigend. Sie sind voller Liebe, Verständnis und Zuversicht.

Foppt dich ein negatives, dunkles Wesen, dann bekommst du vielleicht Vorwürfe oder ein schlechtes Gewissen gemacht. Du bekommst Antworten, die dich ängstigen oder traurig machen.

Du erhältst Zeitangaben über dein Erdenende und solche Dinge.

Mein persönlicher und wirksamer Schutzspruch lautet:
„In Wahrheit und Liebe zur lichten göttlichen Quelle rufe ich: Erzengelfürst Michael, bitte schließe die Tore für alle Wesenheiten, die sich der Wahrheit und Liebe zur lichten göttlichen Quelle verschlossen haben. So sei es. So sei es. So sei es."

Ebenso wichtig wie die Schutzanrufung ist das Entlassen derselben. Hierzu wähle ich den gleichen Spruch und setzte noch hinzu:

„Ich danke dir für deinen Schutz. Möge mich (...) weiterhin und allezeit das göttliche Licht umfangen und schützen vor jedweder Heimsuchung. Danke in Liebe! So sei es. So sei es. So sei es.“

Die Tarot- und Orakel-Deuter

Bevor wir jeden, der im Fernsehen oder auf dem Jahrmarkt oder wo auch immer Karten für dich legt, als Schwindler ausdeuten, sollte zunächst einmal ge- und erklärt werden, wie Tarot und Co. überhaupt funktioniert.

Über beinahe jede Wesenheit (Engel, Dämonen, Naturgeister, Einhörner, Delfine ...) gibt es Kartendecks. Selbst besitze ich so einige. Hier meine Ratschläge zur Nutzung:

Ob du es nun glaubst oder nicht, aber es ist IMMER angeraten, einen Schutz (ganz nach deiner Religion/Glaubensrichtung) aufzurufen, BEVOR du Karten benutzt.

Du öffnest ein Portal in die geistige Ebene, und du möchtest doch sicher, dass die „Richtigen" über die Karten mit dir sprechen.

Sei entspannt, ausgeglichen, nicht unter Zeitdruck oder ärgerlich, wenn du damit arbeitest.

Du solltest weder vorher Tabletten eingenommen noch Alkohol genossen haben. Drogen verbieten sich von selbst!!!

Wenn es dir dient, räuchere dabei, zünde eine schöne Kerze an, oder lege dir eine leise Musik auf, die dich nicht in der Konzentration ablenkt.

Sei absolut ungestört (Telefon, Klingel, Mitbewohner, Tiere ...). Nichts sollte dich ablenken.

Das Arbeiten mit Tarotkarten lässt ebenso eine Brücke von dir zur geistigen Ebene entstehen wie das Arbeiten mit Pendeln, das Gläser-rücken, mit der Rute arbeiten oder das Hexenbrett benutzen. Die einen halten es für einen Party-Gag, die anderen für durchaus ernst zu nehmende Mittler zwischen unserer Ebene (die sogenannte grobstoffliche Ebene) und der geistigen (unsichtbaren) Ebene.

Bevor du jemanden davon überzeugen willst, der vielleicht gar nicht so viel wissen möchte, wie du erzählen könntest, belasse es dabei.

Wenn ein Gast darauf besteht, dass ihr ein Gruselspielchen spielt, sage, dass du es nicht möchtest und Ende der Durchsage! Auch wenn du als „Spielverderber" abgestempelt wirst – egal.

Nimmst DU als Gast an einer Séance teil, und du bemerkst, dass allzu viel Alkohol getrunken wurde (…) und es um eine nette kleine Freak-Show zur „Geisterstunde" geht, verlasse vorher die Party. Wenn es dir peinlich ist, erfinde von mir aus eine Ausrede.

Solltest du dich dennoch entschließen daran teilzunehmen, vergiss nicht (am besten nonverbal) den Schutz für dich und alle Anwesenden zu rufen. Ich meine das absolut ernst!!!
Stelle selbst keine Fragen, die du nicht stellen willst. Lass' dich ebenso zu nichts überreden oder drängen! Du bist kein Hasenfuß, sondern vernünftig!

Ist diese Geister-Party vorbei und du bist wieder zu Hause, lass' frische Luft in die Bude. Räuchere von mir aus. Dusche ausgiebig, wechsele von Grund auf deine Kleidung und entspanne dich auf die Art, die dir gerade am besten gefällt und dir guttut. Denke möglichst nicht mehr an den Abend zurück.

Hast du nun Angst bekommen? Das war nicht bezweckt. Bist du nun nachdenklicher, was Tarot und Co. betrifft? Gut, denn DAS war bezweckt!

Wir müssen uns darüber im Klaren sein, dass o. g. Medien (Tarot etc.), Mittler sind. Und wir sollten mit allergrößter Sensibilität und Demut darangehen, mit diesen zu arbeiten.

Im harmlosesten Fall erhältst du gar keine Hinweise. Im schlimmsten Fall hast du es mit Störenergien zu tun, mit denen du nicht zusammentreffen willst und dann längerfristig an der Backe hast.

Es sind unaufgeklärte und einfältige Menschen, die sich einen Spaß daraus machen, und du solltest dich heraushalten und auf keinen Fall mitmachen.

Wenn du alleine oder mit einem wahrhaft Interessierten und Aufgeschlossenen mit Tarot etc. arbeitest, stelle keine Fragen wie:

„Wann werde ich sterben?"
„Wann wird ... sterben?"
„Werde ich einmal einen schlimmen Unfall haben?"
„Werde ich einmal eine schwere Krankheit haben?"
„Soll ich mein Geld in ... investieren?"
„Wie stehen morgen meine Aktien; soll ich behalten oder verkaufen?"
„Wie lange lebt ... noch?"
„Soll ich ... heiraten, oder doch lieber ...?"
„Sollte ich mich scheiden lassen?"
„Rätst du mir zur Operation oder nicht?"
„Soll ich meinen Job kündigen?" usw.

Wenn du mit dem Hexenbrett arbeitest (das solltest du nicht allein tun; aber daran denken, keinen „Quatschkopf" dabeizuhaben), stelle ebenfalls solche Fragen nicht.

Was aber tun, wenn du plötzlich beschimpft wirst? Wenn du übel betitelt wirst? Wenn dir auf einmal ganz schwummrig wird, oder du hast das Gefühl, dich übergeben zu müssen?
Sofort aufhören!!!

Das Brett mitsamt dem Anzeiger SOFORT aus deinem Heim entfernen. Am besten zerstöre es vorher, damit niemand mehr damit agieren kann.

Frische Luft in die Bude lassen und alle Ecken der Wohnung/ des Hauses dem Weihrauch, weißen Salbei und/oder Salz-/Weihwasser aussetzen und beten (je nach deiner Glaubensrichtung). Dein Gebet sollte mit fester, jedoch NICHT mit ängstlicher oder gar herausfordernder, aggressiver Stimme gesprochen werden.

Dusche anschließend, wechsle die Kleidung (wasche sie sofort) und lege Musik auf, die dir jetzt so richtig guttut; egal, welche das ist.

Singe und tanze ruhig dabei. Ich mache auch hier keine Witze, ich meine diese Ratschläge absolut ernst.

„Der Teufel hasst fröhliche Menschen". Das bedeutet, je mehr du zu dem Üblen, das du eben erlebt hast, ein Gegengewicht setzt, hast du die dunklen Schatten dorthin verbannt, wohin sie gehören. Nichts bannt das Böse nachhaltiger und mächtiger, als das Licht, das wir in so vielfacher Weise verbreiten können. Und hierzu zählt eben auch Fröhlichkeit, Ausgelassenheit und Freude. Die allerhöchste Lichtschwingung ist allerdings die Liebe. Wie du diese zeigst oder wen du mit ihr bedenkst (dich, Mensch oder Tiere) ist nicht relevant.

Nur rein, ohne Hintergedanken und ehrlich sollte die Liebe verteilt werden. Wenn du etwaige düstere Anhaftungen losgeworden bist durch dein Tun, wirst du dich auch gleich viel leichter und befreiter fühlen.

Ebenso wirst du bemerken, dass sich dein Umfeld (z. B. deine Wohnung) ganz anders anfühlt. Gereinigt, wenn du so willst.

Ansonsten sind Tarotkarten als Hinweisgeber bzw. Ratgeber anzusehen. Keinesfalls sollte man sich von deren Gebrauch abhängig machen. Morgens beispielsweise nicht die Wohnung zu verlassen, ohne vorher ... gefragt zu haben. DU bestimmst, wo's lang geht, nicht die Karten oder sonstiges. Wir leben weder in der Vergangenheit noch in der Zukunft, sondern im Jetzt und Hier.

Wahrsager

Wer kennt sie nicht, die „Zigeunerin" auf dem Jahrmarkt? In schaurig gedämpftem Licht in ihrem Zelt starrt sie „wissend" in die Kristallkugel oder studiert deine Linien in der Handinnenfläche, um dir von deinem Schicksal zu berichten.

Ja, auch ich war einmal bei einer Hellseherin, und habe durch die Karten erfahren, welche Wege ich aufgezeigt bekomme. Welchen ich hiervon wählen sollte, wurde mir nicht geraten, und so gehört es sich auch!

Wen's interessiert: Ich traf meine Wahl und habe sie bis heute nicht bereut!

Wie jetzt? Will ich sagen, dass alle Wahrsager verantwortungsvoll Hellsichtige sind? Ach, das wäre wirklich schön; aber es ist nicht so!
Leider.

Niemand kennt dein Schicksal, außer du selbst. Wer einer „Zauberin" ganz unbedarft von seinem Leben erzählt, muss nicht davon ausgehen, dass ihm ganz neue Erkenntnisse geliefert werden! Wer von einer geldgierigen Tante berichtet, mit der Streit ums Erbe herrscht, muss sich nicht wundern, wenn die „Hellsichtige" von Geldproblemen und zerstrittenen Familienangehörigen spricht ...! Super Neuigkeit!
Du hast einen Ehering an und zwinkerst deinem Schatzi verliebt zu, während die Magierin deine Handlinien studiert. Es wird dich nicht wundern, wenn sie dir davon berichtet, wie verliebt du derzeit bist ...!

Ansonsten (ver-)ändert sich unser Leben mit jeder gelebten Erdensekunde. So gesehen KANN eine Wahrsagerin kein Schicksal vorhersagen. WAS sie kann ist, Lebenswege aufzuzeigen, wie bei mir damals. Nichts ist für immer und ewig unverbrüchlich in Stein gemeißelt.

Wir können immer wieder neue/andere Entscheidungen treffen, die nicht nur für uns, sondern auch für andere Beteiligte Auswirkungen haben. Solche oder solche.

Und allergrößte Vorsicht, ziehen dich die (angeblichen) Visionen so richtig runter!

„Du wirst womöglich bald einen schrecklichen Unfall erleiden. Sei bloß auf der Hut ...!"

Das ist genauso hilfreich, wie einem Menschen, der an Höhenangst leidet, auf einer Hängebrücke zu sagen: „Schau' jetzt bloß nicht runter!"

Es ist ein Reflex, dass wir dann erst recht nach unten gucken.

Gehen wir verunsichert morgens aus dem Haus, weil uns o. g. Unfall ereilen könnte, dann ist es sehr wahrscheinlich, dass gerade durch unsere Angst/Unsicherheit/Anspannung tatsächlich ein Unheil geschieht.

Bevor du zu einer Wahrsagerin gehst, überlege dir genau, was du erfahren möchtest und was du gedenkst preisgeben zu wollen. Eine verantwortungsvoll Hellsichtige zeigt dir Wege auf. Nicht mehr und nicht weniger. Welchen du beschreitest, ist allein deine Sache!

Astrologie

Die Sternenkunde existiert seit ewigen Zeiten, und doch streiten sich nach wie vor die Menschen, was davon wirklich zu halten ist.

Gibt es so etwas wie eine „übergeordnete" Macht, die uns aufzeigt, wie es um unsere irdischen Geschicke bestellt ist? Kann zu 100%iger Sicherheit gesagt werden, welchen Charakter welches Sternzeichen hat?

Und welche Rolle spielen die sog. Aszendenten hierbei? Der Aszendent nimmt Einfluss auf das Sternzeichen. Nehmen wir mich als Beispiel. Mein Sternzeichen ist Fisch und mein Aszendent ist der Löwe. So gesehen bin ich weder übersensibel, allzu schnell an der Welt zerbrochen, und was man dem Fisch nicht alles nachsagt. Ich bezeichne mich eher als Hai und nicht als harmlose Bachforelle.

Oder eine Waage, die ständig nach eigener Ausgewogenheit sucht, hat den Aszendenten Jungfrau an ihrer Seite. Hier kann die nüchterne Abgeklärtheit der Jungfrau helfen, der Waage zu einer gesunden Erdung und somit zur klaren (Lebens-)Sicht zu verhelfen.

Die Astrologie ist also keine neumodische esoterische Erfindung, so viel steht fest. Dennoch tun wir Menschen uns schwer damit, an etwas zu glauben, was kaum bis gar nicht zu beweisen ist.

Zwar gibt es Studierte, die nun wahrlich nichts gemein haben mit Hobby-Astrologen auf dem Jahrmarkt. Und ja, es gibt durchaus profundes Buch- und Karten-Material, womit eigentlich ein jeder von uns erlernen/nachvollziehen kann, was sich hinter dem scheinbaren Mysterium der Sternenkunde verbirgt.

Wollen wir einmal sehen, zu welcher Gruppe du gehörst …

Da gibt es die, die eigentlich überhaupt nicht an Horoskope glauben, und doch – ganz verschämt – täglich als Erstes jene Seiten in der Zeitung aufschlagen. Trifft das Gesagte zu, na ja, dann passt's. Trifft es gar nicht zu, oder es wird etwas zum Besten gegeben, was uns so gar nicht gefällt, erhält das eben noch so interessante Horoskop den Stempel „Humbug" verpasst.

Die Menschen, die von vornherein sagen, dass sie an einen solchen „Quatsch" sowieso nicht glauben, wollen überhaupt nicht wissen, was sich hinter einem Horoskop verbergen könnte. Sternzeichen und deren Deutungen sind für jene Menschen schlicht Unsinn und gehören ins Reich der Fantasie.

Tatsächlich kann man sich ein persönliches Horoskop erstellen lassen, was weit über die Nullachtfünfzehn-Weisheiten in der Tageszeitung hinausgehen. Hierzu werden jede Menge Informationen benötigt, u. a. die Geburtsstunde, der Geburtstag usw. Hier verhält es sich wie bei den Wahrsagern. Wollen wir ehrliche und sachkundige Informationen sollten wir nicht zum „Käseblatt" greifen, sondern Fachleute aufsuchen.

Ein Extrem, das ich für mich nicht nachvollziehen kann und möchte, sind jene Menschen, die erst gar nicht ihre Wohnung verlassen, ohne vorher gecheckt zu haben, was die Sternenkonstellation vorhersagt.

Diese Menschen machen sich abhängig und sollten schleunigst versuchen, ihre Bodenhaftung wiederzufinden. Nur wir selbst bestimmen über unser Schicksal und sonst niemand!

Mond(-süchtig)

Seit jeher hat der Mond eine gewisse Faszination, die er auf uns Menschen ausstrahlt. Er regt unsere (magische) Fantasie an, und vielleicht träumen wir von Reisen ins Weltall mit all seinen unendlichen Weiten ... In magischen (Wicca-)Kreisen ist der Mond allerdings weiblich, und es wird von der „Mondin" oder „Göttin des Mondes" gesprochen. DIE Sonne hingegen sieht „man" als männlich an.

Menschen, die behaupten bei Vollmond nicht schlafen zu können, finden entweder Gleichgesinnte oder skeptische Spötter.

Friseure, die bei Vollmond gerne Überstunden schieben, weil sie davon überzeugt sind, dass Haare in einer solchen Nacht am leichtesten zu bearbeiten sind, werden entweder beklatscht oder schlicht belächelt. Gewisse Kräuter sollen sich ebenso bei Vollmond besser ernten lassen, als in beliebigen Nächten. Und schließlich gibt es Menschen, die in Vollmondnächten schlafwandeln.

Wollen wir all jenes glauben? Solange wir unsere eigenen „besonderen" Erfahrungen in Vollmond-Nächten machen, fällt es uns nicht schwer, an die (Aus-)Wirkung des Mondes auf uns Menschen zu glauben.

Weshalb sollte der Mond eigentlich nicht auf uns Menschen wirken? Gibt es in der Natur doch Ebbe und Flut; und wir sind schließlich ein Teil der Natur, auch wenn das manche nicht wahrhaben wollen …

Rituale bei Vollmond abgehalten, haben tatsächlich etwas (magisch) Besonderes. Ob wir es nun hineininterpretieren, sodass wir so empfinden, oder es wirklich am Mond liegt – wer weiß?

Auch hier mag wieder der Glaube Berge versetzen. Doch was könnte daran falsch sein? Es gibt – wie man so sagt – jede Menge zwischen Himmel und Erde, was wir gar nicht alles erfassen können. Doch all das Magische muss ja nicht zwangsläufig immer nur im Außen zu finden sein; in uns selbst schlummern sicherlich so manche „Dinge", die nur darauf warten, herausgelassen zu werden.

Also, belächeln wir die Menschen nicht, die im Mond mehr sehen, als nur einen Planeten, der uns vom Nachthimmel herab zu grinst.

Solange wir nicht als Werwolf durch die Wälder streifen und den umnebelten Vollmond anheulen, besteht sicher keine Gefahr für uns, durchzudrehen!

Das „höhere Ich" – unser astraler Zwilling?

Unsere Seele in der Menschenhülle besteht aus so vielerlei, dass tatsächlich mit einer Berechtigung vom Zwiebel-Effekt gesprochen werden kann. Da haben wir unsere Energiekörper mit den Energiepunkten (den Chakren). Weiter quasselt immer wieder das sog. Ego dazwischen. Hier empfinden und äußern wir, wie wir als Menschen ticken. Dann hätten wir noch den Gefühls- und Seelenkörper. Ja, und das war's? Nein, denn da gibt es schließlich noch unser höheres Ich, das ebenso ein Teil eines jeden Menschen ist. Ich bezeichne diesen Teil von uns als goldene Verbindungsschnur in unser aller Heimat; dem Jenseits, wenn du's so nennen willst.

In dieser Heimat haben wir alle unser höheres Bewusstsein. Okay, was soll man hierunter nun wieder verstehen?

Wie ich bereits mehrfach erwähnte, haben wir alle unsere Erfahrungsziele und den damit verbundenen Lernerfahrungen im Gepäck, wenn wir inkarnieren. Bevor dies geschieht, spricht unser höheres Ich/unser höheres Bewusstsein mit. Unter anderem auch deshalb, um uns vor unserem eigenen Enthusiasmus zu schützen. Nicht selten nehmen sich unsere Seelen einfach zu viel vor. Hierbei kann es dann passieren, dass Menschen unter ihren Aufgaben schlicht zusammenbrechen. Um dies zu vermeiden, haben wir DEN Partner schlechthin an unserer Seite – unser eigenes höheres Ich. Zu diesem Thema gibt es reichlich spannenden Lesestoff, den ich dir ans Herz legen möchte.

Allemal ist das höhere Ich keine esoterische Erfindung. Durch die Esoterik ist es vielleicht gelungen, unsere Erinnerung an unseren heimatlichen Zwilling zu erwecken und neu zu entdecken.

Wer könnte ein besserer Partner für uns sein als wir selbst?

Das innere Kind

So, was sollen wir hierunter verstehen? Schließlich sind wir, die dieses Buch in Händen halten, längst dem Kindesalter entwachsen.

Jesus soll einmal gesagt haben: „Glaubet wie die Kinder …"

Ja, wie glauben Kinder eigentlich? Allzu oft beäugen wir das, woran Kinder so glauben und überzeugt sind, mit einiger Belustigung. Doch warum tun wir das? Vielleicht, weil es uns zutiefst peinlich wäre, wollten wir behaupten, an die gleichen Märchenfiguren zu glauben wie die Kleinen …?

Nun, ein Fehler wäre es wohl nicht, doch betrachten wir den kindlichen Glauben eingehender. Kinder sind geradeheraus, denn sie haben (noch) nicht gelernt, wie es geht, als Erwachsener durch die Welt zu gehen. Kinder betrachten die sichtbare und die (oft) unsichtbare Welt mit einem unverfälschten unverstellten Blick. Wenn Kinder empfinden, dann direkt und mit klarer Lautäußerung. Sicher, wir könnten den Kleinen unterstellen, dass sie eben noch nicht gelernt haben, was Selbstbeherrschung ist, oder vielleicht auch Selbstbetrug?

Als Erwachsene haben wir mit der Zeit gelernt, das Kindliche in uns zum Schweigen zu bringen, denn wer allzu blauäugig und verspielt durch den (oft) harten Alltag sprintet, kommt nicht vorwärts und bringt es auch zu nichts. Ist das so?

Was denken wir über unsere Mitmenschen, die Puppen und Teddys sammeln? Wollen wir großmütig einen gewissen Spleen zugestehen, oder schütteln wir insgeheim unseren Kopf, weil wir nicht verstehen können (oder wollen?), weshalb jene Menschen so kindisch (geblieben) sind?

Wie sollte es auch anders sein: Zum Thema inneres Kind lohnt es, sich eingehender zu befassen, und hierzu bietet der (Esoterik)-Buchmarkt so einiges.

Eine ältere Dame im Altenheim sagte einmal: „Ach, man kann so alt werden, wie man will. Aber auf dem Schoß der Mutter sitzen und sich von ihr trösten lassen – dieses Bedürfnis vergeht nie!" Ich finde, dem ist nichts mehr hinzuzufügen.

Von Klangschalen, Reiki, Bachblüten & Co.

Solange es keine fundierten wissenschaftlichen Beweise gibt, dass (Wohlfühl-)Meditationen mittels Klangschalen tatsächlich „wirken", dass Reiki unumstößlich die Physis und die Psyche gleichermaßen bei Mensch und Tier heilen kann, und dass Bachblüten wirklich etwas bringen und durchaus keinen ausschließlichen Placebo-Effekt haben, tun sich viele Menschen allzu schwer, an so vieles zu glauben bzw. eine Chance zu geben.

Auch hier kann ich nur raten: Erst informieren, dann ausprobieren und erst hernach urteilen. Selbstverständlich kann die Gabe von Bachblüten keine Wunder hervorbringen, wenn ärztliche Maßnahmen notwendig sind. Doch warum sollte die Natur begleitend zu notwendigen ärztlichen Therapien nicht hilfreich sein können?

Ebenso stellt sich die Pharmaindustrie immer wieder quer und behauptet felsenfest: Die Homöopathie ist Humbug, und die Gutgläubigen sitzen lediglich dem Placebo-Effekt auf. Nun, dann frage ich mich, weshalb die angeblich so unsinnige Homöopathie bei Kindern und Tieren oft so gut anschlägt ...? Beide Seiten wissen überhaupt nicht, was Placebo überhaupt bedeutet, geschweige denn, wie man die Wirkung eines Mittels erfinden könnte.

Ich denke, die meisten, die die ein oder andere Spa-Erfahrung haben, wissen um die Wohltat für Körper, Geist und Seele. Probiert's aus und bildet euch (erst dann) eine Meinung.

Nicht alles, was durch die Esoterik (angeblich neu) entdeckt wurde, ist so neu, sondern seit Urzeiten bekannt und wird nutzbringend bis heute angewandt.

Ayurveda

Dieses Wort scheint mit dem Begriff Esoterik regelrecht verästelt zu sein und begegnet uns immer wieder. Was genau ist denn eigentlich Ayurveda?

Tatsächlich behaupten nicht wenige Menschen, dass Ayurveda die älteste und auch überlieferte Heilkunde ist. Das Wort Ayurveda setzt sich zusammen aus Ayus (= Leben) und Veda (= Wissen); zusammengenommen könnte man also vom Wissen über das Leben sprechen. Seit bereits 4000 Jahren wird Ayurveda in Indien angewandt und gilt als ganzheitliches Medizinsystem, was für alle Lebewesen gleichermaßen Bedeutung hat.
Wer nach ayurvedischen Prinzipien leben möchte, legt besonderen Wert auf eine ganz und gar gesunde Lebensweise. Hierbei ist es Ziel, die Gesundheit von Körper und Geist (= Psyche) in Einklang zu bringen bzw. zu halten.

Ja, auch die moderne Wissenschaft hat (nachweislich!) herausgefunden, dass das ausgewogene Zusammenspiel von Gedanken und Gefühlen unseren Körper auf die ein oder andere Art beeinflusst.

Zugegeben, wer sich nicht eingehender mit dem Thema Ayurveda auseinandergesetzt hat, für den mag der Weg dieser ganzheitlichen Anwendung gewöhnungsbedürftig, wenn nicht gar esoterisch/verrückt an.
Doch wollten wir einmal nicht allzu sehr verkopft an dieses so komplexe Thema herangehen, lohnt es allemal, sich näher damit zu beschäftigen. Wie eigentlich in allen Bereichen

der sog. Esoterik gilt: Erst informieren, evtl. ausprobieren und dann beurteilen.

Fragte man mich, ob ich selbst Ayurveda anwende, muss ich derzeit (noch) verneinen. Doch während der Recherche zu diesem Buch kam ich näher in Kontakt mit diesem so komplexen Thema, und ich habe beschlossen, mich näher damit zu befassen, wozu ich raten würde. Ja, liebe Tierfreunde unter der Leserschaft, auch für unsere geliebten Vierbeiner kann Ayurveda angewandt werden.

Um dem ayurvedischen Wissen näher nachzuspüren, müsste ich ein eigenes Buch verfassen, was unnötig wäre, denn es gibt bereits umfassendes Lesematerial, und es würde hier an dieser Stelle auch schier den Rahmen sprengen.

Das, was ich bereits über Ayurveda weiß, hat mich überzeugt, näher in diesen interessanten Bereich einzutauchen. Den Körper und Geist in Einklang zu bringen, kann wohl keinem Menschen und keinem Tier zum Schaden sein.

Lichtnahrung

Bei der sog. Lichtnahrung handelt es sich um eine Methode, alleinig durch Licht/Prana/feinstoffliche Energie „Nahrung" zu sich zu nehmen, was natürlich grobstofflich gesehen keine Ernährung im herkömmlichen Sinne darstellt. Durch dieses Tun soll eine so universelle Lebensenergie gewonnen werden, dass es möglich ist, komplett auf Essen und Trinken zu verzichten, ohne hierdurch Schaden zu nehmen.

Seit Jahrhunderten ist von Menschen die Rede, die keine oder nur geringe Mengen an Nahrung zu sich nehmen. Interessant wäre es hierbei zu wissen, wie jene Menschen damit umgingen, welche körperlichen Auswirkungen verzeichnet sind bzw. ob sie diese Art der „Nahrungsaufnahme" überlebt haben ...

Ihr bemerkt vielleicht, dass meine Meinung zu diesem Thema durchscheint. Wird die sog. Lichtnahrung gleichgesetzt mit einer kurzzeitigen Fastenkur, mag nach ärztlicher Absprache im Vorfeld nichts dagegensprechen.

Doch ist es nun einmal eine Tatsache, dass wir in einem grobstofflichen Körper auf dieser Erde sind, und dessen irdischen Bedürfnissen muss nachgekommen werden. Ob ich nun – aus welchen persönlichen Gründen auch immer – auf das Fleischessen verzichte (das Trinken von Alkohol, Rauchen ...) ist die eine Sache. Die andere, komplett auf Essen und Trinken zu verzichten. In der Bibel steht, dass sich Jesus 40 Tage in die Wüste zurückgezogen haben soll, ohne etwas zu sich genommen zu haben. Während dieser Zeit soll er mehrmals von Satan (Luzifer/dem Teufel) versucht worden sein. Selbst wenn diese Begebenheit tatsächlich stattgefunden hat, was ja keiner mit Sicherheit sagen kann, dann mag es sich um eine Art Fasten gehandelt haben.

Die (angebliche) Heimsuchung des Bösen kann ebenso gut eine durch Hunger und Durst ausgelöste Halluzination gewesen sein. Ich will hier an dieser Stelle nicht allzu sehr in das Thema Bibel einsteigen, denn hier soll es nur um die Lichtnahrung gehen.
Über die körperlichen und geistigen Auswirkungen des Nahrungs- und Flüssigkeitsentzugs kann genügend eigen-recherchiert werden, was ich hier nicht unnötigerweise ausführen muss. Meine Meinung zu diesem Thema steht fest: Dauerhaft halte ich von Licht-Ernährung absolut nichts. Auf gewisse feste/flüssige Nahrungsmittel zu verzichten kann uns guttun, aber auch körperlich nachhaltig schaden. Hier sollte Ursachenforschung betrieben werden, ob Unverträglichkeiten vorherrschen oder gar Allergien, um sicherzustellen, dass es richtig und gut für einen Menschen ist, auf das ein oder andere zu verzichten.

Auch wenn ich so manchen Autoren vehement widerspreche, meine Meinung steht fest: Alleinige Lichtnahrung kann ich nicht gutheißen und würde NIE dazu raten. Auch nicht zu Testzwecken. Ich selbst habe so einige Unverträglichkeiten, die meine Ernährung einschränken; dennoch käme ich nicht eine Sekunde lang auf die Idee, mich meditierend in die Sonne zu stellen, um alleinig Prana zu mir zu nehmen.

Bitte gebt gut auf euch und euren Körper acht!

Das dritte Auge

Jeder Mensch besitzt es. Soll das nun bedeuten, dass wir alle Zyklopen sind, ohne es zu wissen? Zugegeben, eine etwas gruselige Vorstellung ...

Nein, ich kann euch beruhigen. Das dritte Auge, auch bekannt als das innere Auge ist eine Begrifflichkeit, die durch die Mystik/Esoterik thematisiert wird. Hier soll es sich um etwas Unsichtbares handeln, das eine Wahrnehmung hervorruft, die weit über das menschliche Sehen hinausgeht und zu einem höheren Bewusstsein führt. Es wird behauptet, dass das dritte Auge den Zustand der ultimativen Erleuchtung symbolisiert.

Wer sich ein wenig mit den hinduistischen Gottheiten befasst (hat), dem sind Abbildungen nicht unbekannt, die Wesen mit mehreren Gliedmaßen und Augen darstellen. Im Hindu-Glauben heißt es, dass sich das dritte Auge in der Mitte der Stirn befindet etwas oberhalb der Augenbrauen. Das dritte Auge, auch Ausstrahlungsfeld oder Kshetra genannt, soll das Stirn-Chakra darstellen, das bei geschulter Öffnung zu Hellsicht und Visionen führt.

Tatsächlich wird mit der Begrifflichkeit „drittes Auge" die Zirbeldrüse genannt, welche nachweislich recht lichtempfindlich ist.

Im Taoismus ist man überzeugt, dass sich das dritte Auge (= geistiges Auge) bis zur Mitte der Stirn ausdehnen kann, wenn es einmal geöffnet ist. Es soll eines der Hauptenergiezentren des (irdischen) Körpers sein.

Das dritte Auge wird ebenso als das Intuitions-Auge bezeichnet. Im Yoga beispielsweise spielt das dritte Auge eine ziemlich große Rolle. Den roten Punkt (= Bindi), den sich indische Frauen zwischen die Augenbrauen malen, steht symbolisch für die Öffnung des dritten Auges.

Es würde dem Leser nicht wirklich weiterhelfen, würde ich die Existenz des dritten Auges bejahen oder verneinen. Es gibt zu diesem Thema Bücher, Yogaübungen, geführte Meditationen etc., die dazu führen können, euch vom ritten Auge zu überzeugen oder nicht.

Nur eines noch:
Verschiedene Wirbeltierarten (u. a. Reptilien und Amphibien) besitzen ein sog. Scheitelauge (Parietal-Auge). Hierbei handelt es sich um ein nach oben gerichtetes, zentral gelegenes Auge (drittes Auge?) auf dem Scheitelbein des Kopfes. Bei Wirbeltieren dient es zur Wahrnehmung von Helligkeits-Unterscheidungen, die wesentlich sind für die Biorhythmus-Regulierung bzw. der Orientierung.

Da wir Menschen so einige Etappen der Evolution durchlaufen haben, ergo gar nicht so entfernt von den Tieren sind, könnte das (neu entdeckte) dritte Auge ein „Überbleibsel" darstellen, mit dem wir arbeiten können. Informiert euch; es ist ein spannendes Themengebiet.

Ich kann deine Aura sehen …!

Was hat mich dazu getrieben, über die sogenannte Aura zu schreiben? Ganz sicher war ein Auslöser das Schauen eines Vorabend-Krimis. Ob es das Thema Esoterik ist oder Hexen oder eben Aura-Lesen. Letzteres wurde in einer dieser Sendungen dermaßen ins Lächerliche gezogen, dass ich mir vornahm, etwas zu diesem Thema zu schreiben. Da ich nicht davon ausgehe, dass die

1000%igen Skeptiker ein Buch wie dieses kaufen, kann es entweder sein, dass du sowieso daran glaubst oder zumindest dem Thema gegenüber aufgeschlossen bist.

Zur Wiederholung: Alles auf dieser Erde beseht aus Energie auf die ein oder andere Weise; so auch wir Menschen. Nun gibt es Menschen, die können diese Energien, die den menschlichen (oder auch tierischen) Körper umgeben, erkennen, oder wie man sagt LESEN. Andere benötigen hierzu entsprechende Apparaturen, die die unterschiedlichen Energiewellen in ihren differenzierten Farben aufzeigen. Auf die Art ist zu erkennen, wo ein Energiestau vorliegt, soll heißen, wo unsere innere und äußere Energie nicht frei fließen kann. Dies kann physische oder eben auch psychische Ursachen haben.

Ich nehme an, dass sich viele Menschen damit schwertun, an Aura und Chakra (= Energiepunkte am menschlichen/tierischen Körper) zu glauben, weil das Gros von uns diese Energien nicht sehen kann. Und was Mensch nicht sieht, hört, riecht, schmeckt (...), existiert nicht. Die Esoteriker kommen daher und behaupten, dass es durchaus etwas gibt, was man vielleicht nicht unbedingt sehen kann. Ergo steht fest: Das sind alles Spinner.

Aber es geht ja noch weiter, liebe Freunde: Auch Engel haben eine Aura (= eine Energie).

Ob man nun ans Aura-Lesen glauben möchte oder nicht, muss wohl jeder für sich entscheiden. Tatsache ist, dass es doch bestimmt nicht schaden kann, wenn wir uns (und unseren geliebten tierischen Freunden) auf Seelen- und körperlichen Ebene heilen können, indem wir lesen lernen können, was geändert/verbessert werden möchte.

Sich kurzum, ohne es wirklich besser zu wissen, lustig darüber zu machen und Menschen, die Aura-Leser sind oder zumindest daran glauben, als Esoterik-Spinner abzutun, ist eigentlich nur dumm. Es sind keine aufgeklärten Menschen mit rationalem Denkgut versehen, sondern egoistische, faule Typen, denn wenn man sich mit etwas nicht abgeben WILL, braucht man sich auch keine Mühe geben, wie es geht, über den Tellerrand zu gucken. Einfacher ist es, alles lächerlich zu machen. Sorry, Leute, eine solche Einstellung gehört nicht ins 21. Jahrhundert finde ich.

Die 7 Energiepunkte unseres Körpers (= Chakren)

Ein Themenbereich der sog. Esoterik, der meist zynisch-spöttisch als Unsinn abgetan wird, ist der der sogenannten Chakren. Wie ich bereits ausführte, besteht alles, unser Körper inklusive, aus Energie bzw. Energieschwingungen. So weit, so wissenschaftlich akzeptiert. Schwierig wird's für den Skeptiker, wenn wir nun nicht nur mit Energie, sondern auch noch mit speziell zugeordneten Farben um die Ecke kommen. Wie soll man Energie sehen können? Und wie sollen Farben irgendwelche Wirkungen auf unseren Körper, gar unser Gemüt haben? In der Farben-Therapie ist man da schon weiter. Hier ist man felsenfest davon überzeugt, dass spezielle Farben nachgewiesenermaßen (!) ebensolche spezielle Wirkungen auf die Psyche und die Physis haben. Natürlich handelt es sich hier absolut NICHT um Placebo-Effekte, sondern um durchaus wichtige (Heil-)Methoden, die nicht einfach abgewatscht gehören. Jede Farbe – gleich, welche – löst in unserem Körper ein Gefühl/eine individuelle Schwingung aus. Ergo könnte man es so ausdrücken, dass Farben Lichtenergien mit unterschiedlichen Frequenz-Stufen darstellen.

Hier die 7 Chakren (= Energiepunkte) und deren zugeordnete Farben sowie deren Bedeutungen:

Rot steht für das sog. Wurzel-Chakra. Rot ist eine Power-Farbe und steht für eine gesunde Erdung und kann uns ein Gefühl der Stärke und Sicherheit vermitteln.

Orange steht für das sog. Sakral-Chakra. Orange ist eine warme Farbe, die anregend und Kreativitäts-fördernd auf uns wirken kann. Sie steht weiterhin für Begeisterungsfähigkeit, Sinnlichkeit und allgemeine Lebensfreude.

Gelb steht für das sog. Solarplexus-Chakra. Gelb kann unser Bauchgefühl bzw. unsere Intuition aktivieren bzw. schärfen. Dieser Energiepunkt steht u. a. für das Unterbewusstsein und unsere Wahrnehmungen allgemein.

Grün steht für das sog. Herz-Chakra. Grün fördert unser Wohlbefinden, steht für Gesundheit, Glück, Liebe und Güte. Diese Farbe kann weiterhin unsere Empathie-Fähigkeit verfeinern.

Blau steht für das sog. Hals-Chakra. Diese Farbe kommt mannigfaltig in der Natur vor und wirkt auf die meisten Menschen einerseits kühlend, kann uns aber auch Ruhe, Gelassenheit und Weisheit bringen. Weiterhin kann dieser Energiepunkt unsere Kommunikationsfähigkeit schulen.

Indigo steht für das sog. Stirn-Chakra. Diese Farbe/dieser Energiepunkt kann unser spirituelles Wachstum aktivieren und schafft eine gut ausbalancierte Verbindung zwischen Körper und Geist.

Weiß/Violett steht für das sog. Kronen-Chakra. Diese Farbe ist eine regelrechte Universalfarbe; sie bringt uns in Kontakt zum Universum, unserem „Höheren Selbst" sowie der allgegenwärtigen Göttlichkeit.

Wer mehr über Chakren erfahren bzw. sich informieren möchte, wo genau diese Energiepunkte zu finden sind, mag sich geeignetes Buchmaterial bzw. entsprechende Meditationen hierzu zu Gemüte führen. Ein jeder kennt wohl den durchaus zutreffenden Satz: „Nur in einem gesunden Körper steckt ein gesunder Geist." Das Studium, die Mediation und auch das tägliche Arbeiten mit unseren Energien in und um uns herum kann für einen jeden Menschen Realität werden lassen. Und das sollte sich doch wohl lohnen!

Heilströme für Tiere

Ob es nun Reiki oder Jin Shin Jyutsu genannt wird, es gibt Möglichkeiten, Tieren Gutes zu tun, um sie durch aktivierte sanfte Heilströme an Körper und Seele gesunden zu lassen. Spezielle Berührungen können die Lebensenergie eines Tieres ausbalancieren, harmonisieren und heilen. Durch das „simple" Halten an speziellen Energiepunkten können Krankheitssymptome gelindert, ja, sogar geheilt werden.

Diese Methoden eignen sich für alle Tiere, die im physischen und psychischen Ungleichgewicht feststecken. Auch hierüber gibt es hochinteressantes Buchmaterial, das ich wärmstens weiterempfehlen möchte. Und natürlich möchte ich an dieser Stelle nicht unerwähnt lassen, dass meine Ratschläge keinen Aufruf darstellen, niemals wieder einen Tierarzt aufzusuchen! Mit eurem Tier gemeinsam kann sicherlich ein guter heilsamer Mittelweg gefunden werden.

(Neues) Körper-/Seele-Bewusstsein

Hören wir vom neuen eigenen Bewusstsein, drängen sich gleich Begriffe wie Yoga, Tantra, Duft-/Licht-Therapie, Qigong und dergleichen auf. Im Grunde genommen also alles, was dem Körper und der Seele guttun kann. Weshalb es die „Esoterik" gebraucht hat, um eigentlich Naheliegendes (neu) zu entdecken, ist die eigentliche Frage.

Ich selbst habe einmal einen Arzt spötteln hören: „Yoga ist doch kein Sport!"
    Nun, da kann man wohl geteilter Meinung sein … Erzählst du heute einem Neu-Esoteriker oder einem ewigen Skeptiker, dass du auf deiner Wiese vor dem Haus allmorgendlich Qigong betreibst, um deinen Energiefluss ins Gleichgewicht zu brin-

gen, kann's dir blühen, dass du Worte wie „Auf welchem Trip bist du denn?!" erfährst.

Doch was hier allzu esoterisch um die Ecke kommen mag, hat eigentlich mit einer einzigen „Sache" zu tun: Der Selbstliebe. Eine Übung: Stelle dich am Morgen vor deinen Badespiegel und sage voller (ehrlicher!) Überzeugung zu dir: „Ich liebe dich! Und zwar genau so wie du bist!" Dann lächle dich herzlich an und wünsche dir selbst einen gelungenen schönen Tag.

Okay, ich habe Verständnis, wenn der ein oder andere Leser unter euch nun ungläubig den Kopf schüttelt und sich insgeheim fragt, welches Buch er denn da um Himmels willen gekauft hat!

Und doch ist schon etwas Wahres daran, wenn behauptet wird, dass wir erst durch Selbstliebe in der Lage sind, Liebe zu verschenken. Dies hat rein gar nichts mit Überheblichkeit oder Arroganz zu tun. Wer wie ein eitler Gockel durch die Welt stolziert und sein eigenes Spiegelbild in jedem Schaufenster anbetet, der hat die wahre Selbstliebe nicht verstanden!

Seinem Körper und Seele Gutes tun, DAS hat etwas mit Selbstliebe zu tun. Unseren Tempel (= körperliche Hülle, in der unsere Seele inkarniert ist) zu achten und zu pflegen ist weit mehr als nur eine irdische Notwendigkeit, damit nicht alles im nahen Umkreis in Ohnmacht fällt, wenn wir näher kommen. Und natürlich möchte unsere Seele (sprich unsere wahre Erscheinungsform) gehätschelt und getätschelt werden.

Ob es nun Yoga ist, das dir guttut, oder eine angenehme Licht-Dusche – egal! Hauptsache, du fühlst dich so richtig saugut dabei/danach.

In dem Sinne, sei in dich selbst verliebt.

Wir leben im Hier und Jetzt

„Ja, wo denn sonst?!", wirst du jetzt sagen. Natürlich leben wir hier, ist doch klar. Ist es das?

Wie oft grübeln wir über (längst) Vergangenes nach. Warum tun wir das? Wir denken an „Verstorbene", die wir vermissen, hadern mit uns, weil wir nicht getan oder gesagt haben, was wir heute anders machen würden usw. Das ist völlig natürlich. Und natürlich denken wir an unsere Zukunft. Wir machen uns Gedanken über unsere anstehende Rente (wird sie reichen, oder muss ich nach Thailand auswandern?), wir haben Angst vor Umweltkatastrophen, die unseren Kindern blühen könnten, geht die Erderwärmung also so weiter ...

Was aber ist denn bitte schön falsch daran, dass wir im Hier und Jetzt leben, aber immer wieder in der Vergangenheit und der Zukunft wühlen? Eigentlich nichts. Eigentlich.

Denn: Das Vergangene können wir nicht mehr ändern. Punkt. Das ist einmal eine Tatsache, mit der wir klarkommen müssen. Auch wenn es noch so wehtun mag. Und die Zukunft? Natürlich ist es wichtig, für unsere Zukunft zu sorgen, das macht doch jeder!

Ja, natürlich. Doch das, was noch kommen mag (oder eben auch nicht), können wir nicht wissen. Dass wir eben gerade das sagen, was wir sagen, wussten wir vor zwei Minuten noch gar nicht, dass wir es äußern würden. Und so gesehen schreibt sich die Zukunft jede Sekunde neu (um).

Und was ist nun genau das Hier und Jetzt? Das bezeichnen wir als Gegenwart. Und um die geht es. Wir leben nicht bewusst und intensiv genug, wenn wir die Gegenwärtigkeit ausblenden und nur die (schöne) Vergangenheit glorifizieren. Oder wir machen uns selbst verrückt vor Angst, was noch alles auf unserer Erde geschehen könnte.

Über das Thema in der Gegenwart zu leben im Hier und Jetzt gibt es Bücher und CDs, die es absolut lohnen, sich näher damit zu befassen.

Natürlich darfst du deinen (verstorbenen) Partner vermissen. Doch passe auf, dass du einen (etwaig neuen) Freund dabei nicht übersiehst, der gerade JETZT deines Weges kommt. Selbstverständlich ist es angebracht, über den Schutz von unserem Planeten und allem, was darauf lebt, nachzudenken und nachhaltig und gewissenhaft vorzusorgen. Doch die Möglichkeiten, das zu tun, schreiben sich jede Lebenssekunde neu. Sei offen dafür und plane nicht gar zu viel im Voraus.

Das Hier und Jetzt benötigt unsere Aufmerksamkeit. Für uns selbst und jedes andere Lebewesen. DAS zu erkennen und zu leben bedeutet, im Hier und Jetzt angekommen zu sein.

Energie-Bilder

Bereits seit einiger Zeit gibt es Bilder, die Energie-Bilder genannt werden. Ihre Farben und Formen sind es, die sprichwörtlich energetisch auf uns wirken sollen.

Assoziiert wird Blau mit einer beruhigenden Wirkung, Orange wirkt positiv, vital und sonnig. Rosa wird mit Sanftheit gleichgesetzt und die Farbe Grün steht für Heilung. Schwarz kann Eleganz und Geheimnisvolles ausstrahlen, Violett steht für das Unkonventionelle, Kreative, aber auch Magische. Rot ist Power pur, hat aber gleichfalls eine verführerische Ausstrahlung. Weiß ist eine cleane Farbe, die alles Bunte zurücknimmt und für frische Klärung sorgt. So viel zu den gängigen Wirkungen der Farben.

Dennoch wäre ich vorsichtig damit, die energetischen Farbenwirkungen allzu sehr einzuordnen. Wer beispielsweise Blau überhaupt nicht leiden kann, auf den wirkt ein Bild in diesen Tönen kaum beruhigend.

Energie- und Lichtmalereien finde ich persönlich unglaublich faszinierend, da sie im Gegensatz zu naturalistischen Motiven (die selbstverständlich auch ihren eigenen Reiz haben) die Fantasie anregen und Raum lassen für eigene persönliche Interpretationen.

Hier spielt es keine Rolle, ob das Motiv so naturgetreu wie möglich dargestellt wird. Und hier komme ich schon gleich zu meinem Rat: Informiert euch über diese Art der Malerei und probiert doch selbst einmal aus, solche Bilder zu malen. Die Texturen, Materialien, Formen und Gestaltungsmöglichkeiten sind so vielfältig, dass wirklich jeder ein solches Bild malen kann. Traue es dir zu, und lass' dir nicht von „schlauen" Möchtegern-Kennern einreden, dass dein Bild nichts aussagt oder taugt. Es muss allein DIR etwas geben, und wenn dir das gelungen ist, hast du etwas wahrhaft Meisterliches geschaffen!

Feng-Shui

Dies ist die Lehre von nach Energien, Himmelsrichtungen und Elementen ausgerichteter Lebensqualität. Ob es sich um Bekleidung, Körperpflege, Nahrung, Wohnungseinrichtungen etc. handelt. Ja, sogar, welches Tier in welcher Zimmerecke zu sein hat.

Ich gebe zu, dass ich mich an so manchem, was Feng-Shui aussagt, stoße. Zum einen möchte ich mir durch nichts und niemanden erklären lassen, wie ich mein Heim gestalten muss.

Natürlich behaupten jetzt die Feng-Shui-Anhänger, dass ich selbst Schuld daran bin, wenn nun mein häuslicher Energiefluss blockiert wird und ich mich in meinem eigenen Heim unwohl fühle. Mag sein.

Doch was nützt mir der beste und ausgeklügeltste Feng-Shui-Energieplan, wenn ich partout nicht ausstehen kann, wo die

rote Bodenvase steht, die ich lieber anders positioniert hätte, es aber Feng-Shui-technisch nicht „darf"?
Ich muss mich doch in meinem Zuhause wohlfühlen, oder?

Im Fernsehen beäugte ich unlängst kopfschüttelnd Menschen, die sich bei einer Hausbesichtigung sofort in ein Objekt verliebt haben, es aber (dank Feng-Shui-Drehscheibe) dennoch nicht kauften. Die Fenster waren nicht richtig eingebaut, die Türen aus dem falschen Material, der Garten nicht links vom Haus, sondern rechts usw.

Es ist und bleibt Ansichtssache, ob man nach Feng-Shui leben möchte oder nicht. Ich maße mir hier kein abschließendes Urteil an.
Wer nach dieser Philosophie leben möchte – bitte sehr. Fragte man mich, ob Feng-Shui zu mir passt, würde ich wohl eher verneinen.
Mein Partner sieht mich zugegebenermaßen als Pedant; wenn ich immer mal wieder in unserem Heim umdekoriere, bis ich dann zufrieden mein eigenes Werk abnicke. Ich gebe zu, dass sich manches nicht richtig anfühlt, bis ich es optimiert habe. Ob das mein eigener kleiner innerer Feng-Shui-Meister ist ...?

Wir sollten jedenfalls das Feng-Shui beherrschen und nicht umgekehrt!

Mit Worten die Welt verändern …

Worte sind Schall und Rauch, so sagt man. Doch ist das wirklich so?

Sind Worte nichts weiter als Lautäußerungen, denen man nicht allzu viel Bedeutung beimessen muss? Bringen allein Taten wirklich etwas?

Versuche mit Pflanzen und Tieren (natürlich ...) haben ergeben, dass wohl gemeinte Worte und liebevoller Zuspruch eine positive Wirkung auf die Physis und die Psyche sowie das allgemeine Empfinden hat. Das Gegenteil, also ruppige Worte, lieblose Behandlungen und dergleichen zeigten hingegen auf, wie schädliche Auswirkungen aussehen.

Worte – und das ist gottlob eine wissenschaftlich untersuchte und hierdurch abgesegnete Tatsache – erzeugen Wellen. Energiewellen, um genau zu sein. Je nach Wortwahl zeigen sie höhere/positivere Wirkungen als negativ gewählte verbale Äußerungen.

Also, wie es in den Wald hinein schallt, so schallt es zurück? Nicht immer auf direktem Weg.
Doch positiv aufgeladene Worte können tatsächlich guttun. Und dieses glückliche Empfinden wird seinerseits weitergetragen und so weiter und so weiter. Wir sehen, die Welle der positiven Worte wird größer und größer.

Worte sind nicht nur verbale Lautäußerungen ohne jegliche Bedeutung. Ganz im Gegenteil. Wir leben nicht in der Vergangenheit und auch (noch) nicht in der Zukunft. Wir leben im Hier und Jetzt. Und hier und jetzt sollten wir einmal genauer auf unsere Worte und deren Wirkung auf Mensch, Tier und Pflanze (...) achten.

Ich finde, das kann ein interessantes Projekt werden. Doch (be-)achtet hierbei, dass keiner einen bleibenden körperlichen oder gar seelischen Schaden erleidet. Es mag für die Wissenschaft neu sein, doch Respekt gegenüber jedem und allem ist und bleibt das Gebot der Stunde!

Die Ruhe der Seele ist ein herrlich Ding und die Freude an sich selbst.
(Johann W. v. Goethe)

Fragen, die häufig gestellt werden:

Sind wir beim „Sterben" alleine?

Wie oft begleiten wir Sterbende, und gerade dann, wenn wir das Zimmer einmal kurz verlassen, stirbt derjenige, und wir fragen uns dann verzagt: Warum nur, musste ... alleine gehen? Die Antwort ist: Nein, keine Seele verlässt die irdische Hülle alleine.

Meist werden die zur Heimkehr Bereiten begleitet von Engeln. Oft „sieht" man vorher verstorbene Familienangehörige, Freunde, ja, auch Tiere. Meist werden die Sterbenden dann ganz ruhig und manche lächeln dabei.

Gehen wir alle „ins Licht"?

Nein, das tun wir nicht. Es gibt sowohl hier auf Erden als auch im sogenannten Jenseits zwei Seiten: Die lichte und die dunkle. Grobstofflich gesehen heißt das, dass es Menschen gibt, die einen Charakter haben, der ungut ist. Es sind Menschen, die verbreiten mit Gedanken, Worten und Taten Schatten, wohin sie auch gehen. Andere wiederum werden oft „Sonnenschein" genannt, weil sie einfach eine „sonnige" Art haben und sich ihre Mitgeschöpfe daran erfreuen können. Eine Seele ist wie eine Festplatte. Alles, eben auch die Wesenszüge unserer vergangenen Inkarnation, haften nach wie vor an und haben wir im Reisegepäck mit dabei.

Dunkle Seelen, wie man sie nennt, werden das Licht weder sehen bzw. suchen. Sie werden von der Dimension angezogen, die ihrem Seelenbild am ehesten entspricht.

Lichte Seelen werden das Licht sehen, von ihm angezogen und werden schon deshalb hineingehen, weil sie von ihren Lieben in Empfang genommen werden. Wie gesagt, ich WEIß, dass es so ist ...

Gibt es „frühere Leben" wirklich?

Ja, die gibt es durchaus. Der Lernprozess einer Seele als Mensch ist mit einem einzigen Erdenleben keineswegs abgeschlossen.

Wir kehren so oft zurück (wir inkarnieren), bis unsere Seele beschlossen hat, dass sie (vorerst) genug gelernt hat. Irgendwann ist sie für eine weitere Inkarnation vielleicht wieder bereit, und diese muss nicht zwangsläufig auf dem Planeten Erde stattfinden.

wir so etwas wie einen Lageplan für unsere Inkarnation?

Ja, den haben wir, und er wird Lebensplan bzw. Lebensaufgabe genannt. Vor unserer Wiedergeburt legen wir fest, was, wie, wo und warum wir etwas erfahren möchten.

Ist die Geburt für den neuen Erdenbürger wirklich eine traumatische Sache?

Ja, und gut, dass wir uns daran NICHT erinnern können ... In der Tat stellt eine Geburt für das neu inkarnierte Seelchen eine Art Abkopplung dar, die wahrhaft traumatisch ist. Hierbei tritt auch der Prozess des Vergessens ein.

172

Warum müssen wir vergessen, woran wir uns später wieder erinnern wollen/sollen?

Eine wirklich sehr gute Frage! Ich kann mir nur vorstellen, dass so manche Erinnerung hinderlich wäre in der Erfüllung unserer jetzigen neuen Lebensaufgabe.

Menschen, die dennoch Fragmente aus früheren Inkarnationen mit „rüber" genommen haben, finden nicht selten durch Rückführungs-Hypnosen einerseits eine Bestätigung des früheren Lebens, als auch Hilfe, um etwaig Unangenehmes, was noch immer anhaftet und an uns nagt, aufzuarbeiten.

Alle Menschen, Tiere und alle anderen Wesenheiten kommen aus einer einzigen göttlichen Quelle, und dahin kehren wir auch alle wieder zurück.

Gibt es die Zeit wirklich nur auf der Erde?

Zumindest gibt es keine Zeit in unser aller Heimat (= göttliche Quelle, auch genannt Jenseits). Die Zeit ist tatsächlich eine Menschenerfindung. So gesehen kann dein Bruder „schon" 20 Jahre vor dir „gegangen" sein; doch ihm, wenn er DICH in Empfang nimmt, kommt es wie ein Wimpernschlag vor. Wenn die Zeit für uns reif ist, werden wir uns erinnern, da bin ich mir absolut sicher!

Die Tiere empfinden wie der Mensch Freude und Schmerz, Glück und Unglück.
(Charles Darwin)

Haben Tiere eine Seele?

Menschen, die tierlieb sind, bejahen das natürlich sofort! Die Wissenschaft, die sich ohnehin schwertut, an etwas zu glauben, was man weder messen noch fotografieren kann, sieht das freilich anders. Dies bezieht sich jedoch nicht nur auf die Tierwelt, sondern ebenso auf uns Menschen. Wenn man das so scheußliche und widerwärtige Thema „Tierversuche" näher beleuchtet, ist die Einstellung einem Tier gegenüber absolut klar.

Nach wie vor wird über den Sinn und Unsinn gestritten, wie notwendig Tierversuche sind. Die einen (Ärzte!) sagen: Unfug und alles Methoden von vorgestern, so beharren die anderen auf ihrem Standpunkt und setzen die Tiere weiteren Qualen aus.

Ich möchte uns allen an dieser Stelle weitere Details ersparen, lege es jedem Leser allerdings DRINGEND ans Herz, sich darüber Gedanken zu machen und sich zu informieren. Wir können alle auf die ein oder andere Art helfen, jenen armen Geschöpfen Gottes zur Seite zu stehen und zu helfen.

Tatsächlich ist es eine himmelschreiende Ungerechtigkeit (und das meine ich durchaus im Wortsinn!), dass es noch immer fragwürdig erscheint, dass Tiere denken und fühlen können, dass sie zur Traurigkeit und auch zum Glücklich-Sein in der Lage sind.

So erklären sich wohl auch Versuche, in denen Ratten in einen Wasserbottich gegeben werden (ohne Chance herauszukommen versteht sich), nur um zu dokumentieren, wie lange das arme Tier braucht, bis es untergeht und qualvoll ertrinkt ...

Also müsste sich keineswegs mehr die Frage danach stellen, ob Tiere ein Bewusstsein haben. Ja, sie sind in gewisser Weise Instinkt-geleitet, doch das eine widerspricht doch nicht zwangsläufig dem anderen!

Vielleicht sollten wir Menschen auch wieder instinktiver leben, handeln und denken (sprich: öfter auf unser „Bauchgefühl" hören); es wäre unser Schaden ganz sicher nicht …

Tiere sind unfreiwillig für uns Nahrungs- und Bekleidungs-„Lieferanten", Kuschel-Partner (zumeist unsere Haustiere), Trophäen-Bringer (beim Hunderennen, Großwildjagd, Stierkampf bzw. Reitsport), Seelentröster und auch Therapiehelfer (für Kranke, Alte, Sterbende und Behinderte) und leider auch Forschungs-„Material" im Tierversuch.

Wenn man einmal bedenkt, wie viel wir den Tieren zu verdanken haben und wie wenig Achtung und Liebe wir ihnen zuteilwerden lassen, ist es wahrlich kein „Wunder", wenn viel zu viele Tiere traumatisiert heimkehren. Und das tun sie! „Gottlob", und das meine ich im Sinne des Wortes, wird sich in unserer aller Heimat um alle Tiere gekümmert. Ja, auch Tiere können erneut inkarnieren, wenn sie es wünschen. Wie – wünschen???
Nun, anders wie hier auf Erden wird im „Jenseits" der freie Wille einer JEDEN Seele geachtet und respektiert.

Vor Kurzem erklärte ein Professor der Medizin im Fernsehen, dass die Empathie allein eine menschliche Tugend sei. Was nützt es eigentlich noch, wenn ich mich über eine so übergroße Portion Arroganz noch aufrege … Und dennoch tue ich es ganz bewusst immer wieder!

Wenn in der Elefantenherde ein Junges stirbt oder ein anderes Tier der Gruppe, dann stehen alle anderen Elefanten um das Trauernde herum. Ist das etwa keine Empathie?!

Wenn ein Hund so lange an Herrchens Grab wacht, bis er selbst seine Hülle verlassen darf, was ist das wohl?

Die Katze meiner Schwägerin (Letztere starb an Bauchspeicheldrüsenkrebs) suchte ständig die Nähe der Todkranken, und selbst über deren Tod hinweg war das Tierchen noch immer auf dem Lager der Heimgegangenen zu finden.

Die Katze nahm wohl Restenergien wahr, oder sie fühlte sich einfach wohl auf der Decke, weil sie noch nach Frauchen roch. Reines Instinktverhalten, oder doch etwa mehr ...?

Hunde erschnüffeln, wenn Herrchen oder Frauchen in Gefahr sind und wecken sie. Natürlich, reines Instinktverhalten. Dennoch: Kein Tier wird dazu gezwungen, Verantwortung für „seinen" Menschen zu übernehmen; das entscheidet der Hund/die Katze selbst. Was anderes als Empathie uns Menschen gegenüber sollte dieses Verhalten wohl sonst sein?

Was sind die (Forschungs-)Menschen doch eine gesegnete Spezies, dass mit (angeblichem) Fug und Recht behauptet wird, alleinig zu derlei Regungen fähig zu sein ...!

Sind Tiere alleine, wenn sie sterben/getötet werden?

Nein, das sind sie nicht. Auch sie haben Engel bzw. ehemalige Halter etc. bei sich, wenn sie ihre irdische Hülle verlassen (dürfen).

Auch wenn gar so viele Menschen, ihnen eine Seele absprechen oder andere Wesenszüge, die alleine uns Menschen vorbehalten scheinen, sieht es die geistige Welt anscheinend grundlegend anders. Für ein Stück Zement (= Sache) würde wohl kaum ein Engel „hernieder kommen" ...

Und wo „landen" Tiere in der geistigen Welt?

Leider gibt es reichlich traumatisierte Tierseelen (Schlachttiere, misshandelte, missbrauchte und anderweitig getötete Tiere), die zunächst so eine Art Erholungsphase durchlaufen (müssen), bevor sie die endgültige lichte Ebene erreichen können (!), in die sie gehören.

Und das ist bestimmt nicht der himmlische Frachtraum! Alle anderen kommen erneut mit IHREN Menschen zusammen. Ihre Seelen trennen sich (wenn man das in der geistigen Welt so sagen kann) erst, wenn eine neue Inkarnation ansteht.

Insofern könnten sich beiderlei Seelen in der gemeinsamen Inkarnation tatsächlich erneut wiederfinden.

Das hört sich alles so fantastisch und märchenhaft schön an, oder? Woher will ich das denn so genau wissen?

Ich sagte dir bereits, dass ich nach einer schweren OP einen kurzen Blick in die Heimat werfen durfte. Anscheinend habe ich mich dazu durchgerungen, mich an Details nicht genau erinnern zu wollen.

Jedoch habe ich so meine geistigen Helferlein, die mir seither jederzeit mit Informationen zur Seite stehen. Abgesehen davon haben sich unsere heimgegangenen Tiere (Hunde und Katzen) mehrfach durch Träume visuell gezeigt und zu mir gesprochen sowie auch akustisch zweifelsfrei bemerkbar gemacht.

Ich gehe erneut davon aus, dass du nicht zu den notorischen Skeptikern zählst, weshalb du dieses Buch wohl gerade auch in Händen hältst ...

Verleugner würden natürlich sagen: „Na ja, die OP war wohl ziemlich traumatisch gewesen, und so meint sie, dass diese Erfahrung besser aufzuarbeiten ist, wenn sie nun behauptet, dass sie seither Geister-Kontakt hat."

Und wer – wenn er noch richtig tickt! – sieht schon tote Tiere?

Ich wünsche den ewigen Zweiflern, dass sie eines Tages erkennen, dass sie auf dem Holzweg waren und all das sehen können, was sie so unnötig weit von sich gewiesen haben.

Mein tierischer Freund, deine Augen haben sich nun müde geschlossen;
was habe ich ein Leben mit dir an meiner Seite genossen!
Nun werden wir uns eine ganze Erdenzeit nicht wiederseh'n;
dein Heimgang ist so schwer für mich zu versteh'n!
Doch ich weiß, wir werden uns über dem Regenbogen finden;
bis dahin muss ich mich für ein Leben ohne dich überwinden.
Ich freue mich, wenn du mir entgegenrennst, und dann werden wir uns niemals wieder trennen;
ich glaube, uns beiden werden dann Freudentränen über die Gesichter rennen!
All die Trauer und Leere ohne dich ist dann für immer vergessen;
gönne ich dir deine Erlösung nicht? Bin ich zu egoistisch, gar zu vermessen?
Ja, ich werde einen weiteren Hund bei mir aufnehmen, denn ich weiß, das hättest du sicher so gewollt;
du möchtest einen Artgenossen ebenso glücklich sehen wie du es warst, niemals hättest du deshalb geschmollt.
Wer weiß, wie viele Pfoten-Freunde mir entgegeneilen werden, wenn meine Zeit gekommen ist;
mal sehen, wer dann als Erster die Freudenfahne hisst!
Ich freue mich auf feuchte Hundeküsse; bis dahin adieu, mein lieber Freund, wir sehen uns ganz sicher wieder!
Es wird auch für mich wieder die Sonne scheinen, und ich singe fröhliche Lieder.
Vielleicht tapst dann ein neuer Hunde-Freund an meiner Seite;
auf dass ich ihm ein schönes Leben bereite!
Die Regenbogenbrücke wird immer in meinem Herzen sein, weder du noch ich sind wirklich voneinander getrennt und allein.

Dieses Gedicht widme ich allen unseren heimgegangenen tierischen Freunden – wenn du magst auch deinen.

Alle Tiere wissen es, nur der Mensch nicht, dass das höchste Lebensziel die Freude ist.
(Samuel Butler)

Das Tier und wir – Und das soll das neue Bewusstsein sein ...?

Gerade die sogenannte ältere Generation spricht oft von der „guten alten Zeit". Nun, betrachten wir unsere Weltgeschichte, darf man den Begriff „gut" wahrlich recht kritisch sehen.

In diesem Kapitel möchte ich auf das allgemeine menschliche Verhalten den Tieren gegenüber eingehen. In vergangenen Zeiten waren Tiere Begleiter von höhergestellten Persönlichkeiten, Schoßhündchen für die Dame des Hauses, Jagdhunde, Mäusefänger, Reit-, Kriegs- und Lasten-Pferde/-Esel, Eierlieferanten, Schlachttiere bzw. belustigender Zeitvertreib im Zirkus.

Es mag dem ein oder anderen Leser vielleicht aufgefallen sein, dass meine Aufzählung ebenso aus der heutigen Zeit stammen könnte. Allerorten wird von neuem Bewusstsein, von Achtsamkeit und Nachhaltigkeit gesprochen. Diese Begrifflichkeiten wären für Menschen aus der „guten alten Zeit" wohl eher unnachvollziehbar gewesen sein. Doch sprechen wir vom Heute. Wie schaut es in Sachen Tiere aus mit der hochgelobten Achtsam-/Nachhaltigkeit?

Traurig, kann ich nur sagen. Sehr traurig. In einem anderen Buch von mir gehe ich näher auf alle Gräueltaten ein, die den Tieren im Rahmen unseres neuen Bewusstseins angetan werden. Hier nur ein kleiner Auszug einer Betrachtung, die für uns Menschen nicht beschämender sein könnte.

Tierversuche, die – würde dies Menschen angetan werden – als Folter bezeichnet würde.

Unverständliche Schlachttier-Transporte.

Massentierhaltung (Bilder u. Berichte wie aus der Vorhölle).

Globales massenweises Artensterben.

Qualzuchten, Tiere im Sport (Turnierpferde, Rennhunde etc.).

Trophäen-Jagd (Selbst Familienangehörige hochgestellter Persönlichkeiten finden so etwas Entsetzliches völlig in Ordnung.) usw.

Ich könnte hier (leider!) ein eigenes Buch füllen.

Doch an dieser Stelle möchte ich weniges schildern, das allerdings größten Anlass geben sollte, über den heutigen Stellenwert der Tiere nachzudenken.

Eine sehr gute Bekannte unserer Familie nahm mit ihrem Mann einen Husky aus Rumänien bei sich auf. Ich durfte ihn, kaum dass er angekommen war, begrüßen.

Zwar war mir seine Vorgeschichte durch jene Dame vorab bekannt gewesen, doch als ich das Gerippe mit verfilztem, struppigem Fell vor mir sah, war ich hin- und hergerissen zwischen Entsetzen, Traurigkeit und ohnmächtiger Wut. Was diesem Tier angetan wurde, kann und will ich einfach nicht verstehen. Max, so wurde das – kaum zu fassen – herzensgute Tier getauft, war in einem Verhau angekettet worden, bis ihm seine Schlinge in den Hals eingewachsen war. Er wurde geschlagen, getreten und schließlich mit heißem Öl übergossen. Die Tierschützerin vor Ort musste bitten und betteln, bis der Peiniger sich erweichen ließ und sie den Hund mitnehmen durfte.

Nun ist er wohl in den allerbesten Händen, die ich mir nur vorstellen kann, doch wie viele seiner Artgenossen leiden und leiden immer weiter ...?!

Im Fernsehen wurde unlängst ein Beitrag aus der Mongolei gezeigt, in dem Ziegen brutal mit dem Knie auf den Steinboden fixiert werden. Mit groben Metallkämmen wurden den Tieren die Haare regelrecht herausgerissen. Natürlich schrien sie auf vor Schmerzen. Laut Tierschutz – entgegen einem anderen Beitrag, in dem behauptet wurde, dass darauf geachtet wird, den Tieren nicht in der kältesten Jahreszeit die Haare zu „scheren", damit sie nicht erfrieren – wird gerade in dieser Zeit diese Tierquälerei vorgenommen. Weiter weiß der Tierschutz zu berichten, dass unbrauchbaren Ziegen entweder so lange auf den Kopf geschlagen wird, bis sie tot umfallen, oder ihnen wird gleich an Ort und Stelle die Kehle aufgeschnitten. Sie werden sich selbst überlassen, bis sie ausgeblutet sind. So viel zum Thema edler Kaschmir ...

Im Internet kann man sehen, wie in Brasilien Rinder auf den Boden fixiert werden (ein Mann tritt mit seinem Stiefel dem wehrlosen Tier brutal auf die Schnauze), um sie unglaublich schmerzhaft im Gesicht zu brandmarken. Das Leder wird an die Autoindustrie verkauft, damit wir uns gemütlich ins edle Polster kuscheln können ...

Hierzulande wird neuerdings vom sogenannten Tierwohl gesprochen. Natürlich auf freiwilliger Basis, versteht sich. Den Bauern werden Auflagen erteilt, die – wie behauptet wird – finanziell nicht realisiert werden können, da der Verbraucher lieber viel und billig, anstatt seltener, aber nachhaltiger konsumieren möchte. Und so geht es in den Schlachtbetrieben zu:

Ferkel werden vor den Augen ihrer eingezwängten Muttersau ohne Betäubung kastriert. Es gibt Berichte, Bilder, Videoaufnahmen und was geschieht? Nichts.

Ein weiterer Beitrag, der unlängst im Fernsehen ausgestrahlt wurde, zeigt zwei Männer, die sich köstlich amüsieren, wie sie eine vom langen Transport ohnehin kaum mehr lebensfähige Kuh quälen. Zuerst brachten sie das Tier brutal zu Fall.

Dann ließen sie das Rollgitter des Lasters immer wieder herunter; mal mehr, mal weniger. Bis ich meine Augen schließe, werde ich den verzweifelten Blick des Tieres nicht vergessen, das immer wieder halb erstickt, dann wieder frei gelassen wurde, um nur erneut und immer wieder von vorne diese Qual durchleben zu müssen. Beide Männer lachten und konnten sich vor Spaß kaum halten!

Tiere werden misshandelt, ausgerottet, gefoltert, ausgebeutet. Die Tierschützer erscheinen wie David, der ständig gegen Goliath zu kämpfen hat.

Wer sich heute Tierschützer nennt, wird beinahe so belächelt, wie jemand, der sich zur sog. Esoterik bekennt.

Auch wenn ich nun dem einen oder anderen Leser ziemliche Schocks versetzt habe, gehört dies ebenso in den Bereich der Esoterik. „Wie das?", mögt ihr euch fragen. Nun, gehört ein so schändliches Treiben wirklich ins 21. Jahrhundert? Was wollte Mensch noch sagen zum Thema neues Bewusstsein? Achtsamkeit? Nachhaltigkeit? War vielleicht die „gute alte Zeit" wirklich besser als die heutige?

Nein.

Ganz sicher nicht. Denn WENN es ein neues Bewusstsein gibt, dann dergestalt, dass es heute wenigstens Fürsprecher gibt, die sich für die Tiere einsetzen. Man schaut nicht mehr weg, sondern hin. Auch über seelische Schmerzgrenzen hinaus. Und DAS ist für mich das WIRKLICH neue Bewusstsein.

Dennoch:
Werden Ausschnitte aus den Weltklimakonferenzen gezeigt, hat man den Eindruck, dass wir Menschen nicht vom Fleck kommen. Theoretische Visionen einer klareren Luft, Artenerhaltung, Ozonwert-Verringerungen, erneuerbare Energien etc. gibt es reichlich. Doch was davon wird eigentlich umgesetzt?

Kinder scheinen eher noch verstanden zu haben, dass wir keineswegs mehr 5 vor 12 haben, sondern dass es längst nach 12 ist; nur scheinen das die Staatsoberhäupter sämtlicher Länder nicht kapiert zu haben.

Doch kann Mensch zum neuen Bewusstsein gezwungen werden? Wir setzen uns gegenseitig hohe Ziele mit Strafvorgaben bei Nicht-Erreichen. Doch was soll's? Was resultiert wirklich aus all den endlosen Arbeitskreisen?

Tierisch Blödes

Ein weiteres Indiz dafür, wie selbstverständlich gering unser Blick in die Tierwelt und deren Stellenwert, den wir ihr beizumessen bereit sind, ist, beweist das Folgende:

Brillenschlange wird jemand genannt, der mit einer Sehhilfe als nicht wirklich attraktiv angesehen wird.

Der sture Esel beschreibt jemanden, der allzu verbohrt und widerborstig (Da haben wir's wieder!) durchs Leben geht.

Als dumme Kuh wird jemandes Intelligenz infrage gestellt. (Nebenbei bemerkt ist herausgefunden worden, dass Kühe wesentlich intelligenter sind als beispielsweise Pferde.)

Die faule Sau kommt wohl daher, wie tierquälerisch diese arme Kreatur in der Massentierhaltung gemästet und von ihren Ferkeln getrennt auf ihr bestialisches Ende warten muss, ohne sich auch nur einen Zentimeter rühren zu können. (Hier redet sich im Übrigen der Massentierhalter heraus, dass dies nach EU-Vorschriften/-Maßgaben geschieht. Wenn dies stimmt – na denn Post, Mahlzeit!)

Das blöde Huhn – so mutmaße ich einmal – stammt wohl daher, dass diesem Tier jegliche Mimik etc. abgesprochen wird, was für viele Menschen gleichbedeutend ist mit Blödheit.

Fettes Schwein (ohne Worte! Siehe oben …).

Falsche Schlange … Nun lesen wir den Bestseller Bibel könnte man mutmaßen, weshalb man annimmt, dass dieses Reptil falsch sei. Falsch im Sinne von durchtrieben und fies.

Als aalglatt werden Menschen beschrieben, die keinerlei Angriffsfläche bieten und sich aus jeder Situation scheinbar spielend leicht herauswinden können.

Stolz wie ein Pfau … Damit ist wohl ein allzu selbstsicherer, vielleicht ein bisschen zu sehr selbstverliebter Mensch gemeint.

Bist du auch hin und wieder ein Faulpelz? Richtig so! Warum sollten wir uns an der oft behäbig anmutenden Art eines Meister Petz kein Beispiel nehmen?! Probieren wir's doch mal mit Gemütlichkeit …

Wer das Pech an sich heften hat wie ein Kaugummi an der Schuhsohle ist ein Unglücksrabe oder ein Pechvogel. Ohne Worte …

Vielleicht hat dich aber auch einmal jemand einen Lustmolch genannt? Als ob Molche nichts anderes im Kopf hätten als … ihr wisst schon was …!

Wir sprechen von der Affenliebe, wenn wir das Gegenteil von Zuneigung und liebevollem Kümmern meinen. Ich glaube, so manches Kind würde nur zu gerne mit einem Affenbaby tauschen, sieht man die durchaus vorhandene Mutterliebe dieser Tiere!

In so manchen Kulturkreisen sind Schweine und Hunde unrein. Mir passiert es oft, dass Menschen fremder Länder die Straßenseite wechseln, wenn sie mich mit unseren zwei Hunden sehen. Ohne Worte …

Heulst du öfters Krokodilstränen? Damit sind Menschen gemeint, die auf Drama Queen machen und schnell einen Sturm im Wasserglas entstehen lassen. Mit anderen Worten: Mach' nicht so 'n Wind um nix! Ach, ist das so? Nur weil wir's nicht sehen können/wollen, heißt das noch lange nicht, dass diese Reptilien keine Gefühle haben und sie durchaus auch zeigen können. Macht euch im „Netz" schlau über die Herkunft der „edlen" Krokodilleder-Produkte …

Bist du eine Kratzbürste? So bezeichnet man Katzen, die nicht angefasst werden wollen. Was ist falsch daran??

Den sog. Blindfisch gibt es tatsächlich. Er lebt in der stockdunklen Tiefsee, und so hat sich die Natur wohl gedacht, wo's so düster ist, sieht man eh nichts, also braucht dieses Tier auch keine Augen. Ein menschlicher Blindfisch ist denn wohl jemand, der seine Sehfähigkeit infrage gestellt bekommt.

Den heimtückischen, stets gefräßigen und gemeingefährlichen Wolf haben wir wohl dem allseits bekannten Märchen Rotkäppchen zu verdanken. Tja, vielen Dank, liebe Gebrüder Grimm! Ein hässlicheres Bild zu diesem scheuen Tier hättet ihr wohl kaum zeichnen können!

Als Vampir- bzw. Graf Dracula-Vorlage muss die Fledermaus herhalten. Sie flattert im Dunkeln und hält sich tagsüber in dunklen Gemäuern und Höhlen auf. Passt also bestens zu einem blutdürstigen Vampir …

Flatterhaft wie ein Schmetterling soll ein Mensch sein, der mal dahin und mal dorthin „flattert", ohne sich irgendwie festlegen zu wollen.

Ach ja, wie könnte im Reigen dieser Dummheiten das schwarze Schaf fehlen? Es sticht heraus, weil es in einer Herde weißer Tiere unangepasst eben anders aussieht. Es ist auch „nur" ein Schaf und nichts anderes. Aber wenn du ein schwarzes Schaf bist, hat man vielleicht deine Unangepasstheit als unbequem und störend empfunden.

Auch die sog. lahme Schnecke kommt irgendwann an ihr Ziel. Sollten wir in Sachen Entschleunigung einmal überdenken, bevor wir jemanden so betiteln.

Ich gebe zu, dass die Schönheit im Sinne des Betrachters liegt. Dennoch hat's dieses Tier nicht verdient.

Spinnen sind keine Gesellschaftstiere, selbst das kopulierende Spinnenmännchen sollte heiße Sohlen bekommen, will er nach seinem „Spaß" nicht gefuttert werden. So entstand wohl der Begriff „jemandem spinnefeind" sein.

„Du Ratte, du!" So möchte wohl niemand beschimpft werden. Die arme Ratte! Für den grausamen Tierversuch ist das Tier recht, ansonsten ... igitt, dieser ekelhafte nackte Schwanz! Ach ja, ohne Worte ...!

Bist du nicht der/die Erste gewesen, als die Feinmotorik verteilt wurde? Dann magst du vielleicht hin und wieder als ein Elefant im Porzellanladen betitelt werden. Porzellan kann man kleben, also mach' dir nichts daraus!

Schminken, dich bunt anziehen, regelmäßig zum Friseur gehen – all das ist nicht dein Ding? Dann bist du vielleicht einmal als graue Maus bezeichnet worden. Na, und?! Mäuse sind possierliche Tierchen, die durchaus eine sehr nützliche Tierart sind. Sollten sich manche Menschen einmal durch den Kopf gehen lassen ... Und Grau ist eine super Farbe by the way!

Eine Schnatter-Gans bezeichnet einen recht redseligen Menschen, der sich seiner Umwelt gerne und reichlich mitzuteilen weiß.

Hast du's nicht so mit Mut und Draufgängertum? Dann hat man dich vielleicht schon einmal einen Hasenfuß genannt. Wohl deshalb, weil Hasen scheue Tiere sind, die eher ihr Heil in der Flucht sehen, als heroisch ihr Leben zu verteidigen. Sich einmal nach hinten zu bewegen kann in manchen Situationen ziemlich schlau sein.

Hoch die Tassen, du Schluckspecht! Spechte können mit ihrem Schnabel tiefste Löcher in Bäume und Hausverkleidungen hämmern. Was das allerdings mit Schlucken zu tun haben soll ... keine Ahnung!

Chillen und ganz entspannt abhängen? Ja, wieso nicht? Deshalb bist du noch lange kein Faultier! Oder doch ...?

„Der Teufel ist ein Eichhörnchen" – vielleicht kennst du diesen Spruch? Was soll hier wohl dahinterstecken? Vielleicht die Harmlosigkeit, die diese niedlichen Kerlchen zutage tragen, obwohl sie durchaus ziemlich wehrhafte Nesträuber sein können? Wer weiß ...?

Brauchst du diesen „Kick" wirklich?

Weshalb es Menschen gibt, die sich unbedingt mit wirklich gefährlichen Tieren wie Skorpionen, Taranteln, Kobras, Vipern, Würgeschlangen, Schnappschildkröten, Kampfhund-Rassen, Alligatoren, Riesenwaranen etc. umgeben müssen und wie es sein kann, dass praktisch jeder an solche Arten herankommt, ist mir schleierhaft! Davon einmal abgesehen, dass diese Tiere durchaus Ausbruchkünstler sein können und was daraus erwachsen könnte, paarten sie sich mit einheimischen Arten, ist es doch kaum möglich, ihnen in Haltung und Versorgung auch nur ansatzweise gerecht zu werden.

Hier sollten endlich brauchbare Gesetze her, um einen ernsthaften Tierschutz-Riegel vorzuschieben!

Eine weitere Idiotie ist das bewusste Züchten von Hybrid-Hunden und -Katzen. Hier wird Wildblut mit heimischen bekannten Rassen gekreuzt. Je nach Kopflastigkeit kann kaum gesagt werden, wie unberechenbar die eine oder die andere Seite durchschlägt. Büchsen diese Hybrid-Rassen einmal aus und pflanzen sich mit Wolf und Co. fort – Gute Nacht!

Es ist wirklich gruselig, was sich Menschen ausdenken. Doch sind sie auch bereit, die Konsequenzen zu tragen?

Tierische „Delikatessen"

In der Sonne am Schwanz kopfüber aufgehängte und schließlich getrocknete Seepferdchen sind auf jedem asiatischen Markt zu bekommen. Bei der Gänsestopfleber werden mittels einem Trichter die gequälten Tiere dick und fett gestopft, bis sie fast bersten. Der Galle-Bär kann – in einen Käfig gesperrt – nur Qualen über sich ergehen lassen. Dies dient (angeblich der Potenz). Dem Hai werden die Flossen abgeschnitten; der „Rest" des verstümmelten Tieres landet – nicht mehr schwimmfähig – auf dem Meeresboden. Haifischflossensuppe bekommst du in beinahe jedem asiatischen Restaurant. Hunde, Katzen, Schlangen, Affen und Schleichkatzen werden vor Ort erschlagen oder lebend (!) gehäutet. Wer dies nachprüfen möchte, wird in Tierschutzforen einschlägig informiert. Froschschenkel gilt noch heute als Delikatesse, und es ist kein Ammenmärchen, dass den armen Tieren die Hinterbeine herausgerissen werden. Der Rest landet wer weiß wo ... Kalb, Lamm und Spanferkel gefällig? Wer meint, es verkraften zu können, sollte sich über die Schlachtung jener Tierkinder informieren. Ebenso als Delikatesse gilt der Hummer, der üblicherweise lebend ins siedend heiße Wasser geworfen wird, wo er elendig stirbt.

Will ich mit all diesen Schilderungen schocken und euch den Appetit verderben? Das ist nicht Ziel dieses Kapitels. Doch reden wir ernsthaft von Nachhaltigkeit, neuem Bewusstsein und dergleichen, sollte man nicht die gemütliche Bettdecke über den Kopf ziehen, sondern hinsehen. Nur so kann und sollte sich die wirklich „neue" Zeit bilden.

Mensch, was willst du eigentlich?!

Einerseits finden wir Tierversuche ganz fürchterlich, andererseits meinen wir: Schlimm! Aber es muss halt leider sein …

Einerseits wollen wir etwas gegen das Insekten-Sterben tun, andererseits werden zu wenige Hausdächer begrünt, zu wenige Insektenhotels aufgehängt; stattdessen werden nach wie vor die Monokultur-Felder mit Giften bespritzt, die Krebs erzeugen könn(t)en …

Wir verurteilen die tierquälerische Massentierhaltung, andererseits wollen wir billiges Fleisch und das am besten jeden Tag!

Wir schütteln unseren Kopf über die Wegwerfgesellschaft, in der wir leben. Andererseits stellen wir unsere Sachen lieber zum Abtransport auf die Straße, anstatt sie Sozialkaufhäusern oder Tierheimen anzubieten.

Einerseits ist uns die Presse ganz recht; andererseits wird sie permanent beschimpft, verklagt oder anderweitig mundtot gemacht.

Einerseits wählen nicht gerade wenige Menschen die Farbe „Braun"; andererseits sind sich keine „etablierten" Parteien einer Schuld bewusst, weshalb das so ist …

Einerseits sind wir Wähler doch recht nützlich ... Andererseits finden viel zu viele Gespräche im stillen Kämmerlein statt, deren Resultate (so es denn welche gibt ...) dem Bürger erst dann zugetragen werden, wenn Politiker dies für angebracht halten.

Jeder möchte gefahrlos essen können. Andererseits mangelt es an den notwendigen Kontrolleuren der Lebensmittelindustrie.

Wir verachten Menschen, die den Klimawandel für ein Märchen halten. Dennoch werden sie immer wieder gewählt ...

Wir wollen NATÜRLICH den Kohleausstieg! Doch was aus den zahlreichen Arbeitslosen hernach wird kümmert uns nicht.

Wir sind absolut gegen jede Art von Rassismus, ist doch klar! Doch mit unseren ausländischen Nachbarn wollen wir dennoch nichts zu tun haben.

Ach, was tun uns die armen Tiere im Tierheim so leid! Doch wollen wir einen Hund oder eine Katze mit „Macke"? Nein, wir gehen doch lieber zum Züchter.

Eichhörnchen und Igel sind ja so putzig! Doch der für den Herbst hergerichtete Garten ähnelt eher dem Rasen vor dem Buckingham Palast, als dass er Unterschlupf für den Winter bieten würde.

Einerseits ernähren wir uns gerne vegetarisch! Doch die teure Lederjacke oder das edle Polster im neuen Auto muss schon sein!

Wir bewundern insgeheim Menschen, die kein Auto haben und mit dem Rad fahren oder laufen. Kaufen uns aber selbst immer wieder den neuesten SUV!

Alle Menschen wollen (über)leben; doch über Kinder-Aktivisten machen wir uns lustig oder beschimpfen sie als Schulschwänzer.

Wir belächeln den Esoteriker, haben in unserem Auto neben dem Duftbäumchen aber ein Schutzengelchen baumeln ...

Glauben wir an Gott? Natürlich nicht! Es sei denn, wir suchen einen Schuldigen für unsere irdischen Probleme. („Gäbe es einen Gott, der würde DAS doch nicht zulassen ...!")

Windräder? Super! Aber nicht bei uns!

Wir buchen Fernreisen mit dem Flieger oder dem Luxus-Dampfer, schimpfen aber andererseits auf alle Umwelt-Verpester.

Wir schütteln unseren Kopf über sensationsgeile Handy-Filmer am Unfallort, mischen uns selbst aber nicht ein, wenn eine Frau belästigt, ein Jugendlicher von anderen verprügelt oder ein Tier misshandelt wird.

Wir bedauern einsame (alte) Menschen ... Doch die verwitwete Nachbarin laden wir dennoch zum sommerlichen Grillen nicht ein.

Wir kaufen natürlich tadelloses Bio-Gemüse! Aber sicher! Regen uns andererseits jedoch auf, dass über krumme Gurken und knubbelige Karotten gestritten wird.

Tierschutz? Klar, man will ja gewählt werden ... Doch umgesetzt wird rein gar nichts.

Wir wollen im Testament des reichen Erb-Onkels gerne bedacht werden ... Doch die schöne Armbanduhr ist uns wichtiger als die verstörte Katze ...

Einerseits will man aus unseren Dörfern keine Geisterstädte machen; andererseits mangelt es dort an allem (Banken, Poststellen, Einkaufsmöglichkeiten, Ärzte, Apotheken, Hebammen, Kitas ...).

Dem Staat Geld sparen? Ach wie schön! Doch Menschen, die selbst die Pflege eines Angehörigen übernehmen, bekommen von nirgendwoher Geld und Unterstützung für notwendige Auszeiten dazu!

Natürlich haben wir Menschen unseren freien Willen! Nur nicht, wenn es um unseren eigenen von uns bestimmten Todeszeitpunkt geht ...

Wir sind gegen Mobbing jeglicher Art! Aber mal ehrlich, kennt ihr die „Neue" an der Supermarkt-Kasse? Die geht ja gar nicht ...!

Wir betrauern den Tod von Prominenten, doch dass die Omi von nebenan nicht mehr lebt, bemerken wir erst, wenn ihre Wohnung ausgeräumt wird.

Natürlich muss an den CO_2-Werten geschraubt werden, ist doch klar! Doch das Millionen-Geschäft zu Silvester unterstützen wir tatkräftig!

Pelztierfarmen sind ja so schrecklich! Doch die Echtfell-Bommel, die Verbrämung an der Kapuze oder am Stiefelschaft muss sein ...

Wir reisen in Länder, in denen Tiere nicht das Geringste gelten; für uns zählt nur Halligalli und tun nichts, damit sich etwas ändert ... Doch wieder zu Hause bekommt Wauwi das neueste Sofa aus dem Zoogeschäft gekauft.

Weg mit dem ganzen Plastik aus „unseren" Meeren! Doch wenn wir einkaufen – Plastik, Plastik, Plastik!

Kosmetik selbst herstellen, anstatt Tierversuche zu unterstützen? Ach ja, man müsste, könnte, sollte ...

Qualzucht? Wirklich schlimm! Doch diese eine bestimmte Rasse muss es halt sein ...!

Wie oft sorgen leck geschlagene Öltanker für Umwelt-Katastrophen. Doch schippern sie immer weiter über die Meere.

Einerseits sollen wir fürs Alter vorsorgen (damit keine Altersarmut droht); andererseits bleibt viel zu vielen Menschen viel zu wenig im Geldbeutel, um dies tun zu können.

Natürlich sollen unsere Kinder gut beschult ins Berufsleben starten können; andererseits werden immer mehr Schwimmbäder geschlossen, Sporthallen-Decken blättern den Schülern auf den Kopf, durch die Klassenzimmerfenster pfeift der Wind, und über die Schultoiletten lasse ich mich an dieser Stelle besser gar nicht erst aus ...!

Wir alle wissen, dass Regenwälder für unser aller Überleben wichtig sind. Andererseits lassen wir Staatsoberhäupter, denen die Rodung finanziell attraktiver ist, schalten und walten ohne Konsequenzen.

Die Eisberge schmelzen; das ist ja mal eine Tatsache, die nicht verleugnet werden kann. Doch was interessiert das Staatsoberhaupt die Arktis? Nein, nicht die Tierwelt oder den stetig steigenden Meeresspiegel. Was für die gierigen Hände all derer, von denen ich spreche, viel wichtiger ist, sind die vorhandenen Bodenschätze!

Die einen freuen sich über die Rückkehr von Wolf, Luchs und Co.; die anderen jammern, dass sich der Wolf die Schafe schnappt (wohl, weil dann der Schlachtpreis hierdurch sinkt ...).

Die Kirchen wollen ja so modern und der Zeit angepasst daherkommen! Sind vor Gott nicht alle Menschen gleich? Vor Gott sicher, doch in den Kirchen nicht. Jedenfalls nicht, wenn es um gleichgeschlechtliche Lebensformen geht ...

Die einen töten und werden dafür bestraft; andere töten ganz legal nach Gesetz und „Recht" ...

Auf der einen Seite wird die Autoindustrie unterstützt, andererseits will man autofreie Städte – was denn nun?

Die Zigaretten- und Waffen-Industrie boomt (schlimm genug!); andererseits will keiner deutsche Waffen in Kriegsgebieten sehen, und dass Nikotin Krebs erzeugend sein kann, ist ja nun auch keine Weltneuheit ...

Hass, Hetze, Gewaltandrohungen auf jeder bekannten Cummunity-Plattform. Dennoch – obwohl wir dies natürlich verurteilen – nutzen wir diese Seiten selbst fleißig.

Wir nehmen von Rettungsdiensten und Polizei gerne Hilfe an, wenn's um uns geht ... Andere verprügeln, beschimpfen und beleidigen, sodass die Helfer plötzlich selbst Hilfe brauchen ...

Angeblich werden Mieten günstiger; seltsam nur, dass andererseits die Mieten steigen und steigen.

Paralympics und Inklusion – finden viele Menschen super. Und doch gibt es viel zu viel durchaus Andersdenkende, die ihre Kinder nicht mit „den anderen" zusammen die Schulbank drücken lassen wollen ...

Wir gehen nur zu gerne zu Hunde- und Pferderennen; wollen wir wirklich in Kauf nehmen, was mit den „unbrauchbar" gewordenen Tieren geschieht ...?

Wir regen uns über das laute Hundegebell auf, lassen aber unsere Katze während der Brutzeit gerne auf Jagd gehen ...

Wir sehen uns im Fernsehen und Kino begeistert befreite Wale an; gehen aber nur zu gerne in den Zirkus ...

Kaufen wir Hühner aus den schrecklichen Legebatterien frei, ist das natürlich eine super Sache; doch was mit den ausrangierten, geschredderten, weil unbrauchbaren männlichen Küken passiert ...

Promis setzen sich für Nachhaltigkeit und dergleichen nur zu gerne ein ... Auf der anderen Seite machen sie Reklame für Billig-Fleisch. Schon mal beim Massentierhalter reingeschaut ...???

Einerseits haben wir Angst, eines Tages von Maschinen beherrscht zu werden, andererseits werden immer ausgeklügeltere Roboter konstruiert.

Wir leben Öko und Nachhaltigkeit in so vielen Facetten wie nur irgend möglich. Doch zu Weihnachten schleppen auch wir stapelweise die prall gefüllten Plastiktaschen nach Hause ...

Auf der einen Seite weiß man um die gesundheitliche Diskrepanz von Bush-Meat, Hund, Katze und Schlange; andererseits wundert sich Mensch, wird er krank davon ...

Uns wird immer wieder erzählt, wie gut es unserem Land dank stetig boomender Wirtschaft geht ... Ich frage mich nur, weshalb immer mehr Rentner ins Ausland fliehen, weil ihnen hierzulande die Altersarmut droht, und woher kommen wohl die völlig überlaufenen „Suppenküchen" ...?

Die einen ärgern sich über die Lebensmittelvergeudung (absolut zu Recht!), wohingegen andere brauchbare Nahrungsmittel nach Ladenschluss wegwerfen. (Ein Lob an dieser Stelle an alle, die dies nicht tun, sondern o. g. „Suppenküchen" versorgen!)

Ein jeder – muss er ins Krankenhaus – will bestmöglich versorgt und behandelt werden; dennoch mangelt es erschreckend an genügend Ärzten und Pflegepersonal.

Natürlich wollen wir die Tiere in unseren Wäldern haben! Doch warum schränken wir immer weiter deren Lebensraum ein und wundern uns hernach noch, warum so viele Arten quasi „über Nacht" auf Nimmerwiedersehen verschwinden oder Wildschweine unsere Gärten verwüsten …?

Auch wenn es dem einen oder anderen Leser schier endlos vorkommt, was ich zum Wasch-mich-aber-mach'-mich-nur-nicht-nass-Prinzip von uns Menschen geschrieben habe, war dies nur ein kleiner Auszug unseres widersprüchlichen Denkens und Handelns.

Was soll dies aber mit der Esoterik zu tun haben? Eine Menge, wie ich finde! Denn wenn wir wirklich von der neuen Zeit, von Achtsamkeit, Nachhaltigkeit und dergleichen sprechen, sollten wir alle – ein jeder von uns nach seinen Möglichkeiten – auch an der Realisierung dieser schönen Begrifflichkeiten arbeiten. Bücher hierzu sind wichtig und richtig; doch das wirklich „Neue" muss von uns kommen!

Nur ein ruhendes Gewässer wird wieder klar.
(Tibetisches Sprichwort)

Gebete

Müssen wir glauben, um zu wissen, oder wissen wir, dass wir glauben müssen?
Es ist die alte Frage nach dem Huhn und dem Ei. Beides geht nicht ohne das andere; doch was war zuerst da?

Die Skeptiker behaupten, wenn ein Gebet (angeblich) wirkt, dann höchstens, weil wir daran geglaubt haben, dass es funktioniert. So nach dem Motto: Der Glaube allein versetzt Berge.
Ist das wirklich so?

Jesus soll gesagt haben: „Wenn zwei oder drei von Euch zusammen sind, dann bin ich unter Euch." Ich persönlich glaube nicht, dass Jesus das gesagt hat. Gut, die niedergeschriebene, fehlerhaft übersetzte „Stille Post" (= Bibel) kann man sowieso nicht 1:1 übernehmen.

Meines Erachtens kommt das, was der Vatikan als Ketzerei abtut, nämlich das Thomas-Evangelium, der Persönlichkeit von Jesus wesentlich näher, wie „man" diese interessante Person beschreibt.

Hierin beschreibt Jesus die Einfachheit im Glauben ohne die Notwendigkeit von „Gebäuden aus Holz und Stein". Ob er damit Kirchen gemeint hat – wer kann's schon sagen? Insofern meine ich jedenfalls, dass jeder Mensch ganz für sich alleine mit Jesus in Kontakt kommen kann. Durch Gebete, Meditationen oder einen Spaziergang in der Natur. Genau so können wir (ohne Gruppenbildung) zu den Engeln, den „Heiligen" usw. beten.

Eine Es-lohnt-sich-Haltung zaubert Freude in dein Leben

Gott, warum hörst du mich nicht?

Kein Anschluss unter dieser Nummer ...

Denken wir das nicht immer mal wieder? Ich bin mir sicher, dass jeder von uns diese Momente kennt. Nämlich, dass wir (angeblich) keine Antwort erhalten und unsere Anliegen „göttlich unbearbeitet" bleiben. Wie ich weiter vorne bereits erwähnte, kommt die Hilfe nicht immer sofort und haargenau so, wie wir uns das vorstellen.

Wenn du betest, sprichst du zu Gott; wenn du meditierst, spricht Gott mit/zu dir. Was bedeutet das? Ganz einfach. Das Wort beten leitet sich ab vom Wort bitten. Was letztlich einen Mangel an etwas aufzeigt und somit eine niedere Schwingung hat.

Ich denke, Gott (oder zu wem auch immer du betest) kommt damit schon klar und versteht deine Unzufriedenheit. Wenn du jedoch meditierst, hörst du in dich selbst hinein, und dabei hast du eine gänzlich andere Schwingung, in der sich womöglich Gott weitaus deutlicher bemerkbarer machen kann.

Probiere beides aus und entscheide dich, worin du dich besser fühlst. Allemal HAST du Kontakt zur göttlichen Quelle/Gott aufgenommen, und das ist NIEMALS umsonst!

Es gibt Sätze, die einem Tag Flügel verleihen!
Die größte Offenbarung ist die Stille der Seele
(Chinesisches Sprichwort)

Gott oder Göttin – was denn jetzt?

Ich las einmal einen Spruch, der auf Deutsch ungefähr so hieß: „Ich traf Gott; sie war schwarz."
Toll, oder? Es beinhaltet eigentlich gleich zwei Blasphemien (jedenfalls würden die Christenkirchen diesen Satz so einordnen):

Wie kann Gott weiblich sein – unfassbar! Und dann auch noch eine andere Hautfarbe – nein, das geht ja gar nicht!

Natürlich geht das! Auch wenn ich nun einigen bestimmten Gruppierungen auf die Hühneraugen trete. Damit kann ich durchaus leben.

Zum einen wissen wir: Es existiert weder in der Fein- noch in der Grobstofflichkeit etwas ohne das Gegenteil. Das ist das Dualitätsprinzip, das nun einmal vorherrscht (hell/dunkel, laut/leise, männlich/weiblich ...).

Selbstverständlich besteht auch die Göttlichkeit aus diesen beiden Seiten. Weiblich eben UND männlich. Abgesehen davon

dürfen wir ruhig anerkennen, dass es mannigfaltige Religions-
auslegungen gibt mit dazugehörigen Gottheiten, und die sind
durchaus auch weiblich.

Weshalb behauptet aber die christlich geprägte Kirche, dass
Gott eine männliche Energie ist? Und wenn Jesus sein Sohn ist
und die Hl. Maria als Jungfrau bezeichnet wird, ja hat sich Gott
dann aus sich selbst heraus reproduziert? Unwahrscheinlich.

Wir sind ohnehin alle Gottes/Göttin Sohn und Tochter, wenn wir
uns so bezeichnen wollen. Aber hierzu später Interessantes mehr.

Greifen wir uns nur eine Glaubensrichtung heraus: Den sogenannten Heiden-Glauben. Als heidnisch wird allgemein hin bezeichnet, was zumindest ketzerisch angehaucht ist. Also gaaa-
anz weit weg von Gott, wie ihn die Christenkirche sieht (oder
besser sehen will ...).

Menschen, die „dem alten Weg" folgten und wieder folgen (bzw.
noch immer), beteten zu einigen Göttern, u. a. der Großen Göttin. Sie wird in den unterschiedlichsten Namen und Erschei-
nungsformen verehrt. Gerade im Mittelalter war das der christlich (!) geprägten Kirche aber so was von ein Dorn im Auge! Da
musste etwas passieren.

Nun, ich möchte hier die ganze leidvolle Epoche an dieser Stelle auslassen. Hierzu können dir entsprechende Bücher (u. a. der
„Hexenhammer") und auch das Internet weitere Informationen
liefern. „Heidnische" Gottheiten wurden kurzerhand zu Teufeln
(Satan, Luzifer, Dämon) erklärt, und wer es wagte, weiterhin
seinen Glauben zu leben, war der Folter bzw. des Todes.

Im Grunde genommen wurde schlicht und ergreifend verleug-
net, was ein universales Gesetz ist. Eben jenes der Dualität. Kein
Geistlicher kann mir IRGENDETWAS benennen, wozu nicht das
Gegenteil davon gehört!

Wollten wir an weitere Gottheiten glauben (oder gar zu ihnen beten, was ich im Übrigen tue!), dann verstießen wir gegen ein (angebliches) Gebot Gottes:
Du sollst keine anderen Götter haben neben mir.

Können wir tatsächlich glauben, dass Gott das genau so gesagt hat? Er würde mit diesem „Gebot" (= Befehl) letztlich gegen sein eigenes göttliches Prinzip verstoßen, was doch höchst merkwürdig wäre, oder?

Einem Hindu, der zu Ganesha betet, wird wohl kaum ein Christen-Gott näherzubringen sein. Kehrt ein Buddhist heim, wird er sich über die Begrüßung von „seinem" Glaubens-Gott eher freuen, als wenn eine indianische Gottheit vor ihm stünde! Und wer an Erzengel Michael glaubt, wäre wohl baff erstaunt, wenn eine Gottheit aus der archaisch-heidnischen Zeit zum Empfang auftauchen würde.

Also wie sieht „Gott" eigentlich aus? Und wer will schon für sich/ seine Religion DAS wahre Aussehen und DIE einzig wahre Charakteristik von „Gott" für sich reklamieren?
Was ist mit: Du sollst deinen Nächsten lieben wie dich selbst? Heißt das nicht auch, unsere Mitmenschen zu akzeptieren, so wie sie sind (wie sie aussehen, ob sie krank sind oder gesund, welche sexuelle Ausrichtung sie haben, welchen Glauben sie leben ...)?

„Vor Gott sind alle Menschen gleich"; dies scheint bei den Christenkirchen nicht wirklich angekommen zu sein. Teilweise vielleicht, denn immerhin werden auch schon einmal Schwule und Lesben kirchlich getraut (freilich nicht in der röm.-kath. Kirche!). Wo kämen wir denn hin, wenn Menschen lieben dürften, wen sie wollen! Mann und Frau gehören zusammen, und alles „andere" ist abnormal. Da sage noch mal einer, das Mittelalter sei Geschichte ...

Glaubst du an einen ewig strafenden Gott? Einen, der uns wie unwürdige kleine Würmchen dastehen lässt, der ständig beobachtet, ob wir nicht wieder gesündigt haben und wieder mal zur Beichte müssen?

Wir rezitieren in der Messe: „… denn ich bin nicht würdig, dass du eingehst unter mein Dach …" Wer sagt uns, dass wir nicht würdig sind? Gott? Die Kirche? Letztere vermutlich wohl eher noch.

Ich glaube nicht an einen Gott der Sühne und Strafe. Doch die Menschen im Mittelalter waren gehalten, ihn genau so zu sehen (wehe ihnen und „gnade ihnen Gott", wenn sie's nicht taten …).

Gibt es Regeln, wie wir mit Gott/Göttin reden sollen/dürfen?

Genauso wie du gerade empfindest, fühlst und leidest oder glücklich bist, kannst du beten bzw. meditieren, um dich mit der göttlichen Energie zu verbinden.

Ganz sicher verurteile ich niemanden, der weiterhin in die Kirche gehen möchte. Doch sind wir zwischenzeitlich freien Geistes und dürfen diesen auch benutzen. Der Glaube wie auch die gebotene Erdhaftung sind (Religions-)Eigenschaften, die sich nicht gegenseitig im Weg stehen sollten.

Es ist keine Sünde, hin und wieder etwas zu hinterfragen, um sich letztendlich seine eigenen Gedanken zu machen.

Die 10 Gebote

Erstes Gebot: Ich bin der Herr (!), dein Gott, du sollst keine anderen Götter haben neben mir!

Und wie bitte soll dieser HERR aussehen? Es ist doch völlig unsinnig zu behaupten, dass Gott Moses so etwas gesagt haben soll. Eine jede (Glaubens-)Kultur hat schließlich ihre „eigenen" Gottheiten.

Zweites Gebot: Du sollst dir kein Bildnis machen!
Wäre ja auch schwierig, wo „Gott" sich in so vielen unterschiedlichen Formen zeigt. Wer jetzt an Zeus denkt, der in so mancher Gestalt vom Olymp stieg, um sich unter uns Menschen umzusehen, ist wahrscheinlich auf dem Holzweg. Die Göttlichkeit ist so unfassbar vielfältig, wie wir's als Erdlinge wohl kaum erfassen können. Es ist eine „Sache" des Herzens und nicht unserer Augen, wie wir „Gott" wahrnehmen und erkennen. Und doch haben sich Maler und Bildhauer bis heute nicht an dieses Gebot gehalten. Und gerade dort, wo die Gebote gepredigt werden, hängen und stehen eben jene Bildnisse, die wir eigentlich gar nicht haben sollen ...

Drittes Gebot: Du sollst den Namen Gottes nicht missbrauchen!
„Herrgott noch mal!" Wer kennt diesen genervt ausgestoßenen Satz nicht? Haben wir dann gleich gegen ein Gebot verstoßen? Kann ich mir nicht vorstellen.

Viertes Gebot: Du sollst den Feiertag heiligen!
Mal heißt es so, mal heißt es, dass wir den 7. Tag ruhen sollen, ergo nach unserem Kalender den Sonntag. Diese Maßgabe ist unrealistisch und gerade für Berufstätige, Alleinerziehende bzw. Schichtarbeiter/Innen kaum durchzusetzen. Und wann wir einmal eine Auszeit nehmen, dürfen wir doch noch selbst entscheiden, oder?

Fünftes Gebot: Du sollst Vater und Mutter ehren!
Tja, recht und schön. Doch wie ich immer sage: Respekt ist keine Einbahnstraße. Freilich gibt es Kinder, denen es wahrlich an Respekt vor den Eltern reichlich mangelt. Jedoch muss man einwenden, dass sich Kinder schließlich nicht selbst ver-/erziehen ... Doch Kinder wollen ebenso respekt- und liebevoll behandelt werden. Die „Sache" des Ehrens muss eine beiderseitige sein!

Sechstes Gebot: Du sollst nicht töten!

Aber wir töten doch jeden Tag; wenn wir beispielsweise Fleisch und Fisch essen, muss dafür ein Tier sterben. Tragen wir Leder und Pelz, dann ebenso. Ach, oder sind hier nur Menschen gemeint? Gibt's da eine Fußnote in diesem Gebot, die ich nicht kenne ...??

Siebtes Gebot: Du sollst nicht ehebrechen!

Klar, fremdgehen ist unfair und nicht richtig. Entweder man hat einen Partner, dem man treu bleiben sollte, oder man entschließt sich, Single zu bleiben. Es sei denn, man führt eine sog. „offene" Partnerschaft, in der Mann und Frau durchaus einmal unter eine andere Bettdecke schlüpfen „darf". Braucht es hier ein Gebot, um uns Menschen zu erklären, wie eine Partnerschaft bitte schön auszusehen hat? Ich glaube, Gott hat Besseres zu tun, als Paartherapeut zu spielen ...

Achtes Gebot: Du sollst nicht stehlen!

Brauchen wir wirklich ein Gebot, das uns das vorhält, was ohnehin Gesetz ist?

Neuntes Gebot: Du sollst nicht falsch Zeugnis reden über deinen Nächsten!

Mit anderen klareren Worten: Wir sollen nicht lügen. Okay, mal Hand aufs Herz! Wer von uns lügt nicht? Wer behauptet, noch nie gelogen zu haben, lügt meines Erachtens. Ob wir's wohl gemeinte Lügen nennen oder Notlügen – es sind und bleiben Lügen. Und ich glaube, das ist einfach ein menschlicher Zug. Vielleicht sollten wir nur einmal darüber nachdenken, ob wir unbedingt zu einer Lüge greifen müssen, wenn wir eigentlich selbst nicht belogen werden wollen ...

Zehntes Gebot: Du sollst nicht begehren deines Nächsten Weib, Hab und Gut!

Nett, wie (angeblich) Gott das „Weib" mit gleichem Atemzug nennt wie Haus, Hof, Auto, ... Im zehnten Gebot sehe ich eine

Mischung aus dem siebten und achten. Vielleicht sind Gott die Gebote ausgegangen?

An alle, die mich nun gar nicht mehr leiden können und mir allzu beißenden Sarkasmus vorwerfen:
Ich gebe eines zu bedenken: Die Bibel wurde ca. 100 Jahre nach Jesu Heimgang verfasst. Deren Inhalt besteht aus Überlieferungen und vom Hörensagen. Dazu kommen noch zahlreiche Übersetzungen die (nachgewiesenermaßen!) mehr oder weniger bewusst fehlerhaft vorgenommen wurden. Was also wirklich gesagt und getan wurde, kann doch ernsthaft niemand sagen! Und so bleibt es Ansichts-/Glaubenssache, welchen wahren Stellenwert wir der Bibel beimessen wollen. Ich zumindest störe mich schon an dem Wort „Gebot".

Was soll nach Kirchen-Ansicht wohl passieren, verstießen wir gegen angebliche göttliche Regeln? Kommt Gott persönlich hernieder und verteilt Dresche auf ungehorsame Hintern? Fällt uns der Himmel auf den Kopf? Kommen wir böse und bockig wie wir sind in die Hölle, wo sich Luzifer schon auf neue Sünderseelen freut?
Nichts von alledem! Wir sind Menschen mit einem Lernauftrag, den wir uns selbst vorgenommen haben. Wo bliebe der freie Wille, an den selbst Gott sich halten muss, bekämen wir jeden Krümel vorgeschrieben? Also Freunde, locker bleiben!

Sei der Held im Abenteuer deines Lebens!

Wir, die Götter

Wenn wir alle aus der einen göttlichen Quelle entstammen, ist es nur logisch, dass wir auch alle den göttlichen Funken in uns tragen. Oder anders ausgedrückt, die Energie unser aller Heimat.

Letztlich haben wir nur vergessen, dass wir ALLE göttliche Wesen sind.

Einerseits haben wir bei unserer Geburt den Vorgang des Vergessens durchlaufen, zum anderen bekommen wir erklärt, dass solche Lebenseinstellungen (die schlicht nur die Wahrheit ist) Blasphemie sind. Ja, wie können wir es auch WAGEN, uns mit Gott auf eine Stufe zu stellen!

Ja, und warum nicht?

Was sollen diese ganzen Begrenzungen, die uns immer wieder eingeredet werden?

Zugegeben, meine Aussage hat eine so immense Tragweite, dass wir uns der Verantwortung, die damit einhergeht, bewusst sein sollten.

Es ist weder göttlich wie ein selbstverliebter „Sonnengott" durch die Gegend zu schweben noch dem Höhenwahn zu erliegen. Nicht nur vor Gott sind alle Menschen gleich; SIE SIND ES!

Zugegeben: Es gibt Charaktere, die es trefflich verstehen, ihre Göttlichkeit zu verbergen ...

Und bevor du fragst, ja, auch die sogenannten „dunklen" Seelen haben den göttlichen Funken in sich. Wie bereits mehrfach erwähnt: Alles und jeder hat die passende Gegenentsprechung bzw. Abstufung.

Es gibt wunderbare und durchaus aufschlussreiche Bücher zum Thema der eigenen Göttlichkeit. Allemal ist die Wahrheit keine Blasphemie! Lassen wir uns einmal darauf ein? Na, dann los!

Unser Körper (auch genannt: göttlicher Tempel) sollte uns in jeder auch nur erdenklichen Hinsicht heilig sein.

Hierfür benötigen wir keine überteuerten (und meist nutzlosen) Straffungs-Cremes, und, nein, wir brauchen auch nicht dreimal täglich in Milch und Honig baden. Die Ehrung unseres „Tempels" geschieht auf einer weitaus göttlicheren Ebene.

Wir haben die Menschen-Hülle (= Mensch sein) gewählt, um hier auf Erden Erfahrungen zu machen. Ebenso, wie wir unsere Lebenspläne im Reisegepäck haben, wenn wir inkarnieren, bleibt etwas aus unserer Heimat (der göttlichen Quelle) anhaften. Und dies ist der göttliche Funke. Wie gesagt, ich schildere meine Meinungen und Erfahrungen hier in relativer Kurzform. Wenn du tiefer einsteigen möchtest, gibt es weiterführende Lektüre.

Zurück zu unserem göttlichen Tempel, unserem Körper. Was meine ich damit, dass er uns heilig sein sollte? Ich spreche einmal davon, dass wir uns so weit als möglich fit und gesund halten sollten und uns die ein oder andere Schon-/Auszeit gönnen. Dein Auto fährt ja auch nicht jahrzehntelang ohne gelegentliches Reinigen, Überholen und der regelmäßigen Inspektion!

Eines ist immens wichtig, und es ist kein esoterischer Spruch: Wir sollten uns lieben, denn nur dann sind wir ehrlich in der Lage, andere ebenso zu lieben. Uns so anzunehmen, wie wir sind (klein, groß, schlank, pummelig, attraktiv, bieder …).

Ich sprach vorhin davon, dass Gott zu uns spricht, wenn wir meditieren.

Warum ist das wohl so? Weil wir dann in uns hineinhorchen und in direkter Verbindung zu Gott/Göttin stehen. Und warum ist das so? Eben weil wir selbst göttlich sind.

Allemal ist es eine wirkliche Überlegung wert, das Göttliche in uns und um uns in jedem und allem (neu) zu entdecken, zu akzeptieren und letztlich zu ehren.

Wir sind nicht hier auf Erden, um wie eine Dampfwalze alles abzusahnen, was bei drei nicht auf dem nächsten Baum ist (sofern noch einer steht …). Achtsamkeit geht nur mit Respekt zusammen.

Wer nicht versteht oder dahinter blickt, was genau damit gemeint ist, wenn du sagst, dass wir Götter und Göttinnen sind, wird dich erst einmal groß anschauen. Und wenn du sagst: „Ach, übrigens, schon gewusst? Ich bin eine Göttin!" wird höchstwahrscheinlich mit Skepsis oder Belustigung reagiert.

Hab' Geduld mit dir und deinen Mitgeschöpfen. Die Göttlichkeit in uns (neu) zu entdecken sollte nicht mit Überheblichkeit und Arroganz verwechselt oder gar gleichgesetzt werden! Gleichfalls nicht mit Missionieren-Wollen. Jeder muss seinen eigenen selbstbestimmten Weg gehen, auch wenn wir meinen, dass ein anderer besser für jenen Menschen wäre.

Wie leben wir denn nun das Göttliche „richtig"?

Da steckt schon der Wurm drin. Es gibt eigentlich kein Richtig und Falsch. Das sind auch nur wieder aufgedrückte Begrenzungen. Bleib' locker. Eigne dir eine positive Lebenseinstellung an. Und wenn ich dir sage, dass man an seinem positiven Denken durchaus arbeiten kann, dann ist das kein esoterisches Nachgeplapper. Wenn man – wie ich – ein eher nachdenklicher Mensch ist, der mit offenen Sinnesorganen durch diese Zeit geht, dem fällt es oft nicht leicht, dem negativen Denken entgegenzuwirken. Doch das positivere Denken/Leben/Handeln kann man wirklich lernen.

Alles ist Energie, und wir sollten zusehen, diese Energien in uns und um uns herum so rein wie möglich zu halten, auch wenn die „dunklen Kräfte" (grob- und feinstofflich) immer wieder daran sägen wollen.

Gerade dann, sind wir aufgerufen, uns das erwachte Bewusstsein zu verinnerlichen und nach außen strahlen zu lassen. Achtsam leben bedeutet, dich und jedes andere Mit-Lebewesen zu achten. Im reinsten Wortsinn!

Was genau ist denn nun alles göttlich?

In einem Wort: Alles.

Ob es sich um uns Menschen handelt, um Flora und Fauna, um die Elemente, um das Sicht- und Unsichtbare – alles eben. Was die anerkannte und gelebte Göttlichkeit ebenso beinhaltet ist das Leben-und-Leben-Lassen eines jeden Lebewesens auf Augenhöhe. Wer das Göttliche WIRKLICH leben möchte, was im Übrigen sein Geburtsrecht ist, steht weder über noch unter seinen Mitgeschöpfen. Das ist ein Brocken, was?

Ja, da wird der ein oder andere sicher daran zu knabbern und so einiges neu zu überdenken haben …

Auch Dankbarkeit ist Göttlichkeit, besser gesagt göttliches Denken, Empfinden und Handeln.

Gut, wir haben uns also erinnern lassen, dass wir Götter und Göttinnen sind und jeder und alles in uns und um uns herum ebenfalls göttlich ist.

Was aber haben wir davon? Macht uns diese Erkenntnis besser? Oder wertvoller? Vielleicht fühlen wir uns dadurch (endlich) geachtet und beachtet?

Wie ich schon mehrfach ausführte, ist alles Energie. Und diese Energie lebt. In Schwingungen und in Wellen.

Je mehr wir uns unseres göttlichen Ursprungs bewusst sind, desto stärker und wertvoller sind diese Wellen. Diese Energie kann unser Planet wohl „weiß Gott" allenthalben gebrauchen …

Was ist das universale Prinzip? Das Wort Universum steckt darin. Richtig.

Das Universum … unendliche Weiten … Kennen wir aus Film und Fernsehen.

Doch da steckt schon ein Quantum Wahrheit drin. Denn das Universum ist unendlich weit und kann unmöglich mit unseren menschlichen Sinnen so komplex erfasst werden, wie es vermutlich ge-/erschaffen ist.

Es ist wahrlich nicht göttlich, wenn wir uns in diesen Weiten als alleinige Intelligenz betrachten; diese Ansicht ist anmaßend und arrogant. Innerhalb des Universums existiert gleichfalls das Sicht- und Unsichtbare.

Wollen wir göttlich leben und handeln, gilt es, sich näher mit dieser Tatsache zu beschäftigen, um uns und jeden besser zu verstehen.

Allemal sind dies keine neunmalklugen nachgeplapperten esoterischen Pseudo-Weisheiten. Die Wahrheit steckt in uns allen; sie will endlich von uns (wieder)entdeckt und herausgelassen werden!

Nimm' dir jeden Tag eine halbe Stunde Zeit für deine Sorgen, und in dieser Zeit mach' ein Schläfchen.
(Laotse)

Traumhaftes

„Träume sind Schäume", sagt der Volksmund. Soll wohl bedeuten, dass Träume nichts weiter darstellen als Bilder, die keinerlei Aussage haben. Ist das so?

Wollen wir einmal näher beleuchten, welche Arten von Träumereien es gibt.

Der Verarbeitungstraum

Hier wird ausgelebt und „verarbeitet", was wir erlebt haben, was uns ängstigt – eben alles, was auf unserer Seelen-Festplatte abgespeichert ist, und an dem wir bewusst und auch unbewusst herum nagen. Meist zeichnet diese Träume aus, dass sie fast gleichgesetzt werden mit den sogenannten Albträumen.

Diese Träume sind wichtig, denn sie helfen uns, das aufzuarbeiten, was uns beschäftigt. Wachen wir wie gerädert auf und sind froh darüber, dass die Nacht vorüber ist, sollten wir – so weit es uns möglich ist – durchaus noch einmal die durchlebten Träume analysieren. So entrümpeln wir unseren staubigen dunklen Seelen-Keller.

Der Wunschtraum

In diesen Träumen leben und erleben wir jene Dinge, die wir uns sehnlichst wünschen. Solche Nächte machen in der Regel Freude. Auch hier spricht unsere Seelen-Festplatte. Sie möchte uns aufzeigen, wie es aussehen könnte, wenn wir hätten, was wir uns herbeiwünschen. Und doch können diese Art Träume noch mehr für uns sein. Sie zeigen uns womöglich Wege zu unserer Wunscherfüllung auf.

Träume sind eine himmlische Antriebskraft.

Und was ist mit deinen Glücksgefühlen, die du in deinem Traum empfunden hast? Unterschätze sie nicht.

Reflektiere besser, wie wunderbar du dich gefühlt hast, während sich dein Wunsch im Traum realisiert hat. Wenn du wieder wach bist, erinnere dich an genau dieses Gefühl der Zufriedenheit, und halte diesen Zustand fest! Sicher kennst du den Spruch: „Träume nicht dein Leben, sondern lebe deinen Traum!" Genau DAS ist damit gemeint! Denn Träume können Wirklichkeit werden.

Der Hinweis-Traum

Hier übermitteln dir die unterschiedlichsten Wesenheiten der geistigen Welt Dinge, die dir etwas sagen wollen. Man will dich auf etwas hinweisen bzw. aufmerksam machen. Vielleicht hast du unerklärliche Schmerzen in deinem Knie, und du träumst nachts vom Joggen. Hier hast du einen Hinweis erhalten, dass du mehr auf deine Gelenke achten solltest.

Oder du träumst davon, dass du dir einen dicken Pullover gekauft hast. Morgens fragst du dich, wozu das wohl nutze war. Möglicherweise fährst du in Ski-Urlaub und „man" wollte dir sagen: „Denk' daran, genügend warme Sachen einzupacken!"

Hinweis-Träume sind nicht immer so zu verstehen, wie wir sie im Traum erleben. Hin und wieder müssen wir ein wenig um die Ecke denken, um daraufzukommen, was die Aussage sein soll. Auch ist es typisch für einen Hinweis-Traum, dass wir total Übertriebenes „serviert" bekommen.

Übergroße Tiere, absonderliche Gesichter, unrealistische Örtlichkeiten usw. Dies hat zum Grund, dass wir uns auch wirklich daran erinnern, weil es eben so „schräg" war.

Der Albtraum

Hierfür kann es verschiedene Erklärungen geben. Zum einen – wie wir wissen – besteht die geistige Welt nicht nur aus dem Lichten, sondern eben auch aus Dunklem.

Diese Wesenheiten (zu denen ich später noch kommen werde) können sich ebenso wie die „Guten" in deine Traumwelt einladen. Ihnen geht es darum, dich zu schocken, dir Angst einzujagen. Träume, in denen du z. B. verfolgt wirst, aber du kommst kaum von der Stelle, obwohl du rennen willst, gehören zum Beispiel dazu. Oder Spuk, Tod und Krankheit gehören dazu.

Tatsächlich ist es möglich, dass sich recht unangenehme dunkle Energien (so z. B. Sukkubus und Inkubus) in unsere Träume schleichen und uns Albträume bescheren, die es wahrlich in sich haben. Vorsicht bzw. fundiertes Handeln ist angesagt, kehrt jede Nacht der gleiche Albtraum zurück, der dich des Schlafes beraubt, dich tagsüber total „erschlagen" zurücklässt und immer mehr deiner Energie beraubt.

Tatsächlich kann sich aber auch ein Verarbeitungsprozess hinter einem als Alb empfundenen Traum verbergen. Hier gilt es, nach dem Erwachen näher darüber nachzudenken, worin womöglich für dich eine nützliche Aussage stecken mag.

Aber auch die Hinweis-Träume können heftig ausfallen. Auch sie werden hin und wieder als schrecklich empfunden, obwohl eigentlich eine Botschaft für dich zu finden ist.

Alle diese Träume sind absolut keine Schäume. Mein Rat: Lege dir einen Notizblock und einen Stift neben dein Bett. So kannst du dir – auch nachts – immer gleich aufschreiben, woran du dich sonst am nächsten Morgen vielleicht nicht mehr erinnern würdest.

Allemal sind Träume weit mehr als nur messbare Prozesse, die sich in unseren Gehirnen abspielen.

Kommen wir schließlich zum (angenehmen) Tagtraum.
Hier träumen wir nicht während des Schlaf-Prozesses, sondern durchaus auch einmal mit offenen Augen. Wenn unsere

Gedanken und Fantasien auf geistige Reisen gehen, während um uns herum alles ausgeblendet wird. Träumereien dieser Art können sehr dienlich sein, wenn du dich im Manifestieren deiner Wünsche übst.

Auf keinen Fall solltest du nach dieser Traumreise ernüchtert seufzen und denken: „Ach, ja, wie schön wäre es, wenn … Aber, na ja …"

Ganz im Gegenteil. Auch hier gilt das Gleiche wie beim Wunschtraum bei Nacht. Erinnere dich an dein seliges Glücksgefühl und halte – wenn du wieder bei dir bist – dieses Gefühl so intensiv und lange fest, wie du nur kannst.

Immer begleitet mit schönen positiven und zuversichtlichen Gedanken.

Zu guter Letzt möchte ich vom unbewussten und bewussten Träumen sprechen.

Unbewusst träumen wir, wenn wir etwas einfach erleben. Ob als direkt Betroffener oder eher als „Zuschauer". Situationen werden erlebt und entsprechend empfunden.

Etwas anders verhält es sich beim bewussten Träumen. Hier sind wir uns im Traum BEWUSST, dass wir träumen und können ggf. sogar einschreiten, wenn's uns gar zu doll wird! Ich hatte erst kürzlich einen solchen Traum, der mich total aufregte.

Bis zu dem Augenblick, bis ich im Traum zu mir sagte: „Reg' dich doch nicht so auf! Du träumst das alles ja nur; es ist nicht WIRKLICH, was du hier gerade erlebst!"

Hernach wachte ich beruhigt auf. Aber beim näheren Nachdenken im Wachzustand ergab sich für mich ein brauchbarer Hintergrund.

Erkläre deine Träume zu Möglichkeiten, denn Träume sind eine himmlische Antriebskraft!

Meditation und Hypnose

Willst du behaupten, dass sich alle buddhistischen Mönche irren?

Nach ihrem Glauben/ihrer Religion ist die Meditation, also die innere Einkehr/Entschleunigung/das Herausnehmen aus dem wirren Trubel eine grundlegende Wichtigkeit.

Buddha, sagt die Überlieferung, wurde bei einer Meditation unter einem Baum sitzend erleuchtet. Wie ich bereits mehrfach erwähnte: Beten wir, sprechen wir zu Gott; meditieren wir, spricht Gott zu uns.

Warum sind diese Auszeiten so immens wichtig?

Gerade in unserem hektischen Alltag, der mit allerlei Stress und mannigfaltigen Aufgaben vollgestopft ist, tut es einfach der Physis (= unserem göttlichen Tempel) und unserer Psyche (= Seele) gut, wenn wir uns ein Weilchen aus dem Tohuwabohu entziehen und zu uns zurückfinden.

Wir erden uns wieder (d. h. wir finden unsere Bodenhaftung wieder), unsere Gedanken ordnen sich (Schweig' still Gedankenkarussell!), wir atmen bewusst (was die wenigsten Menschen wirklich tun; meist atmen wir stockend, viel zu flach und unausgewogen) und wir gelangen zu mehr Gelassenheit (die uns so vieles leichter ertragen lässt). Wollen wir also allen Ernstes noch behaupten, Mediationen seien esoterischer Firlefanz?

Ein Charakter will wie ein Garten gepflegt sein – es ist zu wenig, nur schöne Pflanzen zu setzen; auch das Unkraut muss gejätet werden.

Wie geht Meditation?

Es gibt die unterschiedlichsten Methoden. Hier einige Beispiele (die sicher keinen Anspruch auf Vollständigkeit haben):

Meditation mit leiser Musik im Hintergrund (asiatisch, Klangschale, Naturgeräusche, sphärische Engelsmusik).
Meditation ohne Musik. Hierbei einfach in die absolute Stille hineinhorchen. Wenn die Alltagsgeräusche nicht ausgeschaltet werden können, verstopfe dir die Ohren.

Meditationen zu Hause auf dem Sofa liegend oder im Yoga-Sitz auf dem Boden bzw. meditatives Yoga.

In der Natur (Dort, wo du absolut für dich sein kannst und ungestört bist; du brauchst keine Zuschauer, die sich womöglich lustig über dich machen!).

Geführte Meditationen

Entweder in einer Gruppe oder zu Hause mittels CD (hierbei gibt es eine reichhaltige Auswahl an Meditations-Möglichkeiten).

Meditation innerhalb eines Rituals, um das Praktizierte hierdurch zu manifestieren (also zu festigen).

Kann Meditation eigentlich jeder?

Grundsätzlich ja. Hierbei sind natürlich der Fitness-Status bzw. Herz-Kreislauf-Erkrankungen etc. zu beachten. Nicht, weil das Meditieren gefährlich wäre. Es kann, je nach Intensität, schon einmal sehr intensiv werden, und wer an und für sich psychisch labil oder physisch angeschlagen ist, sollte vorher einen Gesundheitscheck machen lassen.

Nicht alles ist eine esoterische Neu-Erfindung, sondern seit Ewigkeiten praktizierte Technik.

Über die unterschiedlichsten Möglichkeiten gibt es Bücher, CDs, DVDs und Kurse.

Probier' es aus, wenn du dich physisch und psychisch stabil fühlst. Ich wünsche dir eine gute Reise zu dir selbst!

Sprechen wir nun über die (korrekt ablaufende) Hypnose. Ich möchte das hier so explizit betonen, da es genügend „Hokuspokus" auf diesem eigentlich sehr seriösen Gebiet gibt. Es sind jene verkappten Showmaster, die zuverlässig und ehrlich arbeitende Hypnose-Therapeuten ins Lächerliche ziehen und dem Ruf der ganzen Gilde nachhaltig schaden.

Grundsätzlich geht einer verantwortungsvollen Hypnose eine eingehende Anamnese voraus. Menschen gegen die Stirn zu tippen und sie kippen um wie ein Holzbrett ist das Gegenteil von verantwortungsvoll!

Lässt man jene (angeblich) Weggetretenen auch noch alberne Kunststückchen vollführen, an die sie sich (wie sie behaupten) nicht erinnern können, wenn sie „wieder bei sich sind", gehören für mich in den Bereich gemeingefährlicher Unsinn und hat absolut nichts mit der Realität zu tun!

Hypnose – wozu?

Hierzu zwei Beispiele:
Irene hat, seit sie denken kann, panische Angst vor Gewässern. Seien es Teiche, Seen, Flüsse oder das Meer. Nicht ein einziges Mal hatte sie ein traumatisches Erlebnis, was diese Panik erklären würde. Es wird so schlimm, dass sie mit ihrem Freund nicht einmal mehr am Strand spazieren gehen kann, weil sie beinahe hysterisch wird, wenn ihr kleinste Wellen über die Füße rollen.

Nun sind auch noch Albträume hinzugekommen, in denen sie im Meer untergeht und qualvoll ertrinkt. Sie und ihr Freund wissen sich nicht mehr zu helfen. Schließlich weiß Irenes Tante Rat. Sie empfiehlt ihrer Nichte, sich hypnotisieren zu lassen, um der „Sache" auf den Grund zu gehen. Zunächst hält Irene nichts davon. Sie kennt nur die „Spinner" aus dem Fernsehen, und auch ihr Freund ist skeptisch. Doch Irene leidet immer öfter und immer panischer unter ihrer unerklärlichen Angst. Schließlich weiß sie auch nichts Besseres und stimmt zu.

Nach einem sehr langen eingehenden Gespräch wird Irene so weit zurückgeführt, bis der Grund für ihre Angst gefunden ist.

Tatsächlich war Irene eine Irin in einem früheren Leben gewesen, die mit ihrem Mann die Heimat gen Amerika verlassen musste, um nicht an Hunger zu sterben.

Während jener Überfahrt beobachtete sie, wie ein Kind bei gewaltig hohem Wellengang bei Sturm über Bord ging und ertrank. Irene sieht und hört in der Hypnose alles, wie früher erlebt. Der Therapeut lässt sie die Schrecken als Zuschauer erleben und gibt ihr immer wieder ein, dass sie keine Angst zu haben braucht, denn es sind nur Bilder der Vergangenheit, die nicht jetzt und hier geschehen. Das beruhigt die junge Frau.

Als sie wieder im Hier und Jetzt zurück ist, weiß sie, woher ihre Angst vor jeglichem Gewässer stammt.

Nun kann sie mit dem Aufarbeiten beginnen, denn sie weiß, woran ihre Seele so lange zu knabbern hatte!

Wir können noch sooft inkarnieren und unsere Hülle wechseln, doch unsere Seele bleibt immer die Gleiche. Und so kann es vorkommen, dass wir sog. „Altlasten" aus früheren Leben mit im Gepäck haben, wenn wir erneut inkarnieren.

Das zweite Erlebnis betrifft mich und ist keine fiktive Erzählung.

Als ich vor einigen Jahren mit meinem Mann in Irland Urlaub machte, besichtigten wir eine beeindruckende Burg. Schon immer haben wir uns beide für Burgen, Schlösser und das Mittelalter interessiert. Als kleines Mädchen konnte ich die Fastnachtszeit kaum erwarten, denn ich freute mich jedes Mal, mein Burgfräulein-Kostüm anziehen zu dürfen.

Gleich als wir die Burg betraten, überkam mich ein Gefühl, zu Hause zu sein. Was eigentlich merkwürdig war.

Denn zahlreiche Besucher, die hin und her liefen und Kinder, die anfassten, was eigentlich nicht berührt werden sollte, sollten mich eigentlich genügend ablenken – doch genau das Gegenteil war der Fall!

Alles, was die Besucher betatschten, rief in mir ein Gefühl hervor, als wenn jemand durch dein Wohnzimmer stapft und alles in Beschlag nimmt. Ich raunte meinem Mann zu, dass ich alle am liebsten hinauswerfen lassen würde!

Ich wusste immer genau, wohin wir gehen mussten und welche Räumlichkeiten uns erwarteten.

Mein Mann staunte Bauklötzer.

Ich hörte, wie ein Mann meinte, dass die Treppe nach unten wohl in den Küchentrakt führen würde. Nein, da war die Kapelle, ich war mir sicher!

Und genau so war es.

Die Treppe führte nach einer kleinen Abzweigung in einen Seitenturm. Ja, da musste der Küchentrakt sein! Und genau da war er auch.

So langsam wurde ich meinem Mann unheimlich. So ging es weiter mit dem großen Schlafgemach, den Kammern für die Bediensteten usw.

Ich kann mich heute noch an das Gefühl erinnern, als wir die Burg verlassen mussten. Es war ein Gefühl, als würde man mir das Herz herausreißen, so, als würde ich aus meiner Heimat vertrieben. Weiß Gott, ich hatte Mühe, nicht in Tränen auszubrechen!

Wieder in Deutschland beschäftigte sich einige Zeit später mein Mann (zufällig …) mit dem Thema Hypnose. Auch ich kannte bis dahin nur die Spaßmacher aus dem Fernsehen, und natürlich stand ich ausgesprochen misstrauisch der Rückführung in frühere Leben gegenüber. Doch wenn ich jemandem vertraue, dann meinem Mann. Er war es dann auch, der mich verantwortungsvoll mit meiner vollsten Zustimmung zurückführte.

Mittlerweile weiß ich, dass ich einige Male im Mittelalter inkarniert war. Mit der Seele, die heute mein Mann ist, und auch mit anderen, die „früher" meine Partner und Familien waren. Mich hatte es nach Schottland, Irland, dem heutigen Wales und Britannien verschlagen.

Kein Wunder also, weshalb ich mich in jener Burg so gut auskannte!

Die eine Rückführung war notwendig, um der armen Irene zu helfen, damit sie wieder ein lebenswertes Dasein führen konnte. Meine entsprang reiner Neugier.

Hypnose wird mittlerweile auch auf dem medizinischen Sektor angeboten, was selbstredend auch wieder in sachkundige Hände gehört!

Jedenfalls ist Hypnose kein kleiner netter Zeitvertreib für Zwischendurch.
Beide Seiten sollten hier ausgesprochen verantwortungsbewusst und sachkundig zu Werke gehen!

Himmlisch sind Orte,
an denen wir uns nicht schämen,
unsere Gefühle offen zu zeigen.

Willst du glücklich sein im Leben, trage bei zu
and'rer Glück, denn die Freude, die wir geben, kehrt ins
eigene Herz zurück.
(Volksweisheit)

Ist Glücklich-Sein erlernbar?

Ja, warum soll das nicht möglich sein? Wann empfinden wir
so etwas wie Glück eigentlich? Doch dann, wenn wir für etwas
dankbar sind. Und Dankbarkeit wiederum kann jeder – oder?

Wir sind dankbar, wenn der neue Erdenbürger gesund zur Welt
kommt, wenn wir die ersehnte Wohnung bekommen, der begehrte Job uns zugefallen ist, eine schwere Operation gut ausgegangen ist, wir den richtigen Partner fürs Leben gefunden haben ...
   Die Frage ist eigentlich eine ganz andere: Können wir denn
in unserem ganzen Alltagsstress überhaupt noch erkennen, was
Dankbarkeit sprich Glück in uns auslösen könnte?
   Haben wir vielleicht sogar verlernt, was es heißt, glücklich
zu sein? Viele Dinge, Situationen etc. in unserem Leben nehmen wir oftmals als selbstverständlich an. Wenn wir eine schöne Frühlingsblume betrachten, wer denkt schon darüber nach,
dass ein gewisser Grad an Dankbarkeit angebracht wäre? Jemand
der blind ist, dem entgeht der wunderbare Anblick der Blume.
   Ich denke, wir alle sollten (wieder) lernen, was Dankbarkeit
bedeutet; im Kleinen wie im Großen. Dann kommt das Glücksgefühl von ganz allein. Probieren wir's doch mal aus!

Das Gesetz der Resonanz

Wollen wir uns nun über das Gesetz von Ursache und Wirkung unterhalten.

Oder, wie der Volksmund sagt: „Wie es in den Wald hineinruft, ruft es zurück". Was ist dran an diesem Spruch?

Kommt immer Freundlichkeit zu mir zurück, wenn ich umso freundlicher bin? Man wünschte es oft, dass es so ist ... Und doch ist schon das ein oder andere wahre Körnchen enthalten. Und dies im irdischen wie auch magischen Bereich.

Wie ich bereits mehrfach erwähnte, besteht jeder und alles aus Energie, die sich in Wellen verbreitet. Unter den Menschen, den Tieren, der Natur und in die unsichtbare Welt hinein.

Welche Energie wir aussenden, gibt letztlich den Ausschlag, was auf uns zurückwirkt oder womöglich an uns abprallt. Letztere Möglichkeit ist sogar recht nützlich, wenn wir einem sogenannten Energie-Vampir begegnen – hierzu gleich mehr.

Wenn ich einer Kassiererin, die muffig ihre Arbeit versieht und kaum ein nettes Wort für die Kundschaft hat, mit ausgesuchter (bitte ehrlicher!) Freundlichkeit begegne, gibt es zwei Möglichkeiten.

Entweder sie lässt sich hiervon positiv anstecken, und insofern ernte ich das, was ich aussandte, oder sie bleibt weiterhin verschlossen.

Vielleicht hat sie Kopfschmerzen oder ihr Filius zahnt und hat sie die ganze Nacht nicht schlafen lassen. Oder sie hat eine kranke Mutter, die gerade im Krankenhaus liegt ... Es gibt so viele Hintergründe, weshalb manche Menschen ausgesprochen unsympathisch auf ihre Umwelt wirken, obwohl sie's eigentlich gar nicht sind.

Also war es im letzteren Fall „vergebliche Liebesmühe"? Nein. Denn die positive Schwingung hast du auf jeden Fall ausgesandt.

Und die Welle wird schon auf jemanden treffen, der die göttliche Antenne auf „Empfang" gestellt hat.

Vielleicht war die „unfreundliche" Kassiererin nur perplex, dass du ihr so viel Aufmerksamkeit gewidmet hast, dass sie's erst einmal hat sacken lassen müssen. Beim nächsten Kunden ist sie möglicherweise besser drauf, und der kann etwas Freundlichkeit auch gerade gut gebrauchen. Also hat sich deine ausgesandte positive Energie in Wellen ausgebreitet.

Das war ein irdisches Beispiel. Wollen wir einmal sehen, wie es im Bereich des Magischen mit dem Gesetz der Resonanz bestellt ist. Zum Thema Magie, und was sie alles bedeutet und nicht bedeutet, komme ich später noch zu sprechen.

Du machst beispielsweise ein Engel-Ritual, in dem du den himmlischen Boten näherbringen möchtest, was du dir wünschst bzw. erhoffst. Kurz vor Beginn des Rituals hast du dich aber über deinen Nachbarn geärgert, der immer stichelt und Streit sucht. Noch immer wurmt dich dieser blöde Heini. Hier (bei allem Verständnis!) stimmt weder deine innere Grundeinstellung (dir und allem anderen gegenüber) noch deine Energie (die durch deinen Nachbarn verunreinigt wurde).

Dennoch möchtest du gerade jetzt dieses Ritual machen, denn in einer Stunde kommt deine Tochter aus der Schule, und dann musst du dich um andere Dinge kümmern. Dein Ritual nimmt seinen Lauf. Doch nach Wochen ist dir klar: Dir wird keine Hilfe zuteilwerden. Frustriert schimpfst du auf den ganzen „Engel-Quatsch" und resignierst.

Du hast es ja gleich gewusst: Das alles bringt sowieso nichts.

Doch mit Sicherheit hätte dein Ritual Wirkung erzielt, doch du hast einige Dinge hierbei nicht bedacht.

Zum einen sollte niemals ein Ritual unter Stress-, Frustrations- oder Ärger-Hintergrund ablaufen.

Nimm' eine Dusche/ein Bad zur Entspannung. Mache alles in Ruhe und innerer Gelassenheit. Habe eine positive Einstellung jedem und allem gegenüber. Klingelt dein Nachbar an der Tür und sucht immer wieder Streit, stelle die Türglocke frühzeitig aus.

Vielleicht hilft es dir ja runterzukommen, wenn du eine CD laufen lässt, während du deinen Andachts-/Ritualplatz herrichtest, oder du machst ein fröhliches Tänzchen.

Wenn du für all dies im Augenblick keine Zeit hast, wähle für dein doch sicher wichtiges Ritual einen anderen Zeitpunkt.

Deine Intention sollte zielgerichtet und konzentriert ablaufen. Wenn es noch immer in dir grollt, wie blöde sich dein Nachbar verhalten hat, lenkt dich das nur ab. Und wenn du mit der vorgefassten Einstellung an ein Ritual gehst, dass du's eben mal ausprobierst, aber eigentlich nicht wirklich daran glaubst, machst du den Laden dicht. Schon vergessen? Dein freier Wille ist allen lichten Wesenheiten heilig. Wenn du also aussendest, dass du nicht wirklich auf Empfang bist, weil du nicht daran glaubst, dann wird auch kein Kontakt zustande kommen (können).

Also, du siehst, das Gesetz der Resonanz hat gegriffen. Nur nicht gerade so, wie du's gerne gehabt hättest!

Kann man denn lernen, positiv zu denken?

Ja, das geht. Gehört man jedoch eher zu den Pessimisten, Zweiflern oder Skeptikern, kostet es nur einiges an Eigendisziplin und einen gehörigen Umdenkungsprozess. Oder du bist sehr sensibel und lädst dir viel zu oft anderer Leute Probleme auf, die eigentlich nichts mit dir zu tun haben. Wenn du zu jenen Menschen zählst, die mit anderen mitleiden und nicht mitfühlen, dann kann dich alles so herunterziehen, dass sich nach und nach das positive Denken verabschiedet. Doch erkennen wir „des Pudels Kern", können wir daran arbeiten.

Aber auch Menschen, die sich lieber vom Positiven überraschen lassen und zunächst das Negative „erwarten", haben eine Portion Arbeit vor sich!

Wozu eine positive Einstellung nutze ist, erklärt sich eigentlich von selbst. Wenn das Gesetz der Resonanz greifen soll, kann ein positives (= zuversichtliches) Denken nicht schaden, oder? Was soll es bringen, wenn wir für die Heilung der Katze Kitty beten, gleichzeitig aber damit rechnen, dass es nichts nutzen wird?

Natürlich zieht hier Gleiches Gleiches an. Nur sollten wir genau überlegen, WAS wir anziehen wollen!

Sind also die Negativ-Denker die wahren Realisten?

Nein. Das, was wir als Realität bezeichnen, ist keine Sekunde lang in Stein gemeißelt. Ich erinnere dich ein weiteres Mal an deinen freien Willen. Wenn du beschlossen hast, dass etwas in deinem Leben eine Wende erfahren muss, und du bittest hierfür um Beistand aus der göttlichen Quelle, kann sich dein Schicksal nur dann verändern, wenn du eine positive Einstellung hast, oder anders ausgedrückt: Du solltest aus tiefstem Herzen daran glauben können/wollen, dass deine Bemühungen fruchten werden. Was könnte ein notorischer Pessimist an seinem Leben ändern können? Er ist ja davon überzeugt, dass die Umstände sind, wie sie sind und basta.

Manchmal stärkt man sich ausgiebig und fühlt trotzdem keinen Funken Kraft.
Dann reicht ein Wort des positiven Zuspruchs, und man glaubt, Berge versetzen zu können!

Nichts tun ist besser, als mit viel Mühe nichts schaffen.
(Laotse)

Energie-Vampire

Wie versprochen komme ich auf einen Bereich der Grob- und Feinstofflichkeit zu sprechen, der uns regelrecht unsere Energie abzapfen kann, wie ein ausgehungerter Blutsauger.

Nun werden jene Menschen bzw. Energien so genannt, was natürlich nicht das Geringste mit Graf Dracula zu tun hat. Auch erzähle ich hier bestimmt keine Halloween-Horror-Storys. Nein, hier geht es tatsächlich um durchaus Reelles.

Auf der grobstofflichen Ebene

Hier sind unsere Mitmenschen gemeint, die durch ihren Charakter und ihre demonstrierte Wesensart dazu beitragen, dass wir uns nach Kontakt wie leer und energielos fühlen.

Sei es durch unangemessene Wutausbrüche, freche und unverschämte, beleidigende Bemerkungen, Mobbing und dergleichen mehr. Hierzu zählen notorische Pessimisten, Depressive, Nörgler, Querulanten, Schmarotzer, Streitsüchtige, herrische und rechthaberische Typen usw.
Allen fehlt es an dem, was du so verführerisch zu bieten hast: Deine Energie! Während sie sich nach einem Kontakt mit dir wie neugeboren fühlen, hast du den Eindruck als hätte man dir den Stecker herausgezogen.

Wenn es dir schon einmal so ergangen ist, dann bist du einem Energie-Vampir über den Weg gelaufen.

Halte Ausschau nach Zwischenräumen am bewölkten Himmel!

Wie können wir uns vor solchen Blutsaugern schützen?

Natürlich gibt es in dem großen bereits dargestellten Bereich der vielen Helferlein aus der großen göttlichen Quelle jede Menge Energien, die wir zum Schutz für uns aufrufen können. Auch hier gilt: Wenn du nicht davon überzeugt bist (und zwar aus tiefstem Herzen und vollster Inbrunst), dass dieser Weg des Schutzes für dich wirken kann, wird er es auch nicht.

Manche schwören auf Amulette, um negative Energien abzuhalten (Edelsteine mit ihren unterschiedlichsten Wirkungsmöglichkeiten sind hierbei eine sehr gute Wahl). Hier gilt das Gleiche. Dein Glaube verleiht deinem (Schutz-)Gegenstand die Wirkung, die gewünscht ist. Von alleine wirkt hier gar nichts.

Wenn deine positiv aufgeladene Energie nicht Besitz ergriffen hat von deinem Schutzanhänger, wird er für dich nicht so machtvoll wirken können, wie er es könnte.

Wieder andere rufen sich das passende Krafttier herbei. Hier musst du nicht nur fest im Glauben, sondern auch geübt sein im Visualisieren. Es nützt ja nichts, wenn du dir einen Feuer speienden Drachen herbeirufst, wenn du keine konkrete Vorstellung davon hast, wie er aussehen soll.

Es gibt zwar Menschen, die die Drachen ins Reich der Fabel- und Märchenwelt verbannen (was ich im Übrigen mit einiger Berechtigung NICHT tue), dennoch kann ich nur dazu raten, sich mit dem Thema Drachen näher zu befassen. Es wird sich für euch lohnen ...
Sagen sind weit mehr als nur lehrreiche Fabeln, die allein dazu dienen, dem Menschen zum moralischen Ansporn zu verhelfen.

Es kann nicht schaden, (wieder) mit unseren Herzen zu sehen und mit unserem Verstand zu erkennen, was wirklich wahr ist, denn das Bessere ist der Feind des Guten.

Natürlich gibt es auch die Möglichkeit, deinen Schutzengel um Beistand anzurufen. Sein Name kommt schließlich nicht von ungefähr!

Ebenso stehen dir die Erzengel gerne zur Seite (auch wenn es angeblich medial begabte Menschen gibt, die behaupten, dass Engel/Erzengel Besseres zu tun haben, als uns Menschen Händchen zu halten). Engel achten unseren freien Willen, wie ich schon sagte, und somit können und dürfen sie für uns nicht wirken, wenn wir sie nicht explizit darum bitten.

Meine Methode ist je nach Situation unterschiedlich.

Treffe ich auf einen Hund, der von seinem Halter nur unzureichend unter Kontrolle zu halten ist, und ich weiß, dass er liebend gerne meine beiden Fellnasen zerrupfen würde, rufe ich mir einen meiner tierischen Geistführer an meine Seite. Es ist ein weißer Wolf mit Aquamarin-farbigen Augen. Seine Größe ist ungefähr zweimal so groß wie ein ausgewachsener Neufundländer. Wie gesagt, das Visualisieren muss dir in Fleisch und Blut übergegangen und jederzeit machtvoll abrufbar sein. Und natürlich sind auch hier dein Glaube und deine tiefste Überzeugung das A und O.

Wenn ich auf ganz bestimmte „Typen" treffe, die – das sagt mir mein Bauchgefühl/Instinkt – mir ganz sicher unangenehm/gefährlich werden könnten, verfahre ich wie folgt:

Ich atme mind. dreimal tief ein und aus und verbinde mich mit der Erde (aus den Fußsohlen) und mit meinem Kronen-Chakra (der Energiepunkt auf dem Kopf) in Richtung Universum.

Dann visualisiere ich eine Lichtsäule, die mich (und ggf. meine Hunde) einhüllt in göttlich-goldenes Licht. Ich kann nur sagen, dass es mir in jenen (Gott sei Dank seltenen) Fällen Selbstsicherheit und eine innere Ruhe und Gelassenheit gegeben hat.

Ob nun die Göttlichkeit von außen auf mich wirkt oder der göttliche Schutz aus mir selbst heraus wirkt – wer weiß? Auf jeden Fall kann ich diese Methode weiterempfehlen.

Natürlich sollten wir nicht so draufgängerisch sein und „Buffy, die Vampirjägerin" spielen. Wir sind nicht im Film, sondern in der Realität und somit durchaus verletzbar! Allemal ist es sinnvoller, etwaigen Gefahrensituationen von vornherein aus dem Weg zu gehen, anstatt den Helden spielen zu wollen.

Doch was ist mit den Energie-Vampiren?
Was machen wir, wenn wir denen nicht so ohne Weiteres aus dem Weg gehen können?

Dann hilft am allerbesten das Bewusstsein deiner eigenen inneren Göttlichkeit. Die bewirkt nämlich, dass du dich stark (nicht überheblich), ausgeglichen (nicht arrogant) und durch und durch licht und positiv aufgeladen fühlst.

Ich hörte einmal von einem Rat, der natürlich nur etwas für Menschen ist, die sich nicht vor Schlangen ekeln.
Man stelle sich vor, dass man wie in einem Ganzkörperanzug steckt, der wie eine eng anliegende glatte Schlangenhaut alle negativen Einflüsse an uns abrutschen lässt. Ich habe diese Methode zwar noch nicht ausprobiert, jedoch leuchtet mir der Schutzeffekt dahinter durchaus ein.

Grundsätzlich gilt, dass der Schutz für dich der richtige ist, mit dem du dich am besten identifizieren kannst. Es bringt ja nichts, wenn ich dir raten würde ein gigantisches Schutz-Spinnennetz vor dir zu visualisieren, das unangenehme Menschen, Energien oder Situationen von dir abschirmt, wenn du zu den Arachnophobikern zählst ...

Der allerbeste Schutz ist, dich vor Energie-Vampiren (sofern sie dir als solche bekannt sind) fernzuhalten.

Die tiefe Ruhe ist die Bewegung in sich selbst.
(Laotse)

Was bedeutet Magie?

Einfach ausgedrückt ist es das Wirken durch uns selbst und aus uns heraus, um etwas zu bewirken und schließlich mit Energie aufzuladen, um etwas zu manifestieren. Ein magischer Akt ist insofern jedes Ritual, jedes Gebet, jede Visualisierung und jede Manifestation. Ich wundere mich immer, was „man" nicht alles als Magisch bezeichnet; gerade in der Werbung fällt mir das auf.

„Kaufen Sie, diesen Lippenstift; denn er ist einfach magisch ..." Was kann an einem Lippenstift magisch sein ...? Oft wird der Begriff Magie verwendet ohne offensichtlich zu wissen, welche Bedeutung eigentlich dahintersteckt.

Ist Magie etwas Böses?

Im Sinne dieses Wortes grundsätzlich nein. Die Magie ist von ihrem Grundstamm her neutral. Weder gut noch böse, weder weiß noch schwarz. Ich vergleiche sie immer mit einem Messer. Für jemand Hungrigen kann damit ein Brot bestrichen jedoch auch ein Mord begangen werden. Es liegt im Bestreben und somit der 100%igen Verantwortung eines magisch Agierenden, was aus seinem Wirken erwächst.

Man muss schon aufs Milligramm abwägen, für was und wie wir wirken und mit welchen Auswirkungen möglicherweise zu rechnen ist.

Kann Magie jeder?

Ja und nein. Ja dazu, dass grundsätzlich jeder Mensch magisch agieren KANN. Ein klares Nein, denn nicht jeder SOLLTE Magie betreiben. Ich sorge mal für Aufklärung:

Wer sich eingehend und gründlich mit allen Möglichkeiten, die die Magie bietet, auseinandersetzt (und ich meine WIRKLICH alle!) und sich seines Handelns und der Konsequenzen im Klaren ist, kann magisch wirken.

Wer seelisch instabil ist, ein kleines Angsthäschen ist, das sogar Angst vor dem eigenen Schatten hat oder ein sehr unausgeglichener Charakter ist, sollte sich genau überlegen, ob die Magie wirklich etwas für ihn ist. Eine große Verantwortung lastet auf dem, der Magie betreibt, das darf niemals unterschätzt werden.

Ebenfalls sollten Kinder/Heranwachsende, Tablettenabhängige, Drogensüchtige, Alkoholiker und Depressions-Kranke die Finger von der Magie lassen.

Alles, was unsere Aufmerksamkeit und Konzentration trüben könnte, ist fehl am Platze!

Weshalb wird die Magie vielerorts regelrecht verteufelt?

Die Antwort steckt schon in der Frage.

Man hat die Magie insofern schlechtgeredet und etwas Böses, nicht Greifbares und somit Schändliches daraus gemacht. Insofern haben zwei Menschengruppen „Schuld" daran, dass die Magie mit so viel Fehlerhaftem versehen ist, dass die Menschen von ihr ein so verzerrtes Bild haben.

Hiermit meine ich die Christenkirche. Sie hat maßgeblich dazu beigetragen, das Heidentum auszumerzen und den „alten Glauben" oder auch „alten Weg" als den Weg des Teufels/ Satans dastehen zu lassen. Frauen wurden zu Hexen erklärt, die den „alten" Göttern huldigten (hierzu in einem anderen Kapitel mehr); sie wurden gefoltert und verbrannt oder ertränkt, wenn sie nicht vorher bereits durch Folter verstarben. Hier schon bekam die Magie das Etikett verpasst „gemeingefährlich und gotteslästerlich".

Die zweite Gruppe bezieht sich auf die Scharlatane. Ihnen geht es nicht um die wahre Magie, denn sie wissen vermutlich gar nicht, was das überhaupt bedeutet und mit wie viel Verantwortung das magische Wirken einhergeht.

Dazu zählen u. a. jene, die mit „Trick 17" Trauernden weismachen wollen, sie hätten Kontakt zum verstorbenen Kind/Ehemann/Mutter … Es liegt ihnen nicht das Geringste daran, den Verzweifelten zu helfen. Nur Bares ist Wahres ist ihr Credo. Diese Menschen bringen die Magie mitsamt jenen, die sie durchaus verantwortungsvoll anwenden, in Verruf.

Bringen „magische" Rituale wirklich etwas?

Das kommt darauf an, mit welcher Intension und Willenskraft ein Ritual betrieben wird. Weiter ist von Bedeutung, ob die Motive hierbei lauter/integer sind (dass z. B. in keines Lebewesen freier Wille ungefragt Einfluss genommen wird). Magie ist wahrlich ein ausgesprochen komplexes Gebiet, und dir hier in allen Facetten darlegen zu wollen, was es in anderen Büchern bereits zu lesen gibt, würde hier den Rahmen total sprengen. Es kann sein, dass ich dich mit meinem Buch hier auf den Geschmack gebracht habe. Dann lege ich dir dringend ans Herz, dich umfassend und verantwortungsvoll diesem Thema zu widmen. Sagt dir deine innere Stimme, dass du lieber die Finger davonlässt, ist es auch in Ordnung.

Ich zeige hier nur Wege auf; und welchen du beschreiten willst oder lieber nicht, ist deine Entscheidung und liegt in deiner Verantwortung.

Je nach Art bzw. Anliegen gibt es zahlreiche „Helfer" aus der geistigen Welt, die uns zur Seite stehen können, wenn wir sie hierzu anrufen. Doch auch hier ist Vorsicht die Mutter der Porzellankiste!

Nicht alle, die behaupten, uns liebend gerne zu unterstützen, haben auch unser Wohl im Sinn – das genaue Gegenteil ist der Fall! Zu all jenen „Unholden", mit denen wir es zu tun haben können, später mehr.

Welche Arten der Magie gibt es?

Es gibt aus allen Glaubens-/Religions-Bereichen Möglichkeiten, die Magie zu nutzen. Nein, dies geht nicht gegeneinander, sondern sehr gut miteinander! Sogar „Hexen" können beispielsweise Engel-Rituale wirken. So vielfältig die magischen Wege auch sein mögen; immer wieder gibt es Überschneidungen, und wir können erkennen, dass mancher (zunächst unnötig erscheinende) Umweg uns durchaus auf den richtigen Pfad geführt hat.

Man sollte seltener „Warum?" und häufiger „Warum nicht?" fragen!

Hellfühlen, Hellsehen, Hellhören, Hellwissen

Es gibt Menschen, die mit einer besonderen Gabe inkarnieren. Allerdings kann grundsätzlich jeder Mensch (mehr oder weniger) derlei Wahrnehmungen studieren und sich hierin schulen.
Die Frage ist, ob es für jeden Menschen geeignet ist, denn das möchte ich definitiv verneinen. Wer, wie weiter oben beschrieben, physisch/psychisch angeschlagen ist oder aus anderen bereits geschilderten Gründen nicht in der Lage ist, Herr seiner Sinne zu sein, sollte besser die Finger davonlassen.

Auch die Über-Sensiblen könnten Schwierigkeiten haben, mit den Auswirkungen der feingeistigen Arbeit zurechtzukommen. Meine Großmutter war so ein Sensibelchen. Nachbarinnen hielten regelmäßig Séancen ab, und meine Oma wurde neugierig. Doch jene Nachbarinnen rieten ihr ab, daran teilzunehmen. Sie sei zu sensibel, um mit dem möglicherweise Erlebten klarzukommen. Ich finde, das war sehr, sehr verantwortungsvoll. Auch hier kann man sehr genau erkennen, wer sich seiner Verantwortung anderen Menschen gegenüber voll bewusst ist und wer regelrecht marktschreierisch nach „Freiwilligen" ruft.

Hellfühlend sind Menschen, die Eindrücke gewinnen, sobald sie einen Gegenstand in Händen halten. Diese Eindrücke sind Informationen, die derjenige hat/erhält, was es mit dem Gegenstand auf sich hat. Wer ihn besitzt oder besaß, wie er ge- oder benutzt wurde oder auch wozu.

Hellsehend sind Menschen, die Visionen haben (vor dem inneren Auge) oder sie sehen verstorbene Seelen, die sich vor ihnen materialisieren, also Gestalt annehmen. Sie haben ebenso Klar-Träume, das heißt, ihnen werden durch Traumarbeit Hinweise und Informationen zuteil.

Hellhörend sind Menschen, die in die Feinstofflichkeit hineinhören können. Ihnen werden auf einem mentalen Übertragungskanal Stimmen und Gespräche übermittelt, die nichts mit der physischen Akustik zu tun haben.

Hellwissend sind Menschen, die – wie der Name sagt – wissen. Sie WISSEN einfach, weil sie GEWISSHEIT über Umstände, Hintergründe und dergleichen haben.

Wie wir alle haben jene Menschen ebenso eine Lebensaufgabe mit im Gepäck. So kann es aber durchaus sein, dass Seelen, die sich diese Gaben für ihre Inkarnation NICHT ausgesucht haben, sie dennoch erlernen können. Sofern es ihrem gesteckten

Lebensziel nicht zuwiderhandelt. Insofern kann es auch hiermit zu tun haben, ob ein Mensch in der Lage ist, sich in jenen Eigenschaften mit Erfolg zu schulen oder dies nicht von Erfolg gekrönt zu sein scheint.

Manche Menschen haben sogar ihre Probleme mit ihrer Gabe, ja, sie leiden regelrecht darunter. Dies mag damit zusammenhängen, dass es ihnen schwerfällt, sich an ihre gesteckten Lebensziele zu erinnern, oder sie haben sich einfach zu viel vorgenommen und brechen unter ihrer Last zusammen. Sie brauchen definitiv explizite Hilfe! Wir wissen (teilweise aus eigener leidvoller Erfahrung), dass unsere Mitmenschen recht spöttisch auf die Feingeistigkeit reagieren können, und so sind medial Begabte doppelt abgestraft.

Vielleicht hilft es ihnen ja auch schon, wenn WIR ihnen aufgeschlossen und verständnisvoll begegnen und ihnen einfach ein Freund sind.

Ich bin der Engel der Sonne,
dessen flammende Räder sich zu drehen beginnen,
wenn Gottes allmächtiger Atem
zur Dunkelheit und zur Nacht sprach:
Es werde Licht! Und es ward Licht.
Ich bringe das Geschenk des Glaubens.
(American Native)

Märchenhaftes

Eigentlich mag ich Märchen. Die „Bösen" bekommen immer ihre Quittung für ihr Tun, und die „Guten" werden für ihren Edelmut stets reich belohnt. Die Unfolgsamen bekommen immer ihre „Wer nicht hören will, muss fühlen"-Lehre verpasst, und am Ende gibt es immer ein „Happy End". All dies macht wohl die Märchen aus, die wir alle kennen.

Eines, was sie gleichfalls auszeichnet, ist allerdings auch die Brutalität und Gewalt sowie die Diffamierung und Nichtachtung so mancher Kreatur gegenüber. Und das stört mich gewaltig.

Ich habe für die Kreativen unter euch einmal die bekanntesten Märchen herausgesucht und mache jeweils Vorschläge, wie sie umgeändert und neu erzählt werden könnten. Ohne Gewalt und ohne Blutvergießen, aber durchaus mit lehrreichen Komponenten.

Stelle dich morgens vor den Tag wie vor die Pforte zu einem verwunschenen Garten.

Die Schöne und das Biest

Muss ein verzauberter Prinz eine Bestie sein, vor der jeder Angst hat? Da fällt dir bestimmt etwas Besseres ein!

Schneeweißchen und Rosenrot

Und auch hier ist ein Zwerg (ein Naturgeist!) automatisch böse. Erfinde ein Mischwesen. Zwerge sind Kleinwüchsige; sollen Kindern hier Vorurteile gegen Andersgeartete gelehrt werden ...?

Schneewittchen

Die „böse" Stiefmutter muss ja nicht wirklich böse sein. Sie könnte auch nur unsicher sein und immer wieder nach Selbstbestätigung suchen. Wie wäre das: In Schneewittchen findet sie schließlich eine Verbündete und mit dem Prinzen zusammen helfen sie den Zwergen gegen etwas (wirklich) Böses.

Hänsel und Gretel

Natürlich muss die Hexe böse und hässlich sein. Und natürlich muss sie ihr Ende im Feuer finden (woran erinnert mich das nur ...). Man könnte diese Figur statt Hexe z. B. eine „Dunkelfee" (die gibt es wirklich) nennen, die sich durch einen Zauber, den Hänsel und Gretel finden, am Ende auflöst. Den Begriff „Hexe" mit der Assoziation „böse" gleichzusetzen, schürt nur Vorurteile! Vielleicht war die Dunkelfee gar keine, sondern wurde ihrerseits verzaubert; und nun „erlöst", entpuppt sie sich als eine liebliche gute Fee, die den Kindern ihre Schätze schenkt.

Das tapfere Schneiderlein

Warum müssen 7 Fliegen erschlagen werden? Und mit dieser Tat steht das Schneiderlein auch noch als Held da! Warum landen nicht 7 Schmetterlinge auf seiner Schulter, die ihn fortan begleiten? Oder es fallen ihm 7 Knöpfe herunter, die er mit „einem Streich" auffängt. Es kommt wohl daher der Begriff der „lästigen Fliege" ...

Rumpelstilzchen

Und wieder ist ein Kleinwüchsiger ein böser Geist. Könnte er nicht ebenso gut ein verbitterter einsamer Mann sein, der ob seiner Gestalt verhöhnt wird, weshalb er sich in den Wald zurückgezogen hat? Später könnte er mit der Königin und dem König Frieden schließen.

Rotkäppchen

Da frage sich noch mal einer, woher es kommt, dass so viele Menschen ein ausgesprochen gespaltenes Verhältnis zum Wolf haben! Wie wäre es, wenn sich der Wolf als harmlos herausstellt und später sogar dem Jägersmann ein Freund/Begleiter wird, und dieser lernt, dass nicht jeder Wolf eine Bestie ist?

Dornröschen

Das dusselige Prinzesschen, das nicht gehorchen will, muss also fühlen und sich schmerzhaft in den Finger stechen, um dann auch noch in einen todenähnlichen Schlaf zu verfallen! Wie grausam ist das denn?!

Vielleicht muss sie sich gar nicht verletzen, sondern das gesamte Königreich wird 100 Jahre lang von einer bösen Magierin regiert. Natürlich kommt dann ein Edelmann/Prinz, um alle zu erlösen!

Froschkönig

Hier muss man das Tierchen wirklich nicht als eklig hinstellen und auch noch an die Wand klatschen. Leblos rutscht im Märchen das Tier von der Wand, und ein Prinz erscheint. Brutaler geht's wirklich nicht. Das Verzauberte steckt in einem Tier, das den Tod finden muss, damit ein toller Typ auftauchen kann! Eine tolle Message für die Kinder!

Aschenputtel

Hier stirbt nicht nur die Mutter, es werden auch noch Füße verstümmelt!
Warum müssen Körperteile abgehackt werden? Hätten schmerzhafte Blasen nicht gereicht? Warum muss die Mutter gestorben sein? Sie könnte doch von einem bösen Geist in einen Edelstein verwandelt worden sein, den Aschenputtel immer um den Hals trägt. Die (wieder einmal) böse Stiefmutter entpuppt sich als der böse Geist ... Lass' DEINE Fantasie walten!

Der Rattenfänger von Hameln

Muss man die Ratten in diesem Märchen unbedingt ertrinken lassen? Das ist doch grausam! So bringt man Kindern bei, dass Ratten Schädlinge sind und vernichtet gehören!

Der Wolf und die 7 Geißlein

Hier könnte sich eines der Geißlein als tapferes, schlaues Kerlchen herausstellen, dass dem Wolf drei Rätsel aufgibt. Hernach denkt der Wolf um und wird fortan der treue Beschützer der Geißlein.
Man könnte den Wolf durch einen (einst) ausgesetzten Schäferhund ersetzen.

Brüderlein und Schwesterlein

Und wieder geht es um die Jagd und den Tod.
In diesem Märchen soll nicht nur der in ein Reh verwandelte Bruder getötet werden, nein, die eben niedergekommene Köni-

gin muss hier gleichfalls dran glauben. Als Geist erscheint sie am Bettchen ihres Kindes. Gruselig!

Die Siegfried-Sage

Warum müssen Drachen eigentlich immer böse sein? Warum ist immer der am Ende der Held, der den Feuerspeier tötet? Es ist in den Märchen schon bezeichnend, dass immer der als Held gilt, der einem Tier den Garaus macht. Dir fällt bestimmt weniger Blutrünstiges ein.

Vielleicht macht es dir Spaß, Märchenhaftes ganz neu zu erfinden? Weniger blutrünstig und weniger diffamierend für Mensch und Tier.

Ich finde, es ist Zeit, die staubige Märchenkiste zuzumachen und neue Geschichten zu kreieren!

Edles mit Edelsteinen

Hier an alle, die kaum glauben können, welche Wirkung Steine/ Edelsteine haben können:

Alles auf unserem Planeten ist Leben und somit Energie. Das ist durchaus keine Esoterik, sondern eine wissenschaftliche Tatsache. Alles besteht aus Energiewellen, und diese Wellen strahlen ab.

Somit ist auch ein Stein Energie. Nur weil er aus einem anderen Grundstoff besteht wie eine Pflanze, ein Tier oder ein Mensch und er sich nicht menschlich oder anderweitig für die meisten von uns hörbar äußert, besteht er dennoch daraus.

Ja, und was kann so ein Stein? Der ist doch nur hart. Schön oder nichtssagend, ein Stein eben.

Jeder Stein ist für sich einzigartig. Ob gigantisch groß wie die Berge oder ganz, ganz klein wie Aquarien-Kies.

Die Edelausgabe sind die Edelsteine. Das Gleiche, was ich über Energie gesagt habe, gilt selbstredend auch für sie. Sie sehen unglaublich schön aus, machen sich gut zwischen Pflanzen auf dem Fensterbrett, aber zu was sonst sind sie wohl nutze, außer dass sie super Deko-Stücke sind?

Es wird behauptet, dass ein Edelstein je nach Art und Farbe unterschiedlich in seiner Wirkung ist. Ob du daran glaubst, musst du entscheiden. Die Wissenschaft bleibt da (natürlich!) skeptisch. Denn schließlich ist es nicht bewiesen, also muss angezweifelt werden, dass da etwas dran ist. Wir hätten also wieder einmal den typisch menschlichen Tunnelblick.

Tatsächlich weiß man um die Wirkung schon seit Hildegard v. Bingen und noch weit, weit davor.

Sicher, wenn man will, kann man alles anzweifeln. Ich für meinen Teil arbeite sehr gerne mit Steinen und Edelsteinen, und seit ich das tue, kicke ich bewusst keine mehr aus dem Weg – es käme mir nicht richtig vor.

Allemal schadet es nicht, sich mit der Energie eines Steines/Edelsteines zu verbinden. Das kannst du tun, indem du ihn ausgiebig wässerst, um ihn von Restenergien zu befreien, also wenn er, bevor er in den Besitz gelangt ist, von zahlreichen Menschen angefasst wurde.

Danach setze ihn einen ganzen Tag der Sonne und eine ganze Nacht dem Mond aus. Nun kannst du ihn zum Beispiel in die Hände nehmen oder an dein Herz legen oder an die Stirn. Entspanne dich dabei, das ist wichtig, und das am besten ohne jegliche Störungen und Erwartungshaltung. Erwarte nicht, dass der Stein plötzlich zu sprechen anfängt! Aber ein gewisses Kribbeln wird dir mit der Zeit sicher auffallen. Auch wird er mehr oder minder warm werden, was dir ein angenehmes Gefühl geben kann.

Mir scheint es immer so, dass sich seine Energie mit meiner und umgekehrt auflädt. Wenn du magst, lege eine CD auf mit Musik, die dich in deiner meditativen Ruhe nicht ablenkt und warte einfach ab.

Vielleicht hast du andere gute Gefühle anschließend als ich, das ist okay. Allemal lohnt es sich, AUFGESCHLOSSEN zu sein, bevor wir etwas von vornherein ablehnen, nur weil wir es nicht verstehen (wollen/können). Lassen wir uns doch einmal auf etwas ein; wir verlieren dabei schon nicht unseren Verstand bzw. unsere Bodenhaftung! Manche Menschen gehen – ob's für uns nun nachvollziehbar ist, spielt hier bitte überhaupt keine Rolle! – mit ihrem Edelstein eine regelrechte Freundschaft ein, hegen und pflegen, ja, küssen ihn sogar. Ja, warum nicht?!

Oder sie legen sich einen Edelstein unters Kopfkissen, um gute bzw. aufschlussreiche Träume zu haben.

Und wenn eines Tages dein Edelstein kaputtgeht? Dann gib ihn der Erde zurück. Dies kannst du mit einem kleinen feinen Ritual im Wald tun (natürlich ohne angezündete Kerze – Brandgefahr!). Vielleicht kennst du auch einen lieben Menschen, dem du die eine Hälfte schenken möchtest (vorher von DEINEN Restenergien reinigen).

Manche Edelsteine „verschwinden" plötzlich, wenn sie sich wie von selbst von der Halskette lösen, und du findest deinen Steinfreund nicht mehr. Dann ist die Zeit gekommen, dass sich eure Wege trennen. Der Stein hat seinen Dienst mit und an dir getan. Es ist Zeit für dich, sich nach einem neuen Edelstein-Begleiter umzusehen.

Eines noch zum Schluss dieses Kapitels:

Erst ausprobieren und dann urteilen. Bevor wir nicht entdeckt haben, was neu für uns ist, können und sollten wir kein Urteil über etwas bilden, was womöglich sehr wertvoll für uns und andere sein kann.

Edelsteine und Tiere

Selbstverständlich können Edelsteine nicht nur für Menschen, sondern auch für unsere Tiere wirken. Ob zu Heilzwecken (physisch und psychisch) oder um Ungeziefer fernzuhalten (hier wirkt der Bernstein beispielsweise gegen Zecken am besten). Natürlich ersetzt ein Edelstein keinen Gang zum Tierarzt, damit wir uns richtig verstehen! Begleitend allerdings kann es nicht schaden, deinen edlen Freund für deinen tierischen Begleiter wirken zu lassen. Ob du dem Tierarzt davon erzählen magst oder nicht, hängt von der Aufgeschlossenheit desselben ab. Grundsätzlich würde ich zunächst nichts davon erzählen. (Man spürt, ob jemand „esoterisch" aufgeschlossen ist oder eher nicht.) Denn durch Skeptiker und Zweifler magst du vielleicht mutlos gemacht werden, was viele wunderbare (Heil-)Möglichkeiten für dein Tier zunichtemachen kann. Es bleibt jedem Menschen selbstverständlich unbenommen, seine eigene Meinung und Einstellung zum Arbeiten mit Edelsteinen zu haben. Doch sehen es einige Zweifler/Skeptiker/Zyniker als ihre gebotene Pflicht, einen allzu „Vergeistigten" zurück auf die Erde zu holen und mit dem zu konfrontieren, was sie „Realität" nennen. Solche selbst ernannten Missionare „durfte" ich auch schon kennenlernen. Ergo mag – zumindest zunächst – Schweigen Gold bedeuten ...

Ist die Arbeit mit Edelsteinen gefährlich?

Von sich aus nicht. Verwendest du einen Edelstein magisch-rituell, kommt es darauf an, was du wirken willst.

Die Magie ist – wie bereits mehrfach erwähnt – neutral. Sie wirkt genauso, wie du sie wirken lässt. Welcher Edelstein für welches Ritual geeignet ist, kann hier unmöglich in jeder Einzelheit wiedergegeben werden. Wenn du mehr über Edelsteine und ihre Wirkungen erfahren möchtest, lies entsprechende Ratgeber. Es lohnt sich!

Grundsätzlich rate ich vorsichtig zu sein bei Ritualen, die Schaden bringenden Charakter haben bzw. mit Flüchen im Zusammenhang stehen. Derlei wird dem Wirkenden früher oder später IMMER zum Bumerang (s. o.)!

Die unendlichen Weiten des Weltalls

Glaubst du an Ufos und Außerirdische? Ich persönlich halte es für ausgesprochen wahrscheinlich, dass beides existiert. Warum auch nicht? Wie arrogant können wir Erdlinge sein, uns einzubilden, dass im derzeit nicht mess- und bereisbaren Universum, das unendlich zu sein scheint, unsere Spezies einmalig ist?

Aber wieder einmal typisch. Was wir nicht sehen, messen und erklären können, wird angezweifelt. Und dann kommen die daher, die behaupten, entführt worden zu sein. Experimente seien an ihnen durchgeführt worden und dergleichen. Können wir glauben oder auch nicht. Dazu will und kann ich mich an dieser Stelle nicht äußern. Viel interessanter ist doch die Frage, was WIR tun würden, wäre es andersherum? Oder stimmen gar die Behauptungen, es gäbe Geheimlabors, wo gelandete/verunglückte Außerirdische „untersucht" wurden/vielleicht werden?

Tatsache jedenfalls ist, WENN das stimmen SOLLTE, wer von ihnen wurde von UNS wieder zurückgeschickt ...??? Ist ein für uns Menschen bezeichnender Gedanke ...

Haben wir das Recht, uns lustig zu machen über jene, die ihre Erlebnisse hatten oder gehabt haben wollen? Wir wissen es doch nicht besser!

Unlängst lief im TV eine Fastnachtssendung in der jemand äußerte: DER Beweis für außerirdische Intelligenz ist der, dass sie zu uns keinen Kontakt aufnehmen wollen. Zugegeben: ein recht harter Brocken. Doch hatte der Redner so unrecht? Kein Tier wäre so dumm, an dem Ast zu nagen, auf dem es selbst sitzt. Das schaffen nur wir Menschen mit unserer hochgelobten Intelligenz, die uns zur „Krone der Schöpfung" macht ...

Zum Thema außerirdisches Leben gibt es spannende Bücher. Vielleicht glaubt hernach doch noch der ein oder andere an kleine grüne Männchen – wer weiß?

Die Energie-Heiler

Ein jeder Mensch (Tiere und Pflanzen übrigens ebenso) haben Energiepunkte. Im Esoterik-Jargon genannt „Chakren". Bevor ich mich hier in Einzelheiten verliere: Auch hier ziehe – bei Interesse – Fachliteratur zurate. Ich muss nicht über Dinge schreiben, über die es längst gutes Buchmaterial gibt.

Durch allerlei Physisches und Psychisches können diese Energiepunkte Schaden nehmen bzw. verstopfen. Der Energiefluss kommt ins Stocken und wir erleben die Auswirkungen auf der Körper- bzw. Seelenebene gleichermaßen.

Beim Qigong geht es beispielsweise darum, korrekt zu atmen, um das Chi (den Energiefluss) korrekt und frei fließen zu lassen.

Wie in fast allen Bereichen der „New Age"-Bewegung/Esoterik gibt es zu diesem Themenbereich Fachkundige. Eben jene, die erkennen können, ob dein Energiefluss so ist, wie er sein sollte oder nicht. Dies ist hilfreich für die, die eine Energie-Reinigung/-Heilung alleine zu bewerkstelligen nicht in der Lage sind oder es sich schlichtweg nicht zutrauen, dies selbst zu tun. Für alle anderen empfehle ich Bücher und geführte CDs zu diesem Thema. Abgesehen davon wollte ich hiermit erklären und herausstellen, dass Chakren und deren Heilung oder Reinigung kein neumodischer Quatsch, sondern erklärbare und – wenn man nur will – nachvollziehbare Tatsachen sind. Was schadet es uns, sich nur einmal theoretisch damit zu befassen und hernach vielleicht in die Praxis einzusteigen?

Was kann daran unsinnig sein, wenn wir unserer physischen Gesundheit wie auch unserer Seele etwas Gutes tun?

Nicht alles, was für uns neu ist, IST eigentlich neu. Die asiatische Heilkunst ist uralt und wurde (lediglich) neu entdeckt. Jedoch gilt auch hier: Die Chakra- bzw. energetische Reinigung seines Körpers bzw. deiner Seele ersetzt NICHT den Gang zum Arzt. Jedoch begleitend zu notwendigen ärztlichen Maßnahmen kann die Chakra-Arbeit niemals schaden.

Die „Heute-Nacht-hatte-ich-ein-Gespräch-mit-Gott"-Propheten

Gleich vorab eine direkte Frage: Glaubst du an Gott?

Glaubst du an „ihn" wie Kirche es vorgibt, oder hast du eine ganz andere Vorstellung von der Göttlichkeit an sich?

Was sollen wir von Menschen halten, die behaupten, Gott hätte zu ihnen gesprochen?

Wollen wir ihnen das einfach so glauben oder – wie üblich – erst einmal anzweifeln?

Spräche in letzterem Fall womöglich gar der Neid aus uns? Warum hat Gott mit ihm/ihr gesprochen und nicht mit MIR? Bin ich nicht „gut" genug? Bete ich zu wenig? Mache ich etwas nicht richtig beim Beten? Gerade die absolut Gläubigen unter den Lesern könnten so denken.

Meist behaupten die, die sich mit Gott unterhalten haben, dass es ihnen anheimgestellt wurde, ein Buch hierüber zu schreiben. Wollten wir „böse" sein, könnten wir natürlich sofort unterstellen, dass das doch eine super Geschäftsidee war (von Gott?)!

Praktisch, dass Gott gerade jetzt in Plauderlaune war, wo Geld gebraucht wurde. Da kommt so ein Buch doch gut zu Pass …

Können oder dürfen wir es uns so leicht machen? Es gibt nun einmal Menschen, die feinsinnig sind und irgendeine Art von medialer Begabung haben. Das ist so, und da fällt uns kein Zacken aus der Krone, um ihnen das zuzugestehen.

Für mich ist in erster Linie ausschlaggebend, WAS gesagt/niedergeschrieben wurde und welche Aussage dahintersteckt. Ich für meinen Teil glaube nicht an einen strafenden und ständig an uns herumnörgelnden Gott, der uns Menschen stets „von oben herab" aburteilt und einen jeden als unzulänglich und sündhaft dastehen lässt.

Ich denke eher, wir stammen alle aus einer Sphäre, die man „die göttliche Quelle" nennen kann und aus der alles, aber auch alles stammt. Gut wie böse, positiv wie negativ, Tierseelen, Menschenseelen, den „Himmel", den anderen Bereich … So gesehen haben wir alle den göttlichen Funken in uns. Gut, manche Menschen verstehen es wahrlich trefflich, diesen Funken so kleinzuhalten, dass man ihn kaum wahrnehmen kann. Doch das ist ein ganz anderes Thema ...

Wenn also jemand sagt, dass er sich mit Gott unterhalten hat, kommt es doch eigentlich nicht primär darauf an, ob wir ihm/ihr glauben oder nicht, sondern WAS diese Unterhaltungen beinhalteten. Wenn sie positiver, aufmunternder oder konstruktiv-kritischer Natur sind, können wir alle doch nur daran wachsen und daraus lernen. Oder ist jemand unter uns, der das nicht bräuchte? Das glaube ich nicht ...

Tatsächlich äußert sich „Gott" oftmals bei den Menschen, die so richtig im Morast sitzen und gar nicht mehr wissen, wie sie allein herauskommen sollen.

Müssen wir also erst mit unserem Podex auf dem sprichwörtlichen Grundeis sitzen, um mit der Göttlichkeit in Kontakt zu kommen? Wer weiß? In manchen Lebenssituationen ist man möglicherweise aufnahmefähiger als in anderen. Wann zum Beispiel beten wir? Meist doch nur, wenn wir etwas brauchen oder wünschen. Seltener, wenn es uns so richtig gut geht.

Die Göttlichkeit zeigt sich in so vielen fantastischen Facetten, dass es eigentlich nie umsonst ist zu beten. Und warum sollte „Gott" dann nicht auch mit uns sprechen? Wir müssen „nur" lernen, hinzuhören. Vielleicht nicht mit unseren Ohren, sondern eher mit unseren Herzen.

Die Elemente-Anrufer

Auf unserem wunderbaren Planeten haben wir Feuer (Vulkane, Maare und diverse Feuer im Außenbereich/Hausgebrauch), Wasser (Teiche, Bäche, Meere, Seen, Wasserfälle, Brunnen ...), Erde (überall vorherrschend in der Natur und bei uns zu Hause) und die Luft (vom Sauerstoff zum Atmen bis zum heftigsten

Wirbelsturm). Mit all diesen sogenannten Elementen arbeitet der Magier.

Der Verantwortungsbewusste natürlich gänzlich anders, als jene, die ihr Handwerk einseitig „dunkel" nutzen.

Was sollen wir von jenen halten, die behaupten, mit den „Hütern der Elemente" zu arbeiten? Gibt es die überhaupt, oder sind das auch nur wieder Märchengestalten für Erwachsene? Um eines vorwegzunehmen, und ich hoffe, dass ich dich nicht allzu sehr erschüttere, ich glaube an sie. Aus vielerlei Gründen. Natürlich fällt es leicht zu sagen, dass man glaubt, wenn man eigentlich weiß.

Woher ich das weiß, würde jetzt hier an dieser Stelle den Rahmen sprengen und ein weiteres Buch füllen (Gute Idee; vielleicht mache ich das sogar!).

Allemal gibt es tatsächlich, wie man so sagt, viel mehr zwischen Himmel und Erde, was sich mir nichts, dir nichts eben mal so erklären ließe.

Dazu braucht man nicht nur wichtige Informationen, sondern gleichfalls einen aufgeschlossenen Geist für das Überraschende und Unerwartete.

Unheimlich sind mir allerdings die Elemente-Arbeiter, die Publikum brauchen. Es wäre mir persönlich zutiefst unangenehm, wenn mir jemand hierbei über die Schulter schauen würde, um womöglich noch seine schlauen Sprüche zu reißen.

Ja, auch ich habe mich bereits mehrfach mit der Energie von Pflanzen, Tieren und Elementen verbunden. Nur ist dies eine so intensive Erfahrung, dass ich hierbei ganz sicher keine neunmalklugen Possenreißer um mich herum brauche.

Menschen sollten mit Ehrfurcht an diesen Zweig der magischen Arbeit herangehen, und das sollte nicht zur Selbstdarstellung oder -inszenierung dienen!

Das Element Wasser beispielsweise verdient unsere höchste Achtung, wie ich finde. Es macht uns in absolut jeder Hinsicht erst lebensfähig, oder etwa nicht?

Und, ja, auch das Element Feuer sollte geachtet werden. Durch Feuer bereiten wir Nahrung zu, wärmen uns usw.

Die Luft, ja das ist wohl klar: Ohne sie könnten wir nicht atmen.

Das Element Erde spricht ebenso für sich. Wir leben auf und – idealerweise – mit ihr. In ihr wächst, was wir anbauen. Flora und Fauna brauchen die Erde genauso wie das Wasser und die Luft.

All dies, was wir tagtäglich so selbstverständlich be-/nutzen, hat es eigentlich verdient, einmal darüber nachzudenken oder vielleicht sogar zu meditieren. Was meint ihr?

Die Du-bist-toll-was-auch-immer-du-tust-Prediger

Es gibt Eigen-Motivations-Bücher, die sind schon auf ihre Art etwas Besonderes, das muss ich zugeben.

Wie ich bereits mehrfach ausführte, denke ich zwar auch, dass wir alle den sogenannten göttlichen Funken in uns tragen, und dass dieses ewige Mea Culpa, was uns die Kirche (noch immer!) einzutrichtern versucht, unangebracht ist; doch ist es wirklich so, dass wir eigentlich machen können, was wir wollen – Gott liebt uns, und alles ist gut?

Selbst wenn das so ist – was ja sein kann – würde es UNS genügen, am Ende unserer Tage, wenn wir uns selbst in unser Lebenszeugnis schreiben: Er/sie war stets bemüht, aber ...?

Ich finde, ein jeder Mensch sollte doch einen etwas höheren Selbstanspruch an den Tag legen.

Wenn wir hören, egal, ob du dein Tier misshandelst, deine Frau betrügst, deinen Chef beklaust, deine Mutter nie im Altenheim besuchst ... du kommst doch in den Himmel, weil Gott dich liebt, auch mit deinen Fehlern, ja, können wir dann tun und lassen was wir wollen, denn es gibt ja keine Konsequenzen für uns ...?

Ich glaube zwar aus gutem Grund nicht an DIE Hölle und DAS Fegefeuer, doch ich glaube an ein Leben nach diesem Leben, und wenn wir dann erkennen müssen, wie unachtsam und rücksichtslos wir uns verhalten haben, ist guter Rat womöglich teuer.

Okay, beruhigt können die sein, die meinen, nach diesem Leben ist gar nichts. Außer Tod und Dunkelheit und aus die Maus.

Doch haben wir damit automatisch einen Freifahrtschein fürs Machen, was wir wollen?

Lassen wir einmal beiseite, ob wir daran glauben, dass wir aus einem bestimmten Grund zu einem bestimmten Zweck hier auf Erden wandeln.

Kann es tatsächlich genügen, oberflächlich und bar jeglichen Gewissens zu nehmen, was wir nur raffen können?

Nein, ich glaube NICHT an einen strafenden, verurteilenden Gott. Sehr wohl allerdings glaube ich an unsere Seele. Und die will eigentlich nicht verletzen, weil sie selbst auch nicht verletzt werden möchte.

Doch unser Ego (für alle, die an solches nicht recht glauben wollen, auch Dickschädel genannt) steht uns nur allzu oft im Wege, an uns zu arbeiten und wachsen zu wollen.

Also sind wir toll, egal, was wir tun? Aus göttlicher Sicht bestimmt. Doch geht es in unser aller Leben ganz sicher um wesentlich mehr, als nur wie ein Panzer durchs Kinderzimmer zu rasen, unseren Planeten mitsamt seinen ganzen sichtbaren und unsichtbaren Wesen zu (be-)nutzen und zu schröpfen, bis nichts mehr heil geblieben ist.

Mit diesem Leitgedanken sind wir wirklich toll, aber eben auch verantwortungsvoll in jeder erdenklichen Hinsicht. So handelten wir nicht nur menschlich, sondern wahrhaft göttlich!

Was mich letztlich zu einem weiteren Bereich der Selbst-Belobigung bringt:
Wer ist glücklich mit seinem Körper? Ich denke, die meisten von uns haben sicher das ein oder andere an sich zu kritisieren. Der Slogan „Liebe deinen Körper" kann hier vielleicht helfen, uns und unseren Tempel (= Körper) in einem positiveren Licht zu sehen. Was mich persönlich ärgert sind allerdings die Extreme, die es allenthalben nur noch zu geben scheint. Entweder fett oder spindeldürr. Nichts „Normales" dazwischen.
Wenn nicht Krankheiten dahinterstecken, die selbstverständlich fachärztlich behandelt gehören, und es sich auch noch um Menschen handelt, die im Rampenlicht stehen, sehe ich die Sache schon enger. Diese Menschen haben in gewisser Weise eine Vorbildfunktion, über die sie vielleicht einmal nachdenken sollten. Es ist doch weder erstrebenswert, wie ein lebloses Zombie-Geripppe über den Laufsteg zu staksen noch im Plus-Size-Outfit zu behaupten, dass das gesund ist und man sich auch so gut fühlen kann. Weshalb schauen sich die Modemacher/Models nicht einfach mal auf der Straße um; dann könnten sie sehen, wie unsinnig und gefährlich die zur Schau getragenen Extreme sind und wie „normal" geht.

Neuerdings wird von „Superfood" gesprochen, was nachhaltig und überaus gesund sein soll. Hiergegen ist absolut nichts zu sagen, damit wir uns gleich richtig verstehen. Was könnte wohl falsch daran sein, sich gesund zu ernähren und physisch wie psychisch gesund durchs Leben zu gehen? Wenn es deiner Gesundheit/Unverträglichkeit nicht widerspricht (vielleicht vorher eine Ernährungsberatung beim – hoffentlich aufgeschlossenen – Hausarzt oder Heilpraktiker einholen) sind Ratgeber zu diesem Thema absolut empfehlenswert.

Muss ein „Esoteriker" zwangsläufig „Gläubiger" sein?

Ich denke, dass keiner irgendetwas MUSS, denn wäre die Esoterik so gestrickt, würde sie sich nicht so überdeutlich vom Monotheismus unterscheiden. Denn Kirche sieht ihren Glauben als den einzig wahren an. Mittlerweile scheint zwar (zumindest nach außen) eine gewisse Toleranz vorzuherrschen, die mit anderen Religionen nebeneinanderher gehen kann/will, doch ist es natürlich klar, dass die Monotheisten ihren Glauben als DEN Glauben ansehen.

Kommen wir zur Esoterik zurück. In ihr finden wir tatsächlich so ziemlich alle Glaubensrichtungen. Wenn du so willst, ist hier für jeden etwas dabei. Nun schiebt Kirche in gewisser Weise Panik, denn es gibt zu viele Suchende, die nicht wissen, wohin mit ihrer Neugier. Diese Neugier ist meines Erachtens das Aufbäumen gegen jegliches Reglement, das uns aufgezwungen werden soll. Heute foltert Kirche zwar nicht mehr (zumindest wüsste ich hierzulande davon nichts ...), aber man kann die Schäfchen auf andere Art und Weise wieder einfangen bzw. zurückerobern.

Nämlich, indem die Esoterik zynisch-spöttisch belächelt oder gar als gefährlich hingestellt wird.

Welchen Glauben wir auch immer für uns entdeckt haben und mit dem wir leben und arbeiten wollen, mit Esoterik hat es bestenfalls im weitesten Sinne etwas zu tun. Denn unsere Neugier, unsere Suche nach innerer Erfüllung und Wahrheit kann und darf uns niemand vorschreiben.

Und das tut die Esoterik auch nicht, denn sie pflegt den sauberen Polytheismus (das Leben-und-Leben-Lassen ALLER Glaubensrichtungen).

Somit ist es allein unsere Sache, ob wir uns gläubig nennen mögen oder nicht. Und so sollte Glauben auch funktionieren: Frei von jeglichem Zwang.

Kirche und Tiere

Es mag für den ein oder anderen Leser durchaus so erscheinen, dass es mir einen (Heiden-)Spaß macht, auf den Kirchen und deren Obrigkeiten herumzuhacken. Ich zeige jedoch nur Fakten auf. Und ein weiterer Fakt ist, dass Tiere so gut wie kaum zur Sprache kommen. Es gibt zwar (in der Jägerschaft) die sogenannte Hubertusmesse (was für mich auch einen faden Beigeschmack hat; wenn du mehr hierzu wissen möchtest, mache dich bitte im Netz schlau), aber mehr oder weniger war es das dann auch.

Im Heiden-Glauben hat man das Leben geehrt und geachtet. Und wurde ein Tier zu Nahrungszwecken getötet, ehrte man dessen Seele und bat es um Verständnis. Lächerlich?

Ein wenig mehr Demut vor dem, was tagtäglich auf unseren Tellern landet und einmal ein Leben hatte, täte einigen Menschen recht gut, finde ich!

In einer Messe spricht man vom „Lamm Gottes", „dem Blut Christi" und „dies ist mein Leib und mein Blut ..." Man könnte mei nen, es wird aus einem Kannibalen-Kochbuch vorgelesen! Also blutrünstiger geht's ja wohl kaum noch! Die Bibelzitate sind zwar nicht wortwörtlich, sondern nur im übertragenen Sinne zu verstehen, dennoch zeigt Kirche einmal mehr ihre brachiale Seite.

Wann kann man bei den Fürbitten etwas darüber hören, dass für Tiere und Naturschutz gebetet wird? Meine Eltern feierten einmal ihre silberne Hochzeit, und zu diesem Zweck luden sie den Pfarrer ein.

Mittlerweile hat meine Mutter auch in dem ein und anderen Punkt umgedacht, aber das gehört jetzt nicht hierher. Damals war eben ein Vertreter der Kirche eingeladen. Zu dieser Zeit hatten meine Eltern einen Hund, der natürlich mit anwesend war. Ich merkte an, dass in der Bibel Tiere schließlich auch ihre Erwähnung fänden.

Tatsächlich sah mich der Ordensmann recht ratlos an und wusste überhaupt nicht, wovon ich sprach. Schließlich meinte er: „Ach ja, die Lilien des Waldes ..." Was auch immer er damit meinte, ich weiß es bis heute nicht ...
Das aber will ich damit sagen: Tiere sind in der Kirche kaum be- und schon gar nicht geachtet. Gut, Ausnahmen bestätigen auch hier die Regel; tatsächlich wurde schon von Pastoren berichtet, die Tiere segneten. Nun ja, immerhin ...

Leider ist mir persönlich noch keines dieser raren Exemplare über den Weg gelaufen ... (Schade eigentlich!)

Leider fällt auch auf, wie oft Tiere als negativ hergenommen werden. „So etwas tun nur Tiere" oder „Wir sind doch keine Tiere", „Wir wurden behandelt wie Tiere" usw. Es zeigt, wie es um den Stellenwert der Tiere auf unserem Planeten bestellt ist. Traurig, das im immerhin 21. Jahrhundert sagen zu müssen.

Von Heiligen und Selig-Gesprochenen

Natürlich werden hier Menschen von Menschen zu dem gemacht, was wir Heilige oder selig Gesprochene nennen. Es sind jene Menschen, die Außergewöhnliches und Bedeutendes geleistet haben, was sie dazu privilegiert, dass sich die Kirchenobrigkeit näher mit ihnen befasst, um sie auf besondere Art und Weise zu ehren.

Ich frage mich immer, wozu das eigentlich nötig ist. Und erneut muss ich betonen, dass in JEDEM Menschen das Göttliche steckt. Die Heiligen aber, sie stehen in gewisser Weise durch ihren verliehenen Status über dem Rest der „üblichen, normalen" Menschheit, wobei sie eigentlich auch „nur" Menschen sind oder waren.

Ich denke: Frau Müller und Herr Lehmann von nebenan, können durchaus auch Besonderes leisten, auch wenn's keiner erfährt. Wollen wahre Helden in Wahrheit gar keine sein? Die Bezeichnung „die Heiligen unserer Zeit" trifft hierbei den Nagel auf den Kopf. Ob sie sich für Menschen, Tiere oder die Natur engagieren. Warum werden diese Menschen nicht auch alle heilig- oder seliggesprochen? Das hört sich irgendwie abstrus an, absolut. Doch hast du eine Antwort darauf? Ich glaube, ein Heiliger können wir alle auf irgendeine Art und Weise sein (im Sinne des Wortes: etwas oder jemanden heilen).

Wunder(sames)

Glaubst du an Wunder? Lourdes ist ja so ein ganz außergewöhnlicher Wallfahrtsort, an dem regelmäßig Wundersames geschah und heute noch geschieht.

Wie funktionieren Wunder? Können wir selbst für Wunder sorgen, dass sie geschehen? Oder ist es „Aufgabe" von Engeln, Göttern und Heiligen, sie uns zu bringen (oder eben auch nicht)?

Sicher kennt jeder den Spruch „Der Glaube versetzt Berge". In der Bibel steht, dass Jesus, wenn er jemanden von etwas geheilt hat, gesagt haben soll: „Dein Glaube hat dich geheilt." Was soll uns das alles sagen?

Sind Wunder reine Einbildung? Aber es gab schon Todkranke, die von heute auf morgen gesund wurden und kein Arzt dafür eine Erklärung fand. Hernach erfuhr man: Die Angehörigen haben Kerzen angezündet und haben um ein Wunder gebetet.

Warum geschehen für den einen Wunder und für den anderen nicht? Machen sie in Sachen Glauben irgendetwas nicht richtig? Oder werden sie für irgendetwas bestraft, wenn kein Wunder für sie kommt?

Und wieder komme ich mit der Göttlichkeit um die Ecke, die in uns allen steckt.

Die Krux dabei ist die, dass es so einfach wie schwierig ist, daran zu glauben. Wir fühlen uns überheblich und arrogant, wollten wir uns als göttlich bezeichnen. Doch mit diesen unliebenswerten Charaktereigenschaften hat das überhaupt nichts zu tun.

Wenn wir nicht GLAUBEN und davon ÜBERZEUGT sind, DASS wir alle den göttlichen Funken in uns haben, halten wir ihn sozusagen gedimmt. Er kann nicht hell leuchten, weil wir uns mit unserer Skepsis ständig selbst ausbremsen und im Weg stehen. Das müsste ja nicht sein. Und dann kommt noch der Alltag mit seinem Stress, Geldsorgen, den großen und den kleinen Ärgernissen dazu, Krankheiten, schlechte Noten und was weiß ich noch alles. Da kommt man schon ins Grübeln und denkt: „Und das soll mein göttliches Leben sein? Na danke dafür!"

Natürlich bedeutet es nicht, dass wir auf zarten Rosenblüten wandeln und nichts und niemand uns etwas anhaben kann – das bedeutet der göttliche Funke nicht. Es kommt darauf an,

WIE wir damit umgehen und WAS wir daraus machen. In einem Menschenleben geht's eben heute mal rauf, dafür morgen runter. That's life!

Doch zurück zu den Wundern.

Wenn Jesus wirklich gesagt hat, dass der Glaube zur Heilung beigetragen hat, dann unterstützt es doch eigentlich meine These, dass eine positive Grundeinstellung wahrlich Berge versetzen kann, oder nicht? Wer felsenfest davon überzeugt ist, dass er ein Wunder VERDIENT hat, warum sollte er keines erhalten?

Die, zu denen wir beten, sind weder schwerhörig noch uninteressiert an unseren Belangen. Und wenn das Wunder doch ausbleibt?

Wenn zum Beispiel jemand stirbt, weil es keine wundersame Heilung für ihn/sie gab? Spätestens fangen dann die Zweifel an, ob es so etwas wie Wunder und einen Gott überhaupt gibt. Sätze fallen wie: „Warum hat Gott DAS zugelassen? Was für ein Gott ist das eigentlich?"

Ihr könnt mir glauben, dass ich nichts unversucht gelassen und alles in meiner Macht Stehende getan/gewirkt habe, und dennoch ist mein Vater gestorben. Ja, auch ich habe anschließend gehadert und WOLLTE nicht verstehen. Dafür hat mein Ego (= Dickschädel) gesorgt.

Und heute? Wie sehe ich seinen Heimgang mit einigen Jahren Abstand?

Es hat alles (sein Erdentod inklusive) zu seinem Lebensweg gehört, und da hat es nicht hineingepasst, dass sich die Rädchen anders drehen. Somit KONNTE nichts fruchten, was ich auch versucht hatte. Doch das wollte ich nicht sehen. Und da hat kein Gott Schuld daran, dass mein Vater starb. Ich glaube es ist einfach verständlich und menschlich, wenn wir irgendjemandem die Schuld zuschreiben, wenn wir verzweifelt sind und trauern.

Rede ich mir das nun alles schön, damit ich besser mit dem (vermeintlichen) Verlust zurechtkomme? Ich denke mit der Zeit, oder wie die Psychologen sagen nach den typischen Trauerphasen, hat sich einfach wieder mein höheres Ich zu Wort gemeldet und hat meinem Ego erklärt, nun einmal zu schweigen.

Wunder gibt es. Wundersames, sprich Unerklärliches ebenso. Es ist weder falsch, an sie zu glauben, um sie zu bitten oder zu hadern, wenn sie ausbleiben.

Vielleicht können wir nur Wunder erwarten, wenn wir selbst wundervoll sind ...

Der Kirchenaustritt

Wenn jetzt einer von euch erwartet hat, dass ich zum kollektiven Kirchenaustritt blase, muss ich leider enttäuschen. Ob jemand dieser Institution beitreten möchte oder dies weiterhin tut, ist ganz allein eine eigene Entscheidungsfindung, in die ich mich nicht einmische.

Was mich nur immer wieder nervt ist, dass die Kirchen unterstellen, man hätte seinen Glauben verloren, tritt man aus ihrem Verein aus. Wer sagt denn das? Ich kann doch weiterhin glauben, an wen ich will, dazu brauche ich doch keine Kirche – oder?

Ich wette, Gott/Göttin kann ohne Kirche ganz gut – aber umgekehrt, dürfte es schwieriger werden. Obwohl, Jesus brauchte sie auch nicht. In einem Evangelium, nämlich dem Thomas-Evangelium, steht Bemerkenswertes. Nämlich klipp und klar Folgendes:

Das Reich Gottes ist in Dir und um uns alle herum. Nicht in Gebäuden aus Holz und Stein. Spalte ein Stück Holz, und ich bin da. Hebe einen Stein auf, und Du wirst mich finden.

Wenn jene, die Euch (ver-)führen, sagen: Siehe, das Königreich ist im Himmel, werden Euch Vögel zuvorkommen. Sagen sie, es ist im Meer, werden die Meeresbewohner Euch zuvorkommen. Das Königreich ist in Euch und um Euch herum.

Wenn Ihr Euch selbst erkennt, dann werdet ihr auch erkannt werden, und ihr werdet Euch bewusst, dass IHR die Kinder des lebenden Vaters seid. Wenn Ihr Euch aber nicht erkennt, seid ihr in Armut. Ich bin das Licht, das All; das All ist aus mir entstanden, und das All ist zu mir gelangt.

Was soll uns dieser Text sagen?

Das Reich Gottes ist in uns und um uns herum. Das heißt doch nichts anderes, als dass wir alle in uns den göttlichen Funken haben und jedes Lebewesen um uns herum ebenso. Dass alles, einfach alles göttlich ist.

Wir benötigen für diese Erkenntnis keine Gebäude aus Holz und Stein.
Wenn wir einen Stein aufheben, finden wir – ja, was eigentlich?

Ich übersetze es so: Wenn wir einen Stein aufheben, fühlen wir seine Energie. Wie alles (wir inklusive) pure Energie ist. Wir sollten – so verstehe ich diesen Passus – eher das Reich Gottes in der Natur suchen, anstatt in irgendwelchen (Prunk-)Gebäuden.

Will mich jemand „verführen", verstehe ich darunter, dass jemand versucht, mich „mit Worten bekehren oder einlullen" zu wollen. Da ist man bei mir ohnehin an der denkbar falschesten Adresse!

Das Königreich ist eben nicht weit, weit fort im Himmel, sondern in uns und um uns herum.

Auch das bedeutet für mich übersetzt: Suche nicht die Göttlichkeit, denn sie ist bereits in dir und um dich herum, in einfach allem. Und wenn uns (scheinbar begriffsstutzigen) Menschen Vögel und Fische zuvorkommen, was soll das wohl heißen? Dass es Tiere eher geblickt haben wie wir? Und WENN dem so wäre? Erkennen Tiere die Göttlichkeit in uns allen, während wir noch verzweifelt (in Kirchengebäuden) danach suchen? Tja, verbänden wir uns wieder mit der Natur; ich denke nicht, dass es uns ach so allwissenden Menschen zum Schaden wäre ...

Den weiteren Text verstehe ich nicht so, dass es uns in Armut im Wortsinn stürzt, wenn wir nicht erkennen wollen/können, dass wir göttliche Kinder von Gott sind.

Ich denke eher, es könnte bedeuten, dass wir uns selbst armselig damit machen, wenn wir die Göttlichkeit in allem (in uns und um uns herum) verleugnen und nicht erkennen. Und wenn wir die Armut sind, wie es weiter im Text heißt, wären wir somit die (frei gewählte) eigene Armseligkeit.

„Ich bin das Licht, das All; das All ist aus mir entstanden, und das All ist zu mir gelangt" übersetzt sich möglicherweise so:

Jesus ist das Licht (der rettende Heiland, wenn du so willst) in damals sehr dunklen Zeiten, was man in vielerlei Hinsicht auch von unserer heutigen Zeit sagen könnte. Da könnten wir wohl auch einen „Lichtbringer" gebrauchen, der so einigen verbohrten Egomanen zeigt, wie Welt auch in schön, fair und gerecht gehen kann.

Gott (= göttliche Quelle) ist der Urquell, aus dem alles – auch das All – entsprungen ist, und natürlich wird alles Leben aus dem All wieder in die göttliche Quelle zurückkehren.

1945 wurde eine Schrift (in aramäischer Sprache) entdeckt, die als „die geheimen Worte Jesu" bezeichnet werden.
Bis heute weigert sich der Vatikan, diese als „Neues Testament" bezeichnete Schrift anzuerkennen und erklärt sie gar zur Ketzerei.

Ich kann eigentlich nichts Ketzerisches in den Texten entdecken. Du vielleicht?

Es sind doch wunderbare, aufmunternde Worte, voller Zuversicht, Liebe und Naturverbundenheit.

Na ja, eigentlich all jenes, was man schon in „alten Zeiten" unter (angeblicher) Ketzerei verstand ...

Aber klar, wenn jetzt einer behauptet „He, Leute, eigentlich braucht ihr keine Gebäude aus Holz und Stein, um Jesus/Gott zu finden.", könnte es ja gleichbedeutend damit sein, dass die Institution Kirche generell infrage gestellt werden könnte. Eine andere Erklärung für die Reaktion des Vatikan habe ich nicht.

Die Einfachheit ist aus den Texten herauszulesen, wie WAHRER Glaube geht. Wir brauchen keinen großen Zinnober, um in göttlichen Kontakt zu treten.

Genau hierin ist wohl das enthalten, was Kirche so sauer aufstößt, nämlich die Gleichheit aller Menschen im Einklang von Mutter Erde. Alles existiert auf Augenhöhe miteinander. Es gibt keine Abgehobenheit mehr, d. h., kein Mensch steht über seinem Nächsten oder darunter.

Ich spazierte einmal mit meinem Mann durch den Wald, als uns sonntags nicht nach „Gottesdienst" war. Wir waren so ziemlich die einzigen Menschen, die zu dieser Zeit dort unterwegs waren. Wir redeten kaum und wenn, dann ganz leise.

Die Vögel zwitscherten, das Blattwerk in den Bäumen rauschte, der Waldboden unter uns war weich und es duftete krautig-frisch nach Harz und Tannen.

Später sagte ich zu meinem Mann: „Weißt du, DAS war mir mehr Gottesdienst, als ich ihn je in auch nur einer Kirche erlebt hätte!" Da waren wir uns einig.

Wer allerdings meint, Kirche ist für ihn wichtig oder gar ein Lebens-Anker, dem sei es von Herzen gegönnt, und er/sie soll dabeibleiben. Solange wir noch unsere eigenen Gedanken bewahren, ist's in Ordnung.

Denn die wahre Sicht der Dinge predigt uns ohnehin kein Priester dieser Welt; es ist unsere innere göttliche Stimme, die uns den Weg weist. Wir müssen sie nur zu Wort kommen lassen.

Von Amuletten, Talismanen und Traumfängern

Mit ihnen verhält es sich wie mit den Edelsteinen. Glaubt man an ihre Wirkung, dienen sie uns. Tragen wir sie einfach so, ohne dass wir einen näheren Nutzen in ihnen sehen, wirken sie kaum bis gar nicht. Also haben wir's wieder: Der Glaube hat den Berg versetzt.

Kennst du Vampirfilme, in denen der Blutsauger ein Kreuz vor Augen gehalten bekommt und er entsetzt zurückweicht? Warum funktioniert es? Na klar, du Schlaumeier, weil's im Drehbuch steht, ich weiß!
Nein, man hat daran GEGLAUBT, dass es wirkt.

Wenn man mal bedenkt, dass das Kreuz, welches so verehrt wird, eigentlich ein schreckliches Folterinstrumentarium darstellt, gruselt es mich immer, wenn ich so etwas an Wänden hängen sehe.

Was würden wir aufhängen, wenn Jesus geköpft worden wäre? Ein Beil vielleicht?

Aber sei es, wie es sei. Wer sich mit diesem Glaubensgegenstand verbunden fühlt, für den ist es eben richtig so.

Zurück zu den Talismanen, Amuletten und Traumfängern. Sie alle können für uns wirken und uns dienlich sein. WENN wir an ihre Wirkung glauben.

Wie bei den Edelsteinen sollte man Talismane und Amulette bei Kauf (neu und ganz besonders bei gebrauchten!) reinigen. Und zwar von möglich anhaftenden Restenergien, denn schließlich haben viele Menschen deinen neuen Schutz-/Glücksgegenstand angefasst.

Doch er soll schließlich unbelastet und nur für dich wirken. Die Reinigung erfolgt (je nach Material) durch Wasser, Rauch (= Räucherung) oder Hineinlegen in frische Rosenblätter.

Das Aufladen erfolgt auch hier durch einen Sonnentag und eine Mondnacht.

Noch etwas: NIEMAND sollte deinen Anhänger, Edelstein etc. anfassen. Wenn es durch allzu neugierige Hände dennoch passiert ist, sollte die Reinigung erneut erfolgen. Denn er soll ja für dich wirken, und da stören erneute Fremdenergien gewaltig.

Bei den Traumfängern verhält es sich so, dass sie böse Träume von uns fernhalten sollen, indem sie sich im Netz (gearbeitet wie das Netz einer Spinne) verfangen und dich nicht heimsuchen können. Es gibt sie in verschiedenen Größen, Materialien, mit Bild und ohne. Mit künstlichen Federn und mit echten.
Auch hier gilt: Glaube an ihren Schutz, und du wirst den Schutz erfahren. Andernfalls hänge sie als Schmuck an die Wand, erwarte jedoch kein nennenswertes Wirken.

Ist es ein unesoterischer Gedanke, dass so vieles nur geschieht oder schützt, weil wir daran glauben, dass es so ist?
Ja, warum denn nicht? Wer sagt denn, dass Kopf und Bauch nicht Partner sein können?

Kopf-Mensch vs. Bauch-Mensch

Ersterer zeichnet sich durch einen stark entwickelten Realitätssinn aus. Dieser Mensch steht mit zwei Beinen fest auf der Erde.

Das rationale Denken und Handeln macht ihn zu zuverlässigen
Strategen und Diplomaten.

Der Bauch-Mensch ist (meist) sensibel, gefühlsbetont und hat
erkannt, dass es so etwas wie Intuition (auch genannt Instinkt)
gibt, die nicht hinweg zu leugnen ist.

Viele von ihnen haben Klar-Träume oder gar Visionen. Sie hören auf ihre „innere" Stimme.

Was hindert den Realisten daran, hin und wieder auf seine innere Stimme zu hören? Damit verliert er nicht gleich die Bodenhaftung und somit seinen wertvollen Verstand!

Und dem Intuitiven schadet es durchaus nicht, sich hin und
wieder zu erden, um nicht allzu Spirit gebunden durchs Leben
zu schweben.

Beide Seiten gehören zusammen. Ich finde es schwierig, wenn
Menschen sagen, ich bin DAS oder DAS.

Wie die Medaille zwei Seiten hat und alles seine Gegenentsprechung, damit die Lebenswaage ausbalanciert ist, sollte sich die
Ideologie des Kopf-/Bauch-Menschen in der (wahrlich) goldenen Mitte treffen.
  Dann leben wir dieses Leben in Ausgewogenheit.

Gaia

Es ist eigentlich zu traurig, als dass man sich darüber amüsieren könnte: Seit „unser" Planet Erde Gaia genannt wird, ist seine Erhaltung Thema.

Natürlich tragen die negativen nicht zu übersehenden Auswirkungen menschlicher Rücksichtslosigkeit ebenso zu diesem Bewusstsein bei, sodass wir den allgegenwärtigen Handlungsbedarf gar nicht mehr übersehen können.

Umweltverschmutzung, das Kappen der Pole, Gletscherschmelze, Klimaerwärmung, Artensterben, Urwald-Rodung und so vieles mehr schröpfen Gaia bis aufs Mark.

Während die einen „lustig" in ihrem verheerenden Treiben fortfahren, haben andere erkannt, dass gegen gerudert werden muss.

Warum brauchten zu dieser Erkenntnis manche Menschen die umstrittene Esoterik? Konnten wir nicht längst erkennen, was los ist? Brauchten wir Bücher über Naturgeister, Schamanen und Superfood?

Wieso muss man ein Buch über die Sprache der Tiere kaufen, wenn wir doch nur einfach dem Haustier in die Augen zu schauen brauchen, um verstehen zu können? Weshalb eine CD, um unser inneres Kind zu achten und wieder neu auszurichten? Hätten wir nicht einfach in uns hineinhorchen können? Die Augen WIRKLICH aufmachen? Uns unserer Herkunft, nämlich der Natur, wieder bewusst zu sein?

Anscheinend haben wir tatsächlich so etwas wie die Esoterik gebraucht, um auf den Weg geführt zu werden, der eigentlich die ganze Zeit klar und deutlich bereits vor uns lag. Unser Vergessen in diese Inkarnation hinein hat sich zum dauerhaften

Dornröschenschlaf ausgeweitet. Doch nun sind viele Menschen wach geworden, und das ist gut so.

Unser allseits angestrebtes „New Age" beinhaltet wahrlich ein Kaleidoskop an Hässlichkeiten, die einen verzweifeln lassen könnten.

Diskriminierungen, Massenvergewaltigungen, Folter, Tierquälereien, Rassismus, Kriege, Machtgerangel auf dem Rücken Bedürftiger und so vieles mehr sind allgegenwärtige Themen, an denen sich scheinbar nichts ändern will.

Doch die wahrhaft Aufgewachten sollten NIEMALS aufgeben. Gaia braucht uns mehr denn je! Sie kann sich nicht mehr selbst heilen, was sie könnte, hätte Mensch sich nicht auf ihre Schätze gestürzt wie ein weißer Hai, der Blut gerochen hat. So sind die Verantwortungsvollen unter uns aufgerufen zu handeln. Vielleicht gelingt es uns, andere zu schütteln und zu rütteln, damit auch sie aus ihrem Märchenschlaf erwachen und die Realität sehen.

So kann man die Esoterik also auch sehen; nämlich als einen Wecker, der schriller nicht scheppern könnte!

Gaia und Hollywood

Ich gebe zu, das mag nun erst einmal so gar nicht zusammenpassen. Und doch tut es das eigentlich ganz gut. Oder sollte ich sagen, es KÖNNTE?

Wie viele Filme haben wir schon gesehen über Vulkanausbrüche, Erdbeben, Tornados, Tsunamis und dergleichen? Wir lassen uns gerne schocken und mitreißen, sogar dann, wenn Filmkritiker diese Schinken in kleinste Fetzen zerreißen.

Doch ist es das, was wir wollen? Uns gruseln über das Was-wä-re-wenn-Szenario? Wir belächeln Filme, in denen Haie (weil genmanipuliert) zu nimmersatten Bestien mutieren. Wir amü-sieren uns über treudoofe, aber heldenhafte Kerle, die die Erde vor Aliens retten. Erschüttert sind wir, wenn wir etwas über eine (leider bereits verstorbene) Forscherin sehen, die mit Go-rillas auf Du und Du war.

Doch lernen wir etwas daraus? Ich meine WIRKLICH?

Wir halten es für ein nettes Märchen für Erwachsene, wenn Waisenkinder plötzlich Engel sehen.

Ja, und Geister und Dämonen sind immer Genre, die ankom-men. Doch treffen wir auf einen der dunklen „Kollegen", ist gu-ter Rat teuer. Dennoch stelle ich mich der dunklen Seite in mir, wenn ich mir solche Streifen mit meinem Schatz anschaue. So-lange diese Dinge nicht wirklich passieren ...

Vielleicht sollten wir bei den ein oder anderen Filmen genauer hinschauen und überlegen, was wir für uns und unser Dasein mitnehmen können. Nun müssen wir nicht statt der Chips-Tü-te den Notizblock vor unserer Nase haben. Wer sagt denn, dass genaueres Beobachten nicht auch interessant sein und Spaß machen kann?

Schon vergessen? Kopf und Bauch sind ein Dream-Team!

Engelchen vs. Teufelchen

Wen haben wir auf unserer Schulter sitzen? Natürlich beide, ist doch klar! Wir erinnern uns – die Dualität.

Will ich nun behaupten, dass wir doch fremdbestimmte Wesen sind, die einmal von Engeln, ein anderes Mal von Teufeln be-setzt sind? Nein, das meine ich nicht. Es ist allerdings so, dass wir Menschen Plattformen bieten. Sie bilden sich heraus durch unsere Glaubensrichtungen, durch unseren Charakter, unsere Lebenseinstellung und wie wir mit uns und anderen Lebewesen Umgang pflegen.

Die einen ziehen das Licht (= Engel) an, die anderen das Dunkle (= Teufel). Also gibt es doch den Teufel?

Ja und nein.

Ja, es gibt Wesenheiten, die im Sinne des Wortes teuflische Auftritte hinlegen können. Hierzu zählen u. a. die Dämonen. Auch im Bereich der Naturgeister gibt es solche und solche. Nur, wie uns die Kirche den Teufel verkaufen will, nein, so existiert er nicht.

Was also die Plattformen betrifft: Wenn wir zum Thema Nächsten- oder Tierliebe nicht im Fremdwörterbuch nachschlagen müssen, wenn wir sozial eingestellt sind und das Leben-und-Leben-Lassen-Prinzip an den Tag legen, dann bieten wir wohl eher die Plattform, dass ein Engel darauf landen kann.

Prügeln wir von morgens bis abends unser Haustier, sind ein Kollegen-Stinkstiefel und gehen auch sonst im Leben sprichwörtlich über Leichen, stolpert wohl eher ein dunkles Wesen auf unsere Plattform.

Was die Engel von den dunklen Gesellen unterscheidet, ist, dass sie niemals ungefragt in unsere Geschicke eingreifen, wie ich oben mehrfach erwähnte, wohingegen das die anderen nicht die Bohne interessiert. Sie versuchen zu manipulieren, negativ zu beeinflussen, Ängste zu schüren und das Mieseste aus uns herauszuholen, was es zu holen gibt.

Also, wir haben es letztlich in der Hand, unsere Göttlichkeit dazu zu benutzen, die richtigen „Kollegen" auf unserer Schulter sitzen zu haben. Aber immer bedenken: Wir sollten nichts einseitig betrachten. Wir bestehen nun einmal aus beiden Seiten; hell und dunkel.

Indigo- und Kristall-Kinder

Bei ihnen soll es sich um Seelen handeln mit einem ganz besonderen (irdischen wie auch spirituellen) Auftrag.

Weiterhin behaupten manche, dass es sich gerade bei ADHS-geplagten Kindern oftmals um Indigos handelt, die weder mit Tabletten noch mit psychologischen Maßnahmen behandelt gehören.

Müßig erneut zu erwähnen, dass die Schulmedizin ihre Tunnelblick-Meinung vertritt und nicht damit zu rechnen ist, dass ein Kinderpsychologe geneigt wäre, an Indigo- oder Kristall-Kinder zu glauben.

Tatsächlich kann man geteilter Meinung darüber sein, ob ein Kind pharmazeutische oder psychologische Betreuung nötig hat. Ehrlich gesagt tat ich mich allein schon mit dem Wort Indigo und Kristall schwer, etwas mit Kindern mit besonderem Auftrag in Verbindung zu bringen.

Bis zu jenem Tag, an dem mir ein Buch (zufällig?) in die Hände fiel, das zum Inhalt erwachsene Indigos hatte. Ich verschlang es in zwei Tagen. Was soll ich sagen? Nach dem Test, der im Anhang zu finden war, muss ich mich wohl auch zu jenen Menschen zählen, die mit besonderem Auftrag inkarniert sind. Ob das so ist? Ich gestehe, dass ich ein viel zu bescheidener Mensch bin (wenn das jetzt nicht auch schon wieder arrogant klingt), als dass ich mich als „besonders" bezeichnen würde.

Jeder Mensch ist besonders und kann Besonderes leisten, wenn er es nur will bzw. es zu seinem Lebensplan passt. Wozu braucht es also Indigo-/Kristall-Menschen? Sind sie besser oder gar wertvoller als andere Menschen?

Zurzeit gruppieren sich wahre Menschenmassen (zumeist Kinder), die der Umwelt zuliebe auf die Straße gehen und für eine bessere Welt demonstrieren. Ich kann mir nicht vorstellen, dass das alles Indigos sein sollen ...

Nun, ob man an jene Menschen glauben mag oder nicht, muss wohl jeder für sich selbst entscheiden. Ich kann und will mir da kein Urteil erlauben.

Für die Esoterik-Skeptiker ist der Fall sowieso sonnenklar: Alles eine neumodische Erfindung der Branche.

Können wir uns das so leicht machen? Ich weiß es nicht. Doch wenn ein Kind außergewöhnlich anmutende Ambitionen zeigt, sollten wir ihnen zuhören. Sicher kann's nicht schaden.

Die Apokalypse-Prediger

Wer kennt sie nicht, die Menschen, die auf der Straße bzw. vor deiner Haustür stehen und das Ende der Welt verkünden mit ihren Heftchen in der Hand. Ich denke, wir alle wissen, von wem ich spreche, ohne dass ich hier näher einsteigen muss ...

Tatsächlich habe ich – durch eine frühere Kollegin – einmal eine solche Schrift erhalten und war baff erstaunt. Weshalb? Weil ich tatsächlich mit vielem, was darin ausgeführt wurde, durchaus konform gehen konnte und kann. Und warum bin ich diesem Glaubensverein nicht längst beigetreten? Das will ich dir erklären.

In der Bibel steht, dass keiner die Zeit, den Ort und die Stunde kennt, wenn hier auf Erden das Licht ausgeht (okay, das ist nun meine persönliche Wiedergabe ...). Ob ich alles glaube, was in der Bibel steht? Nein, absolut nicht! Mittlerweile ist es ja nun wirklich kein Geheimnis mehr, dass die Bibeltexte weit über 100 Jahre nach Jesu Tod verfasst wurden. Also bereits zur damaligen Zeit vom Hörensagen. Nun kam noch die Kirche ins Spiel, die (bewusst) fehlerhaft übersetzen ließ. Wüssten wir alle, wann Schluss ist, was gäbe es noch zu lernen und zu wachsen in unser aller Inkarnation? Es wäre doch sowieso alles Zeitverschwendung, wenn der große Zampano eines himmlisch festgelegten Tages das Licht ausknipst. Wir alle sind inkarniert und sind den Prozess des Vergessens durchlaufen, was meines Erachtens ein göttliches Bonbon ist, das wir als Wegzehrung mit auf unsere Erdenreise bekommen haben. Wenn es unser Wunsch ist, dass die rechte Zeit gekommen ist und es unseren Lebensplan nicht durcheinanderwirbelt, dann werden wir uns an das Notwendige erinnern. Was ich weiß (erfahren habe), ist es in unser aller lichten Heimat so herrlich, dass wir wohl beim kleinsten Steinchen, das uns im Schuh pikst, sagen würden: „Schluss, ich will heim!"

So, und nun kommen die daher, die meinen, sie wüssten, wann das Erdenende gekommen ist.

Abgesehen davon, dass ich aus eben genannten Gründen nicht daran glaube, dass auch nur ein Mensch WIRKLICH weiß, wann die Apokalypse zuschlägt, triefen die Texte in genannten Heftchen vor Panikmache und Endzeitstimmung.

Da können wir uns gleich alle in den Wald setzen und warten, bis es so weit ist oder anders ausgedrückt, wir könnten uns alle wie die Lemminge im Massensuizid von der nächsten Klippe stürzen. Was würde es schon ausmachen?

Nichts, und davon bin ich felsenfest überzeugt, ist hier auf Erden in Stein gemeißelt und kann durchaus verändert/verbessert werden. Ein jeder Mensch, und mag er aus vielerlei Gründen die ein oder andere Einschränkung haben, kann und sollte dafür Sorge tragen, die Schwingung hier auf Erden so lichtvoll als möglich zu halten.

Die Apokalyptischen Reiter

Über jene „Gestalten" ist in der Bibel zu lesen. Ob ich an sie glaube? Wie ich mehrfach ausführte, habe ich da so meine Bauschmerzen, an die Bibeltexte im reinen Wortlaut zu glauben.

Hier die vier unheiligen Propheten zu Pferde:

Der erste Reiter sitzt auf einem weißen Pferd und steht für Krieg.

Der Zweite reitet ein rotes Pferd; jene Farbe steht in Zusammenhang mit Blut und dem Tod durch Kriegsführung.

Der Dritte sitzt auf einem schwarzen Pferd; hier assoziiert man damit Tod und Hunger.

Kommen wir zum letzten Reiter, der ein fahles Pferd reitet. Es steht für die Furcht schlechthin, für Krankheiten und den Tod.

Nicht eben sympathische Herrschaften, oder? Man könnte meinen, die Bibelverfasser haben zu viele Horrorstreifen geschaut, die es damals freilich noch nicht gab.

Doch wie kommen sie nun darauf? Sind es lediglich die bekannten verbalen Ohrfeigen, die reihum an die weltweiten Sünder verteilt werden, die auf Knien darum betteln sollen, vor Gott zu genügen?
Vielleicht.

Wie ich im vorherigen Kapitel bereits ausführte, glaube ich nicht wirklich an die Apokalypse und deren Anhänger.

Betrachtet man allerdings das Weltgeschehen, könnten einem schon leise Zweifel kommen, ob nicht doch etwas dran sein könnte, was da so geschrieben steht.

Wir hören doch ständig von Kriegen. Natürlich erfahren wir durch sie von Tod und Verderben. Und ist der Hunger nicht eines DER anzupackenden Themen auf unserer Erde? Krankheiten und Epidemien greifen immer schneller um sich. Die Furcht wächst und der Tod macht Überstunden.

Es werden Mauern gebaut, anstatt aufeinander zuzugehen und zuzuhören. Menschenmassen ertrinken im Meer, derweil streiten die Länder, wer die Bemitleidenswerten aufnehmen soll. Menschen, die aufdecken, werden gefoltert, eingesperrt oder gleich getötet. Während in der westlichen Hemisphäre die Ärzte vor Verfettung warnen, verhungern auf der anderen Erdkugelseite bereits die Kleinsten. Wir sorgen für die Klimaerwärmung, vermüllen die Meere, lassen die Pole schmelzen, leisten Vorschub für ein globales Artensterben usw. Hier habe ich nur ein paar wenige Themen herausgefischt, die nicht trauriger sein könnten und uns Menschen wahrlich ein armseliges Zeugnis ausstellen.

Tatsächlich könnte man schon an die unheiligen Reiter glauben lernen. Doch es sind keine biblischen Höllenwesen, die unsere Erde und deren Lebewesen quälen. Wir Menschen sind es. Und es liegt allein an uns, ob wir uns durch das Licht beeinflussen lassen oder uns der Dunkelheit zuneigen.

Die Wiedergeburt des sog. Antichristen

Allgemein könnte man Folgendes hierzu sagen: Die Wiedergeburt des Antichristen wird als eine Figur beschrieben, die die absolut grundschlechteste und boshafteste Gegenentsprechung zu Jesus Christus darstellen soll. Ja, auch dieses Thema wird von Skeptikern und Zweiflern in die Esoterik-Kiste gestopft, weshalb ich es hier nicht unerwähnt lassen möchte.

Im „Neuen Testament" (Bibel) wird in den Briefen des Johannes vom Antichristen berichtet. Er soll sich in der Erscheinungsform eines Menschen zeigen, der sich in jedweder Art und Weise gegen Gott bzw. Gottgläubige auflehnt und über Nationen hinaus falsche Lehren über Gott verbreitet.

In der sog. Offenbarung 13 ist im übertragenen Sinne, also auf einen kurzen Nenner gebracht, Folgendes zu lesen:

Ich sah ein Tier aus dem Meer aufsteigen (7 Köpfe, 10 Hörner, mit jeweils 10 Kronen). Weiterhin sollen auf diesen Köpfen gotteslästerliche Worte zu lesen sein. Am interessantesten ist allerdings die physische Schilderung dieses „Tieres": Es soll wohl eine Mischung darstellen aus einem Leoparden, mit Tatzen eines Bären und dem Rachen eines Löwen. Der „Drache" höchstselbst (ich nehme an, hier ist Satan/Luzifer/der Teufel gemeint) gibt ihm die absolute Befehlsgewalt, und die verblendeten Menschen laufen dem Fabelwesen ohne Zögern nach und beten es an. Dem „Tier" wird erlaubt, gegen Menschen zu kämpfen, die sich zu Gott gehörig fühlen. Es herrscht über Völker und Stämme (ich übersetze das mal als „Nationen", denn das erscheint mir nachvollziehbarer in der heutigen Zeit) aller Sprachen. Es wird vom Töten Gottgläubiger durch das Schwert gesprochen.

Das 2. „Tier" wird als der falsche Prophet bezeichnet. Dieses Wesen entsteigt diesmal nicht dem Meer, sondern der Erde. Es soll 2 Hörner haben wie in der Gestalt eines Lammes; spricht allerdings wie ein Drache. Es bringt die Menschen dazu, das 1. Tier anzubeten und zu verehren. Es soll Wunder vollbringen können, und es trägt die (Teufels-)Zahl 666.

Schließlich soll ein Engel die rettende Botschaft verkünden: „Fürchtet Gott und gebt allein ihm die Ehre! Nun wird Gott Gericht halten ... Betet ihn an ...!"

In der Offenbarung 16 gießen schließlich 7 Engel 7 Schalen („Gottes Zorn") über die Menschen aus. Wir sprechen von den 7 Plagen, worüber ich mich ihm nächsten Kapitel auslassen werde.

So, wollen wir einmal so einiges versuchen aufzudröseln. In der Geschichte der Menschheit soll es bereits zahlreiche Antichristen gegeben haben. U. a. Kaiser Nero, Caligula, Cäsar, Hitler, Graf Dracul usw. Es waren Inkarnationen, die überdimensionales Leid und Elend über Andersdenkende brachten. Ich erspare es mir, über die Menschen der Jetzt-Zeit zu urteilen, die sich meines Erachtens durchaus in die Reihe der Genannten eingliedern könnten ... Macht euch euren eigenen Reim darauf.

So weit, so vielleicht nachvollziehbar. Doch was sollen wir von einem „Tier" halten, das so eine wilde Mischung sein soll, wie nur möglich? Ich denke, „man" hat jene Tiere hergenommen, die zur damaligen Zeit der Niederschrift der Offenbarung als die gemeingefährlichsten galten. Der Leopard als Raubkatze, die Tatzen eines Bären (große mit langen, scharfen Krallen bestückte Pranken), der Rachen eines Löwen (nun ja, wenn ein Löwe brüllt oder gähnt, möchte man seinen Kopf wahrlich nicht dazwischen stecken). Schließlich gibt ihm für alles Üble der „Drache" die Erlaubnis, Dunkles zu verbreiten. Betrachten wir Erzengel Michael, wie er auf einem Drachen steht und Schwert schwingend den Kopf des Übeltäters abschlägt, ist klar, wer mit dem Feuerspeier gemeint ist. Doch nehmen wir einmal an, dass mit all diesen wilden Schilderungen durchaus reale Menschen gemeint sein könnten, wie sollten wir uns das prophezeite Untergangsszenario vorstellen? Keinem unserer derzeit lebenden Forscher wird ein solches Fabelwesen bekannt sein, und schon gar nicht aus dem Meer emporsteigend. Vielleicht ist das Meer als Gesamtheit der Menschheit zu sehen. Unberechenbar, unkontrollierbar und scheinbar endlos weit. Wenn nun innerhalb dessen ein erzböses Wesen auftaucht und „Gotteslästerliches" verbreitet, könnte man heutzutage von selbst ernannten Gläubigen bzw. angeblichen Ungläubigen sprechen, oder? Und als wäre das nicht schon schlimm genug, taucht auch noch ein 2. Fabelwesen auf. Einerseits ein Lamm (so harmlos und unschuldig, allerdings so trügerisch), andererseits ist vom Töten Gottesgläubiger durch das Schwert die Rede.

Leider fällt es wohl keinem Menschen, der sich regelmäßig über das Weltgeschehen informiert, schwer zu erkennen, von welchen Menschen hier gesprochen werden könnte.

Nun kommt noch der Hammer: Ein Engel verkündet die „rettende" Botschaft und spricht: „Fürchtet Gott und gebt ihm allein die Ehre! Er wird nun Gericht halten; Betet ihn an ..."

Also ich weiß ja nicht, wie es euch, liebe Leser/Innen geht, aber rettend oder gar tröstlich hört sich das für mich wirklich nicht an! Für mich sind diese Worte von Menschen gemacht. Es wird Angst geschürt, wenn wir nicht auf den korrekt gottgläubigen Pfad zurückfinden, was uns also im Falle des Nicht-Gehorchens blüht. WENN dem so WÄRE, wo bliebe da unser freier Wille? Nichts anderes wären wir als manipulierbare und allzeit kontrollierbare Marionetten. An einen solch zornigen Gott, der uns permanent auf den Knien rutschend sehen möchte, glaube ich nicht!

Schließlich erscheinen in der Offenbarung 16 sieben Engel mit sieben Schalen, die über die Menschheit ausgegossen werden. Jene Schalen stehen für den „Zorn Gottes" und gelten als die im nächsten Kapitel geschilderten sieben Plagen.

Natürlich ist eine solche Aussage recht kontrovers zu sehen. Wir sprechen schließlich von Engeln, die von Gott höchstselbst dazu ausgedeutet wurden, schlimmste Umstände über die Erde zu bringen. Weder glaube ich – wie gesagt – an einen zornigen, strafenden Gott noch ist nachvollziehbar, wieso gerade göttliche Lichtwesen (Engel) uns genau die „Antichristen"-Bosheiten senden sollen, die wir auf der anderen (Teufels-)Seite bekämpfen müssen. Wo gäbe es da noch die Unterscheidung zwischen Licht und Dunkel, zwischen Engel und Dämonen?
   Denn WENN es solche „Engel" tatsächlich geben sollte, dann handelt es sich um Dämonen und nicht um Lichtwesen, und hier steckt auch die lichte göttliche Quelle nicht dahinter, sondern die dunkle Gegenentsprechung.

Allerdings sehe ich weder bei Gott noch den Engeln bzw. den Dämonen die „Schuldigen", sondern bei uns Menschen selbst. Wir sind es ganz allein, die „unsere" Erde schützen und achten oder ausbeuten und letztlich vernichten. Es ist halt nur immer praktisch, wenn man irgendwem die Schuld in die Schuhe schieben kann, und wenn es Gott oder die angeblich von ihm entsandten Engel sind. WIR lassen uns vom Redlichen oder dem Egoistischen leiten. Und das liegt allein in UNSERER Verantwortung.

Die 7 Plagen

Wenn von den 7 Plagen gesprochen wird, bezieht sich dies – wieder einmal – auf biblische Texte. Hierzu zählen: Geschwüre, Wasser wird zu Blut, die Sonne versengt den Menschen mit größter Hitze, das Reich der Tiere verfinstert sich, es wird von Austrocknung der Ströme berichtet sowie Hagel, Heuschrecken-Plagen und schließlich Erdbeben.

Puh! Gruselig, oder? Sicher handelt es sich ein weiteres Mal „nur" um das typisch biblische „Wehe, ihr Sünder ...!"-Geschwätz, oder?

Auch wenn ich in diesem und meinem anderen Buch oftmals hart ins Gericht gehe mit all jenen, die durchs Leben flanieren, als wenn auf den Bäumen Zuckerwatte wächst, bin ich kein Mensch, der fortwährend den Kopf einzieht aus Angst, der Himmel könnte darauf fallen. Nichts ist unverbrüchlich in Stein gemeißelt und kann jederzeit korrigiert bzw. verbessert werden, wenn Mensch nur will.

Dennoch – und jetzt werden sich vielleicht einige von euch wundern – ist es doch erschreckend, über wie viel von den geschilderten Plagen tagtäglich berichtet wird.

Sehen wir sie uns vielleicht noch einmal näher an, und machen wir uns darüber eingehendere Gedanken.

Geschwüre
Übersetzen wir dieses Wort in unsere heutige Zeit, könnte man von Krankheiten sprechen. Krebs, Seuchen, SARS, Corona, ja, sogar die Pest soll es in manchen Ländern noch geben.

Wasser wird zu Blut
Wer kennt ihn nicht, DEN Film schlechthin zu diesem Thema („Die Bibel")? Der böse Pharao gießt in einem Ritual Wasser in den Nil, und weil er Moses nicht zugesteht, die Sklaven ziehen zu lassen, sorgt dieser mittels seines Wanderknüppels dafür, dass sich der Nil in Blut verwandelt, die Fische darin verenden und somit die Ägypter kein Schuppentier mehr auf ihren edlen Tellern hatten. Können wir so glauben oder auch nicht.
Mir fällt anderes ein, wenn ich an Blut im Wasser denke. Nämlich wenn Haie, Wale und Delfine abgeschlachtet werden von uns Menschen! Ein schändlicheres Treiben gibt's kaum noch, was man den Meeresbewohnern antun könnte. Wenn sich da die Gewässer nicht blutrot färben, dann weiß ich auch nicht ...
Oder denken wir an die vielen flüchtenden Menschen, die im tiefen Meer ertrinken, während sich die internationalen Obrigkeiten die Köpfe einschlagen, wer sich denn nun um die hilfsbedürftigen Verzweifelten kümmern soll.

Ach, was waren wir entsetzt, als wir das auf dem Bauch liegende ertrunkene kleine Kind sahen! Was lernt Mensch daraus ...?
Im Gegenteil: „Man" benutzt die Verzweifelten, um andere Nationen weichzukochen bzw. zu erpressen.

Die Sonne versengt die Menschen mit großer Hitze
Übertragen wir es aufs Heute. Hier fällt mir sofort das allgegenwärtige Wort „Klimaerwärmung" ein. Ist es nicht eine Tatsache, dass unsere Sommer immer heißer und trockener werden?

Das Reich der Tiere verfinstert sich
Was könnte das nun bedeuten? Vielleicht ist damit keine Finsternis im Sinne von Dunkelheit gemeint. Wenn wir von „finster"

sprechen, meinen wir oft „düster", was wiederum gleichbedeutend sein könnte mit „schlimm" oder „verheerend". Wenn wir sehen, wie immer weiter der Lebensraum der Tiere schrumpft, weil die Erdbevölkerung wächst und wächst; wenn wir sehen, wie Regenwälder gerodet werden und die Pole schmelzen; wenn wir sehen, wie unsere Meere mehr und mehr vermüllen – ist das etwa nicht finster???

Austrocknen der Ströme, Hagel
Wo zu Jugendzeiten meiner Mutter noch Bäche, Teiche und Seen vorhanden waren, kann man nun über trockenen Boden laufen. Wo einerseits der Meeresspiegel „dank" der schmelzenden Pole stetig steigt und viele Inselbewohner panisch „Land unter!" rufen, trocknen immer weiter die Wasserzuläufe aus. Und was den geschilderten Hagel betrifft: Die Unwetterkatastrophen nehmen immer härtere Züge an, was keine düstere Prophezeiung, sondern eine ganz realistische Tatsache ist.

Heuschrecken-Plagen
Schauen wir – ganz aktuell – nach Afrika, wo Schwärme von Heuschrecken über die Felder hereingebrochen sind und Ernten zerstören, kann von biblischem Geschwätz keine Rede mehr sein.

Erdbeben
Hier könnte man natürlich sagen: Die Erde ist und bleibt für sich eine sich ständig im Wandel begriffene Lebensform, und es hat schon immer Erdbeben gegeben und so wird's wohl auch bleiben. Nur mit dem Unterschied: Auf DIE Erdbeben, mit denen viele Wissenschaftler rechnen, will keiner von uns zu tun haben. Allein in San Francisco ist das sog. „Great One" längst überfällig. Und was das bei Ausbruch für die gesamte Erde bedeuten könnte, möchte ich mir gar nicht ausmalen. Jedes Mal – achtet einmal darauf! – wenn irgendwo auf der Erde der Mensch wieder Krieg führt, gibt's hernach früher oder später irgendwo ein Erdbeben. Doch hört Mensch damit auf? Aber nein, woher denn?!

Tja, liebe Freunde, wollen wir noch immer Vogel-Strauß-Politik spielen? Wenn ich unsere Politiker höre, wenn sie von Verschwörungstheorien sprechen oder von „Schlecht-Rednern", dann frage ich mich schon das ein oder andere Mal, wann endlich die rosarote Brille auf den Müll fliegt und gehandelt wird.

Rituelle Gegenstände – nötig oder komplett überflüssig?

Es gibt zahlreiche Bücher zu diesem Thema, die durchaus berechtigt darlegen, weshalb es angebracht ist, Rituale mit rituellen Gegenständen zu ergänzen.

Ob es sich nun um Wünschelruten, Tarots, Räucherungen, Kessel, Besen, Zauberstäbe, Kerzen, Edelsteine etc. handelt:

Deren Gebrauch ist und bleibt Ansichtssache.

Wenn wir beispielsweise beim Waldspaziergang „spontan" das Gefühl haben, jetzt eine Meditation machen zu wollen, haben wir dann unser magisches Survival-Köfferchen dabei? Sicher nicht! Und Kerzen im Wald abzubrennen ist ohnehin unsinnig!

Andererseits: Machen wir ein gut durchdachtes/ausgearbeitetes Ritual zu Hause in unseren vier Wänden, dann mag es durchaus nützen, rituelle Gegenstände zu verwenden. Und sei es nur deshalb, um uns in die entsprechend zielgerichtete Stimmung einzugrooven.

Wenn wir beispielsweise eine tiefe Verbindung zu unserem Rosenquarz haben, dann muss er natürlich beim Ritual mit dabei sein!

Oder du räucherst (Vorsicht Rauchmelder!), weil der Duft von ... dich beruhigt, erdet oder anderweitig hilfreich für dich und dein Wirken ist. Abgesehen davon ist das energetische Reinigen deiner Räumlichkeiten durch Weihrauch und/oder weißen Salbei sowieso angebracht. Wenn du zu jenen Menschen gehörst, denen übel wird von nahezu jedem Räucherwerk, ist das Reinigen mit Salzwasser ebenso nutzbringend. Es bringt ja nun wirklich nicht viel, wenn du mit Übelkeit kämpfst, während du ein Ritual abhältst. Deine Konzentration wäre zutiefst beeinträchtigt, was immer schlecht ist, wollen wir magisch wirken.

Der Besen kommt gerne bei Halloween-Ritualen zum Einsatz, um – magisch gesehen – das Böse/Unreine aus dem Haus zu fegen. Selbstverständlich können wir auch ohne Feger dafür Sorge tragen, dass zu Allerseelen das Ungute ausgetrieben wird. Hier sollte entscheidend sein, was für dich zu 100 % authentisch ist und mit dem du dich total identifizieren kannst. Willst du das Dunkle aus deiner Wohnung vertreiben, ist es wenig zielführend, wenn du dich wie eine kleine verkleidete Hexe zu Fasching fühlst und kichernd deinen Besen schwingst. Soll dein Ritual Wirkung zeigen, kommt es auf deine Authentizität an und ganz sicher nicht, wenn du aus deinem eigenen Wirken eine Lachnummer machst.

Die Symbolik der fünf Elemente (Wasser, Feuer, Erde, Luft, Äther) auf deinem Altar/Ritual-Tisch aufzugreifen ist Ansichtssache.

Falls ich gefragt werde: Ich habe immer ein Gefäß mit Salzwasser (Wasser), eines mit einem Teelicht (Feuer), eines mit Federn (Luft) und ein leeres (Äther) in Verwendung, einfach um die Hüter der Elemente zu ehren. Wenn wir Besuch erwarten (ich meine jenen, auf den wir uns wirklich freuen!), dann machen wir es ihm ja auch so schön und gemütlich, wie wir nur können, oder? Also ist es eigentlich nicht zu viel des Guten, ehren wir jene, die wir anrufen und deren Schutz wir wohl gerne annehmen. Aber auch hier gilt: Du musst dich komplett verbunden fühlen, mit dem, was du benutzt oder wirkst.

Einen Zauberstab verwende ich persönlich nicht, da ich das gebrauche, was meines Erachtens die meiste Energie trägt und ausstrahlt, nämlich meine Hände. Nun, auch hier Geschmacks-/Ansichtssache.

Kerzen verwende ich tatsächlich immer! Ich glaube zwar nicht, dass ein bestimmter Erzengel beleidigt fernbleibt, weil die „falsche" Kerzenfarbe verwendet wurde, dennoch brennen bei mir immer weiße und schwarze Kerzen. Die weißen zur Ehrung derer, die ich anrufe bzw. einlade, die schwarzen zum Schutz. Es ist ein Irrglaube, dass schwarze Kerzen ausschließlich in „schwarze" Kreise/Messen oder zu Schadenszauber-Ritualen gehören. Nichts Satanisches ist daran, sich in eine bodenlange Kutte zu werfen, wenn wir ein Ritual abhalten, sondern der Schutz bzw. das Verhüllen vor dem Dunklen/dem Bösen, wenn du so willst, ist die Symbolik, die hier dahintersteckt.

Verwenden satanische Kreise jene dunklen Gewänder, steht selbstredend nicht der Schutz im Vordergrund, sondern wohl eher die zur Schau getragene Verbundenheit mit der Dunkelheit. Doch hier wollen wir nicht näher einsteigen. Wenn dich das Thema Satanismus interessiert, dann kaufe dir entsprechendes Lesematerial. Wie ich mehrfach betonte, ist es sogar angebracht, sich über alles Mögliche und scheinbar Unmögliche zu informieren, um dann eine Entscheidung zu treffen.

Ich gebe hier nur eine einzige Sache zu bedenken, und dann ist es an dir, deinen Weg zu gehen:

Was du nicht willst, das man dir tu', das füge auch keinem anderen zu! Überlege dir tausendmal, ob du mit den Konsequenzen zurechtkommst, was du rituell-magisch wirkst. Mensch und Tier sollten durch dein Tun niemals Schaden nehmen.

Damit ehrst du weder deine Seele noch die geistige Welt mitsamt ihren wunderbaren Helfern. Du verschreibst dich der Dunkelheit, die früher oder später IMMER ihren Tribut fordert. Sei dir also sicher, ob du bereit bist, diesen Preis wirklich zahlen zu wollen …

Und hier noch einmal zum Thema Schadenszauber: Wenn du auf jemanden zeigst, also meinst, berechtigt Zorn auf jenen Menschen zu haben, sei dir bewusst, dass gleichzeitig drei (!) Finger auf DICH weisen. Was du aussendest, egal, ob positiv oder negativ, fällt auf dich zurück. Sei dir dessen einfach bewusst. Zum Thema Flüche habe ich mich bereits weiter oben hinreichend ausgelassen.

Zum Hexenbrett muss ich nichts mehr sagen. Willst du gleichfalls Ruten und/oder Tarotkarten benutzen, habe ich hier für dich meinen universellen Schutzspruch, den du verwenden kannst, wenn er für dich richtig klingt. Er lautet:

„In Wahrheit und Liebe zur lichten göttlichen Quelle sind die Tore für alle unreinen Geister geschlossen durch Erzengelfürst Michael vor mir, hinter mir, über mir, unter mit, links von mir und rechts von mir. Danke in Wahrheit und Liebe. So sei es. So sei es. So sei es.“

Am Ende deines Rituals kannst du jenen Spruch in einen Entlassungsspruch umwandeln. Denn wie wir wissen: Das Entlassen ist ebenso wichtig und notwendig wie das Anrufen!

Weitere Gegenstände wie Heiligenfiguren, Rosenkränze etc. sind ebenfalls Individualsache. Wenn du ein Marien-Ritual abhalten möchtest, kann ein Rosenkranz und frische duftende Rosenblüten hilfreich sein, um dich in die nötige Schwingung zu versetzen.

Kommen wir letztlich zu den sogenannten Runensteinen. Derer gibt es 26 mit den unterschiedlichsten Bezeichnungen und Bedeutungen.

Runen dienen bereits seit dem 2. Jahrhundert n. Chr. als Wahrsage-Orakel.

Höchstwahrscheinlich sind sie mit dem nordisch-germanischen Pantheon und deren Mythologie verwoben.

Es gibt die unterschiedlichsten Lege-Systeme, und natürlich – wie könnte es auch anders sein – lege ich dem interessierten Leser ans Herz sich mit entsprechendem Lesematerial einzudecken.

Ob du gebrauchte oder auch neue Runensteine kaufst, ist natürlich dir überlassen. Um Fremdenergien zu entfernen, rate ich zur Reinigung wie oben beschrieben (Thema Edelsteine). Vor, während und nach der Arbeit mit den Runen sollte IMMER der Schutz und die dazugehörige Entlassung stehen. Denn auch hier wird ein Portal in die geistige Welt geöffnet, und wir wollen doch nicht mit den „Falschen" Kontakt haben ...

Ich persönlich habe mit Runen gearbeitet und festgestellt, dass es nicht unbedingt mein Medium ist. Doch das ist und bleibt Individualsache. Einer schwört auf die Tarotkarten, ein anderer auf die Kristallkugel oder die Rute.

Allemal sollte dein Altartisch sauber und aufgeräumt sein. Also bitte keine vollen Aschenbecher und leeren Bierflaschen von der letzten Party darauf, während du daneben dein Engel-Ritual abhältst.

Natürlich nützt der schönste Altar nichts, wenn dein Innerstes nicht im Einklang mit deinem Anliegen ist. Dennoch zeugt es von Respekt, den Himmelsboten mit Ordnung und Sauberkeit zu begegnen. Auch hier wieder das Beispiel Besuch: Wenn du jemanden eingeladen hast, dann machst du in der Regel ja auch erst einmal klar Schiff, oder etwa nicht ...?

Ob du nun rituelle Gegenstände verwenden möchtest, ist und bleibt dir überlassen. Alles kann, nichts muss. Unabdingbar sind eigentlich nur zwei Dinge: Dein reines, aufrichtiges Herz und dein aufgeschlossener klarer Geist.

Wünschen (nicht immer) leicht gemacht ...

Kennst du den Spruch: „Sei vorsichtig, was du dir wünschst, es könnte in Erfüllung gehen ..."? Da bin ich mir sicher. So destruktiv und zynisch diese Worte klingen, was genau steckt dahinter? Wir wünschen uns etwas, und wird diesem Verlangen nachgegeben, wollen wir es plötzlich nicht mehr?

Wünsche haben ist etwas, das wir quasi mit in die Wiege gelegt bekommen. Ob sich das Kind die Puppe oder den Teddy zu Weihnachten wünscht oder als Erwachsener der Lottogewinn im Wunsch-Fokus steht; egal, was unser Herz begehrt, der Wunsch ist der Motivator, damit etwas in Gang gesetzt werden soll, dass wir erhalten, was wir haben wollen.

Nun gibt es Bücher, deren Inhalt behauptet: Etwas zu wünschen ist eigentlich überflüssig, denn das Universum hat uns bereits mit allem versorgt. Okay, ich schaue also in meine schmale Geldbörse und sehe – ja, was?

Den Lottogewinn? Nein, egal, wie ich versuche, positiv an die Sache heranzugehen, aus meinen 5 Euro werden nicht plötzlich 5 Millionen. Was also mache ich falsch?

Unsere wahre Heimat ist nicht die Erde. Dieser wunderbare Planet ist quasi unser aller Schulbank und entspricht nicht der Realität, was wir als solche empfinden. Und diese Realität wird von uns als so real empfunden, dass wir uns gar nicht vorstellen können, dass wir mittels Wunschdenken, an der Realität schrauben und sie schlicht verändern können.

Zugegeben, auch für mich ist dies ein sperriges Feld, das ich für mich selbst noch nicht befriedigend auf die Reihe bekomme. Die einen sagen: „He, du brauchst doch gar nichts wünschen, denn eigentlich hast du ja alles." Die anderen behaupten: „Du musst nur stark im Glauben an deinen Wunsch sein und schon ist das Gesetz der Resonanz in Gang gesetzt." Ja, was denn jetzt? Ich denke, eines ist jedem klar: Wir leben nicht im Schlaraffenland und müssen nur auf die gebratenen Tauben warten, die uns in den geöffneten Mund fliegen.

Wenn wir etwas wünschen/haben wollen, dann ist es von unserer Schulbank aus betrachtet, unabdingbar, etwas zur Erfüllung unserer Begehrlichkeiten in Gang zu setzen. Ob es auf der feinstofflichen Ebene geschieht (Rituale, Gebete ...) oder auf der grobstofflichen (ohne Lotto-Spielen kein Lottogewinn).

Doch zurück zum Thema. Ich las einmal von jemandem, der sagte: „Das Leben kann ein verdammter Schuft sein." So gesehen passt das zu der Äußerung: „Sei vorsichtig, was du dir wünschst, es könnte in Erfüllung gehen."

Wünschen wir uns vielleicht so richtig fettes Geld, dann kann dir morgen durch deine liebe verschiedene Tante ein entsprechendes Testament ins Haus flattern. Oder du hast den ersehnten Job ergattert. Leider ist dir nicht klar gewesen, dass entspannte Wochenenden nun der Seltenheit angehören. Und so könnte ich endlos aufzählen.

Dennoch: Sollen wir nun auf das Wünschen verzichten, nur weil wir Gefahr laufen könnten, so richtig in den Dreck zu greifen? Nein, das denke ich nicht. Vielleicht aber schadet es nicht, vor dem Aussprechen eines Wunsches genauer abzuwägen, was wir wirklich haben wollen.

Nie wieder ...

Mir scheint, es gibt zu beinahe jedem Themenbereich eines Menschenlebens das passende Motivationsbuch. Nie wieder rauchen, nie wieder dick sein, nie wieder Brille tragen, nie wieder arm oder traurig oder einsam sein ...

Bevor nun der Eindruck entsteht, ich wollte all jene Ratgeber nieder reden, nein, das genaue Gegenteil ist der Fall.

Jene Bücher können für manche Menschen tatsächlich so etwas wie Freunde sein, die mentale/praktische Unterstützung zur Eigenmotivation benötigen.

Freunde sind immer für uns da, hören zu, puschen und inspirieren, lachen und weinen mit uns, stehen uns in Freude und in Trauer zur Seite. Nun, ich spreche hier natürlich von zwischenmenschlichen Kontakten, die jene Bücher wohl eher nicht bieten können. Und das ist eigentlich das, was ich traurig finde. In unserer heutigen Zeit greifen wir lieber zu einem Buch, anstatt den Kontakt zu anderen Menschen zu suchen, um vielleicht Freunde zu finden.

Dennoch: Vielleicht können jene Motivationsbücher uns auf Wege führen, die wir ohne sie gar nicht gesehen oder wahrgenommen hätten? Kann doch sein? Nur abhängig würde ich mich nicht von ihnen machen. Ein Buch ist ein Ratgeber und kann einen „richtigen" (menschlichen oder tierischen) Freund kaum ersetzen.

Die Angst vor der Angst

Zum Thema Dunkelwelten habe ich immer wieder betont, wie wichtig es ist, unreinen, dem Licht abgewandten Energien keine Angriffsfläche zu bieten, indem wir unserer Angst lange Leine lassen. Und das ist auch richtig und wichtig.

Dennoch: Angst ist ein Instinktverhalten, das in einem jeden Lebewesen steckt. Sie warnt uns vor möglichen Gefahren, lässt uns schicksalhaft andere Wege gehen (anderes tun, sagen, entscheiden), wobei wir möglicherweise Unfälle und dergleichen für uns und andere abwenden können.

Da wir Menschen, gleich den Tieren, ein Instinkt(-Angst) verhalten innehaben, ist die Angst in rechten Bahnen gelenkt nützlich, wenn nicht sogar überlebenswichtig.

Wenn eine junge Frau spät abends aus Angst vor Übergriffen nicht den einsamen Parkweg wählt, sondern die Straße entlang belebter Geschäfte und Häuser, könnte man das wohl gesunden Menschenverstand nennen. Was aber hat sie davon abgehalten, den Parkweg zu wählen? Ihre Angst. Ihr Instinkt eben.

Ja, was denn nun, wirst du dich fragen. Ist Angst zu empfinden nun okay oder nicht?

Nur wenn wir uns die eigene Angst dienstbar machen können, ist sie letztlich richtig und wichtig und durchaus konstruktiv zu nennen. Im wahrsten Sinne des Wortes schärft sie unsere Sinne.

Um noch einmal auf die Dunkelwelten zurückzukommen:

Hier hilft uns die Angst kaum weiter. Sie kann uns vielleicht dazu bringen, uns mit einem Themengebiet auseinanderzusetzen, das wir nur allzu gerne hinweg verleugnen würden, doch im direkten Umgang/Kampf mit niederen Energien bringt sie uns absolut rein gar nichts.

Gleichfalls ist es im Umgang mit dämonischen Kräften unsinnig hin und her zu switchen nach dem Motto: „Mal sehen, Zuckerbrot oder Peitsche? Oder beides?"

Mit Dämonen kann man nicht reden. Im TV versuchte unlängst ein Priester einen Dämon auszutreiben. Zunächst mit „Bitte, Bitte", später mit „Ich befehle dir!". Was denn nun?

Wie überraschend, dass die Reinigung komplett nach hinten losging ... Er schlotterte vor Angst und von seiner Stirn rann der Angstschweiß in Bächen herunter. Sofort zückte er (natürlich ungeschützt) sein Kreuz und legte wie oben beschrieben los.

Später riet er noch zu einer spiritistischen Sitzung zur Klärung, ob denn die unreine Energie nun ausgetrieben war. Auch wieder ungeschützt für alle Anwesenden, und der Kreis wurde schließlich einfach abgebrochen und der Priester verschwand auf Nimmerwiedersehen.

Der Gottesmann hätte seine Angst nutzbar machen sollen. Nämlich indem er durch sie seine Sinne schärft und somit an innerer Stärke gewinnt. Dämonen gehen menschliche Standpauken ebenso an ihrem Allerwertesten vorbei wie zittrig gestammelte Befehle.

Auch wenn wir (so gut als irgend möglich geschützt!) ein Hexenbrett bedienen und plötzlich einen Hilferuf empfangen, kann uns die Angst nützlich sein. Nicht, indem wir voller Schreck das Brett in die nächste Mülltonne stecken und denken, dass damit der „Spuk" vorbei ist. Das ist er nicht automatisch und schon gar nicht, wenn deine Angst nicht weichen will, da schon einmal das Tor durch dein Agieren geöffnet wurde. Aber die Angst kann uns hellhörig machen und die korrekten Maßnahmen treffen lassen. Denn nicht jeder Hilferuf ist auch ein ehrlicher. Unreine Geister agieren gerne nach dem Motto: „Mit Speck fängt man die dicksten (unbedarftesten) Mäuse."

Also akzeptieren wir unsere Angst, denn sie ist ein Teil von unserem Ich. Wir sind nun einmal ein Teil der Natur, auch wenn wir uns noch so viel Mühe geben, uns von Flora und Fauna abzuheben. Somit haben wir unsere Antennen/Instinkte, ob wir daran glauben oder nicht. Es kommt lediglich darauf an, sie zu akzeptieren, wach- und schließlich abzurufen. Somit machen wir uns die Angst dienstbar. Sie darf nur niemals die Oberhand gewinnen, uns beherrschen und kopflos machen.

Todesboten Tiere

Oft hört man von großen schwarzen Hunden oder Raben, die Unheil bringen und den Tod eines Menschen ankündigen sollen.
Selbst hartnäckigste Skeptiker, die jene Phänomene strikt für Humbug erklärten, drehten schon bei, nachdem sie selbst Zeuge einer solchen Erscheinung waren.

Gerade in Krankenhäusern haben solche Todesboten schon für Nervenzusammenbrüche und Kündigungen gesorgt, denn stets verstarb tatsächlich ein Mensch nach Erscheinen eines solchen dunklen Gesellen. Was aber steckt wirklich dahinter?

Aus Überarbeitung und Müdigkeit hervorgerufene Halluzinationen vielleicht? Können wir es uns so leicht machen, wenn selbst Ärzte und leitendes Pflegepersonal Stein und Bein schwören, dass sie genau vor der Tür einen großen schwarzen Hund sahen, hinter der jener Patient noch in der gleichen Nacht verstarb? Ein Zufall, nichts weiter?

Tiere sind oftmals tatsächlich sogenannte Todesboten, und ja, sie können dämonischer Natur sein. Doch ich wäre vorsichtig, gleich an dunkle Kräfte zu denken. Der Erdentod ist für uns Menschen einfach etwas Endgültiges und Dunkles, nicht wirklich zu Greifendes. So gesehen mag die Erscheinungsform jener Boten dem entsprechen, wie wir den Tod sehen und empfinden. Wer aber sandte diese Wesen aus und wozu?

Hier gäbe es sicherlich noch reichlich zu untersuchen, bevor ein spöttisch ungläubiges Endurteil von uns gefällt wird.

Der Tod

Kommen wir nun zu einem Thema, das wohl den meisten von uns ziemlich unangenehm, wenn nicht gar zuwider ist, dass darüber gesprochen wird. Dennoch gehört der Tod zu unserem Erdenleben, ob's uns gefällt oder nicht. Unsere Inkarnation ist endlich, und mit unserer Geburt beginnt der Weg zum Ende hin. Freilich schreibt das keiner auf eine Glückwunschkarte, wenn gerade ein neuer Erdenbürger geboren wurde. Dennoch ist es so.

Es gibt die unterschiedlichsten Rituale, Zeremonien und Umgangsformen mit dem Tod umzugehen. Und natürlich mit der Trauer um einen Heimgekehrten. Doch was ist es, was uns trauern lässt? Wenn wir es einmal ganz nüchtern betrachten wollen, ist Trauer purer Egoismus. Wir denken selten daran, dass jemand von irgendwelchen Leiden erlöst wurde, oder dass Mutter nun bei Vater ist. Doch warum ist das so? Ganz einfach: Weil wir Menschen sind. Und als Mensch haben wir unsere Sinne. Wir riechen, schmecken, hören, fühlen etc. Und all diese Sinne wollen bedient werden. Wenn nun ein lieber Mensch „von uns gegangen" ist, liegen diese zutiefst menschlichen Bedürfnisse brach. Die Kommunikation mit (...) fehlt, er/sie kann von uns nicht mehr gesehen, berührt, gerochen und gehört werden. Und wenn sich das Umfeld auch noch von uns zurückzieht, dann fallen wir regelrecht ins Bodenlose. Natürlich kann ich all diese Gefühle zu 100 % nachempfinden.

Warum tut sich der Mensch so schwer damit, mit dem, was für uns alle – Mensch und Tier – unausweichlich ist, auseinanderzusetzen?

Gewiss eine große Portion Unsicherheit. Wie sollen wir mit etwas umgehen, das uns im wahrsten Sinne des Wortes, sprachlos zurücklässt und uns schaudern macht? Es ist schon etwas anderes, sich entsprechende Horrorstreifen anzusehen oder zu Fastnacht als Sensenmann herumzulaufen.

Wenn es uns bzw. geliebte Menschen aus Familie oder Freundeskreis betrifft, schaut's plötzlich ganz anders aus.

Ich kann aus eigener Trauer-Erfahrung sagen, dass mir keine Reaktion meines Umfeldes recht war. Ließen mich Kollegen etc. in Ruhe, dachte ich: „Na toll! Meine Trauer geht denen ja so richtig am (...) vorbei!" Zeigten sie Anteilnahme, dachte ich: „Meine Güte! Jetzt hab' ich gerade mal nicht an (...) gedacht; können die mich nicht mal in Ruhe lassen?!"

Klar, für die Menschen, die um einen Trauernden herum sind, gleicht es einem Drahtseilakt über einem Minenfeld, gerade das Richtige zum richtigen Zeitpunkt zu sagen oder zu tun.

Nicht minder kompliziert ist das Verfassen von Trauerkarten. Schreiben wir zu viel, wirken wir schnell übereifrig, wenn nicht gar aufdringlich. Sind unsere Zeilen kurz und knapp, könnte eine solche Beileidsbekundung wohl nicht gefühlloser und somit eigentlich überflüssig sein.

Wo ist die goldene Mitte zu finden? Meines Erachtens sollte eine solche Karte dem Glauben des Trauernden gemäß verfasst werden. Und kennen wir die Glaubensgesinnung des Hinterbliebenen nicht, dann sollten unsere Worte empathisch, warm, aber kurzgehalten sein. Dies sollte nicht zu viel, aber auch nicht zu wenig sein.

In jedem Fall durchläuft beinahe jeder Trauernde die sogenannten Trauer-Phasen. Diese sind:

Schock
Reaktionen
Verarbeitung
Wie geht's nun weiter?

Wollen wir näher darauf eingehen.

Schock
Auch wenn wir einen Menschen vielleicht im Sterbeprozess begriffen begleitet haben bzw. eine schwere Krankheit das Erdenende längst ankündigte, ist ein Heimgang meist schmerzhaft und lässt uns traumatisiert, sprich geschockt zurück.

Reaktionen
Diese sind so unterschiedlich wie es Charaktere gibt. Während die einen wie betäubt wie eine Aufziehpuppe ihren Alltag wuppen, reagieren andere vielleicht mit Zorn auf den Heimgekehrten („Wie konnte … mich nur allein lassen?!").

Manche lenken sich ab mit Reisen oder Shoppen-Gehen, was aus dem Umfeld oft mit Unverständnis quittiert wird („Wie kann … jetzt nur verreisen? Wie kann … jetzt nur einkaufen gehen?!") usw.

Verarbeitung

Früher oder später setzt der Verarbeitungsprozess ein. Der Trauernde hat endlich akzeptiert, dass (...) grobstofflich nicht mehr da ist. In dieser Phase demonstriert der Hinterbliebene Stärke, findet wieder einen gewissen Lebensmut bzw. neu erstarkte Zuversicht.

Wie geht's nun weiter?

In dieser Phase findet der Selbstfindungsprozess statt. Es gilt ein Leben nach der Trauer zu kreieren. Der Hinterbliebene wechselt vielleicht den Job, sucht einen neuen Partner, findet erfüllende Hobbys; tatsächlich wandern manche sogar aus. Natürlich gibt es auch jene, die ihren Weg ohne (...) einfach nicht finden können oder wollen und setzen sich durch Suizid ein Ende.

In welcher Phase auch immer sollten wir den Trauernden nicht allein lassen. Dazu brauchen wir nicht unaufgefordert ständig mit Gebackenem oder Gekochtem vor der Tür stehen oder stündliche Kontrollanrufe starten. Auch müssen wir den Hinterbliebenen nicht überfluten mit Action von morgens bis abends.

So profan es klingen mag, das Beste, was wir tun können, ist einfach da zu sein. Zuhören (Ohne allzu viele eigene Befindlichkeiten/Erfahrungen mit einzubringen; es geht um den Trauernden und nicht um dich!), beraten (falls erwünscht, nicht unaufgefordert) und bitte keine endlosen Aktionen („Komm`, lass' uns mal dies und das unternehmen ..." usw.).

Diese kleinen Regeln gelten für Familienangehörige, Freunde wie auch Bekannte, Nachbarn oder Heimbewohner, um die wir uns kümmern.

Es ist noch gar nicht so lange her, dass meine Mutter in eigener Sache eine Untersuchung im Krankenhaus benötigte und eine ältere Frau im Rollstuhl antraf, die herzergreifende Weinkrämpfe hatte. Ohne viel Tamtam ging meine Mutter auf die Frau zu, nahm ihre Hand, strich ihr über den Rücken und war einfach da. Als sie sich schließlich beruhigte, schüttete sie ihr schweres Herz aus: „Ich warte hier nun schon so lange. Keiner kümmert sich um mich, und mir ist sooo kalt. Sie sind der erste Mensch, der heute so lieb zu mir ist ...!"

Ich erzähle dies nicht, um meine Mutter als allseits leuchtendes Beispiel an Tugend vorzustellen. Es zeigt lediglich, wie leise man Großes bewirken kann.

Und wie sollten wir reagieren, wenn jemandes Tier verstorben ist? Für so einige Menschen ist es befremdlich und kaum nachvollziehbar, dass man um ein Tier so schrecklich trauern kann wie um einen geliebten Menschen. („Ein Mensch ist schließlich kein Tier!")

Auch wenn ich weiß, was ich weiß, packte mich beim „Auf Wiedersehen"-Sagen jedes Mal die Trauer, die durch mein Herz raste wie ein scharfes Messer.

Ratgeber gibt es reichlich. Die einen sagen: „Schau' nach vorne!", während die anderen raten: „Denk' doch nicht an den Tod, denke lieber an die schöne Zeit, die ihr gemeinsam hattet ...!"

Ob solche Worte wirklich etwas Positives bewirken, lasse ich einmal dahingestellt. Wenn ich von mir ausgehe, würde ich eher denken: „Ach, lass' mich doch mit so einem Quatsch in Ruhe!"

Sprüche wie folgende sind (leider) auch keine Seltenheit:

„Ach, komm'! Es ist doch nur ein Tier! Denke mal, was wäre, wenn deine Mutter/Vater ... gestorben wäre!"

„Tja, das ist der Grund, warum ich kein Tier haben will!"

„Schau' mal, jetzt kannst du endlich die Fernreise machen, die du schon immer machen wolltest ...!"

„Ist doch nicht so schlimm! Hol' dir halt 'nen neuen Hund/Katze/Vogel ...!"

„Ja ja! So was tut richtig weh! Oh, ich weiß, als mein (...) starb ...!"

Helfen solche Worte? Sicher nicht! Sie sind nur Zeugnis totaler Unsicherheit bzw. völlig fehlender Empathie.

Ob es nun für einen jeden Leser/Leserin nachvollziehbar ist oder nicht; es gilt das Gleiche wie oben beschrieben. Gerade für Alleinstehende, ältere Menschen und Kinder ist der Tod eines Tieres ein riesengroßer Einschnitt, der begleitet gehört. Vielleicht auch, indem wir (...) zum Tierfriedhof begleiten o. Ä.

Es gibt ja den Spruch: „Was du nicht willst, dass man dir tu', das füge keinem anderen zu."

Ich habe ihn umgewandelt in: „Was du willst, dass man für dich tut, das leiste Mensch und Tier; nur Mut!"

Gesunde Ernährung vs. Zucker-Mania

Natürlich gehört zur guten „alten" Esoterik auch der Bereich Nahrung. Was ich zum Thema Lichtnahrung zu sagen hatte, hast du bereits erfahren. In diesem Kapitel soll es um nachhaltige, achtsame und Umwelt-orientierte Ernährung gehen. Dieser absolut richtigen und lebenserhaltenden Einstellung gegenüber steht eine wahre Zucker-Monsterwelle. Schon in der Werbung werden die Kleinen auf den Zucker-Konsum konditioniert und mit dem leckersten Naschwerk gelockt. Wie bei „Hänsel und Gretel", nur dass im Lebkuchenhaus keine schaurige Hexe wartet, sondern die Macht der Zucker-Industrie. Schaden bringend ist der übermäßige fragwürdige „Genuss" von Schokolade und Co. so und so. Immerhin hat man sich nach einer gefühlten Ewigkeit endlich dazu durchgerungen, dem Verbraucher mehr Infos über die Inhaltsstoffe der Produkte zu liefern. Doch was uns aus dem Bereich der Wirtschaft kaum einer offenbart, ist der unverhältnismäßig hohe Zucker, der in alles gemischt wird, was man nur aufzählen kann. Warum, wenn Zucker so schlecht für uns ist, wird nicht dafür gesorgt, dass dieser Giftstoff aus unserer Nahrung verschwindet ...? Ein Schelm, der Böses dabei denkt ... Hierzu kann ich nur dringend raten, hochinteressantes Buchmaterial zu studieren. Zucker ist einer DER Krebs-Förderer, er schadet den (Kinder-)Zähnen, sorgt dafür, dass Kinder oft überdreht und kaum zu bändigen sind. Weiter sorgt Zucker dafür, dass viel zu viele Menschen an der sogenannten Fettleber leiden, Diabetes haben und mit einem Mords-Übergewicht herumlaufen.

Zucker im übermäßigen und regelmäßigen Verzehr, so widersprüchlich das auch klingt, übersäuert unsere Organe und schädigt Gelenke, Muskeln und Knochen.

All dies wird dem Konsumenten natürlich verschwiegen, und werden die Verantwortlichen mit den medizinisch untermauerten Tatsachen konfrontiert, wird alles schöngeredet, und es wird von hysterischer Meinungsmache gesprochen. Und warum legen wir dann nicht einfach den Schokoriegel weg und entsorgen die Fruchtgummis? Ganz einfach: Der Glücksbotenstoff, der durch den Verzehr der Süßigkeiten in unseren Hirnen freigesetzt wird, macht uns regelrecht süchtig nach dem verlockenden Naschwerk. Schlimm, wie viele übergewichtige Kinder herumlaufen und nicht von dem Gift lassen können, weil sie längst abhängig sind von dem wohligen Gefühl, der geschmolzenen Gummis und Schokolade auf der Zunge. Doch leider enthält nicht nur der Süßkram immens viel Fett und Zucker, sondern beinahe jedes „fertige" Produkt auf dem Lebensmittelmarkt. Wer hierauf verzichtet und lieber auf „Natürliches" zurückgreift, lebt zwar nicht völlig zuckerfrei, jedoch weit, weit gesünder, als wenn die ganze chemisch beigemischte Zucker-Keule die Gesundheit gefährdet. Über das Thema, so weit als möglich auf Zucker zu verzichten, gibt es reichlich Buchmaterial, das ich dir dringend ans Herz legen möchte.

Hier erfährst du, weshalb auf Entscheider-Ebene viel zu wenig bis gar nichts geändert wird, wie es scheint ...

Pharmazie vs. Naturmedizin

Vor Kurzem sah ich im Fernsehen eine Medizinerin, die die sogenannte Naturmedizin mitsamt all den „Nahrungsergänzungsmitteln" dermaßen in Grund und Boden stampfte, dass ich nicht anders konnte, als mich auch zu diesem Thema auszulassen. Die durchaus fundierten Forschungsberichte zu Anwendung und Wirksamkeit durch namhafte Professoren und Ärzte wurde diffamiert und als nicht existent erklärt, was das Zeug hielt. Es gäbe keinerlei erwiesene Untersuchungen, die Naturmedizin würde rein gar nichts bewirken und gehörte in den Bereich der schamanisch Vergeistigten. Letztlich machte sie dermaßen Alarm, dass sie auch noch behauptete, dass das Einnehmen von Kräutern und Tinkturen Leben gefährdende Wirkung hat, wenn denn überhaupt eine Wirkung eintreten würde. Und als wäre es der unzutreffenden Nachrede noch nicht genug, forderte sie unsere Regierung auf, dringend dem Nahrungsergänzungsmittel-Wahnsinn einen endgültigen Riegel vorzuschieben. Also war eine Hildegard v. Bingen eine schamanisch Vergeistigte, oder sollte ich besser sagen, Verirrte? Das „alte" Kräuterheilwissen alles Lug und Trug? Schließlich kam in diesem Beitrag noch eine Frau zu sprechen, die ins gleiche Horn blies, da sie ihre an Krebs erkrankte Mutter „verlor", weil diese lieber auf „alternative" Heilmethoden vertraute, als den Klinikärzten.

Es ist ja nichts Neues, dass sich die Pharmaindustrie recht schwer damit tut, Nahrungsergänzungsmittel bzw. homöopathische „Arzneien" als solche anzuerkennen. Tatsache ist: Vor dem Einnehmen eines JEDEN Präparates, ob nun pharmazeutisch abgesegnet oder alternativ, sollte man sich genauestens informieren. Vielleicht würde ich nicht auf Chat-Foren im Netz zurückgreifen, sondern auf entsprechende Ärzte-Seiten.

Hier kann jeder nachlesen, dass es durchaus Studien zum Thema gibt, und dann ist jeder aufgerufen, sich eine eigene Meinung zu bilden. Zur regelrechten Hexenjagd zu blasen ist jedoch vollkommen absurd und fehl am Platze.

Doch wenn man die „alte" Heilkunst schon im Fokus hat, frage ich mich, was denn nun stimmt: Machen die alternativen Stoffe erst recht krank, oder bewirken sie wie Placebos rein gar nichts? Da sollte sich eine Medizinerin erst einmal selbst einig werden, bevor sie uns an ihrem Tunnelblick teilhaben lässt.

Warum können die alternativen Mittel nicht ergänzend eingenommen werden? Vorausgesetzt natürlich, dass ein Mediziner bereit ist, sich auf diesem Gebiet zu schulen! Warum wirken homöopathische Produkte bei Kindern und Tieren (unsere mit eingeschlossen)? Weder Kinder noch Tiere haben eine Ahnung, was Placebo überhaupt ist. Dennoch, in einem Punkt hat die gute Frau recht:

Unbedacht und unaufgeklärt eben mal Nahrungsergänzungs-Pillen einzuwerfen oder medizinisch fundierte Maßnahmen spontan über Bord zu schmeißen kann schaden. Klärten wir uns alle (Ärzteschaft und Patient) gründlich auf, brauchte es dieses überflüssige gegenseitige Beharken nicht.

Sag' nein zur Co-Abhängigkeit

Was verstehen wir darunter? Co-Abhängigkeiten betreffen – so mutmaße ich mal – die meisten von uns Menschen. Es sind die alltäglichen Situationen in unserem Leben, in denen wir nicht Nein sagen können/wollen. Wir kümmern uns regelrecht (selbst-) aufopfernd um jeden und alles, sind immer die Ersten, wenn ein Freiwilliger gesucht wird, und anderer Leute Probleme machen wir bewusst oder auch unbewusst zu unseren eigenen. Und brauchen wir einmal Hilfe – keiner da! Na, kommt euch etwas davon bekannt vor? Da bin ich mir sicher! Doch wie sollen wir aus diesem Kreislauf ausbrechen? Es ist wie wenn der Hamster im Rad rennt und rennt und rennt … Will ich vorschlagen, aus einer „Mutter Theresa" einen Egomanen zu machen? Selbst wenn ich das damit meinen WÜRDE, dieses Umprogrammieren könnte sicher nicht eben mal so funktionieren. Denn wenn wir Empathiker sind, dann sind wir's richtig oder gar nicht! Ein Patentrezept, das schwuppdiwupp für jeden zack, zack funktioniert, kann ich leider auch nicht liefern. Dazu sind eure Charakteristika einerseits sowie eure Lebensumstände andererseits viel zu unterschiedlich und speziell. Das, was uns aus dem Hamsterrad ausbrechen lassen kann, ist meines Erachtens eine einzige „Sache", und die heißt Selbstliebe. Aus ihr allein erwächst das, was uns verloren gegangen ist, nämlich, dass wir uns auch einmal wieder wahrnehmen. Und nicht nur als ständig zur Verfügung stehende Hilfskraft, sondern als Mensch, der eigene Bedürfnisse, Gefühle und notwendig gewordene Abgrenzungen nötig hat. Auch hierzu gibt es nützliche Bücher und Meditationen, die ich für sehr wichtig halte. Denn seien wir einmal ehrlich: Nur wer sich selbst liebt, kann andere ohne völlige Selbstaufopferung lieben. Ganz sicher ist für jeden früher oder später das Maß voll. Wie wir dann reagieren ist ganz unterschiedlich.

Die einen reagieren mit Burn-out, andere werden depressiv, und wiederum andere brechen „einfach" zusammen und kommen nicht mehr aus dem Bett. Wie auch immer: Bevor uns ein solches Schicksal ereilen KANN, MUSS von uns aus gehandelt werden. In Liebe, in gegenseitiger Achtung und Respekt vor uns UND anderen.

Wir müssen wieder lernen, uns wahrzunehmen. Den ständigen Lärm und Trubel um uns herum ausschalten lernen einerseits, Nein dazu zu sagen, vor jedem und allem dichtzumachen andererseits. Wir müssen nicht zum Ekelpaket mutieren, das sich um nichts und niemanden mehr schert. Wir sollten stattdessen lernen, uns wieder der Freund zu sein, den wir anderen sein möchten.

Zeichen

Gerade wenn wir im Prozess der wieder erstarkten Selbstfindung begriffen sind, mag es für uns kaum wahrnehmbar sein, welche Zeichen unser Alltag für uns bereithalten kann. Diese

„versteckten" Zeichen können in einer schönen Melodie zu finden sein, oder während eines gemütlichen Waldspaziergangs. Vielleicht während einer Begegnung mit einem uns unbekannten Menschen. Oder wir blättern beim Friseur in einer Zeitschrift und – PENG! – wir stoßen „zufällig" auf einen Kalenderspruch, der nicht passender für uns und unser momentanes Gemüt sein könnte. Wenn wir wieder lernen, in uns hineinzuhorchen, lernen wir gleichfalls auf die Zeichen zu achten, die nur darauf warten, von uns erkannt zu werden. So finden wir auch wieder Antworten auf ganz persönliche alltägliche Fragen. Wir finden zurück zu uns selbst.

SCHLUSSWORT

Glaubst du noch zu wissen, oder weißt du, dass du (berechtigt) glaubst?

Dieses Buch wollte darstellen, dass die Esoterik so vielschichtig zu betrachten ist, wie wir Menschen und alle anderen Wesen individuell unterschiedlich sind.

Das Offensichtliche kann ganz schnell zu Lug und Betrug werden, wohingegen das (zunächst) Verborgene entdeckt und so mutig wie aufgeschlossen beschritten werden möchte.
    Nicht alles, was zur Esoterik gezählt wird, ist purer Stuss, wohingegen manches durchaus kritischer unter die Lupe genommen werden sollte.

Jedenfalls kann es uns allen nicht schaden, einen Blick über den ganz persönlichen Tellerrand zu werfen.

In einer Stadtzeitung las ich neulich einen Artikel einer Psychologin, die das magische Arbeiten/Wirken mit Wünschelrute & Co als reine Psychose abtat. So viel dazu, wie „offen" die ach so

Aufgeklärten unaufgeklärt, blind und taub durch ihr fachmännisch korrekt eingerichtetes Leben flanieren.

Es gibt Menschen, die Mäuse, Ratten und Katzen in volle Wassergläser stecken und seelenruhig und ungerührt zuschauen, wie panisch das arme Tier versucht, seinem Schicksal zu entkommen, damit es nicht jämmerlich ertrinkt. Und dann behauptet jemand eine „Hexe" zu sein, die im Einklang mit Mutter Erde Bäume umarmt und Heil-Rituale abhält.

Bildet euch eure eigene Meinung darüber, für welche Seite ihr euch entscheiden würdet.

Leben wir wahrhaft verantwortungsvoll und achtsam. Zollen wir jedem und allem den Respekt, den wir selbst für uns so selbstverständlich reklamieren.

In dem Sinne. Ich wünsche uns allen ein gutes, erfülltes und spannendes Leben mit fantastischen und spannenden Möglichkeiten.

Das Leben ist voller Hinweise; wir müssen uns nur erinnern (wollen), sie zu deuten.

Mit unseren Gedanken erschaffen wir die Welt, und die Welt wartet auf dich!
(Buddha)

ANHANG

Neue Gebete/Rituale/Meditationen

Weshalb beten wir? Laut Esoterik ist das Beten gleichbedeutend mit um etwas bitten. Was wiederum ein Mangeldenken demonstriert, das kontraproduktiv sein soll für die ersehnte Wunscherfüllung.

Doch wir sprechen unsere Gebete ja nicht aus Jux und Tollerei. Selbstverständlich haben wir etwas nicht, worum wir bitten. Ansonsten wären unsere gesprochenen Anliegen überflüssig. Sei es, dass wir krank sind und gesund werden möchten oder das Auswahlverfahren bei der Job-Vergabe zu unseren Gunsten entschieden wird ...

In jeder Religion bzw. Glaubensrichtung gibt es hierzu die passenden Gottheiten und Wesenheiten. Wir beten in der Gemeinschaft, in entspannter Zurückgezogenheit oder in Notsituationen. Was aber bringen unsere Gebete wirklich? Sind wir letztlich, entgegen der landläufigen Meinung, doch nichts weiter als Marionetten, die irgendeine „höhere Macht" bedient oder eben nicht; gerade so, wie es „ihr" gefällt? Zugegeben, so könnten wir schon denken, wenn unsere innigsten Gespräche mit Gott und Co. einfach nicht greifen wollen. Wir fühlen uns ungeliebt, ungeachtet und allein im Regen stehen gelassen. Warum funktionieren die einen Gebete, während die anderen reine Zeitverschwendung zu sein scheinen?

Und doch beten wir weiter. Wir suchen Kraftorte auf, gehen in den „Gottesdienst" am Sonntag oder machen Spaziergänge, um in der Natur das Göttliche zu finden, das uns hoffentlich zuhört und unsere Wünsche realisiert.

Anscheinend ist es ein menschliches Grundbedürfnis, dass wir etwas/jemanden „über" uns brauchen, der das für uns möglich macht, wo wir (scheinbar) an unsere Realisierungsgrenzen stoßen.

Die erweiterte Form der Gebete stellt die Meditation dar. Im Gebet sprechen wir zu Gott (...); in der Meditation spricht Gott (...) zu uns. Was soll das heißen? Was Gebete für uns bedeuten, muss ich nicht näher ausführen. Die Mediation gilt es schon näher unter die Lupe zu nehmen. In einer Meditation (geführt oder „Freestyle") gehen wir sozusagen in uns. Wir horchen in uns selbst hinein. Dem Atem- und Energiefluss sowie unserem Herzschlag schenken wir hierbei besondere Beachtung. Aus dem stressigen Alltagsgeschehen herausgenommen, entspannen wir uns in uns selbst hinein. Und in diesem Trance-ähnlichen Zustand bekommen wir durchaus einen ganz besonderen Draht zu wem auch immer.

Oft entstehen Bilder oder Farben vor unserem „inneren" Auge. Gerüche, Gefühle, Emotionen und Gedankenimpulse drängen sich in unsere Aufnahmefrequenz.

So gesehen, (be-)wirkt die Mediation auf besonders innige Art und Weise.

Eine andere Möglichkeit, etwas zu wirken, ist das rituelle Agieren. Hierbei versuchen wir das zu visualisieren bzw. zu manifestieren, was unser Begehr ist. Das Feld der sogenannten Esoterik bietet ein buntes breites Spektrum an allerlei unterstützendem Material, das unsere Rituale noch wirkungsvoller machen (soll/kann).

Gebete, Mediationen, Rituale – wirken sie, weil wir an ihre Macht glauben oder entscheidet eine „höhere Macht", ob wir „erhört" werden oder nicht? Oder liegt es ausschließlich an uns, ob unser Tun von Erfolg gekrönt ist?

Letztlich bin ich felsenfest davon überzeugt, dass in jeglichem Energie-behafteten Wesen (Mensch, Tier, Natur ...) der sogenannte göttliche Funke zu finden ist. Wir begehen keine Blasphemie, wenn wir auf Augenhöhe zu den angebeteten Gottheiten sprechen. Es ist den Menschen durch Kirchenobrigkeiten etc. viel zu lange eingeredet worden, dass der große Gott in seiner unendlichen Gnade uns immerwährend sündhaften Würmchen erhören möge (oder eben nicht).

Wir alle – und ich meine wirklich ALLE – entstammen aus einer einzigen göttlichen Quelle, und in jener existiert einfach alles. Das Lichte/Dunkle, das Gute/Negative, Gottheiten/Dämonen ... Letztlich stellt es absolut keine Arroganz dar, wenn wir uns unserer Göttlichkeit wieder bewusst werden. Es ist eher völlig unangebracht, wollten wir uns weiter kleinreden lassen.

Doch warum sollten wir beten und meditieren, wenn wir selbst Götter sind? Somit könnten wir uns doch gleich selbst unsere Wünsche erfüllen. Das ist grundsätzlich richtig.

Doch hier muss erwähnt werden, dass wir alle zu einem bestimmten Zweck in die Zeit und auf diesen Planeten gekommen sind. Und wir alle haben einen Lebensplan im Reisegepäck dabei, der erfüllt werden möchte.

Nehmen wir die Hilfe von den zahlreich zur Verfügung stehenden Geistwesen (u. a. Engel ...) an, können sie uns immer wieder in die Fahrspur zurückführen, die wir uns für unser Erdenleben ausgesucht haben. Diese Erfahrungen will eine jede Seele machen. Ob Mensch, Tier, Pflanze oder Mineral ...

Wenn wir uns beispielsweise als Erfahrung das Arm-Sein auf unsere Lebensagenda geschrieben haben, wird ein Reichtums-Ritual nicht so einfach greifen können. Hierbei hat letztlich keiner versagt. Du nicht und die Götter ebenso nicht.

Dennoch bleibt es uns unbenommen, an unseren Lebensplänen zu schrauben. Nichts ist unumstößlich für immer und ewig in Stein gehauen. Und ja, hierbei können wir uns der zahlreichen geistigen Helfer „bedienen", die nur auf unsere Aufforderung warten. Unser freier Wille ist DAS Gesetz, an das sich selbst die „höchste" Macht/Gottheit halten muss. Ergo sind wir absolut keine Marionetten, an deren Strippen einmal Gott und ein anderes Mal der Teufel ziehen darf.

Wir sind göttliche, eigenverantwortliche Seelen, die in Achtsamkeit und Respekt unseren freien Willen leben dürfen und sollen.

Was also sollte uns daran hindern, neue Gebete, Mediationen, Rituale (...) zu entwickeln und sie mit unserer eigenen göttlichen Power aufzuladen?

Hier möge dir dieses Buch vielleicht ein kleiner Ratgeber sein. Natürlich gilt auch für meine kreierten Möglichkeiten, dass ersetzt und ergänzt werden „darf". Je persönlich individueller ein Gebet (...) verfasst ist, desto wirksamer kann es nur sein.

Seien wir also Lichterherzen auf unseren Lebenswegen und denen unserer Mitgeschöpfe.

Der wahre Zauber entfaltet sich nicht im Außen, sondern immer zuerst im Innern.

Ich wünsche dir die Fröhlichkeit eines Vogels im
Ebereschenbaum am Morgen, die Lebensfreude eines
Fohlens auf der Koppel am Mittag, die Gelassenheit eines
Schafes auf der Weide am Abend.
(Irischer Segen)

Engels-Hierarchien

Der folgende Spruch kann zur Vorbereitung für ein Engel-Ritual dienen oder auch als Gebet, bevor du morgens dein Heim verlässt. Vielleicht schreibst du den Text auch auf schönes Papier und führst ihn mit, sodass du jederzeit in der Lage bist, dich hiermit zu schützen, wenn du das Gefühl hast, dass es angebracht ist. Für ein Ritual würde ich weiße, silberne und goldene Kerzen wählen. Wenn du den Geruch von Weihrauch, Myrrhe und weißen Salbei magst, würde ich dir hierzu raten. Die Dekoration bleibt allein dir überlassen. Sie sollte lediglich deinem Anliegen und deiner Einstellung den Engeln gegenüber entsprechen.

Bevor dein Ritual beginnt, sollte deine Umgebung ordentlich und sauber sein. Stelle die Türklingel und das Telefon aus und sorge dafür, dass du ungestört bist. Hältst du das Ritual mit Gleichgesinnten ab, sollten sie haargenau mit deiner Intention übereinstimmen. Auch sollte während des Rituals nicht hin und her gequasselt werden; das würde nur die allgemeine Konzentration stören. Entweder nur einer hält das Ritual ab oder jeder gibt etwas dazu, dann sollte der Ablauf vorab abgesprochen werden.
Tue alles, was dich entspannt und entstresst, bevor du loslegst, denn nichts ist eine größere Zeitverschwendung, als ein Engel-Ritual abzuhalten, wenn du genervt, verärgert, gestresst (…) bist. Eben mal so zwischen Tür und Angel sollte kein Engel-Ritual abgehalten werden.

„Ich rufe die machtvollen Seraphim und die strahlenden Cherubim an meine Seite;
ihr göttlicher Schutz mir Ruhe und Frieden bereite
Stark machen mich die Throne, egal, was mir begegnen mag;
zum gerechten Tun, Reden und Denken führen und leiten sie mich Tag für Tag.
Im Schutzkreis der Mächte wird das Böse an mir vorüberzieh'n,
und auch die Tugenden stehen mir bei am Tage und bei Nacht;
die Engelsfürsten schenken mir ihren Segen; die prachtvollen

Erzengel verhelfen mir zu Harmonie und Liebe mit lichtvoller Macht
So weiß ich, dass ich geschützt bin mit dem liebevollen Engel-Segen;
die Göttlichkeit ist in mir und um mich herum auf all' meinen Erdenwegen.
So sei es, so sei es, so sei es!"

Am Ende des Rituals sollte niemals vergessen werden, das göttliche Tor wieder zu schießen. So zum Beispiel:
„Ich danke den Engels-Hierarchien, die an meiner Seite das Ritual begleitet haben. Helft mir, das Tor nun zu schließen, damit alles Negative von mir/uns weiterhin fernbleibt. Ich danke euch in Liebe. So sei es, so sei es, so sei es!"

Schutzengel-(Not-)Gebet

Die Vorbereitungen sind die gleichen wie zuvor beschrieben. Dieses Gebet kann auch hier zur Vorbereitung eines Rituals dienen oder zu jeder Tages- und Nachtzeit angewandt/gesprochen werden.

„Mein Schutzengel, ich rufe dich!
Sei an meiner Seite, bitte beschütze mich!

Deine mächtige Energie schimmert im silbrig-scheinenden Licht;
versperrt allen negativen Energien sofort auf meine Seele die Sicht!

Hilf, Angst, Zorn und Hass (...) in mir endlich zum Schweigen zu bringen;
ich will mit dir Seite an Seite für Mensch und Tier (...) streiten,
so wird das edle Werk gelingen!

So sei der sichere Lichtkreis um uns beide besiegelt, so soll es sein; dich stets an meiner Seite zu wissen, versichert mir: Ich bin nie allein!

So sei es, so sei es, so sei es!"
(Wahlweise kannst du natürlich auch dreimal „Amen" sagen, wenn dir das geläufiger erscheint.)

Und auch hier gilt: Wenn du jenen Spruch innerhalb eines Rituals verwendest, nicht vergessen, anschließend das Tor/Portal zur geistigen Welt zu schließen!

Ein weiterer etwas kürzerer Spruch könnte lauten:

„Schutzengel eile an meine Seite, ich brauche dich, sei schnell wie der Wind!
Schirme alles Negative (...) von mir ab geschwind!"

Krafttiere

(Gebet/Meditation/Ritual/Gelöbnis)

Hier würde ich zu einer schamanischen Räuchermischung raten (gibt es im gut sortierten Esoterikladen). Sei vorsichtig, wenn du Hölzer, Tannennadeln, Zapfen und dergleichen trocknest; das kann Funken auslösen oder gar ein Feuer verursachen. Wenn du noch sicherer gehen willst, kannst du auch auf Räucherstäbchen zurückgreifen; hierzu gibt es schöne Halterungen (auch in Tierform).

Natürlich kannst du auf all dies verzichten, wenn du jenes Gebet (...) in freier Natur sprichst. Hier ist es wohl selbstverständlich, dass du auf Räucherwerk verzichtest, um einen Waldbrand zu vermeiden!

Wenn du nicht zu jenen gehörst (wovon ich einmal ausgehe), die nicht unbedingt ein belustigtes Publikum brauchen, das womöglich auch noch gleich das Handy zückt, um dich im Netz der Lächerlichkeit preiszugeben, ist es unumstößlich, dass du ungestört bist. Wie ich bereits im Buch ausführte, ist es als Frau so eine Sache, einsame und uneinsichtige Gebiete aufzusuchen; es sei denn, du hast einen vierbeinigen Beschützer an deiner Seite.

Zu Hause kannst du leise eine CD abspielen mit Trommeln, Rasseln oder rituellem indianischen Gesang. Je nachdem, was dir gefällt und dich nicht ablenkt.

Und hier kommt mein Vorschlag:

„Ich will wieder eins werden mit den Wesen der Natur;
der Alltag hat mich hart gemacht, gestresst war ich, blind und stur.

Doch ich habe nun mit aller Klarheit erkannt,
dass ich mich mit meinem Denken irrte, im Hochmut hab' ich mich verrannt.

Ehren und achten will ich alle Mitgeschöpfe auf Mutter Erde,
das soll sein der Weg meiner Seele;
höre wieder auf den Ruf der lichten Göttlichkeit, Frieden und Freiheit für alle Lebewesen ich fortan wähle.

Öffnen will ich all meine Sinne für das wahre Seh'n;
ich schließe meine Augen zur klaren Sicht; endlich beginne ich wirklich zu versteh'n.

Frei wie die Vögel, gewitzt wie der Dachs,
schillernd wie die Libelle, sie zu bewundern, dafür nehme ich mir die Zeit, das ist für mich ein Klacks.

Mein Hund (Katze etc.) an meiner Seite will ich mit anderen Augen sehen, das gelobe ich;

die Schöpfung in all ihrer Pracht offenbart sich; warum habe ich
das erst jetzt erkannt? Etwas in mir verändert sich.

Ich höre den Ruf der göttlichen Natur tief in meinem Herzen,
meine Seele endlich wieder herzlich lacht;
die Wesen von Mutter Erde sprechen zu mir; ich bin tief beein-
druckt von ihrer Macht.

Ich treffe mich mit allen Tieren zum fröhlichen Tanz, denn wir
haben uns gefunden zum freundschaftlichen Bund;
alle Lebewesen zu ehren will ich geloben, das gebe ich hier und
jetzt und für alle Zeiten kund!
So sei es, so sei es, so sei es!"

Gebet/Ritual für Verstorbene

Wie ich bereits im Buch ausführte, mag ich das Wort „Verstorbene" nicht. Es klingt so endgültig, unendlich weit fort und so
... tot eben. Ich wähle lieber den Begriff „Heimgekehrte", denn
das trifft's genau.

Kerzen:
Weiß, schwarz (nicht in Sachen Trauer, sondern zum Schutz!),
Lieblingsfarbe des/der Heimgekehrten

Räucherung:
Weihrauch, weißer Salbei

Sonstiges:
Weih- oder Salzwasser, Foto, persönlicher Gegenstand, Dekoration der eigenen Wahl

Die Vorbereitungen sind die gleichen wie bereits erwähnt. Nur
eines noch vorweg: Ich weiß, was es heißt, einem lieben Men-

schen „Auf Wiedersehen" zu sagen. Unser Erdenempfinden lässt uns Trauer empfinden und das harte und kalte Gefühl des endgültigen Verlustes. Dennoch sollten wir alles dafür tun, dass unser Ritual nicht dazu führt, eine im Heimgang begriffene Seele „festzuhalten" und somit zu hindern, ins Licht zu finden.

„Dein Heimgang hat mich hart getroffen, und mein Leben erscheint mir ohne dich so trist und leer;
ich liebe/ehre dich, ach' ich vermisse dich wirklich sehr!

Ich hoffe, du bist ins Licht gegangen;
denn dein Frieden ist mein Verlangen.

Und habe ich dir jemals Unrecht getan hoffe ich, du trägst mir nichts nach, das würde mich freu'n;
auch dir verzeihe ich, was ich unangebracht fand, so haben wir miteinander Frieden geschlossen, und es gibt nichts mehr zu bereu'n.

Ich weiß, dass wir uns einmal wiederseh'n;
mögen wir auch vorübergehend unterschiedliche Wege geh'n.

Es gibt einen Sehnsuchtsort, den ich stets trage in meinem Herzen;
dort bin ich mit dir stets verbunden, ohne Leid, Trauergefühl und Schmerzen.

Wenn ich an dich denke, stelle ich ein Licht ans Fenster, das meine Liebe zu dir ausstrahlt; es scheint zu deiner Seele hinaus;
ich bin mir sicher, dann finden wir einmal gemeinsam wieder den Weg ins Licht und somit nach Haus'!"

Und hier kommt gleich noch ein Vorschlag, den wir auch am Sterbebett eines lieben Menschen sprechen können:

„Wir alle wissen, der ‚Tod' gehört zu eines Menschen Leben unumgänglich dazu;

nach Mühsal, Krankheit und so manchem Kummer hat die Seele nun bald ihre verdiente Ruh'.

Ja, wir sind Gast hier auf Erden und haben im Lebensgepäck so manch harte Brocken und Beschwerden.

Oft laufen wir durch verlassene dunk'le Gassen und fühlen uns verlassen und allein;
hart, unerbittlich erscheint uns unser Los, bitter, ungerecht und gemein.

Doch siehe, liebe Seele, die du im Heimgang begriffen bist, ich bin an deiner Seite und halte dir die Hand;
du bist unendlich müde, doch ich stelle dir eine Kerze ans Fenster, und so wirst du bald sagen: ‚Ja, ich habe den Weg ins Licht erkannt!'

Lasse ruhig alle Lasten von dir fallen, ich danke dir, dass du ein Teil meines Lebens gewesen bist, du liebe Seele du;
natürlich wirst du mir fehlen, doch ich bemühe mich, an deine freudige Heimkehr zu denken immerzu.

Deine Spuren werden in meinem Herzen nie verblassen;
vorerst gehen wir unterschiedliche Wege, und ich muss dich weiterziehen lassen.

Auf dem Regenbogen, so leuchtend und wunderschön;
werden wir uns ganz gewiss eines Tages wiederseh'n!

Ich rufe an deine Seite:
Deinen Schutzengel (...), dass er dich ins Licht begleite.

Möge dich das strahlende Licht unser aller Heimat geleiten, bis du deinen Himmel gefunden hast;
ich wünsche dir ewige Seelenruhe und dass alles Erdenleid für dich immer mehr verblasst.

Verzeih' mir, falls ich dir nicht fair und respektvoll begegnet bin; auch ich will Frieden mit dir schließen; dieses gegenseitige Vergeben ist für uns beide ein Gewinn.

So will ich dich einstweilen diese letzte Reise antreten sehen, geliebte Seele du; im Lichte der göttlichen Heimat findest du, bis wir uns wiedersehen, deine tröstliche Ruh'!

Unter den mächtigen Schwingen der Engel schließe nun friedlich und beruhigt deine Augen zu; im ‚Tod' finden wir das Leben; möge es für dich, liebe Seele, nur noch Wundervolles geben.

So sei es, so sei es, so sei es; Amen, Amen, Amen!"

Es schadet nicht, wenn wir um den/die im Heimgang begriffene Person Weih- bzw. Salzwasser in alle vier Ecken des Zimmers spritzen.

Viele Menschen verhängen Spiegel, sobald eine Seele auf Reisen gegangen ist, angeblich, damit sie sich nicht verirrt und den Weg ins Licht findet. Andere öffnen weit das Fenster.

Man kann darüber streiten, ob es sich hierbei um Aberglauben handelt oder nicht. Hier maße ich mir wahrlich kein Urteil an. Wir sollten darauf Rücksicht nehmen, wie die Einstellung des/der Heimgekehrten war und danach handeln.

Kerzen, die am Bett des Heimgekehrten brennen, sollten ausbrennen und hernach ordnungsgemäß entsorgt werden.
Blumen vom Sterbebett/Grab nehmt bitte nicht mit zu euch nach Hause. Sie speichern Energien, die sich nicht in eurem Umfeld breitmachen sollten.

Gebet/Ritual/Andacht (wenn der Hund oder ein anderes Haustier heimgekehrt ist)

Kerzen:
Weiße, regenbogenfarbene oder eine Farbe nach deinem Geschmack

Räucherung:
Schamanische Räuchermischung bzw. einen Duft, der dir gerade guttut

Sonstiges:
Bild des geliebten Haustieres, Blumen und Dekoration nach deinem Geschmack
Ob du eine leise Hintergrundmusik magst oder besser nicht, damit sie dich nicht ablenkt, bleibt dir überlassen. Wenn du eine Untermalung wünschst, würde ich zu leiser instrumentaler Engel- bzw. schamanischer Musik raten.

Die Vorbereitungen sind die gleichen wie schon beschrieben.

„Deine lieben Augen haben sich in Frieden geschlossen;
das Leben mit dir an meiner Seite habe ich stets genossen.

Du fehlst mir, und ohne dich kann ich kaum etwas vorstellen;
ich gäb' was dafür, hörte ich noch einmal dein nerviges Bellen.

Ja, ich weiß, dass es dir nun gut geht, dennoch ist mein Herz schwer;
ich vermisse dich so sehr.

Eines weiß ich ganz gewiss, und das tröstet mich:
Ist meine Zeit gekommen, sehen wir uns wieder und dann freust nicht nur du dich.

Auf dem strahlend leuchtenden Regenbogen wirst du mir dann entgegenrennen;
dann endlich werde ich dich wieder in die Arme schließen, und wir werden uns niemals wieder trennen.

Da du jetzt ein wundervoller Hunde-Engel bist,
weiß ich, dass du nie vergisst,

wie schön und abenteuerlich unser gemeinsames Leben war;
ich weiß, dass du dir wünschst, dass wieder ein Hund an meiner Seite sein sollte, das ist mir schon klar!

Und wenn ich dann erneut „Auf Wiedersehen" sagen muss,
weiß ich, dass eine weitere Fellnase auf mich warten wird, und wenn ich mir das vorstelle, verblast ein wenig mein Verdruss.

Oh, auf dem Regenbogen wird dann was los sein! Wer mir da wohl alles freudig ‚Hallo, da bist du ja!' entgegen bellt?

Doch hier und jetzt warten noch weitere Herzchen auf ein schönes Zuhause, und hier will ich aktiv werden und bereite einem weiteren Hunde-Kumpel ebenso eine zauberhafte spannende Welt.

Du, mein lieber treuer Hunde-Schatz,
hast aber für ewig in meinem Herzen einen festen Platz!

Auf Wiedersehen!"

Diesen Spruch kannst du am Grab sprechen oder mit hineingeben. Vielleicht magst du ihn auch zur Urne legen, die du zu Hause aufbewahrst. Ganz wie du willst.

Nur erhellend sollte das Rezitieren für dich sein und dich nicht immer wieder „herunterziehen".

Denke daran: Deinem Schatz geht es nun gut, und deine Fellnase wird umso glücklicher sein, je glücklicher du wieder sein wirst und je mehr du erneut Glück weitergibst. Lass' dir so

viel Zeit, wie du brauchst. Auch wenn es dir im Augenblick un-
denkbar erscheint, wieder sooo lieben zu können. Oh, ich spreche hier definitiv aus eigener Erfahrung! Kein Mensch ist wie
der andere, und ebenso sind unsere Hunde keine Klone. Einen
nahtlosen Ersatz für deinen heimgegangenen Hund wird es ganz
sicher nicht geben; wohl aber ein anderes Charakterchen, das
entdeckt und lieb gehabt werden möchte.

„Gute Reise!" (Gebet, „Give-away"-Spruch)

Wenn du den Reim aufschreibst und mit ins Reisegepäck legst,
damit der Urlauber ihn beim Auspacken vorfindet ist das eine
nette Geste. Oder du bist kreativ begabt; dann könntest du ihn
auf ein Kissen sticken.

Natürlich kannst du den Spruch auch in einem Ritual verwenden,
wenn du jemand ganz Besonderem eine gute Reise wünschst. In
diesem Fall rate ich zu folgenden Gegenständen:

Kerzen:
Lieblingsfarbe des Reisenden

Räucherung:
Schutz-Räucherung (gibt es schon fertig zu kaufen) bzw. Lieb-
lingsduft des Reisenden (passe aber bitte auf, dass sich getrocknete Blüten etc. auch zum Räuchern eignen!) oder eine Engel-
Mischung

Dekoration:
Ein Foto oder Lieblingsgegenstand des Reisenden, Blumen etc.
nach deinem eigenen Geschmack

„Gute Reise, komm' sicher an deinem Zielort an; finde aber ebenso wohlbehalten hierher zurück;

ich wünsche dir von Herzen, dass du auf deiner Reise findest dein persönliches (Geschäfts-, Liebes-, Erfolgs- oder Heilungs-) Glück!

Alle guten Mächte mögen dich beschützen;
Auf ihren lichten Rückhalt kannst du dich jederzeit voller Zuversicht stützen.

Ich freue mich auf ein Wiedersehen;
möge die Zeit bis dahin für uns beide friedlich und glücklich vergehen!"

Auf jeden Fall sollte der Reim in ritueller Hinsicht nur vollkommen uneigennützig und wohlwollend Anwendung finden.

Nehmen wir einmal an, deine beste Freundin überlegt, nach (…) auszuwandern und checkt schon einmal das Land, in dem sie fortan leben möchte. Du aber willst sie nicht „verlieren" und versuchst sie mittels Magie wieder „an die Leine zu legen". Somit würdest du in ein freies Menschengeschick eingreifen, was mit Uneigennutz natürlich nicht das Geringste zu tun hätte!

Schlaf' gut (Einschlaf-Gebet für und mit Kindern)

Hier empfiehlt sich, auf Kerzen und Räucherungen zu verzichten. Sofern dein Kind den Geruch von Lavendel mag und auch nicht allergisch darauf reagiert, kann man am oder über dem Bett ein Säckchen mit getrocknetem Lavendel hängen. Der Geruch kann beruhigend und entspannend wirken.

„Ich kuschele mich gemütlich und zufrieden in meine Decke; mein Schutzengel wacht über mich heute Nacht und vertreibt alle Schatten aus jeder Zimmerecke.

Wenn ich nun gleich meine Augen schließe,
versichert mir das strahlende Sternenzelt, dass ich nur schöne
Träume genieße.

Ich werde geliebt, und das gibt mir Schutz und Sicherheit;
nun bin ich für den Sandmann bereit.

Und wenn ich am Morgen fröhlich und erfrischt erwache,
kann ich sicher sein, dass ich am nächsten Abend auch nur wieder über die Dunkelheit lache!"

Vielleicht kannst du mit deinem Kind zusammen auch eine Melodie für den Spruch entwickeln. Ich für meinen Teil finde manche Lieder zum Einschlafen gelinde ausgedrückt merkwürdig, und mich als Kind würden sie wohl eher schocken, als mich entspannen. In einem dieser Texte heißt es, wenn Gott will, würde ich wiedererwacht. Was soll das bedeuten? Dass ich „Gott" auf Knien danken kann, wenn er mir nicht im Schlaf das Lebenslicht ausknipst? Das hat mich schließlich auf die Idee gebracht, einen ganz neuen Reim zu entwickeln.

In dem Sinne: Ich wünsche wohlige schöne Träume!

Weihung deines Traumfängers

Kerzen:
Eine weiße und eine schwarze (möglichst durchgefärbt) und eine silberne.

Räucherungen:
Hier rate ich zu weißem Salbei, Weihrauch bzw. fertige schamanische Mischungen (Vorsicht bei selbst gesammelten und getrockneten Hölzern; es könnten sich ungute Dämpfe entwickeln bzw. Stichflammen entstehen!)

Sonstiges:
Weih- oder Salzwasser

Ich gehe einmal davon aus, dass dein Traumfänger nicht nur ein reines Deko-Objekt sein, sondern seinen machtvollen Schutz für dich über deinem Bett wirken soll. Somit rate ich, alle Zimmerecken, Winkel und Schränke mit Weih-/Salzwasser zu besprenkeln und (Achtung Brandgefahr!) auszuräuchern.

Mit dem Symbol, das dir am mächtigsten erscheint (Schutzpentagramm, das Kreuz etc.) ziehe in die Luft mit deiner rechten Hand jenes Zeichen. Wichtig hierbei ist, dass du dich völlig damit identifizieren kannst. Wenn dich beispielsweise das Christenkreuz eher gruselt und du lieber das Pentagramm ziehst, ist deine Aktion allemal wirkungsvoller, als wenn ich dir an dieser Stelle meine Vorgabe aufdrücke.

„Du treuer Helfer für schöne Träume, ich will dich segnen und ehren;
mögest du in allen Nächten alles Unreine von mir und aus diesem Raum abwehren.

Ich will an den Schutz der schamanischen Hilfsgeister glauben alle Zeiten;
ich schlafe ruhig, entspannt und in Sicherheit und bereise beschützt der Träume unendliche Weiten!

So sei es, so sei es, so sei es!"

Ich rufe das Glück herbei

(Eigen-Motivations-Reim und Ritual)

Kerzen:
Hier rate ich zu goldenen, silbernen und grünen. Ansonsten bleibt es deinem „Geschmack" überlassen, welche du magst; Duftkerzen sind auch okay.

Räucherung:
Es gibt fertige Mischungen, um das Glück anzuziehen; ob du dich damit schon zufriedengeben magst, überlasse ich dir. Ich rate einfach zu einem zum Räuchern geeigneten Duft, der dir am besten gefällt und dein Gemüt erhellt.

Sonstiges:
Symbole des Glücks (Schweinchen, Fliegenpilz, Hufeisen, vierblättriges Kleeblatt ...) gibt es fertig als Streuteile; natürlich kannst du sie dir auch basteln. Blumen sind auch eine schöne Idee; auch hier achte darauf, was dir guttut.

Du kannst folgenden Spruch auf Zettel schreiben, die du in deinem Heim verteilst und ihn somit immer in deinem Bewusstsein aktiv halten. Wenn du dir etwas ganz Bestimmtes wünschst (ein Haus, ein neues Auto, eine Reise, Gesundheit, den begehrten Job ...), male dir deinen Wunsch symbolisch auf oder drucke ein passendes Bild aus.

Dann schreibe den Reim mit goldener Farbe auf ein schönes Papier und falte ihn mit deinem Bild/Ausdruck zusammen. Binde das Papierpäckchen mit einer goldenen Schleife zusammen und mache 9 Knoten. Sprich hierbei voller Überzeugung: „Mit der Macht von dreimal drei rufe ich das Glück für mich herbei!" Wo du jenes Päckchen verstaust ist dir überlassen; nur in deiner Nähe sollte der Platz sein und natürlich fern von neugierigen Fingern!

Hier also mein Vorschlag:

„Ich glaube fest an das Glück;
alles Gute findet stets einen Weg zu mir zurück.

Wenn mir manches auch hin und wieder misslingt,
weiß ich, dass der unverbrüchliche Glaube an das Glück, immer
etwas für mich bringt.

Glück zeigt sich in so vielfältigen Zeichen;
in Gesundheit, Liebe und dem täglich Brot – in so vielen Bereichen.

Es gibt so vieles, für das ich dankbar bin!
Am Glück festzuhalten macht immer Sinn!

Und wenn mir's doch einmal schwerfällt, das Glück in meinem
Leben zu erkennen;
wird mir wieder bewusst, dass das Glück bereits in mir ist; so
muss ich keinen Luftschlössern hinterherrennen.

Das wahre Glücksgefühl ist reine ‚Resonanz';
rufe ich es herbei, verschenke ich es zuerst an andere – so funktioniert der fröhliche Lebenstanz.

So glaube ich fest an meine Wunscherfüllung und bin voller
Zuversicht,
dass sich das Glück mir zeigt mit strahlend goldenem Gesicht!

So sei es, so sei es, so sei es!"

Sofern du „himmlische" Unterstützung an deine Seite rufst, ist
natürlich klar, dass dein Wunsch auch immer das Wohl deiner
Familie, Freunde, Haustiere (...) im Fokus haben muss.
    Egoistische Wunschäußerungen, wie zum Beispiel ein aufgezwungener Liebeszauber, ruft keinen Engel an deine Seite.

Die Ritualkerzen solltest du ausbrennen lassen (insofern wähle ich gerne Teekerzen, denn dann dauert es nicht so ewig) und keine Reste mehr auf irgendeinem anderen Ritual verwenden. Ebenso verhält es sich mit den Räucherungsresten.

Schamanisches Erwachen

(Ritual, Gebet, Eigen-Meditation)

Kerzen:
Erdfarbene und weiße

Räucherung:
Schamanische fertige Mischung, weißer Salbei

Sonstiges:
Deko für Altar (nach deinem Geschmack), leise schamanische Instrumentalmusik, Weih-/Salzwasser

Die Vorbereitungen gelten auch hier wie bereits beschrieben.

Noch einmal möchte ich ausdrücklich davor warnen, im Freien mit Räucherungen und Kerzen zu arbeiten (Brandgefahr!!!). Falls du das nachfolgende Gebet in freier Natur sprechen magst, dann hast du alles Rituell-Magische um dich herum, und du benötigst nur noch dich und deine absolute Ruhe. Und noch einmal muss ich leider darauf hinweisen, dass allzu abgeschiedene Plätze für Frauen risikobehaftet sind, es sei denn dein beherzter treuer Vierbeiner ist an deiner Seite.

Zu Hause sorge für absolute Ungestörtheit (Radio, TV, Türklingel, Telefon ...). Reinige dich und deine Umgebung, schmücke dich und deinen Altar nach deinem Geschmack und halte das Ritual/Gebet/Meditation/Gelöbnis nackt ab. Hauptsache, du hast deine Ruhe dabei und empfindest die gleiche Ruhe um dich herum.

„Mutter Erde, Vater Sonne,
mit euch will ich mich nun neu verbinden in göttlicher Wonne.

Hier sitze/liege/stehe ich nun, um euch zu ehren;
mein Denken, Fühlen, Sprechen und Handeln will ich vom Alltagsdunkel ab sofort ins heilsame Lichte verkehren.

Dankbarkeit will ich euch zollen zu jeder Zeit;
eins werde ich mit Erde, Luft, Wasser, Feuer und allen Energien der Natur – ich bin für euren heiligen Segen bereit!"

An dieser Stelle rate ich zu einer Meditation über das eben Gesprochene. Wie lange diese dauert, bleibt dir überlassen.

„Ich fühle, dass wir neu verbunden sind,
Mensch, Natur, Tiere, Elementarwesen – alle sind wir Brüder und Schwestern; fröhlich lacht mein Herz, und ich fühle mich frei wie ein Kind!

Fortan achte ich auf die Zeichen, die Mutter Erde mir so selbstlos schenkt;
ich weiß, durch eure Liebe und Weisheit werde ich allzeit göttlich sicher gelenkt.

Hier ist der rechte Platz, jetzt die perfekte Zeit;
Mutter Erde, Vater Sonne, zeig mir, was wahre Demut und Bescheidenheit bedeutet; ich bin für eure Lehren bereit!

Bruder Adler, Schwester Katze,
frei wie der Fisch, treu die Hundetatze.

Mein neues Bewusstsein ist mir heilig bei Tag und bei Nacht;
mit meinen Füßen tief mit dem Erdreich verwurzelt, mit dem Kopf Richtung Himmelszelt – euer Segen möge mich allzeit begleiten mit göttlicher Macht!"

Erneut rate ich an dieser Stelle zu einer kleinen Einkehr über das Gesprochene. Auch hier bestimmst du die Länge derselben.

„Ich bemerke wieder das zarte Pflänzchen am Wegesrand und erfreue mich am lieblichen Zirpen der Grille;
genieße nach einem Gewitter die rein gewaschene Stille.

Der Regenbogen winkt mir strahlend zu;
ich bewundere die schillernde Libelle und atme tief ein die würzig duftende Waldesruh'.

Die Sonne wärmt mich und umschmeichelt angenehm meine Haut;
ich lache dem Vollmond entgegen, der leuchtend hell auf mich herabschaut."

Sofern du jenes Gebet bei Vollmond im Freien sprichst, kannst du mit Wein oder Saft dem Vollmond zuprosten.

„Dankbar bin ich für mein täglich Wasser und das Brot;
für die leckeren Früchte, das gesunde Gemüse, für die Samen und den Schrot."

Solltest du dein Ritual zum Erntedank abhalten, könntest du an dieser Stelle das Brot brechen und Wein oder Saft trinken und somit so eine Art fröhliches „Abendmahl" abhalten.

Und falls dein Hund oder deine Katze bei dir ist, kannst du ein Leckerchen anbieten und gleichfalls für diese Gaben danken.

„Mit den Wolken ziehe ich im Geiste dahin;
alle Jahreszeiten haben wahre Schätze nur im Sinn.

Ich erfreue mich am Regen ebenso wie über den heißen Sonnenschein;
wer eins mit Mutter Erde und Vater Sonne ist, steht im Leben nie allein.

In diesem neu erwachten Bewusstsein will ich fortan leben; mag nach Respekt und Achtung vor der Schöpfung allein nur streben!

So sei es, so sei es, so sei es!"

Auch hier rate ich dazu, die verwendeten Kerzen ausbrennen zu lassen und sie anderweitig nicht mehr zu gebrauchen. Die Räucher-Reste lasse erkalten und entsorge sie (sofern sie zu 100 % aus natürlichen Bestandteilen bestehen) in der Natur. Zu chemischen Düften rate ich ohnehin nicht. Zum einen gehen sie ungesund auf die Atemwege (von Mensch und Tier) und dann sind solche Geruchsspender nicht wirklich nachhaltig, was ja irgendwie deinem Gelöbnis widerspräche ...

Hexenkraft erwache!

(Ritual, Initiation)

Kerzen:
1 schwarze und 2 weiße (die schwarze zum Schutz, die anderen zum besonderen Anlass)

Räucherung:
Eine fertige Hexenmischung, Schutz-Kräuter sowie weißer Salbei

Sonstiges:
Kelch, Zauberstab, Dolch, Umhang (möglichst dunkel = Schutz); falls du dich entschließen solltest oder es auch geboten ist, die Initiation nackt abzuhalten, bedenke bitte, ob die Örtlichkeit, die du hierzu wählst, dafür geeignet ist (Erregung öffentlichen Ärgernisses vermeiden, gerade wenn du im Freien agierst).

Zum Thema Hexen habe ich bereits meine Meinung im vorangegangenen Buchinhalt zum Besten gegeben.

Wer sich heutzutage Hexe nennt (mit mehr oder weniger Berechtigung vielleicht) ist Ansichtssache.

Sich als Hexe zu sehen, bedeutet weder über dem Rest der „anderen" zu stehen und eine Inkarnation von Merlin zu sein noch sich irgendwelchen Wesenheiten zu verschreiben, über deren Macht ich plötzlich selbst keinen Einfluss mehr habe.

Wie ich erwähnte bezeichnete man eine „weise Frau"/Heilerin/ Hebamme/Kräuterkundige als Hexe. Zum Schimpfwort wurde jener Begriff erst nach der schaurigen Machtübernahme der Christenkirche. Doch wichtiger als das schändliche Treiben des Klerus in der Geschichte ist das Warum, weshalb du dich zu einer Hexe berufen fühlen möchtest. Bücher über alle Facetten der Magie (hell und dunkel, „gut" und „ungut", weiß und schwarz) zu studieren sind eigentlich vor einer Einweihung/einem Gelöbnis unumgänglich. Woher sollten wir sonst wissen, welchen Weg wir wirklich unumstößlich wählen wollen? Und wir wissen ja: Die Geister, die ich rief …

Noch ein Hinweis und eine Warnung hinterher:

Auch Hexen werden mal krank, auch Hexen haben mal Knatsch am Arbeitsplatz oder zoffen sich mit dem Partner. Will sagen: Hexen werden nach einer Einweihung nicht automatisch unverwundbar. Zum Zweiten: Bitte verwende innerhalb eines Hexen-Rituals das gleichnamige Brett! Hierzu habe ich gleichfalls im Vorhinein jede Menge geschrieben, das ich nur dringend rate, ernst zu nehmen.

Vor dem Ritual, das du zu Vollmond abhalten solltest (zu Hause in deinem ungestörten Wohnzimmer oder im Freien), reinige dich gründlich. Räume deine Bude auf, belüfte sie ausreichend und schmücke sie nach deinem Geschmack. Lasse dir Zeit dabei.

Es gilt eigentlich für jedes Ritual, hier allerdings besonders: Ruhe, innere Ausgeglichenheit und Vorfreude sollten dich beherrschen. Nichts nervt/ärgert mehr, als ein so zauberhaftes Wirken vor dir zu haben, wenn du ständig auf die Uhr schauen musst, weil dein Schatz in einer Stunde vom Fußball-Gucken nach Hause kommt und du „eben mal zack, zack" dein Ritual abhalten „musst".

Sofern du in einen sogenannten Coven aufgenommen wirst, entfällt an dieser Stelle natürlich mein Vorschlag, denn zur Headline übernimmt die Hohe Priesterin die Initiation.

Natürlich kannst du eine Einweihung auch mit Gleichgesinnten außerhalb eines Hexenzirkels (Coven) abhalten. Nur wenn es hier um dich geht, solltest auch du das Zepter in der Hand behalten!

Hier also mein Vorschlag:

„Hexenkraft erwache, erwache!
Auf dass mein magisches Herz frohlocke und lache!

Immer deutlicher spüre ich, dass Zauberkräfte in mir wohnen;
sie zu erwecken, wird sich wahrlich lohnen!

Hexenkraft erwache, erwache!
Auf dass mein magisches Herz frohlocke und lache!

Heute Nacht ist es endlich so weit;
ich mache mich für die Reise auf altbekannten Pfaden bereit!

Hexenkraft erwache, erwache!
Auf dass mein magisches Herz frohlocke und lache!

Das magische Hexenfeuer in mir brennt lichterloh, und so soll es auch sein;
ich trete nun demütig in alt ehrwürdige Kreise ein.

Hexenkraft erwache, erwache!

Auf dass mein magisches Herz frohlocke und lache!

Cernunnos, gehörnter Gott des Waldes du – dir will ich folgen allezeit;
Hexenschwestern begleitet mich, mag der Weg der Erleuchtung auch steinig sein und weit.

Hexenkraft erwache, erwache!
Auf dass mein magisches Herz frohlocke und lache!

Die Elemente will ich ehren: Wasser, Luft, Erde, Äther und das Feuer;
die Hüter derselben sind mir wert und teuer.

Hexenkraft erwache, erwache!
Auf dass mein magisches Herz frohlocke und lache!

Mit den Naturgeistern tanze ich ausgelassen im Kreise;
sie nehmen mich auf in ihren Verbund, und wir treten an die wundersame Sphären-Reise.

Hexenkraft erwache, erwache!
Auf dass mein magisches Herz frohlocke und lache!

Menschen und Tiere werde ich achten, das gelobe ich;
alles Leben zu respektieren und zu feiern ist eine Herzensangelegenheit für mich.

Hexenkraft erwache, erwache!
Auf dass mein magisches Herz frohlocke und lache!

Die Götter und Göttinnen mögen mich hilfreich und liebevoll geleiten;
Ich gelobe feierlich, niemals und niemandem bewusst Unheil zu bereiten.

Hexenkraft erwache, erwache!
Auf dass mein magisches Herz frohlocke und lache!

Aus dem Licht- und Ahnenreich rufe ich meine Verbündeten herbei:
Niemals, das gelobe ich, reißt unser innigster Bund entzwei.

Hexenkraft erwache, erwache!
Auf dass mein magisches Herz frohlocke und lache!

So nehmt mich auf ihr Hüter der altehrwürdigen Hexenkraft;
auf dass mein Hexenwesen wahrlich Magisches erschafft!

Hexenkraft erwache, erwache!
Auf dass mein magisches Herz frohlocke und lache!

So sei es, so sei es, so sei es!"

Nun proste dem Vollmond/der Mondgöttin zu (mit Wein oder Saft) und gehe in ruhiger Meditation noch eine Weile in dich.
Anschließend versiegele das geöffnete Portal mithilfe aller guten Mächte und Geister (auch Erzengelfürst Michael, wenn du magst).

Die Arbeit mit Edelsteinen

Über die Auswahl, Reinigung, Aufladung und Anwendung von Edelsteinen habe ich bereits Informationen weitergegeben.

Edelsteine können mitgeführt, als Kette oder Armband getragen oder auch rituell genutzt werden.

Ich persönlich begrüße einen erstandenen Edelstein immer wie einen neuen Freund, und es ist mir immer wie ein kleines Fest, wenn ich das gute „Stück" reinige und anschließend auflade. Die Reinigung von Fremdenergien nehme ich unter dem Wasserstrahl vor. Dabei spreche ich mehrmals:

„Wasser klar und rein,
befreie diesen Stein
von fremden Energien.
So soll es sein!"

Die Reinigung des Edelsteines kann auch derart stattfinden, dass du ihn in ein schönes sauberes Behältnis legst und ihn mit frischen Rosenblättern bedeckst. Dies sollte einige Stunden dauern dürfen.

Anschließend setze ich den Stein einen ganzen Tag der Sonne aus und eine ganze Nacht dem Mond. Am liebsten nehme ich ein solches Mini-Ritual bei Vollmond vor, aber das ist Geschmackssache. Falls du dir einen Mondstein zugelegt hast, kannst du ihn auch der Mondgöttin (= Mondin) weihen. Hier könntest du sprechen:

„Göttin des Mondes silbrig strahlend, voll der magischen Kraft, verleihe diesem Stein deine universelle Macht;
Lass ihn für mich wirken mit deinem liebevollen Segen, er möge mein Begleiter fortan sein auf all' meinen Wegen."

Sofern du mit keiner Göttlichkeit arbeiten magst, sondern den Stein „nur" reinigen und aufladen möchtest, könntest du sprechen:

„Ihr guten Geister der Kristalle verstärkt und beschleunigt meinen Energiefluss; zeigt mir Wege und Möglichkeiten auf, wie sich meine Wünsche realisieren lassen können und wie ich Hilfe erfahren kann für die Verwirklichung meiner Anliegen. Ich segne dich!
So sei es, so sei es, so sei es!"

Im Übrigen kann das zuvor von mir vorgeschlagene Ritual ebenso für Talismane, Amulette bzw. Fetische verwendet werden.

Hier ein kurzer Exkurs, was was ist:

Ein Talisman ist für etwas gedacht und soll als „Glücksbringer" einem bestimmten Zweck/Ziel dienen. Dies kann ein Edelstein sein oder der Lieblingsring der verstorbenen Mutter, der um den Hals der Tochter/des Sohnes (...) getragen wird oder die in Schmuckform gepresste Asche des verstorbenen Haustieres. Jedenfalls ein Gegenstand, mit dem wir zu 100 % verbunden sein sollten.

Ein Amulett soll gegen etwas/jemanden wirken. Beispielsweise den „bösen Blick" abwenden oder Energie-Vampire fernhalten usw. Tatsächlich gibt es schon passend geprägte Amulette zu kaufen. Natürlich kannst du dir ebenso selbst ein Amulett herstellen. Fachliteratur hierzu gibt es reichlich.

Ein Fetisch kann theoretisch beide Funktionen erfüllen. Fetische sind Gegenstände, die magisch/rituell aufgeladen und somit „mit Leben erfüllt" werden. Hernach speichert sich in ihnen die Energie, die wir herbeigerufen haben. Nun kann der Fetisch zur etwaigen magischen Einflussnahme auf etwas/jemanden verwendet werden.

Ins-Licht-Führungs-Gebet

Zum Thema Dunkelwelten habe ich bereits reichlich weitergegeben, was ich verständlicherweise nicht wiederholen muss.

Falls bei dir NACHWEISLICH (!) eine unruhige friedfertige Seele deine Hilfe benötigt, um ins Licht zu finden, kannst du einiges (be-)wirken. Hierzu benötigst du Folgendes:

Kerzen:
Weiße und eine schwarze (zum Schutz); auch hier sollten die
Kerzen ausbrennen dürfen; Reste bitte entsorgen und nicht für
andere Rituale aufheben

Räucherung:
Weißer Salbei, Weihrauch, Myrrhe, eine fertige Schutz-Mi-
schung (erhältlich in gut sortierten Esoterikläden); alle vier
Ecken eines jeden Zimmers deines Heims ausräuchern – die
Spiegel nicht vergessen!!!

Sonstiges:
Weih-/Salzwasser (gründlich in JEDEM Zimmer und in allen
vier Ecken anwenden) – die Spiegel nicht vergessen!!!

Wenn du religiös eingestellt bist, sprich dabei das „Vater unser"
und das „Gegrüßet seist du Maria". Wahlweise kannst du auch
sprechen:

„Diese Zimmerecke ist mit göttlicher Unterstützung gereinigt
von allem Bösen. Alles Negative weicht, denn Unreines ist hier
nicht willkommen!"

Bevor du für die Seele betest, sprich UNBEDINGT Folgendes:

*„Erzengelfürst Michael vor mir!
Erzengelfürst Michael hinter mir!
Erzengelfürst Michael über mir!
Erzengelfürst Michael unter mir!
Erzengelfürst Michael links von mir!
Erzengelfürst Michael rechts von mir!

Erzengelfürst Michael, wo immer ich geh' und steh' beschützt
mich deine göttliche Macht vor allem Unreinen und Bösen!

So sei es, so sei es, so sei es!

oder
Amen, Amen, Amen!"

Agierst du mit anderen, sollte JEDER der Anwesenden für sich
diesen Schutzspruch sprechen!

Sorge für vollkommene Ruhe, und sehe zu, dass dich nichts stören und ablenken kann. Sofern du mit Gleichgesinnten beten
möchtest, sollte nur einer (vorzugsweise du) das Ritual führen.
Niemand sollte dazwischenreden oder seinen (vielleicht wohl ge-
meinten) Senf dazugeben, denn das zerstört die Konzentration.

Um den Tisch herum verstreue Salz und bespritze den Boden
mit Weih-/Salzwasser. Bildet einen Energiekreis, der NICHT
unterbrochen werden darf!

Für den Fall, dass du das Gebet alleine sprichst, bilde den gleichen Schutzkreis um dich/deinen Tisch herum.

„Unruhiger Geist, höre mir/uns zu:
Deine Seele dürstet nach erlösender Ruh'!

Alles, was dich bis heute im Zwischenreich festhalten mag,
bedeutet für dich unnötige Qual Tag für Tag.

Ich rufe/wir rufen die Engel der göttlichen Liebe, helft diesem
unruhigen Geist,
dass er nun das Zwischenreich verlassen kann und endlich seine wahre Heimat bereist!

Siehe, du noch erdgebundener Geist, das Licht und gehe beruhigt hinein;
Frieden soll deiner Seele beschieden sein!"

Halte/haltet nun inne; das Licht sollte an dieser Stelle intensiv
visualisiert werden.

„Alles Unreine weicht zurück, denn es ist hier nicht willkommen!
Schützende Engel sind für mich/uns in diesen Raum gekommen!
In Wahrheit und Liebe zur lichten göttlichen Quelle sei die See-
le (...) befreit;
Frieden und Erlösung sei ihr beschieden für alle Zeit!
So sei es, so sei es, so sei es! oder Amen, Amen, Amen!"

Hier würde ich erneut raten, das „Vater unser" und das „Gegrüßet seist du Maria" zu sprechen.

Halte/haltet noch ein wenig inne und visualisiere/visualisiert
das Licht, in das die Seele gegangen ist.

Hernach ist es wichtig und unumgänglich, das Tor wieder zu
schließen, denn wir wollen doch nicht, dass noch etwas durch-
flutscht, was wir nicht haben wollen.

„Das Tor zur Geisterwelt wird mithilfe von Erzengelfürst Mi-
chael nun geschlossen, so soll es sein!
Alle unreinen Energien weichen in ihren feinstofflichen Ort
zurück; durch die Macht von Erzengelfürst Michael dringt nur
Lichtes und Reines in mein/unser Energiefeld ein!
So sei es, so sei es, so sei es! oder Amen, Amen, Amen!"

Bevor der Ritualplatz aufgehoben wird, sollte ein jeder der Anwesenden noch einmal den Schutzspruch (siehe *) sprechen.

Wie fühlt sich die Atmosphäre an? Leichter und wie durchge-
lüftet oder dick und schwer?

In letzterem Falle sollte das Ritual wiederholt werden. Allerdings nicht sofort, denn du/ihr braucht neue Energie, und die
Kerzen sollten erst einmal ausbrennen, bevor erneut neue un-
verbrauchte zum Einsatz kommen.

Sollten nach dem Gebet/Ritual weitere „Phänomene" auftreten, muss das nicht zwangsläufig bedeuten, dass die Seele noch immer festsitzt. Vielleicht will sie sich auch nur für deine/eure Mühen bedanken. Werden die Zeichen allerdings eindringlicher, sollte herausgefunden werden, was/wer sich äußert und warum.

Magische Feste

Imbolc
(02. Februar/Mariä Lichtmess)

Ostara
(21. März/Frühlings-Tag-und-Nacht-Gleiche)

Beltane
(01. Mai/Walpurgis-Nacht)

Litha
(21. Juni/Sommersonnenwende)

Lammas
(01./02. August (auch Lughnasadh))

Mabon
(21. September/Herbst-Tag-und-Nacht-Gleiche)

Samhain
(31. Oktober/01. November/Halloween/Allerheiligen)

Jul
(Zwischen dem 21. und 23. Dezember/Wintersonnenwende)

Ehre sei den altehrwürdigen Hexenfesten!

Im Nachfolgenden biete ich Anstöße/Vorschläge, wie jene Feste begangen werden können.

Sicher wird dem aufmerksamen Leser auffallen, dass es gewisse Ähnlichkeiten bzw. Überschneidungen gibt zu den Festen, die wir kennen und die wir alljährlich begehen.

Es streiten sich die (Klerus-)Geister, ob es angebracht ist, Rituale/Gebete etc. zu vermischen.

Wenn dem so wäre, dann frage ich mich allerdings, weshalb sich die (Christen-)Kirche doch so einiges entlehnt hat aus dem sog. „alten" Glauben. Den Weihnachtsbaum beispielsweise oder den Osterhasen mitsamt seinen bunten Eiern. Ich könnte noch so manches aufzählen; letztlich muss der Leser entscheiden, warum und wie er „seine" Feste begehen möchte.

Imbolc

In Irland werden sogenannte Brigids-Kreuze gebunden bzw. Puppen aus Strohbündeln.

Ebenso verteilt man bunte Bänder, trägt bunte und farbenfrohe Kleidung; Glöckchen werden an Bäumen befestigt bzw. im Haus verteilt; all' dies, um böse Geister zu vertreiben.

Kerzen (farbenfrohe) stehen für die Wunscherfüllung. Sie sollten mit Symbolen/Namen/Anliegen versehen (am besten eingeritzt – Vorsicht! Dies sollten keine unsicheren Kinderhände tun!) und anschließend geweiht und gesegnet werden.

„Flamme der gesegneten Kerze, brenne hell und zeige mir/uns das Wunder, zeige mir/uns das einzig Wahre!
Vertreibe aus und um mich/uns herum alles Negative, vor dem Bösen mich/uns bewahre!
Frieden in mir/uns und um mich/uns herum für alle Zeit;
zeigt sich mein/unser Leben fortan im hell schimmernden Kleid!
So sei es, so sei es, so sei es!"

Zur Räucherung rate ich zu Myrrhe, Wacholder und Lavendel.

Sollen Edelsteine Gebrauch finden, könnte es der Onyx sein oder ein Mondstein bzw. Amethyst.

Auf jeden Fall geht es bei Imbolc um die Saat der eigenen Gedanken. Also, was wir ernten wollen, sollte wohl überdacht hier und jetzt (aus-)gesät werden.

Ostara

Das Wort Ostern wurde entlehnt von der Göttin Ostara, die als treuen Begleiter einen Hasen bei sich hatte. Sowohl sie als auch ihr tierischer Begleiter stehen für die Fruchtbarkeit schlechthin.

Die verwendeten Kerzen sollten hellgrün (wie das frisch gewachsene Gras im Frühjahr) sein oder gelb/gold.

Zur Räucherung rate ich zu weißem Salbei und frischen Düften wie Rosenblätter.

Edelsteine: Rosenquarz, Aquamarin

Folgenden Spruch kannst du beten oder rituell verwenden:

„Die Magie des Frühlings erwacht in mir;
komm' mit mir in die Natur; den Zauber des Lichtes zeig' ich dir!

Der Winter musste weichen;
ich genieße das neu erwachte Leben unter den Eichen.

Farben entstehen wieder so lieblich und zart;
in zärtlicher Umarmung von Mutter Erde weiß ich, dass Lichtes mich vor allem Unreinen bewahrt.

Die Vögel zwitschern fröhlich im kuscheligen Nest;
die Natur erwacht; welch ein zauberhaftes Fest!"

Beltane

Dieses Fest steht für Leben, Begegnung, Feuer, Liebe und Leidenschaften. Es werden Maibäumchen mit bunten Bändern geschmückt und Freundschaftsbänder verschenkt. Weidenzweige werden gebunden und verzieren unser Heim und Garten. Ebenso sieht man vielerorts den schönen Efeu ranken (Vorsicht! Leider ist er sehr, sehr giftig für Hund und Katz'.), und wer kennt nicht die leckere Waldmeisterbowle?

Die Farben etwaiger Kerzen würde ich hier ebenso bunt wählen.

Zur Räucherung empfehle ich Weihrauch.

Schmückst du dein Heim mit Blumen und Edelsteinen, rate ich zu Rosen, Flieder (auch wieder giftig für unsere Haustiere!) und dem Rosenquarz bzw. Smaragd.

Wie, wann und wobei du den folgenden Reim verwenden möchtest, bleibt dir überlassen:

„Singt im freudig Ton;
Lust, Liebe und Leidenschaft sei euer Lohn!

Genießt den kühlen Wein, denn er öffnet so manch' traurig Herz;
Walpurgis erwache im ausgelassenen Scherz!"

Als der sogenannte „alte" Glaube noch zelebriert werden „durfte", sang, tanzte, trank und liebte man sich im fröhlichen ausgelassenen Treiben in den Auen und Wäldern. Dem „gehörnten Gott des Waldes" huldigte man, und, ja, so manche Orgie sorgte für den gesicherten Nachwuchs ...

Als dann freilich die Christenkirche vorrückte, war's schnell aus mit diesem Treiben. Wer dem Gott des Waldes huldigte, war des Teufels, denn Cernunnos wurde kurzerhand zum Teufel/Satan mit Huf-Fuß erklärt und seine Anhänger zu Hexen erklärt, die gefoltert und verbrannt wurden.

Doch das ist ja das Schöne an altem Brauchtum; es verschwindet weder aus den Köpfen noch aus den Herzen und schon gar nicht aus geschichtlichen Archiven, und so entsteht so mancherorts der „alte" Glaube ganz „neu". Recht so!

Litha

Hier handelt es sich um das sog. Sonnenfest. Es wird meditiert über die Höhen und Tiefen sowie über Anfänge und gleichfalls Beendetes.

Kerzen: grün, gelb und blau

Blumen: Farne, Rosen und generell alle bunten Blumen

Räucherung: Myrrhe, Johanniskraut, Thymian und auch wieder Lavendel

Hier können in einem kleinen Feuer-Ritual unsere Nöte/Sorgen/Bedenken (...) verbrannt werden.
Beschrifte einen Zettel entsprechend, und lasse ihn von niemandem lesen! Während du deine Zeilen dem Kerzenfeuer übergibst, sprich:

„Feuer, Feuer, lodere hell nur für mich!
Verbrenne meine Sorgen (...); Freudvolles nur zeige sich!
So soll es sein, so soll es sein, so soll es sein!"

Die Asche (gut ausgekühlt; denke bitte zu dieser Jahreszeit an die allgegenwärtige Brandgefahr!) kannst du anschließend dem Engel des Schicksals bzw. dem Element Luft übergeben und dabei visualisieren, wie sich deine Sorgen (...) verflüchtigen und somit für dich auflösen.

Lammas

Man könnte jenes Fest auch „Erntedank" nennen. Puppen aus Maiskolben oder gebündeltes Korn schmücken „Altäre" und das Korn, aus dem das Brot entsteht, Sonnenblumen und Heidekraut verzieren unser Heim.

Kerzen: gold, gelb und orange

Räucherung: Weihrauch und Sandelholz

Edelsteine: Bernstein

Hältst du ein Fest ab oder möchtest du zu diesem Anlass ein entsprechendes Tischgebet sprechen, könnte es so lauten:

„Gesegnet sei das Korn, das für alle Lebewesen wächst und uns nährt;
Gutes und Fruchtbares dies' Fest Mensch und Tier beschert!"

Mabon

Diese Jahreszeit wird auch gerne Altweibersommer genannt, was mit betagten Frauen eigentlich nichts zu tun hat. Die alte Wortbezeichnung gibt darüber Aufschluss, um was es sich in Wirklichkeit handelt. Nämlich um den gewebten Faden der Spinne (Weberknecht).

Es ist die Zeit, über Dankbarkeit, Zusammenhalt und so manchem Abschied nachzudenken.

Kerzen: gelb, dunkelrot und braun

Räucherung: Weißer Salbei und Myrrhe

Edelsteine: Bernstein (schön kräftig gelbbraun gefärbt)

Deko für den Altar: Getreide, Herbstblumen, Früchte, Nüsse (Achtung Nahrungs-Allergiker!), Trauben, Zapfen, Äpfel und Wein/Saft

Hier mein Vorschlag für ein Dankes-Gebet, das als Tisch-Spruch ebenso geeignet ist wie es zur Meditation/Ritual verwendet werden kann:

„Dankbar will ich sein für mein geschenktes Leben;
mag es einmal Freude und auch Düsteres geben.

Ich will ‚Danke' sagen für jeden Atemzug und jeden intensiven Augenblick;
für Hoffnung, Liebe und Gesundheit – ich blicke nach vorn und nicht zurück!

Die liebenden Herzen von Mensch und Tier auf all meinen Wegen;
sind mir ein dankenswerter Segen!

Der Zauber der Dankbarkeit macht mich frei, um Wunderbares zu erleben;
allein nach Dankbarkeit will ich streben!"

Samhain

Auch genannt Allerheiligen, Allerseelen. Zu dieser Zeit wird der „Toten" gedacht, die ich – wie mehrfach betont – lieber „Heimgekehrte" nennen möchte.

Denjenigen, die den „alten" Weg beschreiten und somit den dazugehörigen Bräuchen huldigen (All Hallows Eve) möchten, rate ich zu Folgendem:

Kerzen: Rote, orangene, braune und schwarze (für den Schutz) Natürlich gibt es auch „blutende" Kerzen, deren roter Wachs herunterläuft und somit an Blut erinnert. Diese eignen sich herrlich fürs fröhliche Halloween-Fest.

Deko: Kürbisse, Äpfel, Nüsse (Achtung Nahrungs-Allergiker!), Stroh, Besen, Kessel, Hexen- und Skelett-Puppen, Spinnweben aus dem Party-Bedarf

Räucherung: Weißer Salbei und Muskat (Achte bitte darauf, dass dieses Gewürz auch zum Verräuchern geeignet ist!); es gibt in gut sortierten Esoterikläden auch fertige „Halloween"- bzw. Schutz-Mischungen.

Edelsteine: Onyx, Obsidian

Auch wenn es der ein oder andere Leser nicht mehr hören mag, ich muss es leider erneut erwähnen: BITTE VERWENDET GERADE AN HALLOWEEN KEIN HEXENBRETT!!!
Es ist, ob man es nun glauben mag oder nicht, so, dass zu diesem Zeitpunkt der Schleier (oder das Portal) in die Geisterwelt recht dünn bzw. durchlässig ist. Also, ihr Freunde des Schraurig-Schönen: Bei allem Verständnis für Grusel und Horror: Bitte macht nichts Unüberlegtes. Schützt euch und macht (womöglich auch noch beschwipst) keinen Party-Gag aus Gläserrücken und dergleichen.

Mein Schutzspruch lautet:

„Heute Nacht ist Halloween;
durch die Luft die Geister zieh'n.

Halloween, oh Halloween, du schaurig` Graus;
zieh' vorüber mit deinem Schrecken an meinem Haus!

Besen, Besen treu und brav;
feg' das Böse hinaus, dass nur Lichtes und Gutes einzieh'n darf!

Böse Energien müssen sofort weichen;
Nichts kann dem wahren göttlichen Schutze gleichen!
So sei es, so sei es, so sei es!"

Jul

Bevor das christlich geprägte Weihnachtsfest Einzug in unsere Heime hielt, banden unsere Ahnen bereits den Kranz (heute Adventskranz) und sahen in ihm ein Symbol für das (unendliche) Leben.

Die vier Kerzen galten als Ehrung der vier Elemente bzw. Himmelsrichtungen.

Auch im sog. alten Glauben feierte man die Geburt des Lichtes, den Tod sowie die Wiedergeburt, ebenso die Liebe, den Frieden sowie den Neuanfang.

Es wurde das sog. Jul-Scheit verbrannt, was Glück bringen sollte. Und so mancher Schmatzer wurde/wird (wieder) unter dem Mistelzweig eingefordert ...

Schmückte man „früher" den Weihnachtsbaum mit allerlei Naschwerk (was gerade für die minderbemittelte Bevölkerung etwas ganz Besonderes war), kann es heutzutage nicht genug Pomp und Glitzer sein.

Ob man all dies' braucht, um sich im hektischen Alltag in Weihnachtsstimmung zu grooven, ist Ansichtssache. Erschreckend finde ich allerdings, wie wenig man dem Weihnachtsfest an sich frönt. Es scheint nur um das Festessen zu gehen, um Geschenkeberge und den alljährlich einfallenden Verwandtenbesuch.

Es spielt eigentlich keine Rolle, ob Weihnachten nach dem „alten" Weg zelebriert wird oder zeitgemäß. Nur WAS eigentlich mit diesem Fest gemeint ist, DAS sollte vielleicht wieder Einzug in unser Bewusstsein halten.

Kerzen: weiß, rot, grün, gold, silber

Räucherung: Weihrauch, Mistel, Myrrhe, Wacholder

Deko: Zapfen, Tannenzweige, Naschwerk etc.

Folgender Reim kann als Ritual-Spruch verwendet oder als Tischgebet gesprochen werden:

„Das Licht der Liebe ist in dunkler Zeit erwacht;
hat Erlösung und Frieden uns gebracht.

Lassen wir dieses Licht wieder in unsere Herzen hinein;
möge der göttliche Segen mit allen Lebewesen auf Mutter Erde sein!"

Raunacht-Gebet/-Ritual

Kerzen: weiß, silber, gold, violett, rosa

Räucherung: Weihrauch, Lavendel und Rose (Bitte natürliche und keine künstlich hergestellten Düfte verwenden!)

Folgenden Spruch kannst du in einem Raunacht-Ritual verwenden oder ihn an jedem dieser Tage sprechen und natürlich nachspüren:

„Die Raunächte sind eine ganz besondere Zeit,
in der wir uns auf den vor uns liegenden Jahresausblick machen bereit.

Sie beginnt mit dem 21. Dezember und endet mit dem 06. Januar, dem Dreikönigstag;
jede der 12 Nächte steht für einen Monat im neuen Jahr – was er uns wohl bringen mag?

Ein Torweg sozusagen ist die Zeit ‚zwischen den Jahren‘; Vergangenes, Zukünftiges und das Gegenwärtige verschwimmt miteinander; tiefe Seelengefühle sollten wir nun ganz besonders beachten und bewahren.

Unsere tiefe Innenschau hilft, Intuitionen zu stärken, und diverse Anregungen zeigen uns Gestaltungsmodalitäten auf; was wollen wir ändern, was nehmen wir unveränderbar und demütig in Kauf?

Träume können Realität werden – glaube daran! Doch dafür müssen wir schon etwas tun, das ist wohl klar! Wenn unsere Samen aus Licht aufgehen sollen, wenn wir auf mystische Botschaften aus der Geisterwelt hören, ja, dann werden unsere Wünsche wahr!

Das silberne Mondlicht schenkt uns Stille, Ruhe, ausgeglichene Innenschau aber auch die geheimnisvolle Dunkelheit; machen wir uns also für den goldenen Segen der göttlichen Quelle bereit.

Wir stellen den Geistern unserer Ahnen, den Tieren und auch den Naturgeistern Opfergaben vor die Türe; auf dass diese Speise uns zum Segen für unser Wohl und Heim führe.

Im Einklang mit dem Höchsten richte ich mich vollkommen neu aus mir aus; zum Heil und Wohl für alle Seelen und Wesen des Lichtes – Frieden sei mir/uns beschieden für mein/unser Haus!

Spiegeln wir also alles, was zu uns kommen soll; das göttliche Füllhorn ist für alle Seelen und Wesen stets üppig und voll.

Und platzen scheinbar unsere Träume, und es wenden sich scheinbar gute Energien von mir/uns ab, dann ist's vielleicht Zeit für eine neue Sicht; ich lasse los und gebe an das Universum ab; ich weiß mit unverbrüchlicher Sicherheit: Alles wandelt sich früher oder später für mich/uns in göttlich heilendes Licht!

So sei es, so sei es, so sei es!"

Wenn du mehr über die Raunächte erfahren möchtest, lege ich dir umfangreiches Buch- und Kartenmaterial ans Herz. Vielleicht bringt dich das Studium dieser besonderen Nächte dazu, deinen eigenen Raunacht-Reim zu kreieren ...?

Ruhe, Gelassenheit und (neue) Lebensfreude

(Eigen-Motivation; auch zur Meditation geeignet)

Kerzen: Hier solltest du eine Kerze/Kerzen wählen, die absolut nur deinem Geschmack entsprechen. Die Farbe und der etwaige Duft sollen dir guttun.

Räucherung: Ich rate zu weißem Salbei bzw. Weihrauch. Ansonsten tun es Räucherstäbchen ebenso. Auch hier entscheide selbst, was du magst.

Sonstiges:
Weih-/Salzwasser (jedes Zimmer, alle vier Ecken)
Deko nach deinem Geschmack
Aufnahmegerät

Es ist nun nicht so, dass du mit dieser Meditation ein Ritual vollziehst, das ein Tor in die Geisterwelt öffnet. Dennoch begibst du dich schließlich auf eine innere Reise sozusagen, um dich neu auszurichten, wie es im Esoterik-Jargon neuerdings bezeichnet wird. Du lernst dich neu kennen. Und wenn du so richtig tief in diese innere Reise eintauchst, kann es niemals schaden, sich zu schützen, denn du könntest angreifbar sein, sofern in deinem Heim Energien mitmischen, die nicht mitmischen sollten.

Die nachfolgenden Eigen-Motivations-Gedanken kannst du dir selbst auf Band sprechen oder von einem guten Freund/Freundin sprechen lassen, falls es dich stört, deine eigene Stimme zu hören.

Selbstverständlich gilt auch hier: Telefon und Türklingel aus, keine Hektik, keinen Stress, keinen Zeitdruck. Gehe vor deiner Mediation mit deinem Hund raus, damit er nicht während deiner Reise quengelt. Füttere die Katze. Nimm' vorab eine entspannende Dusche/ein Bad, ziehe bequeme Kleidung an und mach' es dir vollkommen ungestört (!) gemütlich. Bitte trinke vorher keinen Alkohol und verzichte auf die Einnahme von Tabletten oder den Konsum von was auch immer ...

Und los geht's!

Setze/lege dich bequem hin und atme tief ein und aus (durch die Nase ein und durch den Mund aus). Nicht ruckartig, sondern ruhig und fließend. Nimm' diese tiefen Atemzüge mindestens 20-mal. Ob du deine Augen schließt (was ich favorisieren würde) oder offen hältst (was mich persönlich allzu sehr ablenkt) ist deine Sache.

Stelle dir nun vor, wie angenehm warme, leuchtende Lichtwellen durch deinen gesamten Körper fließen und alle deine Körperpartien erreichen. Bis zu den Finger- und Fußspitzen. Von deinem Kopf bis zu den Füßen. Die Farbe dieser Wellen bestimmst du.

Stelle dir vor, wie du tief mit dem Erdreich verwurzelt bist; so verschaffst du dir die nötige Bodenhaftung.

Vergiss' deine ruhige und gleichmäßige Atmung nicht!

Nun visualisiere einen Ort (deiner Wahl), an dem du dich so richtig wohlfühlst. Dies kann an einem Bachlauf sein, an einem Strand mit Meeresblick oder in einer gemütlichen Waldhütte. Du bestimmst allein, wohin deine Reise gehen soll!

„Ich lebe im Hier und Jetzt
Vergangenes ist vergangen, die Zukunft schreibt sich erst; was
allein zählt ist die Gegenwart.
(Meditiere über diesen Gedanken fünf Minuten.)

Ich höre wieder auf mein inneres Kind.
Fortan will ich Kinder mit anderen Augen sehen und mir von
ihnen das ein oder andere gerne abschauen. Ich bin mir nicht
zu schade, mir als Ältere an den Jungen ein Beispiel zu nehmen.
(Meditiere über diesen Gedanken fünf Minuten.)

Ich lerne, was geistige Gelassenheit bedeutet
Mein oft stressiger Alltag tritt künftig immer mal wieder in den
Hintergrund. Ich gönne mir Finger- und Fuß-Pausen und sage
Adieu zu Multitasking. Ich lege zwischendurch meine Uhr weg,
schalte das Telefon und die Türklingel aus, wenn ich der Mei-
nung bin, jetzt gerade eine Pause nur für mich haben zu wollen.
(Meditiere über diesen Gedanken fünf Minuten.)

Ich entschließe mich, künftig mehr für meine körperliche Fit-
ness zu tun. Keine Ausreden mehr, dass ich keine Zeit dafür
habe – ich nehme sie mir einfach, und wenn es nur eine Vier-
telstunde am Tag ist.
(Meditiere über diesen Gedanken fünf Minuten.)

Ich bringe meine eigenen Gegensätze in Einklang. Wenn ich ein-
mal traurig bin, weiß ich, dass ich wieder einmal lachen sollte.
Wenn ich müde bin, tue ich etwas dafür, wieder fit zu werden.
Wenn ich einmal wütend bin, dann tue ich alles dafür, eine hö-
here Sichtweise auf die Situation zu bekommen.
(Meditiere über diesen Gedanken fünf Minuten.)

Ich lege meine eigene persönliche Messlatte in realistische Höhen. Niemand bestimmt, wie hoch ich springen muss; nur ich
allein entscheide, wie meine Zielerreichung aussieht.
(Meditiere über diesen Gedanken fünf Minuten.)

Künftig entscheide ich, wann Feiertag ist. Wenn mir heute nach Festkleidung ist, lege ich sie an. Wenn ich heute das gute Geschirr für das einfache Mittagessen herausholen möchte, tue ich es. Wenn ich mitten in der Woche einen Bummel machen oder ins Kino/Theater/Oper gehen möchte, tue ich es einfach! Ich stelle mir selbst Blumen ins Zimmer und genieße ihren Duft. (Meditiere über diesen Gedanken fünf Minuten.)

Ich nehme mir mehr Zeit für Schönes in meinem Leben. Ob es ein Spaziergang ist mit fröhlichem Vogelgezwitscher oder ein Spa-Besuch – ich genieße wieder das Leben in vollsten Zügen! (Meditiere über diesen Gedanken fünf Minuten.)

Ich lasse mich durch die Schrecken des Lebens nicht mehr herunterziehen. Ich weiß, wenn ich etwas anpassen will, um etwas zu verändern, nutzen keine Tränen und keine Niedergeschlagenheit. (Meditiere über diesen Gedanken fünf Minuten.)

Gute Nacht! Ja, ich werde künftig auf Schadstoffe wie Kaffee, Alkohol, Drogen und allzu fettes und süßes Essen verzichten. Ich tue mir vor dem Zubettgehen anderweitig (wahrhaft!) Gutes. (Meditiere über diesen Gedanken fünf Minuten.)

Ich werde mir künftig die Zeit nehmen, Tagträumen nachzuhängen. Nicht Träume sind Schäume; ich werde meine Tagträume dazu nutzen, sie in die Realität zu bringen. (Meditiere über diesen Gedanken fünf Minuten.)

Ich weiß, dass ich mich mehr mit meinem Haustier beschäftigen sollte, und dies tue ich fortan auch. Mein Haustier hat ebenso wie ich Bedürfnisse, die ich wieder deutlicher wahrnehmen werde. (Meditiere über diesen Gedanken fünf Minuten.)

Ich lerne zu delegieren. Nicht alles muss ich alleine stemmen, wenn mir Hilfe angeboten wird, lerne ich künftig, sie auch einmal in Dankbarkeit anzunehmen.
(Meditiere über diesen Gedanken fünf Minuten.)

Künftig will ich öfter wieder richtig albern sein!
Ich trage Sachen, die mir gefallen, gleich, was andere dazu zu sagen haben. Ich tanze und singe, wann und wo immer mir danach ist. Und Schaukeln auf dem Spielplatz sind künftig vor mir nicht mehr sicher!
(Meditiere über diesen Gedanken fünf Minuten.)

*Ich male mir Bilder. Ob ich nun Talent habe oder nicht, bestimme nur ich. Farben sind dazu da, gesehen zu werden, und ich bringe sie in mein Leben.
(Meditiere über diesen Gedanken fünf Minuten.)

Ich gehe mal wieder mit dem Fotoapparat auf Motivjagd. Das öffnet mir wieder die Augen für die kleinen und scheinbar unwesentlichen Dinge in meinem Leben.
(Meditiere über diesen Gedanken fünf Minuten.)

Ich lerne, NEIN zu sagen. Ich werde künftig entscheiden, wann es Zeit ist, dass ich eine Pause in meinem Leben brauche.
(Meditiere über diesen Gedanken fünf Minuten.)

Ich lerne wieder, ein Freund/eine Freundin zu sein. Freundschaft ist keine Einbahnstraße, und wenn ich eine solche schätze, werde ich mich künftig auch wieder mehr darum bemühen ein Freund/eine Freundin zu sein.
(Meditiere über diesen Gedanken fünf Minuten.)

Künftig lerne ich, wie es geht, dass man mein Lächeln hören kann. Wenn ich am Telefon lächle, wird man das an meiner Stimme heraushören können. Das entspannt meinen Gesprächspartner und macht mich selbst ruhiger und gelassener.

(Meditiere über diesen Gedanken fünf Minuten.)

Ich streichle meine Pflanzen und spreche mit ihnen. Auch sie sind Lebewesen, die ge- und beachtet werden möchten.
(Meditiere über diesen Gedanken fünf Minuten.)

Ich lerne wieder zu verzeihen. Wir Menschen sind alle nicht perfekt, und ja, natürlich gehören auch Fehler dazu, die wir machen. Wenn ich verziehen bekommen möchte, kann auch ich die Größe zeigen und sagen: „Ich verzeihe dir!"
(Meditiere über diesen Gedanken fünf Minuten.)

Ich lerne, dass (scheinbare) Misserfolge, die ich hin und wieder habe, eigentlich nichts anderes sind wie Erfahrungswege. Sie können mich auch auf Umwegen auf den richtigen Pfad zurückführen.
(Meditiere über diesen Gedanken fünf Minuten.)

Ich lerne wieder, stolz auf mich zu sein. Was ich tue, was ich nicht tue, was ich sage, was ich nicht sage (...). Am Ende steht immer ein Resultat, auf das ich stolz sein werde. Und wenn ich meine, etwas besser hätte machen zu können – was hindert mich daran, es künftig besser zu machen? Ich bin jedenfalls stolz auf mich!
(Meditiere über diesen Gedanken fünf Minuten.)

Ich lerne, was konstruktive und destruktive Angst ist. Ich entscheide mich dazu, nicht als Angsthase durch mein Leben zu gehen, doch ich akzeptiere und höre auf mein Bauchgefühl, wenn es mich durch ein Angstgefühl warnen oder auf etwas aufmerksam machen möchte.
(Meditiere über diesen Gedanken fünf Minuten.)

Künftig mache ich einen großen Bogen um Energieräuber. Sie tun mir nicht gut und saugen meine Energie wie ein Vampir aus, die mir hernach fehlt. Ich werde mich schützen und so weit als möglich von solchen Menschen zurückziehen.

(Meditiere über diesen Gedanken fünf Minuten.)

Ich lerne, mutig zu sein.
Ohne unrealistische Vorstellungen oder allzu draufgängerisches Tun und Reden werde ich mich in meinem Leben wieder etwas trauen, was ich für richtig und wichtig halte.
(Meditiere über diesen Gedanken fünf Minuten.)

Will ich wieder klarer sehen, dann blicke ich in ein stilles Gewässer. Ich weiß, in der Ruhe liegt meine Kraft!
(Meditiere über diesen Gedanken fünf Minuten.)

Der glückliche Mensch übt sich in Bescheidenheit, die wiederum von der Gelassenheit herrührt, die unserer Seele ein Glücksgefühl beschert.
(Meditiere über diesen Gedanken fünf Minuten.)

Ich erkenne, dass sich durch Geduld Dinge und Umstände besser bearbeiten lassen, als durch Gewalt-Aktionen. Etwas erreichen zu wollen ist vollkommen in Ordnung, allerdings mit einer gesunden Portion Besonnenheit.
(Meditiere über diesen Gedanken fünf Minuten.)

Meine Weisheit entsteht mit dem Ausschalten von unwesentlichen Dingen.
(Meditiere über diesen Gedanken fünf Minuten.)

Ich lerne, dass es durchaus etwas für sich hat, einmal eine Nacht über etwas zu schlafen, das mich beschäftigt. Am nächsten Morgen sehe ich klarer.
(Meditiere über diesen Gedanken fünf Minuten.)

Ich meditiere über die Jahreszeiten; ich lausche auf die Geräusche der Natur, die ich am besten in der Stille finde.
(Meditiere über diesen Gedanken fünf Minuten.)

Ich lerne den Sinn dahinter zu erkennen, weshalb mich das Schicksal Umwege gehen lässt, gerade wenn ich es eilig habe. (Meditiere über diesen Gedanken fünf Minuten.)

Ich erkenne, dass es oftmals nützlich ist, ruhig und gelassen gegen den Strom zu schwimmen, wenn ich an mein Ziel gelangen will." (Meditiere über diesen Gedanken fünf Minuten.)

*Eine kleine feine Farbenlehre:

Blau (kann beruhigend wirken)
Orange (kann positiv, sonnig, vital und fröhlich wirken)
Rosa (kann Sanftheit und Charme ausstrahlen)
Grün (steht allgemein für die Hoffnung und Heilung)
Violett (ist eine unkonventionelle und mystische Farbe)
Schwarz (kann elegant, geheimnisvoll und stark wirken)
Rot (steht für Power, Action, aber auch Erotik)
Braun (kann erdend wirken)
Gelb (ist je nach Beimischung strahlend frisch oder warm und sonnig)
Weiß (strahlt Frische aus und mildert alle Farben je nach Beimischung schwächer oder stärker ab)

Wenn die Meditationszeit vorbei ist, atme erneut mindestens 20-mal tief ein und aus (ein durch die Nase, aus durch den Mund); fließend und ruhig und nicht ruckartig.

Spüre, wie die Lichtwellen, die deinen Körper durchspült haben, sanft, aber stetig zurückziehen. Du nimmst einen jeden Körperteil wieder deutlicher wahr. Langsam bewegst du dich und öffnest entspannt deine Augen.

Willkommen zurück von deiner Reise!

Natürlich steht es dir frei, diese Meditation zu verändern, indem du Themen weglässt, ergänzt oder umschreibst. Ich biete dir lediglich Anregungen, und ich würde mich freuen, wenn es dir etwas bringt, eine solche Reise anzutreten.

Die Reise zu mir

(Ein Reim zur Eigen-Motivation oder auch zum (täglichen) Ritual)

„Ich liebe dich!", hast du dir das schon einmal selbst gesagt?
Oder: Wie geht es dir? Bist du glücklich? Bist du gesund? Hast du dich diese Dinge einmal selbst gefragt?

Riechen, Schmecken, Hören (...) alles ist für uns so selbstverständlich geworden wie das tägliche Zähneputzen;
also fragst du dich vielleicht: Wozu soll die Selbstliebe also nutzen?

Nun, wollen wir von Nachhaltigkeit und neuem Bewusstsein ernsthaft sprechen,
sollten wir gerade die profansten Dinge in unserem Leben neu beleuchten und hin und wieder aufbrechen.

Um die Reise zu uns selbst anzutreten,
sollten wir zunächst in uns selbst hineinhören, bevor wir zu allen möglichen Göttern beten.

Von unserem Ego lassen wir uns nur allzu oft und gerne unbewusst leiten und besetzen;
wir sollten die Ignoranz uns selbst gegenüber durch göttliches Anerkennen ersetzen.

Glauben wir doch wieder an unsere Macht, die in uns allen wohnt!
Entdecken wir wieder unsere Eigenliebe, denn das lohnt!

Wir selbst sind es, die kreieren, entstehen lassen, allerdings
auch zerstören ...
Ich meine, tief in unsere Seele hineinzuhören,
ist einmal eine Reise der ganz besonderen Art;
seien wir uns gegenüber verständnis- und liebevoller eingestellt
und nicht immer so vom Stress getrieben und hart!

Das Leben kann steil und steinig sein;
doch mit uns an unserer Seite sind wir nicht allein!

Die Arbeit mit dem Hexenbrett (Ouija)

Ihr habt das vorangegangene Buch gelesen und reibt euch nun
vielleicht die Augen und denkt: WAS??? Erst rät sie, die Finger
vom Hexenbrett zu lassen und nun kommt DAS???

Ja, meine Lieben.
Dies hat gleich mehrere Gründe. Natürlich rate ich (Mantra-mäßig
wiederholt) dazu, sich mittels entsprechender Fachliteratur über
das Hexenbrett zu informieren, bevor es benutzt wird. Und ich
hoffe wirklich von Herzen, dass euch die Arbeit mit einem solchen
niemals psychische oder physische Schwierigkeiten bereitet und ihr
denkt: „Mist, die Geister, die ich rief, werd' ich nicht wieder los!"

Tatsächlich habe ich das ein oder andere Medium sagen hören,
dass derlei Bretter NIEMALS benutzt werden sollten. Bevor jemand allzu unwissend und naiv „zu Werke" geht, kann ich nur
herzhaft zustimmen. Andererseits sind diese Dinger überall
zu bekommen, und es kann nicht ausgeschlossen werden, dass
es „eben mal ausprobiert" werden soll. Und hier möchte ich ansetzen und meine Ratschläge weitergeben, wie bereits in vorherigen Kapiteln geschehen, um das Ärgste, was euch zustoßen
könnte, schon im Keim zu ersticken.

So, du hast also ein Ouija Board/ein Hexenbrett erstanden. Was nun? Zunächst solltest du es reinigen. Je nach Material im Rauch (Weihrauch und weißer Salbei sind hier die erste Wahl) oder unter fließendem Wasser. Hierzu könntest du sprechen:

„Gereinigt von allen fremden Energien hier und jetzt; dieses Brett ist fortan nur mit göttlich reinem Licht besetzt! So sei es, so sei es, so sei es!"

Auf jeden Fall sollte dieses Reinigungs-Ritual nicht eben mal zwischen Spaghetti-Kochen für Junior und Joga-Training geschehen, sondern in aller erdenklichen Gelassenheit, Ruhe und Intensität.

Die Aufbewahrung, wie ich bereits erwähnte, sollte so umsichtig wie nur irgend möglich geschehen. Ich persönlich umhülle mein Brett mit einem dunklen Seidenstoff und halte es unzugänglich für „Unbefugte" versteckt. Den Anzeiger habe ich in eine Holzbox getan, die getrennt vom Brett ebenso an einem nur mir bekannten Ort verwahrt wird. Gerade wenn du Kind/er hast, MUSS dir ein Versteck einfallen, von dem allzu Neugierige nichts wissen dürfen.

Wer, wann und wo ein Hexenbrett benutzt werden sollte, muss ich nicht wiederholen.

Ein weiterer durchaus ernst gemeinter Rat ist, NIEMANDEM von deinem Brett zu erzählen. NIEMANDEM! Du läufst nur Gefahr, dass du in einer weinseligen Situation bequatscht wirst, mal so 'n bisschen spuky Action zu machen, um deine Fähigkeiten vorzuführen. Wenn du nicht wirklich 100 % vertrauenswürdige Gleichgesinnte an deiner Seite weißt, erzähle niemandem davon.

Idealerweise solltest du dein Hexenbrett nicht alleine benutzen. Es kann immer ad hoc nützlich sein, einen Vertrauten an deiner Seite zu haben, der eingreifen kann, solltest du hierzu – aus welchen Gründen auch immer – nicht selbst in der Lage sein. Wenn du aber mit deinem Ouija alleine stehst, dann kannst du dich nicht genug schützen; auch hierzu habe ich im Vorangegangenen einiges geraten.

Mein Favorit ist und bleibt Erzengelfürst Michael, Jesus und die Hl. Jungfrau Maria. Falls du einem anderen Glauben angehörst, suche dir hierin den mächtigsten Schutzgeist, den du finden kannst. Um das Ouija verwenden zu können, geht es nicht ohne IRGENDEINEN Glauben. Ohne ihn stehst du im Ernstfall komplett verloren da, und das meine ich wortwörtlich! Sofern du zu den „Ungläubigen" zählst, solltest du dich fragen, weshalb du überhaupt ein solches Brett erstanden hast. Hinterfrage dich intensiv, ob du ein Hexenbrett WIRKLICH haben MUSST. Und wenn du nur einen einzigen kleinen Zweifel in dir spürst, lass' die Finger davon!

Die gleiche Warnung gilt für Tarot, Pendel und Gläser-Rücken.

Vor dem Benutzen säuberst du praktisch und energetisch deine gesamte Wohnung/Haus mit Weihrauch und weißem Salbei bzw. Weih- und Salzwasser. ALLE Störquellen sind verstummt, und du bist gelassen, ruhig und allumfassend informiert.

Wenn du nun also dein Hexenbrett vor dir liegen hast und komplett ungestört bist, setze dich gerade, aber nicht verkrampft hin und lege so leicht wie eine Feder zwei Finger einer jeden Hand auf den Anzeiger. Ich erinnere mich nur zu gut, wie verschraubt ich das erste Mal mein Ouija benutzen wollte. Am nächsten Tag tat mir der Rücken und Nacken Muskelkater-mäßig weh, und „gesprochen" hat in dieser verspannten Haltung eh keiner. Deine Unterarme sollten auf der Tischplatte nicht aufliegen. Arbeitest du mit einem oder mehreren wirklich (!) Gleichgesinnten zusammen, möge ein jeder der Anwesenden zwei Finger der rechten Hand auf den Anzeiger legen.

GEMEINSAM wird nun der Schutz aufgerufen. Wie gesagt, meine erste Wahl ist Erzengelfürst Michael.

„Erzengelfürst Michael, Jesus und die Hl. Jungfrau Maria mögen mich/uns (alle) schützen und behüten vor allen negativen niederen Geistern und Energien. Mit dem goldenen Schwert schützt Michael die Pforte, die ich nun bitte zu öffnen."

Hier visualisiere so gründlich wie irgend möglich das, was du gesprochen hast. Nur wenn du dich vollkommen mit deinen Schutz-Energien verbunden fühlst, kann der ultimative Schutz für dich/euch nur wirken!

Über Tabu-Fragen und Ad-hoc-Maßnahmen bei üblen Beschimpfungen habe ich im Buch Ausführliches preisgegeben. Halte dich daran!

Anschließend, wenn du „fertig" bist, vergiss nicht, die Pforte zu schließen!!!

„Erzengelfürst Michael, Jesus und die Hl. Jungfrau Maria mögen weiterhin schützend an meiner/unserer Seite sein und mit der lichten reinen Gotteskraft die Pforte in die Geisterwelt verschließen und verschlossen halten.
So sei es, so sei es, so sei es!"

Sofern du das (berechtigte) Gefühl hast, dass du die „Gäste" hast, die du so gar nicht um dich herum haben willst, räuchere, verspritze Weih-/Salzwasser in alle vier Ecken eines jeden Zimmers deines Heims und sprich deutlich, klar und unmissverständlich in voller Überzeugung Folgendes:

„Im Namen des Erzengelfürsten Michael, im Namen der Hl. Jungfrau Maria und im Namen von Jesus dem Christus befehle ich augenblicklich allen niederen Energien sich zu sammeln und an ihren Herkunftsort zurückzukehren! Im Namen von Gott Vater, Gott Mutter, dem Hl. Geist und Jesus dem Christus! Amen!"

Diesen Spruch sprichst du am besten dreimal hintereinander. Natürlich gilt das Gleiche, wie schon mehrfach betont: Es nutzt der beste Spruch rein gar nichts, wenn du dich nicht hundertprozentig mit ihm identifizieren kannst oder kaum eine Silbe herausbringst, weil dich die Angst schier würgt. Oder anders ausgedrückt und um sich eines Filmzitates zu bedienen: Du musst davon ÜBERZEUGT sein, dass dein Spruch Wirkung zeigt. Diese tiefe Überzeugung ist deine stärkste Macht/Waffe gegen niedere Energien!

Und gleich noch ein Hinweis: Wenn du räucherst und Weih- und/ oder Salzwasser verspritzt, vergiss` deine Spiegel nicht und beziehe in deinen Schutz Mensch und Tier mit ein!

Eine Warnung:
Bitte (und ich kann dieses Wort gar nicht oft genug wiederholen) benutze NIEMALS das Ouja/Hexenbrett, das Pendel, die Tarotkarten, das Gläser-Rücken, die Spiegel-Magie etc., um dich BEWUSST besetzen zu lassen. Dies tun wirklich nur die absolut erfahrensten medial begabtesten und geschultesten Menschen, und selbst die haben wahrlich schon ihr Lehrgeld bezahlen dürfen!

Wenn du einer Energie gestattest durch dich zu sprechen oder sich schriftlich zu äußern (genannt: das sog. automatische Schreiben) kannst du niemals wissen und schon gar nicht beeinflussen, wer oder was sich deiner bemächtigt! Und das auf physischer UND psychischer Ebene! Was auf dich zukommen kann, ist absolut kein Zuckerschlecken mehr, glaube mir! Albträume können dich fortan plagen, schlimmste Visionen (perverse Fantasien oder wie du dich selbst oder andere tötest), Poltergeist-Phänomene treten in deinem Zuhause auf, visuelle Heimsuchungen (bis hin zu dämonischen Visitationen), schizophrene Wahnvorstellungen können dich glauben machen, dass du die Gedanken deiner Mitmenschen „hören" kannst, die selbstredend immer gemeiner und boshafter Natur sind usw. Nicht selten haben genau solcherlei „Experimente" Unwissende schon wahnsinnig werden lassen und schlussendlich in den Tod getrieben.

Es ist absolut unwahr, was ich einmal in einem Buch las, nämlich, dass sich diejenigen, die einmal ins Licht gegangen sind, niemals mehr „äußern" bzw. keinen Anteil mehr an unserem weiteren Erdenleben haben. In diesem Bewusstsein, das ich dem geneigten Leser einmal unterstellen möchte, ist es umso verständlicher, Kontakt zur lieben Oma oder dem treuen Bello aufnehmen zu wollen. Doch leider ist nie auszuschließen, dass sich niedere Energien für unsere Lieben ausgeben, und dann haben wir den Salat!

Es ist ein menschliches Ding, dass wir uns erst einmal schwer damit tun, an etwas zu glauben, was wir nicht sehen können. Dennoch kann ich dir versichern, dass das Arbeiten mit Ouija, Pendel, Tarot usw. Pforten in die Geisterwelt öffnet!

Deshalb ist es nun einmal eine Tatsache, dass diese Medien nicht unbedingt für einen jeden bestimmt sind. Man muss nicht alles ausprobiert haben, um zu erkennen, dass es nichts für einen ist. Ich muss mir nicht an der heißen Herdplatte bewusst die Finger verbrennen, um zu wissen, dass ich es künftig besser sein lassen sollte!

Es reicht im Vorfeld vollkommen aus, dass du dich so gut als irgend möglich mit gutem Buchmaterial versorgst (wie beispielsweise dieses Buch zu lesen – grins!) und hernach in dich gehst, was für dich ein Weg sein könnte und welcher vielleicht besser nicht.

Schlusswort die Zweite

So, nun sind wir am Ende dieses doch recht üppigen Buches angekommen. Irgendwie schade, denn ich würde mich gerne noch länger mit euch unterhalten.

Es freute mich, wenn es mir gelungen sein sollte aufzuzeigen, dass die sogenannte Esoterik, die nur allzu oft herhalten muss für spöttisch-zynische Bemerkungen, mehr sein kann, als nur Möchtegern-Blabla.

Tatsächlich würde ich mir durchaus wünschen, dass gerade in Fernsehkrimis und dergleichen die Drehbuchschreiber lernen würden, wie es geht, über den eigenen Tellerrand zu schauen. Wenn ich die ungläubig hochgezogenen Augenbrauen der Kommissare sehe, wenn es um eine „Hexe" geht oder eine „Seherin", dann macht mich das schon traurig, aber auch manches Mal wütend.

Nun, ein jeder von uns mag sich nach diesem Buch seine eigenen Gedanken machen und daraus seine höchstpersönlichen Lehren oder Schlussfolgerungen ziehen, was Esoterik in all ihren Facetten bedeutet.

Ich wünsche euch und uns allen ein gutes und spannendes Leben. In dem Sinne, bleibt neugierig, denn es gibt viel zu entdecken!

Eure M.

DANKSAGUNGEN

Wie so viele Autoren wusste auch ich meine aktiven wie auch stillen Helferlein an meiner Seite.

So sage ich Danke an meinen Mann, der mich immer wieder bestärkt hat, weiter an mich zu glauben. Auch in Sachen Technik, die mich so manches Haare-Raufen kostete, stand er mir hilfreich zur Seite.

Danke sage ich ebenso meiner Mutter, die meine Texte in kritisch konstruktiver Art bewertete und mir so durchaus wertvolle Ratschläge gab.

Danke sage ich weiter Karin und Rainer. (Ihr wisst schon ... Die Technik ist so gar nicht meins ...!)

Danke an Monika, Eberhard und Inge; auch eure lieben Worte haben mir den Mut verliehen, zu diesem Buch zu stehen.

Und einen wahrlich riesigen Dank spreche ich an die aus, die unsichtbar und dennoch unschätzbar unentbehrlich an meiner Seite waren und sind. Ich bin mir sicher, dass ihre Inspirationen mich einige Absätze verfassen ließen.

Danke an unsere Hunde und deren Buddies; durch euch fand ich immer wieder meine Erdung, die mir den Kopf frei blies für weitere Kapitel.

Printed in Great Britain
by Amazon